生于七十年代

王勇 著

SPM
南方传媒

广东人民出版社

·广州·

图书在版编目（CIP）数据

生于七十年代 / 王勇著 . — 广州：广东人民出版社，2022.3
ISBN 978-7-218-15701-6

Ⅰ . ①生…　Ⅱ . ①王…　Ⅲ . ①长篇小说—中国—当代
Ⅳ . ① I247.5

中国版本图书馆 CIP 数据核字（2022）第 042777 号

SHENG YU QISHI NIANDAI
生 于 七 十 年 代

王勇　著

出 版 人：肖风华

责任编辑：王庆芳　方楚君
责任技编：吴彦斌　周星奎
封面题字：林伟健
插　　画：姜　宏

出版发行：广东人民出版社
地　　址：广州市大沙头四马路 10 号（邮政编码：510199）
电　　话：（020）85716809（总编室）
传　　真：（020）85716872
网　　址：http://www.gdpph.com
印　　刷：广东鹏腾宇文化创新有限公司
开　　本：787mm×1092mm　1/16
印　　张：26　　　字　　数：322 千
版　　次：2022 年 3 月第 1 版
印　　次：2022 年 3 月第 1 次印刷
定　　价：78.00 元

如发现印装质量问题，影响阅读，请与出版社（020-85716849）联系调换。
售书热线：（020）85716864

自　序

　　我从小就喜欢看书。文字带给的我影响是巨大的。甚至，我更多的是从书籍中认识世界，自己的经历反倒显得轻飘飘的，似乎无从着力，或者春梦无痕。

　　我总觉得，有了文字的描写和创造，世间的一草一木、人情冷暖、是非成败才似乎有了隽永的生命力和深刻的内涵，它让整个宇宙拥有了神性，让美好有了方向和追求的意义，让有些人可以成为不灭的灵魂。

　　我最喜欢的作家，是能用清晰、流畅、生动的文字表达出来那些难以名状的事物和感情的人。我相信，他们敏锐的感触和出色的表达一定也深深地影响了人类的进化和社会的走向。依我个人观点来看，只有文学和科学，才是人类永恒的财富。

　　这是我的第一本小说，我不是科班出身，更没有过人的天赋。因此，毫无疑问的，这篇文字无论是从谋篇布局还是遣词造句，都是非常不成熟和有欠打磨的。但我能保证的是，这绝对是我认真而真诚地挖掘内心深处、战胜自己惰性所完成的作品。我期待有读者能在阅读这本书的过程中哪怕能得到一点点儿共鸣，如果很久以后，还有人能够记得书中的一些文字，那么于我而言，何其有幸！

本书的细节描写我是力求真实的，但是，整体的故事情节和人物则都是完全虚构的。对于很多行业运行的描写也是似是而非的，与真实情况有较大的出入。我之所以选择这样做，一是避免有人对号入座，更重要的是，我认为一部好的文学作品，最重要的是用情境的描写和思想的剖析让读者产生强烈的共鸣，当然，如果能有启迪就更加完美了。单纯用所谓引人入胜的故事情节去吸引人，那样的阅读快感是短暂的，而前者带来的阅读快感和思想共鸣是值得反复体味和咀嚼的。

基于这样的认识，我对一些带有时代共同记忆的场景描写都力求细致，甚至具体的地点和一些略嫌琐碎的过程，只要感觉不会引起什么不必要的麻烦，都尽量真实地还原，其目的是唤起大家共同的记忆，引起共鸣，带来比较强的代入感。对主人公的思维描写，是我着力最多的地方，希望大家能从主人公对人生的迷惘与困惑、妥协与抗争中，找到我们每一个人的影子。

最后感谢广东人民出版社肖风华社长，综合出版分社王庆芳社长、方楚君编辑，还有为了本书出版付出了心血的其他老师们，感谢你们接受和认可了这样一部各方面都还很不成熟的作品，是你们的帮助和支持，让我实现了我人生可能是最大的一个梦想。我一定会好好珍惜。

目 录
Contents

目 录

引　子

对于很多人来说，从前的日子很轻，轻得像一滴水，淹没在岁月的长河里，似乎没有留下任何痕迹。对于很多人来说，未来的日子很重，重得像一座山，沉沉地压住心底的欲望，虽有不甘，然而自觉无力挣扎。

史铁生在《我与地坛》中写道：宇宙以其不息的欲望将一个歌舞炼为永恒。这欲望有怎样一个人间的姓名，大可忽略不计。

然而，每一个生命的个体都希想在存在中找到存在的意义，都想用第三方视角观察、审视这个灵魂与这个肉体的结合是一个怎样的存在。

每一个生命都是独一无二的，每一个生命都有自己的故事，自己的秘密，自己的爱与痛。哪里会有人不孤独？哪里会有人不后悔？有，那也只是他人看到的假象和自己营造的幻象。

每一个时代都有每一个时代特有的烙印，每一个时代都有每一个时代共有的特征。在无垠的宇宙与时间的尽头，它们是永恒的，振荡往复，能量就是欲望。

最平凡的才最吸引人，最真实的才最感动人。因为那是我们共有的经历，共有的心情。在芸芸众生中，每一片叶子都有每一片叶子的故事，每一片叶子都可以闪烁一片叶子的风景。也许，在这个意义上，它已经永生。

第一章
梦游梦醒的成长岁月

1

朱小奇出生于 20 世纪 70 年代初期的一个北方小城。这个小城最初是一个以军工为主的移民城市，虽然隶属于内蒙古自治区，但受少数民族的文化影响很小。他身边基本上都是汉族人，都是统一的革命理想主义教育，一样的服装，一样的普通话，一样的灰头土脸。

朱小奇感觉自己的经历一直都很平淡，以至于有时候他回忆起自己的过去都有像做梦一样的感觉，经常怀疑自己是否真的经历过这些事。他真是惊讶于普鲁斯特说回忆才是真正的生活，而且能把一个个那么久远的事件人物的细节说得那么清楚。也可能朱小奇自己天生就是那种游离的性格吧，或者，七零后可能普遍都有点儿这种感觉，毕竟，那种战火纷飞、充满英雄传奇的年代虽然在课本中、电影里无处不在，但似乎也只能更加衬托他们现实生活的平淡与苍白。

因此，留给朱小奇对童年、少年最深印象的不是什么具体的事，而是一个个支离破碎的镜头。

最常出现在他的记忆里的就是小学上学时要穿过的一片小树林。印象里，他似乎总是一个人，走在光秃秃的树林里，踩着厚厚的沙土，穿着一件卡其色的衣服。那会儿似乎还没有卡其色这么好听的名字，叫什么呢？土黄色吗？朱小奇形容不出来，但他确实能想起自己，甚至是看见自己总穿着这么一件上衣，一张略显苍白的脸，瘦弱的身子，在稀疏寥落的林子里低着头走，偶尔踢上一个石子，就一定会很专注，要把它一直踢到学校。

对小学最亮色的回忆来自蜻蜓和蝴蝶。在朱小奇的回忆里，它们扮演了如此重要的角色，似乎是他美好童年的全部，以至于他第一次听到一首日本民谣《红蜻蜓》时，不禁热泪盈眶。

对初中最深刻的记忆镜头还是这片小树林，不过是夏天，是一片新绿色，到处都是蝉鸣，嗡嗡沙沙的声音慵懒而美好。朱小奇穿着一件白色的猎装短袖衬衫，清秀而飞扬，骑着自行车，在绿色的草地上轻松地跳跃，他看见那时候的自己清澈而安静，哼唱着一首歌，那是张德兰的《春光美》。

对高中的印象呢？最常出现在他脑海里的是一座离他家不远的公园。记忆里那天似乎学校里组织滑旱冰，朱小奇好像找错了地方，一个人在公园里转悠，脚下是厚厚的落叶，他好像有点儿为自己没有找对集合地点而高兴。他穿着半高帮的翻毛皮鞋，上身是一件半大的虾酱色棉褛，那时他的脸还没出现他特别为之反感的方下巴，在他心里默默萦绕的旋律是冯宝宝版的《武则天》的片头曲……

2

朱小奇就这么一路懵懵懂懂神游着长大了，青春期主要的困惑并没有来自对女孩儿的渴望和性的压抑，而主要是越来越不会与人，特别是与同龄的男孩子相处。

当然，朱小奇也非常向往漂亮的女孩儿，但总体而言，他自我感觉自己还是比较讨女孩子喜欢的。

在初中时，有一次放学，朱小奇像往常一样在教室里先写会儿作业再回家，后座的女生却没有像她平常那样一放学就回家，而是红着两个胖胖的脸蛋，闪烁着一双大大的眼睛，兴奋地和其他几个还在学校的女生一块儿打闹，而当他出去一下再回来的时候，看见她已背着书包，低着头，安安静静地正从教室往外走。当朱小奇回到自己座位上时，发现课桌上放着一张纸，翻过来看见上面随意乱画了几道，然后，错着行，不规则地写了几个字：我受你，何女（那个女孩姓何，故意将"爱"字写漏几笔）。朱小奇直到今天都还记得这件事的原因是，这是他收到女孩儿的第一封"情书"。长大了以后回忆，他深感这个女孩儿好聪明，情愫表达得刚刚好，还保护了女孩子那娇嫩的自尊。

至于性的唤醒，朱小奇还记得一件小时候离性最近，而他却毫无"性感"的一件事。

那时候他还在上小学，楼下有一个女孩儿是他的玩伴儿，比他大一两岁。一次放暑假的时候，她提出来要玩抢救病人的游戏，而当朱小奇问她怎么玩的时候，她做起了示范，让朱小奇躺下来闭上眼睛装昏迷，而她扮演医生进行人工呼吸，其实就是用嘴唇在朱小奇的嘴唇上摩擦了几下，然后假装打针，喂药，最后开始"手术"，用手在他的身上隔着衣服抚摸揉捏，来回摆弄，假装缝针。女孩儿在他的下半身摸索了很久，朱小奇生理性地硬了起来，但自己毫无性意。

轮到他当"医生"时，他也如此这般了一番，但一点儿也没有真正想探索女孩儿的身体。后来，两人又玩了两三次这个游戏，随着年龄的增长，两个人也就不再玩了。

但两个人见面或谈话时，从来没有过什么不好意思的感觉。朱小奇现在想来，虽然女孩儿肯定是想通过他了解一下男孩儿的身体，但她估计也没有什么真正的性的渴求，纯属好奇罢了，而朱小奇连好奇似乎都不曾有过。他只依稀记得自己有一次在摩擦女孩儿的嘴唇时想，这是不是接吻呢？

朱小奇小的时候被女孩子的美触动最深的一次是发生在一个暑假。由于他的妈妈就是他所在小学的一名老师，在他的印象里，那时候即使放假，妈妈也经常去学校值班，而朱小奇就跟着妈妈一块去办公室写作业，其间他经常一个人出去玩学校的双杠和单杠。

那一天，朱小奇去玩儿的时候，看见一个和他差不多大的女孩儿带着一个更小的男孩儿在那儿玩耍。男孩儿应该是女孩儿的弟弟。她基本上是在照看着小男孩儿，不让他摔下来。

女孩儿留着一个简发头，现在应该叫娃娃头或学生头吧，就是前面齐齐的刘海儿，两侧头发大概到脸颊下方那种，具体的模样他记不得，只记得她的笑容是亲切而娇憨，明朗而愉快的，脸上还有一块不知在哪儿蹭的土印儿。

她穿的什么衣服他已经想不起来了，或者是他从未记得，对女孩儿的穿着他只有一个印象，而且深深地印刻在他的脑海里，那就是女孩儿穿着一双蓝色球鞋，却用白粉染成了白色，显而易见是因为各种集体活动大都需要穿白色球鞋，而女孩儿的家境可能不太好，父母为了省钱，想出了这么一招。

但女孩儿并没有因此而有什么不好意思或躲闪的神情，她周身都是一种既大方又安静的气场。她冲着朱小奇笑了笑，似乎跟他说了些什么，但朱小奇记不得了。然而女孩子的美却第一次，并且深深地打动了他，对他一生的审美观都产生了深远的影响。

3

与同龄男孩相处的别扭与压力带给了他青春期最大的烦恼，在小学和初中时还只表现为自己时而的独处需要，有时感觉大家过久、过长的集体生活有点儿令人厌烦，特别是 20 世纪 70 年代的物质条件较为匮乏，中国人又习惯了群居的生活，基本上无时无刻不与人为伴，但整体而言，朱小奇还是比较适应的，周围的伙伴也挺多，在班里的人缘也不错。

但从初中快结束时，朱小奇不知怎么的，就开始和同学主动疏远，及至发展到后面，见了之前的熟人都不知该用什么样的语气和方式打招呼，开始躲避。

这种情绪恐怕也传递给了周围大多数人，大家也开始越来越疏远他，朱小奇也从开始的怡然自得到逐渐尝到了孤独和被集体有时有意或无意地孤立和推离的滋味。

当然，在初中的时候，朱小奇所体会到的主要还是怡然自得，周围男孩儿给他带来的困扰还不明显。但在高中时，这种感觉就越来越强烈了。当朱小奇意识到班里的主流男孩儿团体开始明显疏远、孤立他的时候，他产生了很大的困惑，特别是这帮男孩儿又是各项活动的发动者。当他从其他女孩儿谈话中得知，过年他们互相串门儿，而他是为数不多的被冷落的对象之一，他明确感觉到了伤害，而听到女孩儿话中末尾的一句，他们（那些男孩儿）都说"去找他干啥，不去！"时，心里一时之间真的非常难受，而他又不愿意表现出来，但却越发让他不知该怎么样和他们那帮男孩儿相处，最后逐渐发展到与班上大部分的人都局促起来。

他曾经刻意用他们的谈话方式和行为举止来让自己扮演另外一个可能被大家所欢迎的人，但结局是相反，反而是邯郸学步，最后把如何规规矩矩地做自己也忘了，要不是他在女孩子的眼里还薄有魅力，朱小奇差点儿沦落为一个默默无闻的被集体遗忘的角色。而这种不知如何在集体里持续地表现自己，自信自如地找到自己定位的毛病也伴随了他今后的大部分岁月。只不过，在后来的时候，他越来越能理解自己，而周围圈子里的人的文化水平也越来越高，对人的宽容与理解都大大增强，才使朱小奇没有长时间地让自己处于那么难受的境地。

朱小奇在高中的集体"困境"中挣扎，对学习目的不明确，无法专心，而又充满了莫名其妙的幻想，相信奇迹会出现，让自己一举成名，"让他们看看，哼！"然而奇迹并没有出现，甚至更差。

朱小奇在高考的表现不说严重失常，也算是非常糟糕的，他的成绩不但没他梦想的超常表现，还远逊于平时的水平。

似乎除了他爸爸，大家都觉得他发挥得太差了。而朱小奇的父亲以一贯善于洞见事物的本质的性格特征，猜对了结局。

当然，朱小奇当时可不能理智地看清这一点，他当时一点儿也不佩服他父亲这种本领，只觉得他是个乌鸦嘴。而其实正是父亲的理性让他上了一所在当地还算凑合的本科学校，因为父亲对事情准确而谨慎的判断，使得朱小奇在填报高考的第三志愿时，填上了这所医学院校的名字。

而当时的朱小奇对学什么专业彻底没了想法，只想远走高飞，觉得远方才是美好的，周围的一切都让他腻歪透了。

如果按他报的志愿，他恐怕会毫无选择，只能听从分配，估计会被调配到农牧法医之类的学校或专业。

而正是父亲的坚持，让朱小奇在当时的条件下获得了一个相对最好的选择，他被一所相邻城市的医学院校录取，专业是临床医学。

4

五年的大学时光，朱小奇尽量让自己显得合群和正常一点儿。当然，在大多数人眼里，还是有人说他傲，有人说他怪，有人说他有点儿像个女孩儿。但总体而言，朱小奇的自我感觉还不算太糟。

大学里发生了两件对朱小奇的人生影响非常大的事。一是在临毕业的最后一年，朱小奇的神游性格救了他，他突然如梦初醒地发现，自己非常不适合当医生，他对生命有太多的敬畏和神秘感，而更可怕的是，他发现以现在自己的状况，除了在当地甚至更偏远的地方当一名医生外，无处可去。

朱小奇突发奇想，决定考研。当时，在大学里一路晃晃悠悠的他，甚至不知道研究生具体是什么意思，只是在一个高中同学那儿偶尔得知他准备考研究生，而朱小奇仔细一打听，又得知考研究生能转专业，而最重要的是一个可以用新的开端去远方寻梦的机会时，朱小奇平生第一次认认真真地开始选择学校和专业。

当然，对于那时的朱小奇，最重要的选择是城市。他选择了南方的一所大城市，因为当时那里是改革开放的前沿，充满着灯红酒绿的神秘，代表着一个崭新的未来。

朱小奇还创造性地给导师写了一封信，介绍自己的情况，并咨询了报考专业的复习范围。老师热情洋溢地给了他回信，这极大地鼓舞了朱小奇，他平生第一次开始真正进入奋斗的状态，早出晚归，一刻不停地开始了紧张的复习。

最终朱小奇如愿以偿地获得了新学校的录取通知书，这在周围的同学里，甚至大半个学校都引起了轰动，因为当时考研究生的学生并不多，考上的更少，朱小奇那届学生二百多人，一共才考上了10个，考上校外的更少，5个，而且都是平时学习成绩非常好的学生，而朱小奇平时成绩基本上在一百五六十名晃荡。

这一次的考试，对朱小奇的影响极大，不仅给他平淡灰暗的人生带来一个显著的转机，更重要的是，让朱小奇第一次感受到了自己主动制订目标、努力奋斗的力量。

给予朱小奇影响最大的第二件事是他人生真正的初恋，这段经历令他刻骨铭心，并且在若干年后，再一次改变了他的人生。

5

朱小奇硕士专业学的是药理学，毕业后如愿分配到了一座沿海城市的知名制药企业，做了两年研发注册的工作后，调到了市场部做学术支持工作。工作出差机会很多，全国到处跑，半深半浅的学术能力，再加上一些与人沟通上的技巧方法，还有一些对人性的洞察和社会潜规则的掌握，朱小奇干得还算得心应手。

南方这座城市没有那么复杂的人际关系，人与人之间的关系远比北方城市简单，工作时间相对灵活，朱小奇的兴趣爱好广泛，这儿逛逛，那儿看看，这儿吃吃，那儿尝尝，再研究研究文学、物理、经济、哲学，日子相对轻松而惬意，过得飞快。时间来到了 2007 年，这一年朱小奇 35 岁，是这家著名医药企业的市场总监，属于生于 70 年代的主人公朱小奇的故事正式开始。

第二章

启动芪苷 RA 注射剂大规模临床循证研究

1

2007 年 5 月 29 日，朱小奇出差到北京参加一场盛大的医学发展高峰论坛，会议的级别极高，全国著名的医药学两院院士几乎悉数到场。

朱小奇此行的核心任务是与心血管领域的权威专家丁之润院士建立联系，并计划请丁院士牵头，组织一项大规模的药物上市后的临床再研究，主要目的是证明他们公司的一款中药注射剂品种的临床应用优势，推广公司的该款产品与其他药物在治疗疾病时的联合使用方案。

计划邀请如此权威的专家，在西医院组织一次如此大规模的临床研究，这在朱小奇的公司还是第一次。其实朱小奇早就有这种想法，无奈企业的发展往往更看重短期的获益。另外，彼时的中国医药市场还是渠道为王，利益至上，朱小奇的学术策划在公司的战略举措上基本是担当"猪尾巴"的角色。

这是朱小奇私下场合里自嘲的一个著名比喻，公司里除了大老板，大多数员工都听过，核心内容是市场学术就是整个销售策略里的一个配角，若没有吧，这么大的公司不合适，产品进医院的时候产品资料不完整，也上不了台面。说它重要吧，谁都知道，尤其是对大多数中药产品而言，最重要的是产品价格的利益空间和是否能进入医保，那才是决定销售好坏的关键问题。

因此，朱小奇的结论是，市场学术就像猪尾巴，最主要的功能是保证猪的完整性，没了不行，那样就是残品了，卖不上价钱，另外，偶尔摆摆，也能保持身体的平衡性，还能打打苍蝇蚊子。

朱小奇第一次在公司销售大会的酒桌上发表这番言论的时候，市场部的员工被他逗得哈哈大笑，迅速传开，很多其他部门的员工听了却不以为然，心想，猪尾巴，谁不是猪尾巴，你至少还是尾巴，我们还指不定是什么呢！

但随着医药市场的发展和国外大型药企的长足进入，医药市场也在悄然发生着变化，总体而言，光有利益是不够的。在市场残酷竞争下，不仅要有利益，也要有好的内容，至少要披着点儿华丽的外衣，不然，就成了土老帽儿，要被一线城市的大医院的医生看不起的，要被迫向三级城市，甚至乡镇下沉的。

事实上，朱小奇的公司也有这种趋势，虽然公司位于改革开放的前沿，市场化的基因比较强，但体制是根本，相对僵化的考核标准，力量强大的既得利益群体，以及整体工作流程的惯性，都让公司对市场的反应迟缓。

核心表现是，一开会讨论的时候，大家都高屋建瓴，夸夸其谈，分析宏观大势，指出发展方向，痛陈公司现状，数据翔实，论据充分，结论明确，达成了空前的共识。

然而一散会，该干什么干什么，组织还是那个组织，流程还是那个流程，工作还是那摊工作，朱小奇刚开始还是很兴奋的，发言积极，经常献言献策，后来也灰心了，甚至到最后，一发言就结巴，因为他实在觉得没有什么好说的了。他实际上最想表达的是，没有后续组织变革的战略讨论都是扯淡，特别是看见有些非医药专业，而且逻辑能力也并不高明的领导在那一本正经地分析药物市场走向时，朱小奇骨子里的愤青意识就一个劲儿暗流涌动，幸亏理智还在，不然一激动保不齐会说出什么话来。

但是，大势所趋，花期再长，开了也要结果，套用一句正能量的口号就是"努力必有痕迹"。朱小奇的公司还是在逐渐按照各种合力的结果，发生着改变，特别是当他们原来的营销老总田海军调到另一家国企，新来的营销总经理喻晓翔接任以后，工作的策略渐渐发生了变化。

喻晓翔虽然不是学医药专业的，而是毕业于中国科技大学物理学专业，但他思路清晰，是一个性情中人，与田海军的心思深沉但实际上肚子里没什么货的风格大不相同，很对朱小奇的路子。

他也似乎很欣赏朱小奇，对朱小奇的提案鼎力支持，并且此人沟通能力极强，迅速与高层领导建立了顺畅的沟通渠道。朱小奇的想法不但实现了，并且其规模还比他心里的期望值高一大截儿，因此朱小奇非常珍惜这次机会。

2

5月的北京，绿意盎然，穿一件长袖衬衫，体感舒适。天公作美，前几天的大风吹走了多日不散的雾霾，天空难得的清澈透蓝，明亮悠远，更衬得这座古老而现代的城市气势恢宏，大气从容，这是经历了太多的世事沉浮，沉淀了太多的人文精华修炼而成的城市气质，朱小奇很喜欢这一点。

此时，朱小奇正穿着一件阿玛尼的天蓝色衬衫，一条普拉达的黑色长裤，系着一条康纳利的深蓝色领带，脚下一双铁狮东尼的黑色系带皮鞋，风度翩翩地在北京会议中心的人流里挤着。

会议大堂里到处都是西装革履或穿着长袖衬衫、系着领带的各路精英，主要是各大医院的专家、医生和大型制药企业的市场及研发人员，当然，也有部分媒体记者，大家都一脸兴奋，互相感染，到处一派热血沸腾的蓬勃气象。朱小奇穿过人群，来到主会场。主会场里正在演讲的嘉宾是一所军医大学的周启明院士，他今天演讲的题目是《哲学、科学与医学》，题目一看就是院士风格。即使是在院士里，周院士也是出类拔萃、学富五车的学者。

周院士的报告横跨医学、科学、哲学、心理学、艺术，甚至涉及宗教与神学，他用一连串儿"医学是什么？""医学不是什么？"的设问开头，娓娓道来，由浅入深，从宏观到微观，从整体到个体，从判断到推理，从正论到反推，引经据典，挥斥方遒，内容丰富，语言幽默，极具感染力。

讲到酣处，周院士情不自禁，边擦汗边调侃听众："朋友们，同道们，你们难道不热吗？难道没有被我火一般的激情所感染吗？我很热，我要脱了外套，赤膊上阵，像我一样热的朋友一起呀，大家坦诚交流！"说着，周院士脱去西装外套，卷起衣袖，会场被周院士的热情点燃了，全场哄堂大笑，穿外套的纷纷脱下上衣，没穿外套的也卷起袖口，解下领带，向激情四射的老专家致敬。

在演讲中，周院士也结合自己的临床实践重点反思了现代医学的局限，特别是对肿瘤药物研发及临床价值，以及现在最热门的基因治疗的只重基础研究，缺乏患者临床获益审视的学术倾向提出了尖锐的批评，作为西医大家的周院士，对中医学的一些治则理念给予了很大的肯定，使得一些医生，特别是中青年的西医医生一个劲儿皱眉头，而所有中医学界的医生则一个个喜上眉梢，一副相逢知己、扬眉吐气的得意之情，不停地频频点头，大表赞赏，恨不得击节相和。

不过，总体而言，老院士的博学与真诚还是深深感染了与会的所有人，当周院士的演讲刚一结束，全体听众不约而同地纷纷起立，向这位可亲可敬的学术前辈致以热烈的掌声。

朱小奇虽然对周院士的观点并不完全同意，但一样被老教授才华横溢、童心未泯的大家风范所折服，发自内心地与大家欢呼鼓掌。

这时，会议的主持者，北方医科大学的关启德院士向大家挥手致意，做了一个安静的手势，待会场热烈的气氛平息下来，关院士再次对周院士的报告给予了高度的赞赏，并向自己的老朋友调侃道："'老夫聊发少年狂'，周院士越来越年轻了，小心成了老顽童，惹得瑛姑到处追。"大家听了，更是一阵哄堂大笑，不少人对周院士的风流韵事略有耳闻，于是又引起了一阵交头接耳。

关院士略微停顿，向周院士抱拳致歉，向大家举手致意，再次让会场恢复安静，然后向大家介绍下一位演讲嘉宾，就是朱小奇此行的主要目标人物，丁之润院士。

3

丁之润院士是中国最大的、水平最高的心血管医院的现任院长，中国心血管疾病领域的学术带头人。关院士对丁院士的行政职务、学术地位、研究领域、科研成果进行了简要的介绍，并宣读了丁院士此次会议的演讲题目《心脏介入治疗的研究成果与发展趋势》。在参会人员的热烈掌声中，丁之润院士起立向大家频频点头，微笑致意，然后走出嘉宾台，向主席台的演讲席款款而行。

丁院士六十岁左右，在他们那代人里算是身材高大的，一头银白色的头发波浪有致，风度翩翩，深红色的领带衬得他脸色十分润泽，没有戴眼镜，嘴角上扬，温文尔雅，气质谦和。

朱小奇很惊奇地发现那一代的老专家大都不戴眼镜，而且视力很好，现在的年轻人眼镜却越戴越早。

与周启明院士相比，丁之润院士的演讲内容专业性更强，气质也偏于儒雅低调，他从严谨的实地调研出发，列举了大量的统计数据，系统梳理了中国近年来介入治疗发展的情况，把成果和问题分门别类，对患者的随访数据也进行了认真分析与总结，并仔细讲述了国内介入治疗与国外的异同、优势与差距。

心血管专业的医生一个个听得如痴如醉，不停地用相机捕捉丁院士的每一张 PPT，没带相机的后悔不迭，在笔记本上走笔如飞。

但非此专业的医生和一些其他人员，包括朱小奇，开始还听得聚精会神，到后来，越讲越深，越讲越专业，稍一走神，已经跟不上了。

听到后来，朱小奇只觉得丁院士的话每一个字都听得清，但整句话的意思已经听不懂了。

朱小奇不禁暗自嘲讽自己，好歹也算是个学术人员，但这会儿不但听不懂，甚至连吹皱一池春水也做不到，简直就是春梦了无痕。

不过，朱小奇四处一打量，不禁暗笑，好多人，甚至是主席台的其他学科的院士都时不时地扭动身体，强忍着不打哈欠，好在丁院士历练老辣，明察秋毫，及时地结束了自己的报告。

与会大多数人从迷迷蒙蒙的状态中如梦初醒，赶紧鼓掌。而听得如饥似渴的专业医生则来不及鼓掌，赶紧对着 PPT 拍照，在笔记本上飞快地记录。

及至看到丁院士在主持人关院士的致谢中准备下台时，几位医生不约而同地举手示意，甚至来不及请求主持人的允许，就大声请求丁院士能不能把 PPT 发给大家，在得到丁院士肯定的答复后，才一个个如释重负，舒了一口气，心满意足地坐了下来。

此时的朱小奇紧盯着院士的一举一动，因为在来之前，有关如何与丁院士接洽上的策略有两种不同意见，其实就是朱小奇和大家有不一样的看法，因为作为一个以中药为主的国有企业，公司与西医院士的接触机会很少，大家一致认为通过关系找到丁院士的学术秘书，表达意思后说明来意，为之后与丁院士的合作进行一个前期铺垫，这样会比较顺畅，也比较正式和稳妥。

但朱小奇却表达了另外一种观点，他认为越有地位的人，秘书的职业病越突出，俗语说阎王好见，小鬼难缠。时间肯定会很长，效果也难说。

而这次高峰论坛是一次难得的机会，第一，关系相对平等，演讲者与听众；第二，如果借着这个机会，无论院士还是秘书，都不好过分挡驾，关键在于时机和语气的把握。因此，朱小奇打算弃繁用简，单骑闯关，如果院士的语气和时机不对，则及时打住，见机行事。听朱小奇这样说，大家也觉得有理，不妨一试。

4

事关重大，朱小奇全神贯注，注视着丁院士的每个动作。就在这时，他发现丁院士起身向侧门走去，朱小奇第一个反应就是丁院士要去洗手间。

朱小奇灵机一动，虽然原计划是等会议结束时看机会与丁院士交流，但直觉告诉他，机不可失，时不再来。他起身向后走，朱小奇一直在后面站着听讲的地理位置发挥了明显的优势，他很快从人群中走出会议厅，快速绕过极其宽大的会场向侧面跑去。当朱小奇跑到侧门时，恰巧看到丁院士的身影一闪，进入了大堂西边的洗手间。

朱小奇整理了一下思绪，在大约离洗手间十米远的位置站立等待。

过了大约五分钟，丁院士款款而出，朱小奇以略快于院士的速度以大约直面相对院士30°角的位置迎上，在约两米远时，朱小奇向丁院士浅浅一躬，并同时招呼道："丁院士，您好！我两年前在西安听过您的报告，这次报告在上次的基础上有了好多最新进展，好多上次提出的问题都有了明确的结论。"

事实上，朱小奇并没有听过那次报告，他只是认真地做了功课。"是啊，"丁院士微微一笑，点头致意，"你是哪个医院的？""哦，我是信诚医药公司的技术总监。"朱小奇刻意地隐去了市场两个字，他知道以目前的情况，大专家对企业的市场人员，特别是国内企业的市场人员都没什么真正的好印象，即便如此，看到丁院士略一沉吟，朱小奇也决定速战速决，不能再给丁院士任何质疑和拒绝的机会。

"聆听了您上次的报告后，我们深受启发，第一时间找向阳医院生理研究室的张春教授做了基础实验，结果表明我们公司的芪苷RA注射剂具有明确的防止血管介入术后发生粘连的作用。"

"哦，张春呀。"丁院士微微点头。这又是朱小奇的一剂攻心大法，因为张春教授是心血管生理的权威专家，并且与丁之润院士都毕业于北方医科大学，从查询到的信息上看，张春教授比丁院士低一届，同属一个专业的临床与基础，又是同门，他们应该认识。

而当初选择与张春教授合作，也是朱小奇的得意之笔。因为从一般逻辑上想，中药一般会找中医院做药理实验，但朱小奇深知，中医学没有独立的药理学，其实验方法均来源于西药药理学的方法学，而中医学院的学生除了学习现代医学外，最主要的学科内容还是中医药的相关知识，因此其现代医学的基础知识学习无论是时间的长度还是专业的广度、深度，都无法与西医院校的学生相比。而不选择西医院校的药理研究室而选择生理研究室，是因为药理研究室的老师的横向课题多，换句话，就是企业找得多，挣钱多，也比较忙，而生理研究室的老师则相对企业找得少，外来收入也比较少，时间也比较充裕，其实二者的研究功底都差不多，甚至由于生理研究室的老师工作更单纯和基础一些，其研究的态度和工作的精细度反倒更好。

此时，看到丁院士对他提到张春教授表示认可的语气与表情，朱小奇明白，这一招棋不错。他乘胜追击，"是啊，就是在张春教授药理实验的基础上，我们诚惶诚恐地想请您作为我们芪苷 RA 注射剂大规模临床研究的 PI（项目负责人），初步计划做 10000 余例，具体的患者样本量还需要您亲自指导，根据统计学的结果进行计算。"

"哦？10000 余例？"丁院士明显有点儿吃惊，定睛看了一下朱小奇，"小伙子，你是哪个药厂的来着？"

朱小奇急忙再次自报家门，丁院士重复了一遍公司的名字，看着朱小奇说："不错，一个国内企业，有魄力，中药具有开发潜力和良好的发展前景，我并不排斥中药，你有名片吗？"

"有，有，有！"朱小奇连声说，急忙掏出名片。

"小伙子，给我两张。"

朱小奇赶紧递给丁院士名片，丁院士揣起来一张，又从上衣口袋中掏出一支笔，在朱小奇的另一张名片上写下一串儿电话号码，递给朱小奇。

"朱总监，这是我的手机号码，一般来说，你晚上九点半左右打电话给我比较方便，再见。"说完，他主动握了握朱小奇的手，侧身向会场走去，朱小奇此时只有一连声的感谢。

　　这时他才发现，由于他与丁院士停留了一段时间，一群医生还有药企的人员已经聚拢过来，一看到丁院士结束了与朱小奇的谈话，侧身要走，众人纷纷跟上，开始打招呼，但丁院士却对众人点头致意："抱歉，抱歉，各位，我要开会，请大家让一下。"看到丁院士这样说，大家都毫无办法，只能一个个绽放着明朗的笑容送别老专家。

　　目送丁院士走入会场，朱小奇在众人疑惑而羡慕的眼光中故作平静地翩然而去。

　　一出会议中心的大门，他就给喻晓翔拨通了电话："喻总，大功告成，丁院士答应了，还主动给了我手机号码，让我直接联系他。"喻晓翔那边人声嘈杂，估计是在和片区的销售人员开会。"有你的，小奇总，晚上规格高点儿，许仙楼，大家给你庆功。"

第三章

庆功宴上的高谈阔论与 KTV 的为欢几何

1

　　华灯初上，很多人在匆匆忙忙赶往回家的路上。当然，对于这个外来人口如潮水般涌入的城市，很多人并没有真正的家，他们只是在赶往自己临时的一个栖息之地。有条件好的，有条件差的，但毕竟是一个可以休养安睡之地。无论怎样的家，都是一个让人身体和心灵得以休息的地方，在这个忙碌的都市，有时候这甚至都是一种奢求。

　　当下的中国，特别是繁华的都市，正如狄更斯所写，"这是最好的时代，这是最坏的时代"，这里繁荣昌盛，这里物欲横流，这里充满希望，这里满是迷惘，这里充满光明，这里危机重重。

　　在这个充斥着欲望与无限可能的城市，很多人一天的工作和生活还远远没有到回家的时候，甚至刚刚开始。

北京的餐饮娱乐聚集之地人流如织，而东直门工体一带更是其中翘楚，一到夜晚，购物餐饮，酒吧夜店，流光溢彩，灯红酒绿，美女如云。

朱小奇从北京会议中心出来后又赶到了西苑医院办了点儿事，从那儿再到工体西门的许仙楼时，一路是车如流水马如龙，搞得他心烦意乱。他真是佩服北京的出租车司机，不慌不忙，过去大家都说北京的出租车司机善于侃大山，而据朱小奇观察，这种说法恐怕是言过其实，他碰到的北京出租车司机喜欢与客人聊天的甚少，更别说侃大山了，基本上都是怡然自得，特别爱听评书和相声，这一点倒很对朱小奇的胃口。他也不喜欢与陌生人聊天，并且因为从小就每天抱着他家的红灯牌收音机听评书连播与相声，因此北京出租车司机的这个习惯，朱小奇非常喜欢，感觉也非常亲切。

但今天不同，自己的直属领导摆宴，并且是以给自己庆功的名义，一大帮人在那儿等着他，朱小奇还是真有点儿着急的，再加上这位的哥开着车窗，不开空调，车速又上不去，外面声音嘈杂，本来适宜的温度，朱小奇愣是感觉有些浑身燥热。也真是赶上了，偏偏这位仁兄车上的收音机还有些问题，总有杂音，忽大忽小，白眉大侠徐良的英雄事迹让朱小奇怎么也听不清楚，朱小奇的性格又不愿与陌生人，特别是服务行业的人主动提什么要求，越发心烦意乱，而这位老兄可能也感觉到了朱小奇的烦躁与不安，越发一摇三晃，不急不忙，文明行车，见车就让，朱小奇没有办法，摇头苦笑，索性静下心来，安心欣赏窗外的各色人等。

终于，将近晚上八点钟的时候，朱小奇赶到了许仙楼的 V7 包间。许仙楼近一两年在京城名声大噪，整体建筑设计颇费了一番功夫，小桥流水，亭台楼阁，天井的设计极具特色，一派江南水乡的风韵与格调，颇受文艺界人士和具有小资情怀的文艺青年或商业新贵喜爱。

2

待得朱小奇一进房间，只见喻晓翔春风满面，起身高喊一声："小奇总驾到！"明显是安排好的，在座的所有人此时齐刷刷地站起来，深鞠一躬，笑嘻嘻地大声喊："欢迎朱总，恭喜朱总，您辛苦了！"

朱小奇也跟着大家哈哈大笑，一个劲地抱拳作揖："不好意思，不好意思，抱歉啊，喻总，对不起啊，各位，让大家久等了，塞车，太塞了，实在对不住大家！"

"快来，来，上座，上座啊！"喻晓翔招呼道。

看见喻晓翔把自己安排在主座，朱小奇急忙推辞，无奈喻晓翔很坚决，而朱小奇又不是一个擅长寒暄的人，一看拗不过他，也就坐了下来。

大家一落座，喻晓翔举杯致词："今天非常高兴，小奇总已经把我们有史以来最大的芪苷 RA 注射剂的大型学术推广项目的制高点成功拿下了，由丁之润院士亲自挂帅主持。在座的兄弟不是经常发牢骚，说我们的品种产品力不够吗，不是经常说我们的产品在专家面前说不上话吗，向大医院推广的时候遭人白眼吗？这次，小奇总给大家一步到位，专家层次最高，医院档次最高，资金投入最多，试验规模最大，到时结果出来了，全国心血管年会上丁院士一宣讲，国外杂志一发表，临床路径一进，怎么样，我们产品的资质高不高，档次高不高？到时候，有没有信心卖好，有没有信心突破 8 个亿？"喻晓翔话音一落，大家全体起立，像打了鸡血似的，高声呐喊："有，保证完成任务！"

随后，在喻晓翔的带领下，大家一起干杯，庆功宴正式揭幕。由于朱小奇是这次饭局的重点对象，因此热菜还没上，大概十分钟的工夫，就着几口凉菜和一瓶红罐儿装的旺旺复原乳，朱小奇就已经喝下去了大概四五两海之蓝，好在销售公司有个不成文的规定，不是招待重要客户的场合，一般内部聚会不上比较贵的如茅台、五粮液等高档白酒。

朱小奇酒量一般，但对海之蓝 42° 还相对适应一些，而且今天领导在场，他的精神高度集中，思想上积极备战，因此虽然喝得比较急，但整体状态还不错。

这时候，主菜上来了，许仙楼菜如其名，主打杭帮菜，龙井虾仁、清蒸鲥鱼、醉膏蟹、东坡肉、神仙鸡、白水洋豆腐等招牌菜一一上桌。神仙鸡是他家招牌之中的招牌，需要预订，朱小奇一吃之下，感觉虽然味道不错，但其实还是像当年苏轼发明东坡肉那套基本规律，小火慢功夫，糯甜咸香，美食没问题，出奇谈不上，反倒是一款白水洋豆腐，豆味浓郁，略有焦香，用咸肉、火腿和绍酒一煨，鲜香耐嚼，让朱小奇小小惊艳了一下。

同桌的有朱小奇市场部的两个属下，知道领导有这个品评美食的爱好，起着哄让他发表看法，朱小奇于是配合应景，几道招牌菜都如此这般，真真假假地评说了一番。大家纷纷表示，果然文化人不一般，句句切中要害，朱老师真是才子，再敬一杯，嘻嘻哈哈又吵闹着喝了一轮儿。

看着饭局渐渐进入暂时舒缓的节奏，朱小奇对面片区销售的一个小姑娘，叫徐纤纤的，提出来请领导批准开开电视，今晚有"好男儿"选秀的直播。喻晓翔一口拒绝说："不行。"他停顿了一下，又看了一眼朱小奇，说："对了，今晚小奇总做主，你问问小奇总。"

徐纤纤向朱小奇嘻嘻一笑，说："朱总，您就同意了吧，我们都追了好几期了，都是大帅哥啊，我们好迷他们的。"另外三四个在座的小姑娘也随声附和，朱小奇没太细想，向着喻晓翔说："领导，要不让她们看会儿？"喻晓翔哈哈大笑，说："今天你说了算啊，小奇总照顾佳人，才子风范！"

哄笑声中，徐纤纤欢呼雀跃地打开了包房中的电视，迅速调到了"好男儿"的节目。节目刚开始，主持人正在宣布有请今晚第一位出场的6号选手表演才艺，几个小姑娘已经兴奋地吵成了一片，这个说最喜欢他了，阳光帅气，而且还很健康，笑起来还有点小坏，好可爱。那个说，喜欢3号选手，长得多乖啊，一笑起来又温暖，又羞涩。

朱小奇前面看了两期，也觉得这种选秀的方式颇有意思，因此也跟着看了一会儿，凑了几句嘴。徐纤纤发现朱小奇也喜欢这个节目，于是问他喜欢谁，看好谁。朱小奇说他喜欢7号选手，因为他喜欢比较酷的，至于看好谁嘛，他觉得6号选手的希望更大些，因为他更全面，性格也更讨喜。

朱小奇跟着她们聊了一会儿，突然发现这一阵儿喻晓翔似乎没怎么说话，一下回过神儿来，不禁暗骂自己糊涂。急忙刹住话题，向喻晓翔表示感谢，多谢领导的支持，自己才能有这么大的施展空间，一连敬了喻晓翔三杯酒。

3

喻晓翔其实只比朱小奇大一岁，但历练和心机远在朱小奇之上，刚才那一幕虽然也没什么，但在江湖气颇重的营销部门也能看出不少问题，他已经很清楚营销部门的很多人都喜欢称朱小奇文化人或老师了，这在主要以讲究人情练达、世事洞明、人情世故在某种程度上是第一生产力的营销部门不是什么好词儿，基本上是书呆子、有点儿迂的代名词。

至于当今的八零后就更不用说了，喻晓翔深感医药行业与他之前工作过的金融行业没法比，整体人才的综合培养机制欠缺，年轻人缺乏培训、锻炼与竞争，一些八零后的时代缺点暴露无遗，以自我为中心，什么都不在乎，基本没有察言观色的概念。

当然，喻晓翔也发现了朱小奇身上一个非常大的优点，童心未泯，而这往往是心地善良、性情中人的最典型特征，同时，也是能抛却世俗的羁绊，通往更高人生智慧的必备性格。当然，能认识到这一点，红尘俗世当中，又能有多少人呢？

朱小奇一连敬了喻晓翔三杯酒后，又主动挑起话题，问英明神武、名校毕业的神童领导对当下的股市怎么看。喻晓翔反问了一句："你觉得呢？"朱小奇炒股八年，前两年他的总资产因为炒股增长了三倍，因此信心满满，自诩有些心得。

其实，朱小奇是一个不喜欢研究股市技术图形的人，他的炒股原则概括起来在当时只有三条：其一，在当下的资本市场，公司的价值优劣与股票价格的高低并无明确对应的关系，信息混杂，干扰因素过多；其二，国有企业中有一些重组整合的蛛丝马迹的股票是最保险，最有可能获益的标的；其三，坚持就是胜利，跌了要补仓，坚决不放弃。

朱小奇把自己的看法宣讲一番后，又对大市表达了一些看法，认为股权分置还没搞完，市场还要向上，虽然国家连续出台提高存款准备金率的政策，但不能完全理解为打压股市，只是希望股市走得更稳一些，并且也不排除是在化解银行风险，平息大家对房价的愤慨。

"并且，"朱小奇又补了一句，"大牛市最显著的特征就是所有的股票都至少要翻两倍，我的股票还没有呢，因此大市还要涨。"大家听得哈哈大笑，气氛越发热烈起来，所有男人都加入到股票的讨论之中。

一片七嘴八舌声中，大家都兴奋地各抒己见，每个人都有消息，每个人都有一番道理，每个人都认为自己能够成为股市的赢家，每个人都对自己能够在股市里大捞一把而充满信心。

在一阵吵吵嚷嚷之后，大家一致请领导发表看法，给大家指出一条挣钱的康庄大道。喻晓翔今晚也喝得很高兴，不断地跟所有人插科打诨，指挥大家以各种理由互相敬酒。

此时听得大家起哄，他也撸了撸袖口，清了清嗓子，开始了长篇大论，酒精还是起了作用，喻晓翔的演讲引经据典，但时不时地跑会儿题，其核心观点有三点：

第一，政府提高存款准备金率的行为，从近期各种文件及会议精神所传递出来的信息来看，肯定是在调节股市，大家千万不要抱有侥幸心理。掩耳盗铃听着愚不可及，但实际上是大众，特别是一般投资人最经常、最容易犯的错误，总是以自己的利益为视角，盲目地相信所有的条件都有利于自己已经做出的选择，或者只关注到自己所处的位置，而对风险视而不见。国家政策往往不是通过一个孤立的政策，而是通过一套政策组合拳来治理，纠偏，保障最终管理目标的实现，相信这次也不例外。任何投资行为，或者说任何经济行为，不认真观察、理解政策的变化，甚至是漠视政策的变化，则无异于火中取栗，最终一定会失败得很惨，繁华落尽，一地鸡毛。

第二，股市的最终走势是一个合力的过程，虽然无法预测，但要顺势而为。顺什么势呢？顺你自己最认可的一条规律，政策派的就看政策，技术派的就看技术，价值派的就看价值。记住，最关键的是只信一个，不能一会儿顺这个势，一会儿信那个理，那样肯定赔钱。

第三，股市如人生，关键是要有定力和智慧，而不是智商和情商。坚持原则，克服贪念和恐惧，才是取胜的王道。

"综上所述，"喻晓翔眨了眨眼睛，作总结陈词，"股市的核心竞争力就是——命好！哈哈哈！"

话音未落，大家也一起夸张地大叫大笑起来，一个劲儿说领导欺负人。

在哄笑声中，喻晓翔转过头，对朱小奇说："我同意你的观点，如果说是一轮大牛市，大部分股票都要翻两番，你的现在还没翻，将来可能会成全你。记住，你拿的一定是大部分股票之一，不要心存幻想，另外，如果翻了两番，坚决走人。"他拍了拍朱小奇的肩膀，冲着大家说：

"怎么样，兄弟们，嗨得差不多了，打道回府吧！"于是在一片"谢谢领导"的声音中，大家站起身来，让领导先行。

4

喻晓翔拉着朱小奇，坐北京片区经理张志东的车回去，他们两个都住在燕莎地区的亮马河饭店，那儿上机场高速比较方便。

回到住处，与张志东挥手告别，喻晓翔看了看手表，对朱小奇说："走，带你热闹热闹去，认识几个朋友。""啊？不晚吗？"他看了一下时间，已经将近十二点了。"没事，都是老熟人，没关系。"

两个人一前一后出了酒店，向右一拐弯，再走到对面，就是京城著名的繁华娱乐之地——人间月色夜总会。朱小奇对于这个颇具神秘色彩的顶级娱乐殿堂，还只是停留在听闻阶段，从来没有去过。

朱小奇平时很喜欢唱歌，但一般都是去钱柜、音乐之声这类的音乐会所，夜总会去得很少，何况是这类销金如土的顶级去处，因此很是好奇和忐忑。

到了人间月色门口，朱小奇第一感觉是和一般 KTV 会所也差不多，只不过由于时间比较晚了，门口聚集着一群浓妆艳抹、身材都像模特一样的美女和一帮穿着打扮、行为气场一看就是现代社会成功形象的男人。

不过一走进人间月色的大厅，朱小奇立刻被富丽堂皇、雕梁画栋的场面震撼了。整个大堂吊顶极高，视野开阔，楼顶灯饰华丽高贵，璀璨迷幻，墙壁四周挂满了各种欧洲的艺术绘画。大堂中间是一个环形的喷水池，周围摆置了许多的各种动物和人物的雕像。大堂的两侧，几十名身穿深蓝 V 裙、身材婀娜、至少一米七的高个美女一字排开。

喻晓翔和朱小奇一进去，两边的美女训练有素，整齐划一，手放身前，低颈弯腰，莺声燕语："贵宾好！"一刹那，朱小奇只觉纸醉金迷，软玉温香，芬芳旖旎，如梦似幻，风月无边。要不是酒到浓时，心神俱壮，八成会局促不安，手足无措。

此时，朱小奇故作平静，紧跟着喻晓翔。再看喻晓翔，对着迎面上来的身穿职业西服套裙的服务公主一点头，说一声"V13 房"，然后跟着公主，目不斜视，两手插兜，昂扬而行。朱小奇有样学样，也一副气宇轩昂、怡然自得的做派往里走去。

V13 房里，灯光调得半明半暗，朱小奇他们进去的时候，有两对男女正在一起欢呼喊叫地玩色盅，另一位男士正在引吭高歌，唱的歌极具七零后色彩，《九十九朵玫瑰》，旁边的姑娘正在对着小镜子补妆。

一看见他们进来，大家赶紧停下活动，起身相迎。喻晓翔给朱小奇一一介绍，两个玩色盅的，一个面白微胖的是李立其，广信证券的基金经理，朱小奇似乎在某个电视台的证券节目见过他；另一个个子不高，但人很精神，眼睛很亮，精明外露，叫刘炎，是一家律师事务所的老板。那个唱歌的是药监系统的一个官员，叫贺佳阳，这个人面相温和，文质彬彬。介绍完毕，大家刚一落座，一个妈咪就走了进来，向各位老板问好，在刘炎的连声"赶快安排"的催促声中欠身而出，不大一会儿，一队美女鱼贯而入。

朱小奇侧眼望去，但见一个个绰约多姿，艳抹浓妆，巧目迎盼。一排人在鞠躬问好后，自报家门：我来自沈阳，来自河北、哈尔滨、山东、长春、湖南……在小姐们的介绍过程中，在喻晓翔的授意下，妈咪来到朱小奇身边，问他喜欢哪一个，朱小奇这会儿大脑一片空白，也不知选还是不选，只是觉得很奇怪，他一直以为妈咪这种职业的人，一定也是风月场所的老手，应该一身妖娆，但偏偏这个妈咪一身职业装，满脸素颜，一副温良淑德的模样。

朱小奇正在诧异踌躇间，妈咪果然还是识人无数，经验老到，说："小帅哥啊，这个怎么样，纯情可爱，正牌儿戏曲学院的大学生，喜欢吧？"边说边把一个气质宁静的年轻女孩儿拉到朱小奇的身边，朱小奇急于把自己从全场瞩目的场合中解脱出来，顺势认可。

轮到喻晓翔时，他却出乎朱小奇所料，选了一个眼大、嘴大、胸大，似乎哪儿都大一号的火爆款女孩儿。朱小奇不禁暗自感慨，果然是萝卜青菜各有所爱。

女孩儿一选完，又是一轮新的互相敬酒。一杯杯下去，朱小奇也不知自己喝了多少酒，最后只是盲目地往下灌了。好在他有个特点，一般吃饭的时候没喝醉，再往后的战斗力就比较强，因此虽然很是兴奋，但神智还比较清醒。

接下来，就是游戏和唱歌了，喻晓翔唱了一首时下非常流行的歌，马天宇的《该死的温柔》，唱得节奏极准，很是动情，大家拍手叫好，身边的火爆款女孩儿夸张地大叫了一声："我老公太棒了！"然后在喻晓翔脸上响亮地亲了一口，大家又是一阵掌声。

朱小奇唱了一首老歌，《草原之夜》，乐曲悠扬，嗓音高亢，大家也拍手叫好。唱到中间时，陪刘炎的姑娘起身而舞，一举手一投足，显然是有专业功底的，歌舞正在热闹之际，刘炎也一跃而起，与姑娘对舞起来，他则明显是照猫画虎，动作生硬，但一副喜气洋洋、欢天喜地的神情也着实了得，逗得大家哈哈大笑，气氛一片欢腾。

待到一曲接近尾声，朱小奇正在昂头运气拖最后一个长音时，刘炎突然一搂姑娘的腰，把她的大腿往自己的肩上一担，两个人就以这种杂技般的姿势，俯身来了个长长的法式接吻，看得朱小奇瞠目结舌，其他人更是起身欢呼叫好，气氛热烈欲炽，几近沸腾。

不待气氛平息，朱小奇身边的女孩儿拿过他的麦克风，往前一闪，站在众人面前，大大方方道："我老公这么优秀，我也不能尽看着别人在他面前表演不是，下面我给大家清唱一段儿。"说罢，一扫刚才羞怯怯的模样，眉眼俱飞，在众人鼓掌声中起板就唱："叫张生隐藏在棋盘之下，我步步行来你步步爬。"扭身一个媚眼，碎步轻移，向朱小奇招手，朱小奇此时虽是兴奋莫名，但天性不是个无拘无束的人，灵机一动，向刘炎喊道："刘兄救我！"只见刘炎一个箭步，大喊一声"小生来——也！"跟上陪朱小奇的女孩儿的身形，边扭腰摆臂，边向大家一个劲儿地挤眉弄眼，逗得所有人前仰后合。

等到一段《叫张生》刚刚唱完，大家掌声未落，喻晓翔的情绪也被彻底调动起来了，窜到前面，一只脚踩在前面的茶几上，一只手指着陪同自己的姑娘，用着京剧道白的腔调扬声喝道："哒，尔等江湖儿女，难道就没几件称手的兵器不成？"众人被逗得差点儿背过气去，而那个女孩儿显然也不是等闲之辈，与公主耳语了一阵儿，一拍桌子，一声娇叱，唱道："再给我一分钟。"然后一闪身，进了洗手间，转眼出来的时候，身上里面只穿了件三点式黑色比基尼泳衣，外面罩了一件长款的薄纱上衣，样式似乎与有点儿像古代的长裙，若隐若现，仿佛某个风月片的现场，奇异而魅惑。

就在这时，服务员抱进来一架古筝放好，火爆款女孩儿往筝前一坐，如此性感魅惑的装扮坐在一件传统民族乐器前，强烈的对比反倒让画面极其香艳。只见她冲着喻晓翔粲然一笑："公子，你待如何？"喻晓翔略一沉吟，说："一曲《沧海一声笑》，没问题吧？"只见火爆款女孩儿略一点头，神情一凌，十指尖尖，已然套好，看来绝对是训练有素。下指就弹，筝声铮然而起，叮叮淙淙，喻晓翔神情俱到，毫不迟疑，昂首而歌："沧海一声笑，滔滔两岸潮，浮沉随浪，只记今朝……"一时之间，包房里的所有人，包括服务的公主和此时过来的妈咪，大家都齐声相和，筝声铿锵，歌声豪迈，旖旎之地立时充满了江湖风光。

一曲唱罢，大家长时间地鼓掌欢呼，举杯相敬，此时喝酒，已是直着嗓子往里倒，哪里还管其他。又是刘炎，趁着人声刚有回落，搂着喻晓翔和火爆款女孩儿两个人，大声喊："喂，姑娘，我大哥如此人才，你们俩这么琴瑟相和，不留点儿什么做个信物吗？"火爆款女孩儿一眨眼，点头说好，把手挦向自己的发边，顺手一拔，两个指头捏着一根长长的头发，做出一脸深情的样子，向大家展示了一圈儿，然后偎到喻晓翔怀里，在他的胸前纽扣上打了个心字结，众人越发起哄，不知是谁，给大家一人递了一瓶酒，众人搂搂抱抱中，称兄道弟，山盟海誓，一饮而尽……

第四章

与妻子的恋爱往事和婚姻隐痛

1

朱小奇第二天醒来的时候已经是上午九点多了，只觉眼睛干涩，头痛似裂，咽干口燥，身体里似乎每个细胞都因为缺水而萎缩枯竭，急忙强忍着身体的不适，起身找到酒店的矿泉水，一口气喝了两瓶，焦渴的感觉才有所缓解。

试着回想昨晚的事，然而什么时候离开人间月色，怎么回的酒店，如何睡到床上，却怎么也回忆不起来。不觉心里一个激灵，想：坏了，不知钱包和手机丢没丢！赶紧四下查看，但见酒店的椅子上一片狼藉，上前搜索一番，从裤子口袋里发现钱包还在，这才长舒了一口气。及至在桌子上看见手机插着电源正在充电，反倒大感惊奇，心想：酒这个东西真古怪，居然当时还能如此清醒，现在却忘得一干二净。

又一沉吟，再次感觉情况不妙，昨晚忘了给老婆打电话了，不知她会不会给自己打了好多电话，要好好解释一番，生气可麻烦了。

朱小奇的妻子叫黄恬恬，是他读硕士研究生时候的同学。朱小奇学的是药理学，黄恬恬的专业是免疫学，两人同岁，因为朱小奇做实验经常需要到免疫教研室取用双蒸水，一来二去两人就认识了。后来，黄恬恬得知朱小奇的实验主要是快速取用大鼠脑部的海马体，而其他部位就弃之不用，不禁大叹得来全不费工夫，因为她的实验需要用大鼠的新鲜肝脏，而处杀大鼠的时候她总是心怀胆怯，战战兢兢，因此提出朱小奇的双蒸水她来保证供应，而朱小奇做实验取完大鼠的海马体后，她恰好取大鼠的肝脏，两个人因此越来越熟。

但朱小奇一开始并没有对黄恬恬有过其他想法，因为黄恬恬虽名为恬恬，但气质一见之下，至少在朱小奇的第一感觉里，没有甜甜的感觉，而主要是聪明，线条略微有点儿硬，相对来说，那时的朱小奇更喜欢秀气而又有点迷迷糊糊的女孩儿。

两个人关系的转变，缘于一件事情的触发。

那是研究生第二学期快结束的时候，一天下午，黄恬恬又在实验室等着朱小奇处杀大鼠，然后取标本，但今天一贯就笨手笨脚的朱小奇在做实验的时候有点儿恍惚。在按一般流程，用长柄扳手打击大鼠颈背部以后，虽然他发现大鼠还有明显较大的动作，但自觉没事，左手捏住大鼠的头部，右手就开始拿着手术刀操作。就在这时，那只大鼠突然发力，脚蹬身蹿，一下挣脱出来，朱小奇未及时收手，锋利的刀刃在他的手背上划个正着。朱小奇在自己身上第一次看见血可以这样喷涌而出，一个棉球下去霎时之间就被血染了个鲜红浸透。黄恬恬也吓了一跳，慌忙从抽屉里掏出了所有医用棉球，攒成一团按在朱小奇手上。朱小奇此时故作镇静，一边嘱咐黄恬恬收拾收拾狼藉的现场，自己到医务室处理一下，一边按住手佯装从容地向外走去。

到了外面，看着血透过棉球一个劲儿地向外涌，朱小奇越来越慌，越跑越快。到了医务室，估计学校医务室的医生这种场面见得并不多吧，他感觉医生似乎也有些慌乱，说了声："缝针吧，不打麻药，忍着点儿啊。"然后让朱小奇自己按住，医生双手略抖，上手就缝，朱小奇疼得龇牙咧嘴，但是看见医生也一个劲儿地嘴角上拧，双手颤抖，不禁一个劲儿给自己打气："不能慌，不能动，忍住，坚强。"他心想：如果他也动，我也动，缝坏可糟糕了。

缝了三针，好在效果不错，血不流了。医生也舒了一口气。朱小奇包扎好，开了点儿抗生素后，准备往回走，虽然手此时钻心地痛，但莫名有点儿高兴，觉得自己还是勇敢坚强的。

刚一出门，迎面看见黄恬恬一路小跑，白大褂上好几块血迹，午后的阳光照得她一片闪亮，风吹起一头秀发，眉头微皱，一脸严肃焦急的样子反倒衬得她有股英气勃勃的神情，一时之间，朱小奇突然觉得她长得有点儿像杨紫琼。

黄恬恬跑到朱小奇身边，看见朱小奇一副懵懵懂懂的样子，急忙问他怎么样了。朱小奇简要说完，看着黄恬恬，有点儿迟疑，问她："那边……收拾好了吗？"黄恬恬说了一声好了，然后就仿佛心有灵犀一样，笑着说："放心吧，实验室我已经打扫干净了，刚才正好碰见陈老师（朱小奇的导师）到办公室，我已经帮你跟她请过假了，说你今天胃疼得很厉害，先回去休息了，没说你给老鼠做手术，把自己狠狠割了一刀。"

听了黄恬恬的话，朱小奇既安心又有点儿尴尬，冲着黄恬恬结结巴巴地说："是……啊，谢谢，谢谢你。"黄恬恬看了看他，突然哈哈大笑起来，说："小朱同学，我先回实验室了，你好好休息啊。"说完，向朱小奇扬了扬手，转身离去。

2

下午，朱小奇一个人躺在宿舍的床上，肚子上放着索尼的音乐播放器，心不在焉地听着英语学习材料，心里想着怎么和老师解释手上的伤口。朱小奇这届的研究生宿舍一屋三人，他的两个舍友，一个叫马志伟，是临床专业的，一进入第二年，基本上是每天都在医院，一个星期晚上回来两三次；另一个叫杨曙光，准备考博士，每天除了实验室，就是图书馆。朱小奇算是其中最规律的，基本按时出入。

正当朱小奇躺在床上琢磨哪个理由听着更为合情合理的时候，宿舍响起了敲门声，朱小奇打开门一看，惊奇地发现是黄恬恬拿着从食堂打的饭菜走了进来。朱小奇这才发现已经到了吃饭的时间。黄恬恬边往里走，边对他说："我吃过了，顺便给你打了带过来，怕你不方便，汤河粉，西红柿炒鸡蛋，哦，还有两个小馒头，天天看你吃馒头，没打肉菜，杀生太多，吃两天素吧。"朱小奇连声道谢，看着黄恬恬一边在桌子上摆放着食物一边低头说话的背影，一种久违的柔情从心底荡漾开来，似乎闻到一股淡淡的香波的味道。

恍惚间，他好像又来到了那个北方城市的街心花园，周围都是盛开的丁香花，他的宝宝（朱小奇的初恋）向他展开灿烂的笑容，明朗而娇憨。朱小奇的眼睛朦胧了，当黄恬恬俯下身，拿起他的手查看时，朱小奇无比自然、无比流畅地搂住了她的脖子，嘴唇从黄恬恬的耳边轻轻滑过，贴住她的嘴唇一秒、两秒、五秒、十秒，两个人一动不动……突然，宿舍门声响了，两个人迅速分开，是杨曙光走了进来，黄恬恬似乎非常自然、大大方方地对杨曙光说："今天，你的亲密战友做手术光荣负伤了。"一向办事热心却对周围事情大大咧咧的杨曙光看起来似乎什么也没发现，急忙走上来询问，黄恬恬又寒暄了几句，起身告辞了。

与黄恬恬那个自然而突然的吻，彻底唤醒了朱小奇对爱情美好情节的回忆和对性的强烈渴望。他感觉身体里压抑的火焰一下被点燃了，每一个细胞都充满了对女孩儿身体的饥渴和欲求。

在之后的两天，他一直处在这种焦躁不安、魂不守舍的境地里。第三天，他在实验楼找到黄恬恬，告诉她今天下午他要做实验，不过手不方便，整个过程都希望她来帮帮忙，黄恬恬很爽快地答应了。

整个下午，朱小奇和黄恬恬都在药理实验室里忙碌，两个人比平时更少说话，但配合默契，偶尔的身体接触，温柔的几句对答和不时的相视一笑，都让实验室笼罩了一种温情脉脉的气氛。

天色渐暗，黄恬恬去食堂打饭，朱小奇在实验室盯着八导生理记录仪不断打印出来的已经离开大鼠身体但依然存在的，而且被电极刺激、引导、记录而出的反映神经细胞记忆能力的生物电波，一个个波形似乎都从他的眼前流进他的身体，弹拨着他的神经，敲击着他的心脏，鼓动着他的血液，催促着他的呼吸，朱小奇几乎被爱欲之火催眠了。

两个人吃完饭，越发沉默，似乎都在静静地等着，也许，两个人都对即将到来的爱欲释放有了某种预感。

当然，对于朱小奇来说，他是在不断地鼓起勇气，暗下决心，他只觉得时间过得真慢，药理教研室其他实验的同学或老师真磨蹭，他们在干什么呢？老天爷，难道看不见这里有一件更重要的事要发生吗？难道不知道我等得已经快不行了吗？朱小奇听见自己的心跳越来越响，越来越快，呼吸越来越重，越来越急……

终于，当他似乎第101次推开门查看的时候，他看见其他实验室的灯灭了。朱小奇大脑一片空白，他轻手轻脚地锁上实验室的门，走到正在实验台上伏案写着什么的黄恬恬的背后。"恬恬，他们都走了。"话音显得那么突兀，朱小奇也不禁吃了一惊，因为他的声音与平时一点儿也不一样，又低，又哑，还有着略微的颤抖。

黄恬恬回过身来，点了点头，一双眼睛出奇的亮，红着脸，她嘴角微微荡着笑意，下意识地重复着他的话："都走……"她的话还没有说完，朱小奇的嘴唇已经盖上了她的嘴唇，轻轻地摩擦，淡淡地吸吮，多柔软，多湿润，多温暖，多舒服，多可爱，一点儿一点儿的，另一个嘴唇在回应，它们互相招呼，互相爱抚，互相探询，互相戏弄，互相挑逗，互相缠绕，互相呢喃。他和她迫切需要爱欲的表达，升腾青春的火焰，填补心灵的缺口，找到通往快乐的道路。

在激烈的亲吻、喘息与纠缠中，朱小奇转过黄恬恬的身体。黄恬恬用手挡住了他的手，梦呓般，咬着嘴唇轻声说："不要……"朱小奇伏在她的身后，嘴唇贴在黄恬恬的耳边，说："这个时候，全世界只有我们两个人，恬恬，你好美，恬恬，你真美……"

亲爱的，那是爱的光芒，亲爱的，那是欲的光芒，那是生命的欢腾，那是生命的奥秘，那是宇宙的起点，那是宇宙的终点，那是一切的一切，那是一切的一切……

从那以后，朱小奇与黄恬恬正式确定了恋爱关系，两个人俨然过起了小夫妻的日子。

3

黄恬恬是安徽人，父母都是中学老师，也许是南方的姑娘更勤快一些，也许是因为她还有一个弟弟，也许是性格使然，总之，朱小奇与黄恬恬相处的过程当中，黄恬恬逐渐扮演了一个大姐姐的角色，在很多生活细节上照顾他，在许多为人处世的方面教导他，两个人发生争执的时候，也往往是黄恬恬最后又去迁就朱小奇，跟他分析，讲理，最后和解。

朱小奇对这段恋爱关系感觉更轻松一些，但似乎少点儿什么。少什么呢？似乎少了一点儿恋人之间的猜忌，耍小性子，哭泣，欲罢不能和牵肠挂肚。不过，朱小奇的初恋在这方面带给他的太多了，他这会儿还需要休息。他觉得之所以会这样，是因为黄恬恬的性格更适合他，还有就是，他们都长大了，更成熟了。

读研究生期间的一件事让朱小奇与黄恬恬之间爆发了一次最大的争吵，并且给他们后来的婚姻生活带来了很大的影响。那是他们确定关系以后，一段不加节制的男女欢爱之后，黄恬恬发现自己怀孕了。

黄恬恬找朱小奇商量这件事的时候，朱小奇不假思索地认为只能把孩子打掉。而黄恬恬被朱小奇这种一副毫不在乎、似乎与己无关的态度气坏了，她第一次伤心地、严厉地把朱小奇狠狠训斥一顿。朱小奇一下子有点儿蒙，觉得有点儿不明白黄恬恬是怎么了。

他向黄恬恬解释自己并没有不在乎，只是两个人都在上学，难道有其他办法吗？黄恬恬自己也没有提出别的解决方案呀！但是黄恬恬把头摇得像拨浪鼓，伤心得不行，生气得不行，把朱小奇的旧事都翻出来批评了一番，根本不给朱小奇还嘴的余地。一阵狂风暴雨之后，黄恬恬愤然而走。

朱小奇事后找她，她也不出来，弄得朱小奇手足无措，不知该怎么办。几天之后，黄恬恬似乎很平静地来找朱小奇，对前几天发生的激烈争吵绝口不提，只是问朱小奇下个星期三能不能和她一起去医院做流产手术。

朱小奇连忙答应。过了两天，非常不凑巧，朱小奇的硕士导师陈老师通知他下个星期三预答辩，让他认真准备。因为陈老师一贯很严厉，学生们都怕她，而这件事朱小奇又实在不知跟老师如何解释，因此心中暗暗叫苦的同时还是点头称是。

事后，朱小奇心怀忐忑，惶惶不安地告诉了黄恬恬。出乎朱小奇的意料，黄恬恬这次倒没说什么，只是下个星期三她一个人从医院回来，拿着一个塑料袋，里面装着从她身体里流出的东西，默默地拿给朱小奇看。

朱小奇那会儿实在不知道该用什么表情面对这个似乎非常陌生的

物体，只能轻轻抱着黄恬恬，抚摸着她的头发安慰她。黄恬恬的身体僵硬，也不与他说话，似乎变了一个人。

事后好长一段时间，朱小奇感觉黄恬恬才恢复到之前的样子，两个人的关系才逐渐正常起来。但是，朱小奇没想到，这件事会成为他们两个人之间永远的痛。

4

毕业后，两个人一起来到了相邻的以改革开放前沿而著称的海滨城市，朱小奇进入了这家著名的医药国有企业，黄恬恬的工作单位是一家近几年发展很快的主营医疗器材的民营企业。

前三年的日子，两个人过得快乐逍遥，朱小奇的单位给研究生学历的新员工分配了单间宿舍，有了属于他们自己的名正言顺的独立空间。半年后，两个人登记结婚，双方家庭都不是爱热闹、规矩多的人，朱小奇与黄恬恬也都觉得结婚是两个人的事，犯不上昭告天下。两个人领了证，按照黄恬恬的意思拍摄了一套婚纱照片，正式进入了婚姻生活。结束了四处游击的"偷情"岁月，好不缱绻缠绵，温馨幸福。

两人初入职场，基本上还是处于新鲜好奇的阶段，升迁发展的压力还没有到来，江湖上的钩心斗角，同事之间的微妙关系虽然略有显山露水，但毕竟还没有那么明显。而又第一次拥有了与学生时代相比多得多的固定收入，财务明显自由了，小孩儿心性尚在，朱小奇和黄恬恬玩儿得不亦乐乎，四处找好吃的、好玩儿的，买一些自己喜欢的东西，涉猎一些自己感兴趣的事物。

朱小奇多年被求学时代压抑的阅读爱好一下子解放了，迅速买了一大批书，完全顺应自己的爱好，不管是"有用的书"还是"闲书"，特别是一些"闲书"，都是他原来梦寐以求的，像《金庸全集》《鲁迅全集》《傅雷全集》《战争与和平》《安娜·卡列尼娜》《追忆似水年华》等文学书籍，还有《约翰·克利斯朵夫》，只要是傅雷译的，出一个版本买一个版本。其他还有经济、历史、人文等各个领域的著作，朱小奇乐此不疲，徜徉在书的海洋里，他的世界豁然开朗，就像学生时代读《倚天屠龙记》的感受，除了武当少林外，更有谜一样的金毛狮王谢逊，武功高强，神秘莫测，狂傲真情，不可一世，已经看得目不暇接，自以为天下高峰，已尽于此了。然而随着金庸笔下江湖画卷徐徐地展开，他才发现，紫白金青四大法王，倜傥风流逍遥二使，还有光明顶上明教的宏图伟业，真是烟波浩渺，岂有尽头，世间无涯，奇峰不断。

朱小奇往往是从一个感兴趣的话题或作者出发，又顺着这个点发现了更多有意思的话题和作者，他感觉自己发现了新大陆，从二维世界来到了三维世界，他惊叹于原来自己的狭隘与无知，第一次发现世界上还有这么多的伟大的灵魂像他一样有过孤独、彷徨与迷惘，那么多的人性的隐秘，那么多的世界的本质，那些出色的前行者已经有过许许多多的苦苦追寻与探索，领悟与沉淀，改变与创造。

他渐渐有点儿明白了，为什么原来他总是觉得无论什么知识都似乎非常神秘，他经常困惑甚至畏惧于那些专业知识还有种种学科理论，他们（前人）是怎么发现、总结的呢？他们是怎么想到的呢？他深深感到当时的教育体系确实是存在问题的，灌输与填鸭式的教育副作用有多么大，教育如果不从引导学生的兴趣出发，不引导学生多问为什么，并且自己尝试去解决心中的好奇与疑问，而是直接灌，直接填，不知为什么学，学生不建立自己的思维体系，学到的只能是一些零散的知识点，而无法形成系统的知识体系，严重扼杀了学生的创造力，因为他们已经习惯了被填、被灌，对知识往往是知其然而不知所以然，对知识的建立已经丧失了创造的勇气，最后也没了动力。严重点说，这种教育加剧、加速了很多人失去了探寻世界的好奇和勇气，而对于上帝如此眷顾的人类，那才是最宝贵的东西。

好在，现在一切都在改变，国家对这种不恰当的教育方式带来的负面影响洞察深刻，锐意改革的决心明确而坚定，早已出台各种减负政策，高考题目也不断地朝向鼓励创造性思维的方向转变。

朱小奇当时最感兴趣的两个作者，一个是身居广东的文艺批评作家林贤治，另一个是经济评论学者何向东。林贤治让他第一次离鲁迅的灵魂那么近，而何向东让他发现经济问题也可以从历史和人性的角度去解读。朱小奇畅游于书籍的海洋，沉浸于自己发现的新世界里，就像块泡在有机溶液里的海绵，不加取舍地汲取着各种养分。这一段的生活，对朱小奇心灵的成长无疑是好的，但也让他对职业的发展缺乏了积极的进取和敏锐的嗅觉，他没有在企业中刻意经营自己未来的发展，在这一点上，朱小奇似乎永远是晚熟的。

与朱小奇沉迷于自己的精神世界不同，黄恬恬主要是对各种服饰和家居装置感兴趣，她经常翻阅各种时尚服饰和家居设计的杂志，在大街小巷淘淘逛逛，对各种具有特色而价格又比较亲民的品牌和小店如数家珍，把小家布置得田园而温馨。

那是一段风平浪静、自得其乐的日子。

5

婚后的第四年，黄恬恬的直属领导跳槽了，新来的主管是一位四十多岁的单身女性，用黄恬恬的话说，就是内分泌紊乱，刻薄严苛，疑神疑鬼，阴晴不定。黄恬恬认真考虑后，一方面觉得这样的领导、这样的工作氛围实在让人难以承受，另一方面，她一直就认为两个人都在企业不是最优的选择，缺乏安全感，因此计划报考当地一所大学的博士，然后留校当一名老师。

同时，黄恬恬也觉得自己马上就30岁了，所以计划要孩子。她同朱小奇一商量，朱小奇此时还在自己的世界里神游，因此与其说他同意黄恬恬的想法，还不如说他只要能自如地处于自己的这种状态，他就什么意见也没有。

那时候夫妻俩准备要孩子，还没有近几年这么讲究，封山育林，处处小心。何况朱小奇和黄恬恬两个人也没什么不良嗜好，因此两个人基本上是正常生活，只不过在夫妻欢愉的时候不再采用安全措施了。

开始两个人都没当成个事，但随着日子一天天过去，而黄恬恬的肚子一直没有动静，黄恬恬不禁私下犯了嘀咕。大约一年后，黄恬恬按计划顺利地考上了当地那所大学的免疫学博士。

一接到录取通知书，黄恬恬就拉上朱小奇去做身体检查，结果出来，两个人都没事，医生也说不出个所以然，只是让他们不要心急，这种情况非常多见，原因很复杂，特别是女方，有时候很难查出来具体原因，嘱咐他们保持身心舒畅，适当运动，注意健康饮食，增加夫妻生活情趣。

朱小奇没什么，黄恬恬还是在内心深处留下了一个阴影，她查阅了大量文献，有合适的机会就咨询一些专家学者。

在各种原因的推测排查之下，黄恬恬重点怀疑读研究生期间的那次人工流产手术，并且每次她在与朱小奇说这件事的时候，都会批评朱小奇那次的态度和做法，朱小奇不禁深深为之头痛，因为他理解的家是一个安心休养的地方，而这件事的出现，让本来温馨平静的家出现了不和谐的因素，使得朱小奇不能安然地在自己已经习惯，并且认为应该理所当然的氛围里沉迷在自己的世界里，朱小奇也有些抱怨了。

那一次，黄恬恬又看到一篇文献和他讨论，并一如既往地批评朱小奇自私、不关心人的时候，由于那天朱小奇也在单位遇到了一些不顺心的事情，情绪正在烦乱，因此说话也带了火药和挑衅的味道。

他说希望黄恬恬作为博士，有点儿严谨的科学精神，他和她发生关系时两人都不是第一次，之前都有恋爱和性的经历，为什么死盯着那次不放？话一出口，朱小奇就后悔了，因为他看见黄恬恬一时之间面色苍白，紧咬牙关。果然，黄恬恬号啕大哭，反反复复喊着朱小奇不是人，自己真是太傻了。然后，摔门而出。

朱小奇一愣之下，自己也在气头上，何况每次两个人发生争吵都是黄恬恬来调解，因此一方面赌气，一方面怕让别人看见不好，就没有追出去。但过了两三个小时，天都黑了，朱小奇心慌了，打电话，黄恬恬关机，急忙出去寻找，却哪儿也看不到。等到朱小奇心急如焚，计划着如果过了十二点，黄恬恬还不回来就去报警的时候，黄恬恬终于回来了。

但无论朱小奇说什么，她都一言不发。这种情况一连持续了好几天，黄恬恬该做什么做什么，但就是不和朱小奇说话。朱小奇如坐针毡，心绪不宁，心道：怪不得俗语说家和万事兴呢！这叫什么事啊！

后来，终于在一次吃晚饭，朱小奇在讨好地给黄恬恬夹菜的时候，黄恬恬才冲朱小奇来了一句："以后你别总穿那么瘦的裤子，你精子的活力也没多强，总挤着不好，你还以为你十七八岁呀！"朱小奇连忙称是，并且嬉皮笑脸地说自己保证执行任务，以后只穿大裆裤，而且自己最近又上网查了好几种姿势，据说对增进情趣、提高怀孕率有很大的帮助。

两个人这才冰释前嫌，生活终于回归平静。但朱小奇觉得，自从那件事儿之后，黄恬恬的脾气似乎越来越大了。他也慢慢学会不像原来那样，只顺着自己的感受，而是开始关注黄恬恬对自己的一些批评，逐渐反思，对家里的事情也试着从黄恬恬的角度多考虑一些。

因为每次吵完架后，既解决不了什么实际问题，而又让人心烦意乱，费心费力，朱小奇实在是不想看到那种情况的发生。

6

光阴荏苒，一晃四五年过去了，黄恬恬如愿以偿地留校当了一名大学老师，但还是没有怀孕，这已经成为夫妻二人，甚至两个家庭之间最大的心病。黄恬恬经过多次犹豫后，与朱小奇商量，如果她35岁还没有怀上，就做试管婴儿。

现在，在北京亮马河饭店里一夜宿醉的朱小奇，发现昨晚连续两场酒喝得紧锣密鼓，没给老婆打电话，老婆打电话又没接，急忙调整调整状态，心怀忐忑地拨通了黄恬恬的电话。

听到黄恬恬"喂"的一声后，朱小奇不等她询问，连忙把自己昨天如何力排众议，有勇有谋，眼观六路，耳听八方，随机生发，成功地与丁之润院士建立了合作，领导如何表扬他，如何给他摆庆功宴，自己如何盛情难却，一不小心喝多了等添油加醋地说了一遍。

可能与朱小奇精彩的叙述有关系，黄恬恬那头儿倒没有生气，只是嘱咐他以后别忘了给家里打电话，另外少喝点儿酒。"你瘦得跟个小鸡子似的，别跟着人家瞎喝，人家一个个身宽体胖的，身体表面积就大。"朱小奇连忙称是。

黄恬恬在电话里主要是和朱小奇商量买房的事，说别人推荐了城邦花园一套房子，小三居，120万元，名校学位。这两三年黄恬恬都在看房子，但朱小奇并没把买房当回事儿，一来他的单位已经给他调到了套房宿舍，二来朱小奇笃信现在房价虚高，早晚要跌，何况他们能买得起的房子他又都看不上眼儿，地段好的太旧，户型太差，新房的地段又太偏，整体建设配套明显跟不上，因此两个人买房的事就一直拖下来了。

此时听黄恬恬一说，朱小奇又把自己的关于房价不合理的理论重新发表了一番，并特别强调现在股市火爆，大盘气势如虹，不宜卖股买房，黄恬恬开始还和他争辩一下，及至朱小奇一不小心说了一句："学位房我们又不急，早着呢！"黄恬恬生气了，直接挂了电话。

朱小奇听到电话里的忙音，一个劲儿在心里骂自己，心想：喝酒确实影响神经细胞，脑袋简直转不过弯了。就在这时，朱小奇收到一块儿炒股的同事高旭晨的一个短信：证监会半夜发文，提高印花税，半夜鸡叫，大盘应声而落，今天全线暴跌。

第五章

股市、楼市与家事

1

2007 年 5 月 30 日，在沪深股市连续逼空式的一轮暴涨之后，全民炒股的热情全面迸发，中国股市的开户总户数历史性地突破了 1 亿户。这天，当其中普通的一名资深股民朱小奇于两场热火朝天、觥筹交错的酒局之后，疲惫地熟睡之时，一条震撼中国的经济新闻，出现在中国的三大门户网站的头条上：证券交易印花税税率由现行 1‰调整为 3‰。

颇有些让人不可思议的是，这条对中国股市极具杀伤力的爆炸性新闻，不仅未在 5 月 29 日晚七点的中央电视台《新闻联播》中首播，居然连当天出版的三大证券报都没来得及在第一时间做出报道，而是在当天午夜零点的央视 2 套《经济新闻联播》中播出。迅速地，这条新闻被广大股民称为"半夜鸡叫"。

之所以这样称呼，是因为此项政策来得相当突然，因为就在前几天，某证券报还发表报道财政部有关人员的"辟谣"，声称：财政部近期无上调证券交易印花税的计划。

当天，股指从5月29日的最高点4335点，一路下滑至最低点3858点，一日接连击穿五个整数关，跌幅高达477点，900多只个股跌停。

朱小奇所持有的股票，果然如喻晓翔所说，是大部分股票之一，一只跌停，一只跌了7%。

朱小奇于当晚坐飞机从北京回到了本市。到家之后，上床准备睡觉的时候，他主动与黄恬恬谈起了买房的话题。

黄恬恬却和他先谈起了股票，义正词严地对朱小奇说："怎么样，你不是叫嚣着股市气势如虹，要飞黄腾达了吗？跌了吧！早就跟你说，股市这东西，太悬，你偏不信，一叶障目，不见泰山，赚了一次就以为自己是股神了，一副指点江山的模样，这下清醒了吧！房子呢？都喊着房价要跌！该跌！你去看看，不涨就是跌！你爸2003年来的时候就劝我们买房，你那会儿股票就套着，还长篇大论地说房价要跌，这都要跌了多少年了？跌了吗？"朱小奇辩解道："我的股票最终不是涨了吗？再说了，你别以为房价现在不跌以后就不会跌，当年日本人要打上海的时候，没人相信，大家都觉得这里是租界，是东方的巴黎，是世界的经贸中心，结果如何？"黄恬恬夸张地咧了咧嘴，用手扶着头一个劲儿地摇，"哎呀，哎呀，头疼头疼，你这是说什么呀，东拉西扯的，不聊了！"

朱小奇看见黄恬恬这副样子，不禁被逗笑了，调侃道："我这叫引经据典，博古通今，以史为鉴，让历史告诉未来。"

"行了行了，你博览群书，上知天文，下知地理，我只告诉你，别每天在天上飞，接接地气，不是我一个人要买房子，像我这样的人多了，好房子好地方是有限的，我就没见过一种大家都想要的东西会跌！"

"怎么没有，我们去过鼓浪屿，那上边的别墅漂亮吧，是谁的？房子这种东西，只要想开了，根本没必要买，那都是一场风絮，最后只有桂花香暗飘过，现在的房价租售比极度不合理，这种情况根本不能长久，就像日本……"

"打住！朱小奇同学，你就在天上飞吧，愿意怎么飞就怎么飞，我可是要睡觉了，明天还要带实验课呢！"说完，黄恬恬关了床头灯，钻进被窝，扭过身去，背对着朱小奇。

朱小奇扳了扳她的身子，想再说会儿，但黄恬恬说她真的困了，明天要早起，有话明天再说。"反正咱家大事都听你的，你看着办吧。"说完，她就把头一埋，闭上眼，不再理朱小奇了。

朱小奇其实也很累，但朱小奇从小就有入睡迟的毛病，看见黄恬恬真的睡了，他不禁陷入了沉思。事实上，别看他刚才和黄恬恬辩论时，表面上振振有词，似乎成竹在胸的样子，其实黄恬恬今天的谈话深深打动了他，黄恬恬的观点无疑是更实际、更理性的。

他又想起了喻晓翔的话：顺势而为。买股票是"势"吗？好像是，但那是一时的表象，大家买股票是为了什么呢？挣钱，挣了钱干什么呢？恐怕对于大多数人而言，第一件事就是买房，买大房子，买好房子。自己是真的不想买房吗？不是，他只是看不上他自己现在能买得起的房子。像他说的，认为房子最终是个身外之物的人，在现在的中国，又有多少呢？自己在很多人眼里已经是个天上飞的人了，自己还是想买房子，这还不能说明问题吗？

朱小奇又进一步想：他自己之所以认为房价会跌，实质上很可能就是自欺欺人，因为他认为能够匹配自己的房子实际上他买不起，他其实没有正确认识现在的自己，没有理性地认清时下的自己在当今社会阶层中的定位。

想到这儿，朱小奇又保持自己一贯的作风，从书中找例子。他想起了这几天正在看的《蒙古往事》，成吉思汗在最重要的关头总是听取女性的意见，母亲或者妻子的，当他一夜之间离开他的义兄札木合的时候，当他在酒宴中间突然处死他的大萨满阔阔出的时候。当各种因素错综复杂之时，书中说：女性简单、直接，最接近正确的选择。

朱小奇下了决心。

2

第二天，朱小奇去公司上班，中午在食堂吃饭的时候，专门约了高旭晨，和他聊起了股票。高旭晨是研发部的，他是朱小奇刚到这家公司的老师，朱小奇刚来的时候就跟着高旭晨跑药品注册。

那时，朱小奇经常跟着高旭晨一起出差，到省里的药监部门报批资料、沟通技术问题、咨询专家，两个人成天泡在一起。

高旭晨是中国第一批股民，虽然没有大赚，但也没有亏钱，并且还有些小盈利，朱小奇开始是觉得好玩儿，因此也有样学样，买了一个专门炒股的大屏幕的 BB 机，开了证券账户，两个人经常在一起讨论，就像做游戏一样，炒股似乎成为他们生活中一项重要的娱乐项目。

第二年的时候，新来的研发部部长不知是出于公司发展的需要，还是权力制衡的考虑，开始有意识地重用朱小奇，把新药研究中的药理药效和临床研究的部分交给他单独运作，这让两个人的关系一度略有微妙。

不过时间不长，由于公司市场学术的工作越来越重要，而彼时的医药企业，营销的重要性其他部门无法望其项背，朱小奇所在的公司学医学专业的人很少，因此人力部门的一纸调令，朱小奇就从研发部调到了营销公司的市场部。

从那以后，两个人虽然不在一个部门了，但关系反倒单纯了，再加上之前半师半友的情谊，因此经常聚在一起活动，当然，交流股票操作是其中的重要内容。

虽然两个人对炒股的心态都像是在做游戏，但其实朱小奇非常看重高旭晨的观点，因为高旭晨是个非常理性的人，对数字极其敏感，这一点恰恰是朱小奇所欠缺的。朱小奇炒股赚了钱，和他听了高旭晨的意见有重要关系。

出于朱小奇自以为能认清大道理的优点，他能够做到，在股票下跌时坚决补仓，并且一旦下定决心，还具有赌徒素质，敢于押上全部资产。但在股票上涨的时候，能够拿得住，不患得患失，就不是朱小奇所擅长的了。

当时，就是因为他听了高旭晨的意见，没有在上涨波动中卖出，而取得了较大的获利。因为他坚信，如果以高旭晨的严谨理性，都认为可以不急于卖出的话，那么风险就不大。

现在，又到了重要关头，所以朱小奇非常想听听高旭晨的意见。果然，高旭晨还是一如既往的理智，他认为此时割肉毫无必要，他的观点是：从历史上看，导向性明显的政策的效果都是滞后的，无一例外，因此大盘在暴跌之后一定会反弹，他预计过几天后，政策就会吹吹暖风，到那会儿反倒不好说了。

但是，从去年年底大盘启动到现在，整体股票平均价格已经从 5 块涨到了 12 块，如果从价值投资的角度来说，根本不值那个钱，累积的风险确实已经比较大了，如果涨幅比较大的股票，等到有反弹的时候，还是要尽快出。

他预计过段时间股市恢复到现在的点位应该没有问题，但回暖以后还能涨到多少，谁也说不准，但那一轮上涨无异于火中取栗，他是不会冒那个险的。

朱小奇深以为然，他又问高旭晨他自己目前是否减仓了，高旭晨说他只象征性地减了一点儿。朱小奇点了点头，决定自己再坚持一下，忍住，一股也不卖。

3

过了几天，朱小奇与黄恬恬约好晚饭后去看房。两个人来到城邦花园，首先看了之前房产中介给黄恬恬推荐的小三房，但朱小奇第一眼就没相中，他发现有一间卧室的门就开在客厅里，使得客厅显得极为狭小不说，那间卧室又毫无私密性。另外整个小区也很小，房子也比较旧。实话说，朱小奇第一眼的感觉是比自己现在住的宿舍小区差不少，要不是之前也曾经看过这片名校区的其他几个小区的房子，朱小奇肯定会大失所望，扭头就走。

朱小奇还记得第一次看离城邦花园不远处南城花园的情景。当时通过中介介绍，说这个小区的价格较低，他们勉强还能买得起。在黄恬恬的坚持下，两个人就去看了一下。到了一看，房子呈曲线状，表面斑斑驳驳，进去之后居然是通走廊，而这竟然是 8000 元 / 平方米的房子，令一向觉得自己挣钱还不是很少的朱小奇愤慨大于沮丧。

也可能就是前几次类似的看房经历，让朱小奇在心中深深刻下了房价虚高、其中有鬼的判断。

朱小奇不甘心，又看了四房，整体感觉除了没有阳台，与他目前住的房子相比，还算差不多。朱小奇心存幻想，又看了这个片区最贵的小区，百佳二期。一看之下，感觉在之前看房经验打底的基础上，这个小区的整体建设和户型还算符合他心中的家的样子，但仔细一盘算价格，每平方米接近三万元，朱小奇不禁心中火起，默默骂了一百遍奸商。

两个人跟中介说再想想，回家商量了起来。黄恬恬认为朱小奇肯定又不买了，但朱小奇这次在回家的路上，把那天晚上的决定又前思后想了几遍，不断告诉自己，下定决心，绝不动摇。因此他毫不迟疑地对黄恬恬说他想清楚了，就买城邦花园的四房，190 万元，首付款付一半。黄恬恬此时反倒有些犹豫，她认为他们第一次买房，没有必要买那么大的，而且还款压力也比较大。

朱小奇那会儿还不明白什么是金融杠杆，只是心下一算，感觉卖些股票，付一半没问题，而且每月的月供，自己一个人的工资的一半就够了，应该不会影响日常生活。

黄恬恬听朱小奇这么说，心下不禁暗自吃惊，因为家里一直都是她的工资负责日常开销和自己的支出，而理财攒钱的事她从不过问，她还真没想到朱小奇这几年炒股还真是挣了不少钱。

听朱小奇这么一算，黄恬恬点头同意了。

朱小奇让黄恬恬第二天就和中介联系，先付几万块钱诚意金，再给他十天时间筹措首付，因为朱小奇认为自己的股票再有十天就应该就又能上涨到 5 月 30 日印花税上调政策发布前的高点，甚至超出。

及至到了需要支付首付款的时间，朱小奇的股票已经接近了前期高点，但此时的大盘已然又创了新高，别的股票呼呼地涨，气得朱小奇一个劲儿诅咒自己持有股票的公司董事长赶紧下台。

朱小奇决定再赌一下，因为凭他的经验，事情往往就是在最后打算放弃的关头有所转机。

他又给高旭晨打了电话，高旭晨告诉朱小奇他已经清仓了。"再涨已经跟我没关系了，太吓人了，连一万点都喊出来了，我现在只留了100 股，权当玩了。"

放下电话，朱小奇让黄恬恬给中介打了电话。"再给三天时间，一定付款。"

如有神助，跟中介打完电话的第二天，朱小奇的股票突然开盘即拉了个涨停，第三天又以涨停开盘，朱小奇当时正在开会，会后他急忙赶到办公室，此时涨停已经被打开，朱小奇在犹豫了一下后，决定坚持自己的操作习惯，要出全出，一次性以当天 7% 的涨幅清盘了。

4

朱小奇和黄恬恬终于在这个工作了接近十年的城市有了自己的房子，但说实话，朱小奇当时基本上没有任何感觉，他总觉得这套房子跟他想象当中的不一样，或者说，朱小奇根本不知道自己需要什么样的房子。

而黄恬恬就不一样了，她非常高兴，所有的空闲时间都用来设计、装修他们真正属于自己的家。

开始，她一定要拉着朱小奇去，但当朱小奇勉强去了两次，而每次去又很不耐烦时，黄恬恬也就不再拉他了，一个人辛辛苦苦地忙碌。

房子陆陆续续装修了半年，黄恬恬是想在 2008 年新年到来之前搬进去的，因此除了上班，基本就在新房和各种装修建材、家居电器商场之间奔波。

其间，朱小奇仍是基本上每个星期都出差，特别是那个大型芪苷RA 中药注射剂临床再研究项目启动后更是连轴转，几乎每个周末都是在外面开会，一周中间回个两三天就又走了。

黄恬恬开始还没什么，等到后面新鲜的感觉渐渐淡去，而烦琐的事情越来越多的时候，不禁有些埋怨。

她也不一定要朱小奇做什么，但她想：至少这是两个人的家，互相商量商量，有时忙不过来的时候能主动搭把手，出个主意总是好的，也是应该的吧！

最初装修队的或卖家居建材的人说:"就你一个人来的呀,你老公呢?"黄恬恬还不觉得什么,可到了后来,她感觉似乎每个人都很同情她,带着异样的眼神看她的时候,黄恬恬真的有些伤心,有些生气。

当她向朱小奇抱怨的时候,朱小奇却是一副无所谓的样子,觉得黄恬恬好像有点儿没事找事,他们俩难道不是一直都是这个样子的吗?他负责家里大事的开销,而她负责日常的家居生活,为什么现在如她所愿买了房子,反倒这也不对,那也不对了呢?

两个人虽然没有为此发生过激烈的冲突,但令朱小奇没有想到的是,他没发现,但黄恬恬却有了感觉,她第一次产生了心寒的感觉,而这一点,在他们为没有孩子这件事发生了那么激烈的争吵的时候,她都不曾有过。

在即将完成装修的一天里,发生了两件事,在黄恬恬的心里刻下了深深的伤痕。

那天下午,黄恬恬在看着安装工人组装客厅里的隔断架。可能是确实比较难装,也可能这个工人对业务不熟练,本来开始说半个多小时就能装好的隔断架,从下午两点装到五点钟也没装好,黄恬恬看着他左摆弄,右鼓捣,也跟着上前帮忙。

等两个人好不容易安好了,黄恬恬却发现最上边的隔断板有些歪斜。于是她向安装工人要求,让他把隔断架重新安装一下。

那位工人想来也是费了九牛二虎之力才把隔断架装好,一个劲儿跟黄恬恬说都是这样的,磨磨蹭蹭,就是不肯重新装。

黄恬恬又烦又气,自己爬上梯子,准备把那块挡板卸下来,不想,身子一闪,差点儿摔下来,吓得那个工人赶紧去扶。黄恬恬下意识地用手去撑，胳膊肘在隔断架的角上重重地划了一下，等到那个工人把黄恬恬扶下来一看，胳膊肘上蹭破了一块皮，血印森森。

黄恬恬又疼又累，一时之间觉得自己好可怜，不禁哇的一声大哭起来。安装工人吓了一跳，一个劲儿地道歉，并保证一定重装。

但黄恬恬此时悲从中来，哭个不停，那个工人也不知该怎么办，只是问黄恬恬要不要去医院处理处理。

黄恬恬摇着头，自己拿了红药水和棉球，涂擦了一下，但仍是抽泣着。安装工人此时在惶恐中给自己的一个同伴打了电话，告诉黄恬恬他们两个人会装得好一些，并且保证一定给她装好。黄恬恬此时平静下来，木木然，点头同意，说："都行。"

等那两个工人装好隔断架，在道歉中离去的时候，黄恬恬默默送走了他们，一个人在客厅里发呆，脑子里一片空白。她不由得黯然神伤，心想：为什么事情总是和她想的不一样呢？

她一直梦想着有属于他们自己的房子，现在有了，自己为什么一点儿也不像她一直以来想象的那么高兴呢？是怪朱小奇一点儿都不上心吗？

但是，朱小奇确实就像他自己说的，一直都是这样子的呀。是自己太累了吗？可能，也许是吧。

黄恬恬摇了摇头，自我振作了一下，安慰自己说：快了，马上就好了。她站起身来到书房，准备把书从纸箱取出来摆到书架上，装修搬家就要彻底结束了，这基本上是最后一项工作了。

书是前两天朱小奇在家的时候，黄恬恬嘱咐他必须装好的。但是，黄恬恬生气地发现，朱小奇根本没有按她说的有规律地摆放，而是抓住什么是什么，根本没有分门别类。

她强压着怒火，尽量按类别摆放着。在抽到一本大部头的《英汉双语辞典》时，她发现硬挺的封面张开着，于是，她打算把它抚平整理一下，却从里面抽出一本薄薄的很旧的小书，是琼瑶的《匆匆，太匆匆》。

黄恬恬有点儿疑惑，因为朱小奇经常宣扬：他不买女作家的书，因为视角太狭窄。为此，黄恬恬还和他争辩过。随手一翻，在书的扉页上，用蓝色钢笔写着一首诗：

> 想我悠悠的从前
>
> 一只风筝飘飞蓝天
>
> 从前的阳光
>
> 恰似你莲花开落的容颜
>
>
> 也许无奈是一种考验
>
> 欢欣本是一种淡然
>
> 怜你 爱你 是幸福的源泉
>
> 水中的月儿 圆了碎 碎了圆
>
> 可我有那丝丝的柔情啊
>
> 那是你永远无法扯断的爱恋

在诗的下面，写着：给我的宝宝，猪猪。

黄恬恬的眼前一黑，心一颤，腿一软，她蹲在了书房的地板上。没有眼泪，她只是觉得无力。

黄恬恬不是不知道朱小奇在上大学的时候谈过恋爱。但是她感觉，她不能再欺骗自己，她必须承认，朱小奇不会给自己写这样的诗，他在痛苦无力，他在欲罢不能。他对她有过这些吗？

她回想起他们第一次亲吻，第一次发生关系，太快了，是吗？黄恬恬，你真傻，你好傻啊，黄恬恬，你沉迷了，你沉醉了，你等了他很久了，是吗？可是他呢？

她想起两人吵架后他一副理智平静的样子，她想起他哄她的时候那副嬉皮笑脸没心没肺的样子，她想起他每天游离在自己世界里怡然自得的样子，她想起在她登高爬低装修他们自己的家的时候他在远方喝酒演说的样子，她想起了那个看见他割破了手心急如焚的自己，她想起了他第一次亲吻她时那个喜不自禁的自己，她想起了他第一次抱住她时那个不忍拒绝的奉献身心的自己，她想起了在他答辩时那个一个人孤零零地去做手术的自己，她想起了他在沙发上看书时那个四处收拾忙碌的自己，她想起了现在的自己，似乎永远只是一个人的自己……

5

窗外，天色已然暗下来了，月亮悄悄地升上了天空，一片淡淡的云彩掩映在月亮的前面，与月亮里的暗影相映成趣，和谐而美好。慢慢地，云和月渐渐地分开了，一点儿一点儿的，距离越来越远，看不出是月亮在走，还是云在走，只有天边的星星隐约地闪烁着光芒，似乎一动不动，然而，它的光是那么冷静，微弱而睿智，洞穿一切，仿佛在轻声诉说，你看见我时，我已经不在了，那是我身体最后的火焰和热情，再见，再见，记住我吧，我曾经在过。

周围的一切都静静的。对面的楼里，家家户户都亮起了灯，灯光明暗不一，衬得房前的树影一片婆娑。树影摇曳着，似乎是它扇起了风，而风向四处吹着，似乎可以吹到每一个角落，任何一个地方……

第六章
晃晃悠悠的大学生活（一）
扑克　方便面与港台电影

1

朱小奇五年的大学时光基本上可以用晃晃悠悠来形容，这也就是当他第一次看到石康的小说《晃晃悠悠》的书名时，就在心中产生了强烈共鸣的原因，当然，书的内容让他略有失望。

大学里大部分时光，他对学业不热爱不专心，对生活无渴望无追求，其程度到了令人发指的地步，以至于工作多年后的朱小奇还经常梦见考试，而当他考试的时候，突然发现这门课程似乎从来没有听过，作业似乎从来没有做过。

不知所措，焦急，惶恐，一下从梦中惊醒的时候，朱小奇仍然会志忐不安很久。及至仔细回想几遍，确认他自己的的确确已经毕业，并且工作了很长时间的时候，朱小奇不由得长出一口气，心跳渐平，同时，心底涌起难以名状的懊悔，岁月蹉跎。

朱小奇并没有怀着对美好新生活的向往来到相邻城市的这所大学，或者，毋宁说，他实际是抱着一种自暴自弃的心态来上大学的。高考的失败彻底击碎了他迷迷糊糊躲在蚕茧里的梦，让他彻彻底底地认清了这个世界与自己无关，他就是芸芸众生之一，一个普普通通的人。

内蒙古这座中心城市的大学，由于学校本身的实力、知名度以及地域的关系，报考及录取的学生大部分都来源于内蒙古的各个盟市、旗县（市、区），其他还有个别来自北方其他省市的生源，来自南方的学生寥寥无几。

朱小奇所在的宿舍有六个人，都是来自内蒙古的，除了一人是蒙古族外，其他都是汉族。他们也像所有大学宿舍的不成文的规定一样，聚在一起先排了大小，朱小奇是老四。

老大郝建强当时看起来非常有个性，但后来想来他其实是一个非常务实、对自我认识很清楚、生活目标很清晰的人。上大学也是上学，其主要任务就是学习，他读书认真，早背诵，晚自习，一副忙碌充实的样子，对所有人都敬而远之，不浓不淡，早早就给自己找好了位置，也让别人把他放在了似乎他自己希望的位置。

老二肖伟奇是一个非常开朗热心的人，朋友遍天下，男女通吃，大家似乎都很喜欢他，对生活的态度是永远快乐，想那么多干吗？他经常晚上和四处的朋友聚会，似乎也没有与宿舍的人更近一些，这样性格的人往往是这样的。

老三毕力格是一个蒙古族人，外表憨厚，内心纯朴，总是一副笑眯眯、急匆匆的样子，他的普通话说得还有些生涩，一字一顿的，并且经常用的词不是很贴切，有时颇为搞笑，宿舍里的人，特别是老六，经常拿这一点制造些娱乐气氛。

老五周东海虽然是小孩儿心性，但是外表成熟刚毅，眼神温和，很招女孩儿喜欢。

老六李江鹏是个小胖子，圆圆白白的，整天乐乐呵呵，爱开玩笑爱看小说，很有音乐天分，听过的歌，拿个笛子摆弄摆弄，就能大致吹出那个调来，是朱小奇他们宿舍的活宝，活跃气氛的中心人物。

朱小奇当时主要就是和老五老六每天混在一起，三个人出于各自的原因都准备大肆浪费和挥霍青春，因此一拍即合。他们首先选择的挥霍方式是打扑克和看电影。

那会儿流行的扑克玩法是"三抠一"和"升级"。"三抠一"是四个人玩，规则如名，三个打一个。"升级"可以四个人，也可以五个人或六个人，基本原则与"三抠一"类似，只不过是合伙原则的区分不同，适应了人数的多少。那会儿他们大部分时间都是三个人固定，根据情况再拽上老二或老三，或者其他宿舍的同学，老大是永远不参与的。起初，朱小奇他们三个人玩得不亦乐乎，计分排名，输了的要请宵夜。

20世纪90年代初期上大学的那一代人，还处于物质生活正在好转上升的起步阶段，大家永远处于一种饥饿状态，对"吃"怀有一种时时刻刻都准备战斗的热情和渴望。作为宵夜，一般来说，最奢华的大餐就是煮方便面。

方便面作为当时宵夜王中王的顶级诱惑，有这样一件事可以证明。

直到距离进入大学将近二十年后的朱小奇，尽管已经几乎吃遍了大江南北的美食、花样百出的宵夜，在家里，在晚上，仍有不时想煮一袋方便面的冲动和习惯。

朱小奇他们那时候，一到晚上，肚子里本身的空虚，加上心灵的空虚，时间的充裕，再加上青春的躁动，能量的过剩，胃液分泌恣意横流，荷尔蒙鼓噪激荡，晚上总想干点儿什么，而干点儿什么的最终动作一定是想吃点儿什么，而吃点儿什么的至臻优选就是方便面。

朱小奇他们一般是买两袋，幸福而急切地揣在衣服里，一路捧回来，架上酒精炉，焦急地等待水开，等到水一沸腾，撕开包装袋，拿出方块状的面饼，轻轻放入，再撕开调料袋，虽然那时买的都是只有一袋调料包的方便面，但放进去，混合一煮，伴随着周围人一个个咽口水的声音，喉结上下滚动的声音，故作平静的喘息的声音，在众人急切盼望的目光中，水又沸腾了，夜晚的方便面，发出难以名状的魔力，香味扑鼻，直钻入肺、入胃、入脑、入血，全身百骸，馋虫跃跃，奇痒难耐。

所有人都等待着这一刻，连老大都一个劲儿说"好香"。其他人则都是一副探头探脑的表情，像动画片《人参果》里的猪八戒闻到了人参果的香味，老二老三总是涎皮赖脸地从床上溜下来，连说："受不了，受不了，实在受不了，就一口，就一口。"

其他宿舍也经常有人闻香而来或定"食"而来，因此基本每次晚上的方便面饕餮大餐总是在一片笑骂声中被哄抢而光，大家往往意犹未尽，带着不满足的口腹之欲，各自睡觉。

有一次，隔壁宿舍的那森仓（蒙古族）破天荒煮了一包方便面，大家闻香而动，互相奔走相告，于是，迅速聚了一屋子人。那森仓见状不妙，不停地解释是自己感冒了，想吃点儿热的发发汗，请大家"高抬贵口"，但大家哪里肯依，等到锅一开，一拥而上，此时，那森仓也不知是急中生智，还是确实是感冒了，冲着刚刚开盖的锅"阿嚏"一声，大家只得在笑骂声中徐徐散去，一时传为笑谈。

2

那会儿看电影，影院里放的比较受学生欢迎的是 20 世纪 70 年代末期的琼瑶电影，"二秦二林"（秦汉、秦祥林、林青霞、林凤娇）是当时的大众偶像。《女朋友》《爱情火辣辣》《心有千千结》等文艺爱情片情节简单、人物雷同，但剧中人物感情纯真、演员漂亮，朱小奇还比较喜欢看，他非常喜欢秦汉当时的发型，立志自己也要留一个。

迷了一阵儿扑克和电影后，朱小奇、周东海、李江鹏又喜欢上了看录像、打台球和打电子游戏，特别是看录像和打电子游戏，成为他们三个人和当时许多大学生最主要的娱乐生活。

20 世纪 80 年代末 90 年代初一直到 90 年代中后期，全中国的大街小巷里都充斥着各种条件简陋、烟雾缭绕的录像厅。相对严苛的电影审查制度，使影院放映的影片内容陈旧，趣味索然。其他的娱乐诸如卡拉OK 还未普及，价格偏高，而录像厅放的片源却要广很多，价格也便宜，最适宜打发时间。

彼时正是港产片的黄金时代，风靡全国，成为整整两三代人的青春记忆，深刻地影响了他们的世界观、人生观、价值观和审美观。

《英雄本色》《喋血双雄》《纵横四海》《倩女幽魂》《笑傲江湖》《东方不败》《鹿鼎记》《神龙教》《黄飞鸿》等枪战武侠类影片，朱小奇们如数家珍，神魂颠倒，欲罢不能。周润发、邓光荣、张国荣、李修贤、刘德华、吴镇宇、梁朝伟、李连杰、郑伊健、张耀扬、周星驰、王祖贤、张曼玉、林青霞、关之琳、钟楚红、梅艳芳……成为他们各自的梦中情人、兄弟姐妹，这一时期的港台明星成了朱小奇们青春生活的重要的组成部分。

当然，有相当多的录像厅在晚上的时候，也经常偷着放映一些香港的三级片，更是让这些没见过世面的小伙子一个个如刘姥姥进大观园，眼界大开，心智初醒，目乱神迷，兴致勃勃。

朱小奇对港产片尤其迷得厉害，从初中时起，他就非常迷恋港台剧。《霍元甲》《万水千山总是情》《武则天》《射雕英雄传》《再向虎山行》《绝代双骄》等都让他魂牵梦绕，如醉如痴。

由于当时家里管得严，朱小奇还不能由着性子看，只能隔三岔五、东拼西凑地看。现在，一个人自由了，加之高考把朱小奇在真实世界里的梦击得粉碎，因此，港产片里带来的梦彻底把朱小奇吸引住了，他沉湎其中，不能自拔。

朱小奇觉得电影里的世界才是他梦想的世界，侠肝义胆，儿女柔情，江湖风波险，英雄豪气生，而眼下世界里的一切都让他感觉太乏味、太无聊、太寂寞了。

一天下午，朱小奇、周东海、李江鹏在上了一节生化课后，又相约旷课溜出了校园，来到了他们常去的一家录像厅消磨时间。

那天下午，录像厅两场连放，播映的正是许冠杰、张学友主演的

《笑傲江湖》和李连杰、林青霞主演的《东方不败》。剧本虽然把朱小奇差点儿都要背会的金庸先生的原著改得支离破碎，一塌糊涂，但是电影拍得节奏紧张，剑拔弩张，气势磅礴，人物一个个演绎得神采飞扬，慷慨豪迈，更兼主题曲《沧海一声笑》铿锵激扬，荡胸生云，令朱小奇他们三个人大为心折，兴奋地鼓起掌来。

等到录像放映结束散场时，天色已经暗下来了。三个人怀着激动不已的心情走出空气污浊，然而带给他们激昂的情绪、莫名的梦想的小屋，讨论着心得，描述着打动自己的情节，互相感染，互相刺激，一时之间，都仿佛觉得自己也正是江湖儿女，英雄豪迈，意气相投，兄弟情深。

李江鹏再次显露了他乐感优秀和细节敏感的特点，不但把曲子哼得八九不离十，词也基本说得差不多，三个人反复回想，哼唱，越唱越熟，穿着军大衣搂抱在一起，挺胸抬头，雄赳赳，气昂昂，豪情满怀地走在寒冷的风中，激情四处激荡，无处释放。

正在此时，李江鹏突然得意地说："你们谁能把东方不败朗诵了几遍的诗背出来？"朱小奇和周东海两个人仔细回忆，然而记忆里林青霞豪气冲天、眉眼俱飞、仰天大笑的神情倒是历历在目，诗却一句也想不起来。

两个人不禁被李江鹏撩拨得心痒难耐，一个劲儿催他别卖关子，赶紧说。只见李江鹏拿腔作调，一字一顿念道："天下风云出我辈，一入江湖岁月催。皇图霸业谈笑中，不胜人生一场醉。"朱小奇和周东海两个人一听之下，不禁大声叫好，击节赞叹，跟着李江鹏一句句反复吟诵，越发心潮澎湃，豪情满怀。

朱小奇只觉得血往上冲，激情难抑，搂着两个人喊道:"今晚我请客，咱们兄弟一醉方休!"另外两个人更是大喜过望，激情终于有了归处，齐声叫好。于是三个人搂搂抱抱，一路欢歌，直奔学校后边，朝着他们每天想去，而每月有限固定的生活费不容许他们常去的"好好饭馆"昂然而行。

3

好好饭馆是当时朱小奇他们最盼望的解馋、喝酒、抒怀发泄的好去处，相当于武侠江湖的悦来客栈，只是手头拮据，一学期也就能去个三五回，因此格外珍惜。

好好饭馆的老板夫妇俩三十多岁，都很有文艺范儿，男老板留着郑伊健的发型，两撇陆小凤似的小胡子。老板娘的头发比老板还短点儿，但越发显得青春活力，眼睛很亮，像一头刚从森林里蹦出的小鹿，胸脯饱满，这一点是其他同学告诉朱小奇的，朱小奇对女孩子的审美观从小到大就没变过，脸就是一切。朱小奇在生活中见过的有限的几个女性短发更漂亮的，老板娘是其中翘楚。

老板夫妇俩好像没有孩子，至少朱小奇从来没有见过。两个人经营饭店很有人情味，一是从来没有因为要打烊赶过客人，特别是学生，二是经常送点儿花生米、烂腌菜、拌腐竹之类的小菜，三是照顾学生手头紧，比较贵的菜，如炖牛肉、炖羊肉、烧排骨之类都特意准备了小份和中份，而相应的分量并没有少那么多，明显含有照顾的成分。学生们也非常领他们的情，经常光顾。

朱小奇非常喜欢这夫妇俩的还有一点是，虽然两个人和许多学生都认识，甚至很熟，但从来不像一些北方人那样，一混就熟，一熟就没边儿没界的，什么都问，什么都说，而是非常得体，只要布置好吃喝，客套几句后，总是静静地自己忙自己的事，让大家尽情地谈天说地，除非个别学生盛情邀请，才略显矜持地回应一下，因为这个，朱小奇一直疑心他们是南方人。

朱小奇他们三个人走进好好饭馆的时候，因为已经比较晚了，小饭馆里八九台桌子恰好就只剩下一桌，朱小奇他们赶紧挤过去坐下。老板耳朵上夹着一支笔走过来，笑着问他们哥仁儿今天想吃点儿什么，李江鹏笑嘻嘻地说："老板，我们今天主要是喝酒，你做主给搭配一下，让我们喝的时间长点儿，还别太花钱。"

李江鹏搂了搂朱小奇的肩膀，说："这学期我们这哥们儿已经是第二次请客了，再往后就没钱吃饭了，哈哈。"朱小奇此时把胸脯一拍，说："没关系，今朝有酒今朝醉，随沉浮浪，只记今朝，今天一定要吃个痛快，喝个痛快！"

老板笑了笑，"这样吧，你们哥仁儿先一人来三个馅饼。"朱小奇和周东海一指李江鹏，李江鹏指着自己，异口同声说："五个，他（我）。"老板乐了，"好，那就先来十一个馅饼填填肚子，然后两个凉菜，花生米和拌腐竹，三个热菜，葱爆羊肉、木须肉、宫保鸡丁，今天刚做的猪皮冻，我送你们一小碟，行不？"朱小奇三人齐声道谢。

好好饭馆的馅饼很香，后来朱小奇回忆，应该就是北京所谓的门钉肉饼，只用羊肉和洋葱作馅，外皮煎得金黄，怎一个香字了得。

朱小奇他们就着凉菜、馅饼，叫了一瓶低度白酒，河套陈缸。当时朱小奇他们都比较喜欢这个酒，入口比较绵柔，酒劲儿比较平和，适合打持久战，边喝边聊。

话题先从刚看完的电影开始，又到金庸的小说、古龙的小说，主要是朱小奇和李江鹏在聊，周东海相对这方面涉猎得少一些，最后话题来到了三个人都感兴趣的永远的主题之一：学校、年级哪些女孩儿长得漂亮。

这种话题一般都是李江鹏抛出主要观点，然后朱小奇和周东海各抒己见或进行局部的修正。李江鹏今天的观点是（他的观点经常发生细节性的调整），他经过认真观察和反复推敲，总结出了本年级的四大美女：第一，温晓晴，身材好气质好，走路宛若水上漂；第二，张悦，身材凹凸有致，皮肤吹弹可破，但是五官略差；第三，何燕玲，身材脸蛋都在中等，但胜在气质出众，一副含苞待放的模样；第四，图雅，中规中矩，中等偏上，按说同样等级的女生也有，未必是她占上风，但考虑到蒙汉一家亲，为促进民族大团结，因此入选。

三人哄笑一番，顺势又干了一杯，朱小奇首先提出不同意见，认为田小莉面容清秀，活泼可爱；夏晓芳瓜子脸，有一种古典美，都该入选。

李江鹏立即撇嘴，连连摇头，说："田小莉个子太矮，走路有点儿弯腰驼背，还是外八字。夏芳也是，个子不行，腿太短，不协调，当个布娃娃看还行。你对女性的审美观太差，只看脸，全是一个类型，一叶障目，不见泰山。"

周东海点头附和李江鹏，拍着朱小奇语重心长地说："老四，你看女人真不行。老六这一点比你强多了。"然后，又掰着指头说："我基本同意老六的观点，不过，我认为陈青凤也不错，只不过不会打扮，如果好好化化妆，应该相当不错。"李江鹏也点头称是，两个人假模假式地握了握手，又揶揄了一番朱小奇，三个人哈哈大笑，又连喝了两杯。

4

就在这时，一群人从外面说说笑笑，吵吵嚷嚷地走了进来。一看见朱小奇他们，其中一个人就乐呵呵地跑过来打招呼。三个人一看，原来是药学系的孙志宏，他家是本市的，人非常开朗，亲和力很强，因此虽然朱小奇他们是临床医学系的，但由于一块儿上英语等公共课，所以都认识。

大家一阵寒暄，原来他们几个本市的刚才下了课去外边放风筝去了，有的人在食堂吃了，剩下他们几个出来吃点宵夜。"我们叫几个馅饼吃吃，可没你们哥仨儿奢侈。"孙志宏笑嘻嘻地说。朱小奇他们一看，好几个都挺面熟，而且其中有一个女生是他们班的沈雨溪，赶忙招呼一块儿坐。

这会儿就见识到孙志宏处理问题的得体自如了，他一边制止，一边张罗着他们一帮人先坐下，又问朱小奇他们喝了多少了，得知他们正喝第二瓶，于是孙志宏就出主意说："你们喝白的，我们四五个男的一人两瓶啤酒，各自正常进行，随时团聚，好不好？"众人齐声答应。

于是，两边落座，继续各自的活动。等到孙志宏那边的馅饼和啤酒一上来，周东海带头，领着李江鹏、朱小奇三个人上前敬酒。

朱小奇对这种和自己不是很熟的人客套很不擅长，要是他一个人在，多半儿会说话也不是不说话也不是，但好在今天和周东海、李江鹏一起，而这两个人又都是非常活络的人，并且今天酒至半酣，放开了很多，因此三个人都很自如，大家一片欢腾。

不一会儿，那边儿的几个人跑过来回敬朱小奇他们三个，他们班的沈雨溪也来了。朱小奇一直觉得她的脸色似有病容，但笑得很有感染力。几个人又说说笑笑地喝了一杯。

两桌人越喝越晚，好好饭馆里只剩下他们了。快结束时，孙志宏又跑过来跟他们喝了一杯，问他们今天什么日子，吃喝得这么快活？朱小奇他们说，是因为看了《笑傲江湖》，情难自已。

孙志宏一听，一个劲儿嚷道："同道中人，同道中人。"说罢，起立叫道："再来一杯！"然后，仰天唱道："沧海一声笑，滔滔两岸潮。"朱小奇他们三个迅速加入，接着那桌人也齐声加入，"浮沉随浪，只记今朝……"歌声一起，场面越发热闹，大家的情绪彻底被调动了起来。

于是，从那时开始，歌声就一直没停过。回学校的时候，大家走在马路上，一起手挽手，肩并肩，所有会唱的歌，只要有人起头，大家就一起合唱。

逐渐地，朱小奇成了领唱，从反复唱了几遍的《沧海一声笑》到《听妈妈讲过去的故事》《让我们荡起双桨》《摘下满天星》，甚至是七零后耳熟能详的广告歌曲"我们是害虫，我们是害虫，正义的来福灵，正义的来福灵，一定要把害虫杀死……"大家歌声一路，笑声一路，天上是圆圆的月亮，两边是高高的槐树，中间是一群快乐的年轻人，迎着凛冽而清澈的风，不时兴奋地互相看看，互相绽开毫无保留的笑容。

映着洁白的月光，朱小奇侧眼看见，沈雨溪的脸笑得非常开朗甜美，像春风化雨，像向日葵开放，像小鸟在第一抹红霞的灿烂中歌唱，像全世界上的万事万物都在跟着她欢笑，似曾相识，娇憨而明快……

第七章

晃晃悠悠的大学生活（二）

考试　野猫　《魂斗罗》与爱情

1

好好饭馆喝完酒的两三天，一次英语课后，孙志宏跑过来找朱小奇，给了他一张手抄的《沧海一声笑》的歌词，朱小奇非常感动，一个劲儿地道谢。

孙志宏笑着说："不客气，我们应该见过吧，大概三年前，一块儿打过篮球？""打过篮球？三年前？"朱小奇一脸困惑。"哈哈，应该是吧！我原来总去我姨妈家，她们家就在那座军工城市，你家不就在那儿吗？是在你们那儿的厂医院后边的篮球场，想起来了吗？"朱小奇冥思苦想，记忆一点点儿展开。

朱小奇回忆起他在上初三的后半学期，有一次眼睛被弹弓打伤而住进了他们厂的医院里，印象里似乎住了很久，因为在朱小奇的记忆里，有相当长的一段时间，他的眼睛已经没有什么明显的症状了，只是当从亮的地方突然来到暗的地方，或者从暗的地方一下来到亮的地方时，右眼适应光的能力明显比左眼差了很多，需要很长时间才能适应过来。

那时，他基本上除了每日要经历两次医生查房，大多数时间只是留在医院里观察。记忆里，那是一段孤独而充实、寂寞而惬意的日子。没事的时候，他就看看课本，做做作业，下午的时候，他经常一个人坐在医院的篮球场，阳光慵懒，微风习习，看一些专业的球队在那儿练球，有时场地空闲，也经常有外边的人进来打球，自己曾经和一群外边来的孩子打过几次球。

想到这儿，朱小奇的脑海慢慢地勾勒出孙志宏的影子，那个影子逐渐地越来越清晰，变成了眼前的孙志宏。朱小奇啊的一声叫出来，高兴地说："想起来了，想起来了，真巧，真巧，你的记性真好，我开始还真没反应过来。""哪里，哪里。"孙志宏说，"你是一个人嘛，好记，我们一帮人，不容易记住。"

说完，孙志宏又对朱小奇说："有缘啊，以后没事找我玩儿，我在2号楼404，除了周末有时候回家，大部分时间都在。""好的好的。"朱小奇发自内心高兴地说，"一定一定，我在3号楼206，常过来啊！"两个人互相拍了拍肩膀，各自上自己的专业课去了。

从那天起，两个人的关系亲近了很多，这种亲近的关系对朱小奇的人生观和人生道路的走向都产生了微妙而重要的影响。

目标明确，奋斗的人生，日子总是追赶着人跑，时间的短暂是因为每天想做的太多。浑浑噩噩，消磨的人生，日子一不小心就溜走了，时间的短暂是因为每天做的事都一样。

2

朱小奇还没反应过来呢，离期末考试的日子已经只有两三个星期了。朱小奇、周东海、李江鹏还有许多像他们一样整天晃晃悠悠的学生这下慌了神，一个个开始紧张起来。

朱小奇他们宿舍在老大的带领下，开始了认真学习、早出晚归的生活模式。但日子混得久了，想改谈何容易，朱小奇花了很长时间，才从巨大的惰性和越来越逼近的考试压迫感当中唤醒自己的学习状态。

他找到学习认真的同学划了老师讲课的重点。但一算时间，七八门课，凭自己的智商估计很难有时间都看完，因此朱小奇又根据自己对教材一般逻辑的理解，自行圈了重点中的重点，然后调整自己，从在图书馆或大教室呆坐着，眼睛看着书，大脑一片空白，逐渐到眼睛和大脑建立了联系，开始记忆，直到形成疯狂记忆的状态。

考试前的两个星期的那段时间，特别是后半段，朱小奇基本上处于一种极度亢奋的状态，每天只睡四五个小时，某种程度上，这种行为模式的反复训练也为他日后考研冲刺积累了突击学习的经验，奠定了侥幸成功的基础。当然，害处是显而易见的，基本上通过这种集中突击，死记硬背装在脑子里的东西，用不了几天，就从脑子里悄悄地溜走了，不带走一片云彩，正所谓"泥上偶然留指爪，鸿飞那复计东西"。用俗话说，就是属耗子的，撂爪就忘。

朱小奇在最后临近考试的日子里，总是坐在大教室，一直看书到关灯关门，坚持到最后一刻才往回走。回到宿舍，在大家互相调侃一阵后，朱小奇、周东海、李江鹏三人还要继续挑灯夜战，虽然这会儿的效率很低，三个人难免互相闲扯，但至少态度上的认真准备会让人心里舒服一点儿。

朱小奇根据这种情况，发现他们三个凑在一起不可能不互相影响，就决定这段形式大于内容的时间，只看白天看过的，稍微加深一下印象即可。

这一天，三个人仍然一边各自躺在自己的床上看书，一边不时地互相嬉笑一阵。李江鹏不住地唉声叹气，一个劲儿地念叨："完了，完了，铁定看不完了，哥们儿这次要栽了。"朱小奇也配合着他的感伤气氛，长吁短叹。周东海倒一反常态，不住地说："会有办法的，会有办法的，到时脑洞一开，砰的一声，答案就跳出来了。"李江鹏一脸诧异地盯着周东海，夸张地说："你见鬼了吧，还是有什么阴谋诡计，你为什么这么笑，老四老四，你看，今天老五的眼睛贼亮，笑容诡异，好吓人啊！"朱小奇看了一眼，也觉得有点儿异常，笑着附和，而周东海此时越发地眨着贼光烁烁的小眼睛，笑容越来越暧昧。

正当大家闹成一团时，门外突然传来一阵窸窸窣窣的脚步声，越来越近，当脚步声似乎已经就在他们门前的时候，声音停止了，朱小奇他们三个人互相看着，都愣了神，竖起耳朵，大气也忘了喘，过了一会儿，门外传来了一声轻轻的、但清清楚楚的叹息声，悠长而断续，压抑而痛苦，三个人的表情此时彻底严肃了，一动不动，高度戒备。叹息声似乎变成了轻声的呢喃，然后一阵寂静之后，窸窸窣窣的声音再度响起，慢慢远去，终于消失了。

三个人此时泥塑木雕一般，愣了好半天，李江鹏才说："不是真的有鬼吧，这是怎么回事，什么东西？"周东海说："应该是人，八成是个精神病，可能看见这有光，跑过来了。""不可能，"朱小奇说，"很可能是谁有梦游症。这会儿宿舍门都锁了，精神病怎么能跑进来？""睡觉，睡觉。"李江鹏说，"把灯关了，甭管是人是鬼，别招他了。"

三个人关灯躺下，但朱小奇却辗转反侧，怎么也睡不着，那一声悠长的叹息声仿佛总在他耳边萦绕作祟，于是朱小奇建议他们三个人出去查看一下到底怎么回事。李江鹏一开始并不同意，朱小奇知道周东海是一个比较随和，不太会拒绝别人的人，就一个劲儿地鼓动他，果然，周东海同意了，李江鹏也不好因为自己让这次活动无疾而终。

于是，三个人，周东海一只手拿着一个大手电筒，另一只手拎着一把铁尺，朱小奇双手拿着一个厚厚的搓衣板，李江鹏手里拿着一把拖布，轻轻地打开宿舍门，蹑手蹑脚地走了出来。

外面漆黑一片，大手电筒的功率很足，挖出一道深深的光束，通向远方，在这束光亮和积聚的勇气下，三个人胆气大壮，一路探寻，一直走到了楼下，但踪迹全无，什么也没发现。朱小奇他们无计可施，回到宿舍，一来确实睡意太盛，二来心结至少暂时解开了，很快就沉沉睡去。

第二天，他们四处打听，但大家都说不出个所以然来，有的说可能是精神病人跑出来了，有的说可能是谁在恶作剧，有的说这么多学生，也保不齐谁患有梦游症，也有的说是猫，楼道里曾经发现过野猫，还有的说是朱小奇他们三个人故意作怪。

朱小奇他们对此事满怀热情地调查、争论了两三天，也没弄清楚到底是怎么回事。

随着考试的开始，大家进入了紧张的一轮一轮的考试和复习中，这件事也渐渐被淡忘了，但这天晚上的经过和令人恐怖的叹息声却一直深深地印在朱小奇的脑海里，犹在耳边。

直到多年以后，有一次，朱小奇在一个破旧的乡村，天色渐黑，他似乎是和两三人出去游玩，回来往住宿的地方走的时候，亲眼看见亲耳听到了一只野猫在草丛里发出了那种声音，悠长而断续，压抑而痛苦，压在朱小奇心中多年的困惑才算真正释然。

但是，他从此对黑色的猫，特别是在黑色的夜里出现的黑色的野猫，怀有一种不可名状的恐惧，总觉得它们似乎能通灵到某种未知的、可怕的秘密。

考试结束了，朱小奇的临阵磨枪发挥了作用，每科平均 70 多分，最好的生理课 80 多分，总算过关了。周东海也涉险通过，但李江鹏有一门要补考，好在李江鹏是个心宽体胖的，还是乐呵呵的。

3

寒假期间，朱小奇发誓新的学期不能再像原来那么混了，考试临近的那些日子太痛苦，太吓人了。在朱小奇的心里，学习不认真和补考还是两个性质的问题，万一补考，那可太丢人了。

　　但是惰性的车轮一旦开启，惯性的力量如此之大，远非朱小奇如此这般的动力和毅力所能阻挡，朱小奇的誓言被毫不费力地碾了个粉碎。

　　新学期开始，他洗心革面坚持了没两个星期，就深感提不起兴趣，无聊再次来袭，朱小奇迅速放弃了抵抗，而此时李江鹏也顺利通过了补考，又像刚解开了链子的小狗儿一样，开始四处撒欢儿。

　　两个人再次一拍即合，而周东海经不起这两个人的纵横游说，也放弃了他这学期一来报到时，言之凿凿地要跟着老大混的誓言，三个人又迅速重新集合，开始了驾轻就熟的晃晃悠悠的生活。

　　那年6月的一天，朱小奇、周东海、李江鹏三个人又相约逃课跑到游戏厅去打游戏。那会儿他们打得最上瘾的就是《魂斗罗》，那天三个人可能本来就有点儿头昏脑涨，也可能小屋太小，人太多，有点儿缺氧，总之，越打越差，越打越急，越急越通不了关。三个人玩得兴起，只见敌人一批批倒下，自己的人也是死了又死，一遍一遍地Game Over。最后，连老板都看不下去了，劝他们先回去歇歇，放松放松。

　　朱小奇他们三个人走出游戏厅，6月的阳光明晃晃的，周围是一片蝉鸣，两边的街道因为人们都还在上班或者上学，一片安静。

　　朱小奇突然有一种不知自己身在何处，并且似曾相识的感觉，他好像记得自己曾经经历过这样的阳光，这样的蝉鸣，这样的街道，这样的风轻轻地吹过这样呆呆的，不知所措的自己。那是哪一天呢？一种感伤的心绪莫名袭上了朱小奇的心头。

　　他没有再跟周东海和李江鹏如开始所约的那样去本市的那所工科大学（周东海的高中同学在那儿上大学）的食堂吃出名的红烧排骨，而是借口肚子痛，一个人回到了学校。

回到学校，朱小奇一个人在宿舍里发了一会儿呆，然后拿起一本古龙的《萧十一郎》看了起来，当他看到逍遥侯的面目真正显现的时候，不禁若有所动，他发现古龙小说中的反面人物往往极具特征，出身名门，身份高贵，能力绝顶，极其自傲，而又极其自卑，因为他们最在乎的，往往是自己最缺乏的。

这意味着什么呢？古龙内心的真正痛苦吗？朱小奇沉思其中，若有所悟。就在这时，一阵敲门声传来，朱小奇很纳闷，打开宿舍门，他惊奇地看见沈雨溪站在那儿，朱小奇略微一愣，问她什么事，沈雨溪问周东海在不在，去哪儿了。

一种不知来由的失望和气愤没有经过他的大脑，就笼在了他的心头，朱小奇冷冰冰地说了一句不知道，也不等沈雨溪再说话，砰的一声关上了门。

及至他转过身又坐回到床上，才觉得自己这样做很不礼貌，非常莫名其妙。于是略微踌躇了一下，朱小奇又去打开门看时，沈雨溪已经走了。

这次轻轻地关上了门，朱小奇感到真正是不知何种滋味在心头，书也看不进去了，他仿佛进入了一种虚无缥缈的梦游状态。

也不知过了多久，门又被推开了，这回是孙志宏闯了进来，一看见朱小奇，他就喊道："喂，你，这是怎么了，也不开灯，没生病吧？"朱小奇连忙说没有，只是刚才自己打了个盹。

孙志宏龇牙一笑，说："你倒真耐得住，今天周末，也不找点儿活动，走，跟我跳舞去。"对于孙志宏，朱小奇可真是不想拒绝，另外，他这会儿也有点儿厌烦一个人的自己。于是，迅速穿上鞋，强迫自己兴奋起来，跟着孙志宏走出了宿舍。

孙志宏今晚约了几个同学，路过朱小奇的宿舍，拉上了他，相约一块儿去本市的最著名的综合性大学跳舞。朱小奇自从上大学，还没跳过舞，基本上是一头雾水的状态，没想过，也不会跳。孙志宏在路上一个劲儿给他打气，说："很简单的，你会唱歌，乐感肯定差不了，只要跟住鼓点，有节奏地走步就行了。"朱小奇无可无不可，点头称是。

等他们一行人到了这所大学的舞厅，舞会已经开始了，里面挤满了人，看的人和跳的人几乎一样多。孙志宏一进去就如鱼得水，迅速邀请了一个女孩子跳了起来。

朱小奇找了一把椅子坐下，东瞧西看，他发现大部分人都跳得比较生硬，动作小而机械，没什么美感，灯光又暗，音响也一般，乐曲不好听，美女看不清，朱小奇感觉有点儿局促和无聊。

这时，一曲结束，大家纷纷回座，好多人都只能站着。孙志宏跑到朱小奇身边，告诉他必须跳，不然会无聊死的。朱小奇说："我不会跳啊。"孙志宏言简意赅："那就走。"说罢，他旁若无人地做着鬼脸儿，前后左右地走了两步，逗得周围的男男女女都哈哈大笑，整个气氛一下被他带动得轻松了许多，朱小奇对孙志宏这个本事真是佩服得五体投地，望洋兴叹。

下一首舞曲开始了，在孙志宏鼓励的一推之下，朱小奇随意走向一个女生邀请她跳舞，等到那个女生答应并站起来，朱小奇才一阵后悔，因为他发现那个女生比自己都高。朱小奇赶紧调整了一下自己尴尬的情绪，鼓起勇气说："抱歉啊，我不会跳，你教教我吧。"

那个女生下意识地撇了撇嘴，让朱小奇搂住了自己，朱小奇看见女生的那个表情，心里很扫兴，但事已至此，骑虎难下了。一曲跳完，朱小奇说声谢谢的时候，那个女生又撇了撇嘴，很可能是习惯性的，但这使得朱小奇对跳舞的最初印象相当糟糕。

那天晚上后面的舞曲，朱小奇基本上是按照必须完成的革命任务强迫自己完成的，他一曲也没落下，但一曲也没感觉到一对陌生男女相拥相抱、共同进退、配合默契所带来的心跳、心动、兴奋，更别说投入和忘我了。

朱小奇可能天生就是个舞盲，也可能源于他心底天生就不能放下自我，这一点也就是朱小奇打心眼里佩服孙志宏的原因。

舞会结束后，回去的路上，虽然朱小奇并没有感到陌生青年男女共舞的快乐，但他也有一点欣慰，因为他觉得至少自己还是勇敢的，没有像有些人那样在那儿呆坐一晚。还有，最重要的是，现在终于天晚了，他可以像大家一样，在应该的时间，甚至更晚的时间睡觉了。今天，朱小奇非常渴望睡眠，他想在睡梦中逃离。逃离什么呢？

星期天朱小奇坐火车回了趟家，其实也没什么事，他只是想离开一下学校的林林总总。在家里，改善了一顿伙食，朱小奇当天又匆匆赶了回来。

4

又是一个周一，在解剖课上，朱小奇站在后排，那些原本很胆小的女生在这种场合，可是一点儿也不胆小，大家都拼命往前挤，把那位尊敬的"大体老师"围了个密不透风。

朱小奇在后边踮着脚尖往里看，他无意中一眼看见沈雨溪在他的斜侧方前面一点儿，也在踮着脚，伸着头往里看。

沈雨溪今天里面穿了一件浅绿色的薄外套，外面穿着白大褂，背着双手，姿势像个小女孩儿，她侧面的脸上不知在哪儿蹭了一点儿土，小巧的嘴巴一努一抿的，像是在努力表达着什么情绪。

窗外的阳光斜斜地照在她的脸上，多么熟悉，多么亲切，朱小奇突然觉得沈雨溪非常可爱可亲，一时有忍不住想和她说点儿什么的冲动，沈雨溪可能也发觉朱小奇在长时间地盯着她看了，脸上升起了两朵红云，娇嗔而美丽……

第八章

晃晃悠悠的大学生活（三）

寂寞　大蜻蜓　乡村实习与爱情

1

暑假前，学生们，特别是像朱小奇一样每天晃晃悠悠、无心学习的学生们又经历了一轮痛苦的备考大战的折磨，一个个蓬头垢面，两眼通红，神情既呆滞又亢奋。

好在朱小奇有了之前的经验，心里没那么慌乱，复习得比较有条理，进入状态也比较早，相对更加顺利地通过了考试。特别是他的《局部解剖学》笔试部分，居然考了90分，令一向实验操作笨手笨脚、方位感和实体感都很差的朱小奇自己也感到有点儿出乎意料。

他不禁想：考试这个东西到底是在检验人的什么能力呢？自己上了

这么多年的学，怎么似乎觉得离知识的运用那么远呢？朱小奇第一次对未来的前途产生了深刻的迷惘，对于自己今后可能从事的这个行业，他真是一点儿信心也没有。

学校放假回家的那天，在下楼时，他碰巧从楼道的窗户上看见沈雨溪坐在一个不认识的男生的自行车上从外面回来。朱小奇看见她手里拿着一本书，一脸阳光地从自行车的后座上跳下来，两个人笑嘻嘻地说着什么。

朱小奇心里一沉，不知一会儿该用什么表情面对，下意识地找了个话题，和一块儿同路回家的袁菲、常明聊了起来。

走出宿舍的大门时，朱小奇假装没有看见沈雨溪，虽然他也知道他的假装恐怕非常拙劣，看见沈雨溪转过头来往他这边看了一下，朱小奇努力地装出一副自然的样子和常明说着话，两人相隔一尺的距离，擦肩而过。

回家的路上，朱小奇怅然若失，神不守舍，不知道自己的人生将要通向哪里，他觉得自己在这个世界上很多余，看着火车两边的景物飞快地向后面掠去，渐渐消失，望着广阔而湛蓝的天空，白云悠悠，亘古不变。

朱小奇多盼望能产生一些奇迹啊，不论是外星人还是神话变成现实，总之，这种生活他真的是过够了，天啊，他该有多么苦闷，他该有多么无聊，他该有多么寂寞，他该有多么懒惰，他在这里该有多么多余。远方，远方，也许还有远方，但是，远方在哪儿呢？朱小奇看不见它。

2

内蒙古的夏天是朱小奇最喜欢的季节。天虽然有时候有些热，但风是干爽的，阳光显得格外明亮，天空显得格外悠远，城市显得格外祥和，微风格外宜人。

槐树、杨树、柳树都绽放出了它们翠绿的颜色，树叶随着轻风哗哗作响，在叶与叶的缝隙里，阳光斑斑驳驳，跳跃闪烁，灵动调皮，生机盎然，都和他小的时候一模一样，那时世界上的一切和他的一切还连在一起，一草一木都与他有关，多美好，多甜蜜！

不知不觉的，它们就走了，离他越来越远，随风逝去，不知道是从哪一天起。还好，还好，它们让朱小奇还能想起它们曾经存在过，它们把它们的影子留在了故乡的夏天，他还记得，曾经有那样一段日子，他和它们是一体的，只有儿时的岁月才能感受，那才是真正的幸福，天人合一。

整个暑假，朱小奇除了和高中同学联系了几次，基本上都是在家睡觉、看电视。他不太敢过多地在家看小说，因为朱小奇的爸爸对他看所谓的"闲书"十分敏感，非常抵触。

很多时候，朱小奇就一个人骑着自行车出去四处转悠，也没有什么特定的目标，随心所欲，总希望能看见什么新的美好的景色，盼望见到什么新的美好的倩影。

那时候，朱小奇家的后面的一片面积很大的菜地和树林还没有被推掉盖房子，朱小奇刚上高中他们家搬到这儿的时候，他经常带着他的小外甥在这儿一逛就是一个下午。

这个暑假的一天，朱小奇故地重游，一个人在菜地边上的树林里骑着自行车。正是午后，阳光耀眼，满眼都是绿色，四处静悄悄的，没有一丁点儿人声，只有单调的、似乎永不停歇的蝉鸣，像是世界最近而又最远的角落，陌生而熟悉。

朱小奇在其间梦游似的穿行，他几乎要醉在这慵懒的夏日和无边的绿色里了。迷迷糊糊间，第六感觉似乎被"咚"地敲了一声，朱小奇灵光一闪，下意识地往刚刚经过的左后方的一片密密匝匝的丛林望去，只见一片绿色中，一枝树杈上，隐隐约约看见一对薄薄的翅翼反射着五颜六色的光芒。

朱小奇放倒自行车，蹑手蹑脚地走过去，定睛一看，他看见一只硕大的蓝色蜻蜓静静地停在那儿，风吹得它那两只大大的翅翼微微颤动。朱小奇不禁轻轻摇了摇头，似乎要把自己从梦游中唤醒，使劲儿眨了眨眼睛，屏住呼吸，凝神注视，那只硕大的蜻蜓的身体足有大半个手掌那么长，全身呈现深深的靛蓝色，两翅伸展，似乎比人的手掌横过来还要宽，两只大大的眼睛反射出诡异奇幻的光芒。

朱小奇一霎间觉得自己好像回到了侏罗纪时代，这只蜻蜓不同一般的颜色，还有它相对庞大的身体，都让他觉得很不真实，像做梦一样。朱小奇一动不动，不错眼珠地盯着它，时间似乎静止了，只有风继续吹，继续吹，从脸庞轻轻拂过。不知过了多久，也许只是几分钟，巨大的蓝色蜻蜓没有任何征兆地腾空而起，像一架小型的直升机，从朱小奇的头顶呼的一声飞过，朱小奇下意识地一低头，他还真有点儿怕它撞到他的身上，然后急忙循着它的踪迹转头望去，只见蓝蜻蜓头也不回，似乎下定了决心，目标明确地直飞出去，倏忽不见了踪影。

风吹过丛林，拂过绿叶，发出呼呼哗哗的声音，蝉鸣还在继续，树杈在耀眼的阳光下轻轻晃动，一切似乎都和原来一模一样，那个奇异的蓝色生命消失得迅速而彻底，似乎它从来不曾存在过。朱小奇在那儿愣愣地待了半天，他希望出现奇迹，能再看见它，或者像它一样的它，然而，不见了，仿佛一切都是梦境。

一个夏天，朱小奇都在寻找着哪怕是类似的"奇迹"，然而，什么都没有，日子仿佛是一天一天的循环，他积累了太多的寂寞，它们需要爆发。在那个时候，朱小奇唯一能够看见的，就是爱情，他要走近它，抱紧它，把它看个仔细。

3

新的学期开始，学校组织朱小奇他们这届学生去农村实习，其实就是下乡劳动，体验生活的艰苦。

朱小奇他们班去的地方是内蒙古的土左旗，据村民说这是周围农村最富庶的地方。

朱小奇从小就生活在城市里，虽然基本是三线城市的水准，但相比农村而言，确实还是差距很大。农村显著的特征是居住条件比较简陋，房屋低矮，卫生条件差，没有自来水，家家都要担水用，这让习惯了随意洗手、洗脸的朱小奇很不适应。还有就是厕所的问题，一般都是在家里的猪圈旁边垒一个小小的三面土墙公用，除了说话没办法证明有人没人，这让在这方面一向"事比较多"的注重隐私的朱小奇非常别扭。

好在大家在一起新鲜有趣，每天嘻嘻哈哈，日子过得倒也十分快活。

朱小奇他们吃、住在老乡的家里，给老乡一定的经济补偿，并且每天帮老乡家做农活儿，主要就是打葵花籽。

老乡们其实知道这帮学生娃儿基本上是来体验一下，半做工半玩耍的，因此也不指望他们真的能帮什么忙，说不定在心底里还怕他们弄不利索，别添乱就行了，反正生活费也给了，因此每天只象征性地给他们指派块地，安排点儿活，让他们自由发挥，家里有半大小子的，经常跟他们在一起边干边玩，闹得不亦乐乎。

朱小奇他们白天在田地里干一阵儿，玩一阵儿，或者是边玩边干，互相打闹，全然不管太阳直射的毒辣，那会儿也没有防晒这一说，一个个晒得黑不溜秋。

另外，不论是玩闹还是干活，毕竟是在户外消耗了太多的体力和精力，加上一群半大小子凑在一起，互相影响，胃口都出奇得好。

老乡开始用一口在朱小奇看来极其巨大的锅做饭的时候，朱小奇还心想，做这么多，谁能吃得完。等到真的一吃，他才发现，岂止是能吃完，简直是差点儿把锅都吃了。

那会儿土左旗一带的农村，吃饭基本是顿顿刀削面，没有菜，这里好像没有炒菜这个概念一样，一般都往巨大的锅里加水，装得满满的，削几个土豆切成小块儿往里一扔，水一开，就削面，功夫熟练，手上一大块面，似乎不急不缓，但刀起面飞，倏然而落，片刻即熟，盐一撒，随即出锅，一人一大碗，汤多面少，桌子上一瓶醋，一碗干辣椒面，往里一加，那叫一个香，那叫一个胃口大开，朱小奇他们呼噜呼噜一碗，呼噜呼噜一碗，直喝得老乡满脸诧异，一个劲儿盯着他们看。

最后朱小奇简直是顶着老乡的目光，硬着头皮去盛的也不知第六碗还是第七碗。后来，朱小奇他们认真总结了如此"恶吃"的原因，主要是肚子里没有油水，因此晚上聚会的时候，他们就经常在小卖部买点儿火腿肠或午餐肉罐头来补补油。

在农村实习的那段时间，晚上是朱小奇他们的天堂，一伙儿人准时聚在一起疯玩疯闹，朱小奇刻意地寻找着机会，他要试试，他的爱情离他有多远。

4

国庆节到了，朱小奇他们在前几天就摩拳擦掌地准备大肆庆祝一番。因此，晚上在老乡家象征性地吃两口饭，他们就心痒难耐地急火火地聚到了村口的那片空地上。

大家围坐一圈，摆上各自买的，甚至是从家里寄来的，还有留校的同学特意带来慰问的各种食品、饮料等，开始活动的第一项内容——野餐。

朱小奇特意挨着沈雨溪坐下，一见面，朱小奇就一反常态的活泼，他故意夸张地说："沈雨溪，你晒黑了，都快认不出来了。"

"你也晒黑了，你原来白，现在黑，更明显，变化更大。"沈雨溪还嘴说。

“你不但晒黑了，还长胖了，又黑又胖啊，每天偷懒不干活吧？”

“讨厌，不理你。”沈雨溪噘起嘴，娇滴滴地说。

朱小奇很高兴，他就喜欢女孩子嗲声嗲气地说话、轻嗔薄怒的样子。朱小奇递给沈雨溪一盒午餐肉罐头，笑嘻嘻地说：“来，多吃点儿，这个长肉快，吃得胖胖的。”然后，他耸耸鼻子，嘟起嘴，“哼吭，哼吭”学了两声猪叫。

沈雨溪佯装恼怒地“哼”了一声，拿过罐头，挖了一大勺子，举到朱小奇面前，说：“来，吃吧，小瘦猪。”朱小奇结结实实地吃了一大口，冲着沈雨溪张口大嚼，沈雨溪歪着头，甜甜地笑起来。

这时，班长在圈子中间发表完演讲，正式宣布活动开始，大家鼓掌欢呼，举杯相庆。然后一群人开始到处乱窜，互相推荐好吃的，东尝一口，西尝一口，四处敬酒，哄笑声、欢呼声此起彼伏，一片喧闹。

朱小奇今天很兴奋，到处找人干杯，不一会儿，就喝得晕晕乎乎的，话越来越多，嗓门越来越大，逮谁跟谁开玩笑，搞得老五周东海都冲他说：“四哥今天很兴奋呀，有什么喜事？”

不一会儿，天色暗了下来，月亮升了上来，一群人点起了篝火，火光映红了每一个人的脸庞。

有人提议让朱小奇唱歌，朱小奇今天一点儿都没有犹豫或不好意思，他唱了一首老歌——《九九艳阳天》，老歌非常适合在空旷的地方清唱，高亢嘹亮，加上夜风的荡漾和篝火的燃情，显得格外动人。

朱小奇唱得很投入，他的灵魂仿佛与《柳堡的故事》里那个年轻的新四军战士浑然一体，朝气蓬勃，青春洋溢，充满了革命理想主义激情，要为那个伟大的事业献出一切，包括自己美好的爱情。

当然，正因为有爱情的等待和期许，理想的神圣才显得格外的光彩夺目，熠熠生辉。

那个年代，电影里呈现的无论是歌还是人，都是纯洁清澈、充满阳光的，朱小奇有时候很钟情于那个时代，哪怕它是简单的、表面的、注定不能长久的，但那就是他梦想的青春，胸中有伟大的理想让他义无反顾，身边有美丽的爱情让他驻足流连。

一曲唱罢，大家啧啧赞叹，拍手叫好。接着，大家玩起了开火车的游戏，就是每个人报出自己的家乡，然后起头的人说：开，开，开火车，我的火车往××开。说出地名的同时，要指着家乡是这儿的那位同学，那位同学要立即反应，接过话后，再往下循环，说错了或反应慢了，就要表演节目。

周东海被抓住表演节目的时候，说要给大家朗诵一首诗，但他表情夸张，阴阳怪调，把大家逗得前仰后合，朗诵了几句后，他又忘词儿了，情急之下，说要用做俯卧撑过关，大家被他搞得一阵哄笑，连声喊着服了他了。

游戏进行中，明显看出了民族风俗和性格的差异，被抓住表演节目时，多数汉族同学会有些扭扭捏捏，而所有蒙古族同学都是落落大方，说唱就唱，说跳就跳。

游戏进行得差不多的时候，沈雨溪被抓住表演节目，她红着脸，扭捏了一阵，唱了一首小虎队的《叫你一声 my love》，但声音很小，大家都听不清。朱小奇出来救场了，他跟着一起唱起来，逐渐地，大家都映着红红的火光、皎洁的月光、闪闪的星光，在醉人的夜风中，一块儿哼唱：

从前有个传说

传说里有你有我

我们在阳光海岸生活

从日出尽情地享受每一刻

让世界为了希望在转动

有些梦不做不可

有些话一定要说

我的心你该知道很久

有一天我要大声宣布我的骄傲

那是我太在乎你的结果

叫你一声 my love

亲爱的是否你也关心着我

能不能叫你一声 my love

该不该把眼泪聚成弯弯的

小河流把爱情唱做歌

能不能叫你一声 my love

亲爱的是否你在思念着我

能不能叫你一声 my love

是不是不相信童话太美好的结果

不敢来找我

……

歌声荡漾，唤醒了每个人心中的梦境，吹皱了一池春水，毕毕剥剥的柴火的响声，间或不断的狗吠声，身边年轻而兴奋的脸庞，远方缥缈朦胧的山影，被夜风和歌声洗涤缠绕，混合交融，这个，那个，各种情绪，涌上心头。

大家似乎都醉了一会儿，才又再次清醒兴奋起来。在几个蒙古族同学的带领下，大家围着篝火，手拉手，跳起了舞蹈，或者更准确地说，欢快地蹦跳。

快到午夜的时候，班里的几个还是很有大局观的班干部让大家结束，不能太晚了，过分影响老乡的休息。大家于是各自余兴未了地徐徐散去。

5

朱小奇说是要给沈雨溪讲个故事，两个人落在了后边。朱小奇努力地在大脑里搜索着，一会儿说要给沈雨溪讲《笑傲江湖》，一会儿又说要讲《一只绣花鞋》。

但朱小奇又不知从何讲起，一阵踌躇后，他随口编道："从前有一只小胖猪，叫宝宝，它非常聪明，大家都很喜欢它。有一天，小胖猪宝宝背着书包去上学。上学的路上要过一座小桥，宝宝摇摇晃晃地走上了桥，走啊走，结果一个不小心，'咕咚'一声给掉到河里了。"然后，朱小奇停住，沈雨溪不禁问："然后呢？"

"然后……没有然后，故事讲完了呀！"朱小奇耍赖道，今天晚上，此时此刻，他实在编不下去了。

沈雨溪嘀咕了一句："这哪叫故事。"小嘴一撇，佯装生气，举起手来，作势要打。朱小奇顺势握住她的手，沈雨溪定定地望着他，眼睛亮亮的，似乎在问他。朱小奇也望着她，但他不知道接下来应该做什么，拉着沈雨溪的手，朱小奇扭过身，两个人沉默着，手拉手静静地往回走。

路上很黑，高低不平，两个人的喘息声、脚步声，甚至心跳声，在夜晚的路上似乎都听得清清楚楚，他的手和她的手紧紧地握在一起，似乎互相找了对方很久，而一旦找到，就不知怎么分开一样，他的手指贴着她的，她的手掌贴着他的，他们的体温互相焦灼着，好奇的，渴望的，感受着彼此的心跳和激动，双手握在一起，仿佛这样才是完整的，这样才是活泼泼的生命。

朱小奇甚至有点儿发愁，一会儿沈雨溪到了的时候，自己怎么放开她的手呢？还有，说点儿什么呢？就在这时，忽然听到后面一阵怪叫："哇！还拉着手呢！不是搞对象了吧？"

两个人吓了一跳，下意识地分开，朱小奇回头一看，原来是他住的老乡家的三旺，带着他的弟弟四旺，在后面一下子钻了出来，做着鬼脸，一副涎皮赖脸的样子。

朱小奇和他应付了几句，不禁心里又遗憾，又有点儿释然。三个人一块儿把沈雨溪先送了回去，然后一路开着玩笑回到了朱小奇的住处。

回到老乡家，躺在床上，有一句没一句地和同住的人聊着，朱小奇刚刚兴奋的情绪渐渐散去，反倒有一丝莫名的、淡淡的惆怅慢慢地在心底弥漫开来。

他不禁想：他为什么会喜欢沈雨溪呢？她并不漂亮，至少不是大多数男同学经常挂在嘴边的漂亮姑娘。喜欢她的活泼吗？好像是。喜欢她说话嗲嗲的娇滴滴的声音吗？好像是。喜欢她经常无忧无虑快乐的样子吗？也好像是。

6

朱小奇想不清楚，他很久都没有想清楚。直到他工作多年以后，有一次，在飞机上，随便翻着一本散文诗集，他偶然中看到了这样的句子：

谁会想到呢，一只蓦然闯进来的红蜻蜓或者花蝴蝶，甚至一片夹在书页里的红叶，竟然会让那条沉睡的童年小河一瞬间活泼泼地流动起来。

爱情，常常是这样诞生的。

一见钟情，见到的多半是童年的影子。

那像一道闪电，照亮了他心底的角落，让他在那一刻恍然大悟。

当然，此时的朱小奇还在那团不知不觉而来的初恋的迷雾中用全部身心去感受，去探寻。他最关心和担心的是：她喜欢他吗？

第九章
晃晃悠悠的大学生活（四）

初恋里彼此就是全世界

1

过完国庆的一个星期后，朱小奇他们从农村回到了学校，又恢复了以往一成不变的学习生活。朱小奇并没有向沈雨溪做出更多的表示和举动，为什么呢？他自己也不清楚，朱小奇是一个停留在习惯里很难出来的人，似乎做什么事都需要在心里挣扎很久，鼓足很大的勇气。造化弄人，他的脑子比他的身体要快一百倍。

一天晚饭后，朱小奇硬着头皮在图书馆坐了一会儿，书本上的文字像是机械地在他眼前闪过，没有任何含义，没有给他的脑电波中带来任何刺激，他有了读天书的感觉。揉了揉眼睛，生硬地打了个哈欠，朱小奇决定今天到此为止，回宿舍看看，找点儿其他的事打发时间。

回到宿舍，宿舍里空无一人，李江鹏和周东海也不知跑到哪儿去了。朱小奇在李江鹏的床头上翻出一本小说，随意看了两页，但今天他在心底里有点儿抗拒。有时候读完小说，抗拒那种虚幻、渺茫，似乎自己总是扮演一个看客，永远在观众席上观看别人表演的空虚感。因此，朱小奇甩了甩头，放下书，锁上宿舍门，去找孙志宏，他希望孙志宏的快乐和豁达能够挽救今天无聊的、烦闷的自己。

来到孙志宏的宿舍，朱小奇有点儿惊奇地发现孙志宏今天正一个人仰面躺在床上，似乎若有所思。朱小奇坐在他的床边，问他怎么了，孙志宏有点儿没精打采儿的，但还是笑着说："没事，有点儿累，歇会儿。"

朱小奇嘿嘿一笑，打趣道："这可不是你的风格啊，我们可爱的万人迷，孙大圣。"孙志宏也哈哈一笑，眨了眨眼睛，说："老虎也有打盹的时候嘛……"正在这时，响起了敲门声，孙志宏停住了话头，仰着脖子，喊了声"进！"话音一落，朱小奇惊奇地发现，他们医学系的温晓晴推门走了进来，似乎没有任何停留，就好像是排练了多次一样，迅捷而轻巧地径直走到孙志宏的床边，还没等到孙志宏从床上坐起来，也不顾朱小奇呆坐着，一脸困惑地看着她，温晓晴就旁若无人地停下来，站在他们面前，从上衣口袋里拿出一张纸，开始深情地朗诵：

偶　然

作者：徐志摩

我是天空里的一片云，

偶尔投影在你的波心——

你不必讶异，

更无须欢喜——

在转瞬间消灭了踪影。

你我相逢在黑夜的海上，

你有你的，我有我的，方向；

你记得也好，

最好你忘掉，

在这交会时互放的光亮！

　　温晓晴朗诵完，把纸叠好重新揣进上衣的口袋里，一双眼睛清澈而坚定地望着孙志宏，似乎非常平静地说："孙志宏同学……"

　　朱小奇这会儿才彻底反应过来，他急忙起身告辞，关上门的时候，他回身瞥见孙志宏正从床上站起来，脸上依然挂着他极为熟悉的招牌式笑容，开朗自如，温暖亲切。

　　从孙志宏的宿舍走出来，朱小奇感觉自己刚才像是走入了一场舞台剧，他仔细回想，也没搞清楚是怎么回事！温晓晴是在拒绝孙志宏，还是在表白？他们怎么会处理得那么自然流畅，似乎没有任何不好意思。

　　朱小奇不禁暗自纳闷，他怎么一点儿也没发现孙志宏与温晓晴两个人之间有过什么特别的交集或者什么蛛丝马迹呢？

　　哎！朱小奇忍不住叹了一口气，他想：别人都在大胆地、尽情地享受着五彩斑斓的生活，只有自己，一成不变，每天过着一模一样的生活，都快成了无聊的符号、平凡的象征了。

2

内蒙古 12 月中旬的天黑得很早，风已经很冷了，呼呼地刮过，迎面吹在朱小奇的脸上，锋利冰冷，卷起的风沙和各种物体的碎屑在空中四下飘荡，在楼与楼之间，在操场上，甚至在宿舍楼道里，漫天飞舞，不知所依。

朱小奇往上拽了拽军大衣的领子，下定了决心，他要抛弃这单调乏味的生活，勇敢地向着他的舞台迈出第一步，不管它是个喜剧还是悲剧。

回到宿舍，朱小奇随意拿了一本专业书就出发向大教室走去。来到教室，他四处查看，果然不出所料地看见沈雨溪和她们宿舍的一个女孩儿相隔一个座位坐着，正在埋头复习功课。

朱小奇找了个侧身能看见沈雨溪的位置坐了下来，他表面翻看着课本，实际上一直密切观察着沈雨溪的一举一动。似乎过了很长一段时间，朱小奇在紧张不安中看见沈雨溪同宿舍的女孩儿收拾完桌上的东西，跟她打了个招呼，起身离开了教室。

朱小奇抬手看了一下时间，时针就快指到了晚上的九点钟，他觉得不能再等下去了，如果沈雨溪此时起身离开，他能怎么做呢？但是，现在过去，他又能怎么做，该从何说起呢？朱小奇听见自己的心怦怦跳，他咬了咬牙，想象着，用《红与黑》中于连的口吻对自己命令道：鼓起勇气，准备战斗。

站起身来，朱小奇似乎大脑一片空白地来到沈雨溪旁边，挨着她坐了下来。沈雨溪侧过身，歪着头看着他，好像一点儿也不惊奇。朱小奇嗫嚅了一句自己也不知道的话，然后径直说道："我们出去走走吧，我有话想跟你说。"

"哦，我还没预习完实验呢，而且今天晚上我要回家。"沈雨溪诉说着，用探询的眼光看着他。

朱小奇不知该怎么说，他觉得沈雨溪的镇静让他有点儿恼火，跟他想象的爱情不一样，无论是他还是她。"那我送你，我们路上说。"

"好吧。"沈雨溪点了点头，给了朱小奇一个毫无保留的笑容。但朱小奇这会儿并不想看见她这么轻松地笑，他只觉得自己一切都失控了，这可不是理想中的自己。他有点儿恨自己，恨自己的局促与紧张。他也有点儿恨沈雨溪，她那么平静，那么自如，他的到来对她没有任何的影响与骚动，她不喜欢他吗？

过了一会儿，沈雨溪合上书本，开始收拾，准备回去。朱小奇说了声"我去拿书"后迅速走回自己座位，拿起那本彻底沦为工具的书。两个人一前一后地走出了教室。

外面，越过树梢向上望去，今晚的月亮很大很圆，月光清冷而皎洁，给整个大地涂抹上了一层柔和而宁静的色彩。沈雨溪推着自行车，朱小奇在旁边跟着，两个人一时之间都没有说话，只是默默地走着，似乎都不知如何开口，从何说起。

此时，风越刮越大，吹得人不由得侧过身来躲避，风从人的脸上生硬地掠过，从衣领、袖口肆虐地往里钻着，朱小奇不由得紧紧地裹了裹衣服。这时，沈雨溪说话了，似乎有点儿埋怨和不高兴，"你不是要和我说话吗？天这么冷，再不说，我就先走了。"朱小奇这会儿心里不知是什么滋味，他有点儿游离，他有点找不准自己此时应该扮演的角色。

仓促间，朱小奇说："你冷吗？我把军大衣脱下来给你穿吧。"

"不要，你也冷。"沈雨溪很快地回答，又是沉默，只听见自行车轮碾过路上的小石子的吱扭声，和两个人的鞋子踩在路边的沙土上发出的踢踏声。

忽然，像一颗流星滑过寂静的夜空，像一粒小石头投入平静的水面，朱小奇的声音猝然响了起来："沈雨溪，你知道我喜欢你吗？"

"嗯，"沈雨溪习惯性向朱小奇歪过头去，噘着小嘴，像是小孩子在撒娇，"知道呀。"

"那你喜欢我吗？"朱小奇急切地问。

"哈哈！"沈雨溪给了他一个似乎掩藏不住的笑容，脸转向朱小奇，"你觉得呢？"

"不知道。"朱小奇脱口而出。

沈雨溪鼓了鼓腮帮，一字一顿地说："嗯，挺——喜——欢——的。"

朱小奇如释重负，他在心里唱着歌，"那我们在一起吧！""在一起？什么事在一起呢？""什么都在一起，就像其他谈恋爱的人一样。""不要，我觉得不太好，我看见他们那样的时候没觉得很好。""我觉得挺好的呀，挺幸福的。"沈雨溪摇了摇头，没有说话。

朱小奇不敢逼得她太紧，换了话题，他说："明天我们去看电影吧？""哦，不行，我这几天都要回家，没有时间。"朱小奇不说话了，他有点儿生气。

可能是感觉到朱小奇有点儿不高兴了，沈雨溪不知怎么的突然又哈哈大笑起来，似乎笑得腰都弯了下来。朱小奇这下真的有点儿不高兴了，他觉得自己今天特别被动，一点儿也不像他心目中欣赏的男子，潇洒自如，运筹帷幄。

这时沈雨溪停住了笑声，脸上荡漾着笑意，跟朱小奇说："要不这个星期六吧，我跟家里说一声，周日再回去。"一刹那间，朱小奇感觉天仿佛都亮了，月光分外明澈，柔辉万里，树影婆娑，风声呼啸有力，似乎在天地之间的大舞台上正演奏着一首浑厚沉雄的生命乐曲，朱小奇觉得那是在为他奏响，那是在为他演唱，那是宇宙的神灵感受到了他们两个人之间的美好的两情相悦，这一刻，朱小奇觉得，万事万物都在为他们的存在而存在，他们就是一切。

3

之后的三天，朱小奇一直在等待着周六幸福时刻的来临，有点儿焦躁不安，但那是轻快的；有点儿魂不守舍，但那是甜蜜的；有点儿寂寞单调，但那是充实的。有了爱情的滋润，什么都不一样了，朱小奇像换了一个人，他觉得自己注入了新的生命。

周六，朱小奇一吃完饭，就如约在学校门口对面的花池前面等着。不一会儿，六点半的时候，他就看见沈雨溪蹦蹦跳跳地从学校里走了出来，一看到朱小奇，就绽开了开朗明媚的笑脸。

朱小奇一直都觉得沈雨溪的笑容很有感染力，今天尤其如此，他觉得仿佛周围的整个世界都一下子跟着她笑了起来，她的笑容弥漫在他的心里、身体里，似乎每一个细胞都跟着她欢欣雀跃，情不自禁。

　　两个人心有灵犀，自自然然地手拉着手，一路兴冲冲喜洋洋地往前走去，就这样高高兴兴似乎毫不犹豫地走了好远一段路，朱小奇才突然像从梦中醒过来一样，扭头冲着沈雨溪，停下脚步，问："我们这是去哪儿呢？""不知道呀，你拉着我走的，我就走了。"沈雨溪一副娇憨的样子。

　　朱小奇不禁哑然失笑，吐了吐舌头，"我觉得是在跟着你走呢，你一来就目标明确，高高兴兴的样子啊！""因为我看见你今天很高兴啊！"两个人不禁相视大笑，觉得心里都要甜蜜地化开了。

　　商量了一下，他们去看了电影，一路上和看电影的时候，朱小奇都似乎看所未见，听而未闻，他只记得自己的身边有他喜欢的女孩儿，他的沈雨溪，他的笑起来像花一样美丽绽放的姑娘。朱小奇沉醉在自己的初恋里了，此时此刻，他的世界里只有她，特别是当沈雨溪在看电影的中间把她的头靠在朱小奇的肩膀上的时候，他用全部身心感受着女孩身体的碰触，心醉神迷。能让世界上所有一切都似乎无足轻重、都烟消云散的是什么呢？只有初恋，那是一切宇宙间最美的综合，因为"性"的魔力这会儿还没有到来，而一旦它来的时候，美就要迅速地让位给欲望，而那也是没有办法的事，那是生命的本质。

　　造物主多么清晰地洞察一切，他从来都在诉说着一个绝对的、唯一的真理，只有相对，只有辩证。生命，你离它最本来的样子，看清它的真相，似乎永远都是近在咫尺，却远在天涯。

　　看电影回来的路上，朱小奇没有再拉着沈雨溪的手，而是用手搂着沈雨溪，两个人不再像来的时候那么兴冲冲喜洋洋，而是安安静静地一起走着，用紧紧贴在一起的身体，感受着爱的愉悦，默默地等着它把他们引向更加神秘、更加充满诱惑甚至危险的远方。

而在这条道路上，朱小奇暗下决心，他决定自己要走得更快一点儿，因为从之前有限的与女孩子的交往经验，他认为女孩子对真实的欲望的感觉永远比男孩子更实际一些，她们需要身体参与感情的表达。

朱小奇度过了满足、兴奋而似乎又更加急切地等着什么的周日，等来了他满怀期待的又一个崭新的星期一。晚上八点左右，他约沈雨溪一起在学校外面漫无目的地散步、聊天。朱小奇其实很想打听一下沈雨溪以前有没有谈过恋爱，但他觉得不太合适，因此就反问她，如果他自己原来谈过恋爱，她是否在乎？沈雨溪很痛快地回答："不在乎，有也是正常的，以前的事嘛。"

朱小奇听完有些疑惑，他觉得这似乎跟他模模糊糊听到和书里或电影里看到的，甚至和他想象的都不太一样，她为什么这么豁达呢？而他会有这么豁达吗？朱小奇扪心自问，他很在乎，非常在乎，当然，那似乎是不公平的。

当路过一个街心花园时，朱小奇拉着沈雨溪的手走了进去。风吹过已经掉落了树叶的枯木树枝，发出呼呼的声音，北方的冬天自有一种萧瑟的美，当风吹打着衣角，拂过人的面颊，那是如此的清洌凉爽，简洁明快。

四年之后，当朱小奇在南方那所大学攻读硕士研究生第一年寒假回来的时候，第一眼看见那稀疏寥落的树枝在天空中晃动，一下火车，一股寒风吹过他的脸庞，掀起他的衣领，清冷的感觉如此亲切。朱小奇一时之间不禁情难自已，泪眼婆娑，北方苍凉寥廓的美和曾经尘封的往事深深地打动了他，那是他的童年与青春，不可撼动，无法改变。

现在，当朱小奇和沈雨溪走进这个公园，他仿佛感受到了未来岁月对它的追忆与懊悔，他突然那么怜惜他身旁的这个姑娘，他搂紧了她，让她的心跳与他的心跳一起呼喊，一起感伤，一起珍惜。

朱小奇紧紧地搂着沈雨溪坐在公园的长椅上，让她脸贴在自己的胸口，让自己的心跳催眠她、迷惑她，也让自己从恍惚中找到现在的爱的出口。

月光如水，风声悠扬，两个人似乎都沉迷在这无边的时空岁月和内心深处营造的全部梦境，那个梦里只有宇宙和他们自己，也许，他们一个在想着，一个在等着。

朱小奇轻轻地把沈雨溪的身子往外转了转，让她埋在自己胸前的脸偏向自己。他发现沈雨溪好像睡着了一样，闭着眼睛，眼睫毛微微扇动着，鼻翼轻轻地一翕一张。

朱小奇不禁低声唤着沈雨溪的名字，但她一句话也不说，也不睁开眼睛，像是真的睡着了。朱小奇轻轻用嘴唇贴住了她的眼睛，节奏缓慢，时而一动不动，时而左右摩擦，时而小鸟轻啄，反复了几十秒或者几分钟。朱小奇抬起头来注视着沈雨溪，发现她还是一动不动，脸上透出两朵红云，朱小奇不禁有些疑惑，她在想什么呢？

朱小奇又灵光乍现地开始亲吻沈雨溪的耳垂，冰冰凉凉，肉嘟嘟，他觉得沈雨溪的呼吸似乎略微急促了一点儿。朱小奇的嘴唇顺势下滑，滑过她的脸颊，绕过了她的下巴，然后像无心的，更像是全心全意的，搜索到了他一直魂绕梦牵的那个美丽的、充满生命芬芳的她的嘴唇，来回摩挲着，仿佛终于找到了归宿，像是青草汲取着露珠，像是蝴蝶吮吸着花蜜，像是婴儿含噙着妈妈的乳头。

然而沈雨溪还是一动不动，朱小奇试着用自己的舌尖探索和打开她的嘴唇，但她似乎很坚决，闭得紧紧的。他抬起头来，看见沈雨溪脸上的红晕更深了，但眼睛似乎闭得更紧了，睫毛似乎由微微的颤动变成了上下的抖动，朱小奇突然觉得她的脸上有一种可爱可怜的神情，像是一个孤独无助的小孩子。他用脸紧紧贴住沈雨溪的脸，双手紧紧地环抱着她，像是怀抱着一个婴儿，怀抱着一个新的柔软的生命，怀抱着一个自己内心最软弱的情结。在这一刻，上天注定，他们的爱情在这无边的宇宙里，茫茫的人世间，不知不觉地滋生出一种更加宝贵而长久的东西——亲情。

4

那天晚上，两个人就这样抱在一起坐了很久，当往回走的时候，两个人似乎都不知道该说些什么，沈雨溪仿佛身体在动，但心还在睡，两个人都不知道该用什么样的方式和感情对待他们的初恋，他们什么都想要，又都有点儿对未知的恐惧和企盼。朱小奇可能迷惑得更加厉害，因为把简单的事情复杂化一贯是他的强项，他的成长比别人慢了很多。

第二天，沈雨溪没有像他们约定的那样来大教室一块儿复习功课。正当朱小奇焦躁不安、准备去找她的时候，他看见沈雨溪的舍友走到他的面前，脸有点儿红，挂着笑意，递给他一个纸条，说："沈雨溪不来了，这是她托我带给你的信。"朱小奇充满疑惑，忐忑不安地打开一看，只见上面简单地写着一行字：我们分手吧，因为我太喜欢你了。

第十章
晃晃悠悠的大学生活（五）
难以承重的初恋之轻

1

朱小奇来不及细想，只觉得迷惑，他急忙赶到了沈雨溪的宿舍，还好，沈雨溪在宿舍里，并且只有她一个人。

朱小奇敲门进去的时候，她正坐在宿舍的床上，伏在床头的桌子上看书，一旁的收录机里放着音乐，是童安格的专辑《其实你不懂我的心》。

朱小奇有点儿生气，不知道沈雨溪这是怎么了，他还以为她这会儿正在愁肠百转，或者至少也要有点儿伤感呢，不想她似乎一副轻松闲适的状态。

朱小奇平静了一下心情，问沈雨溪为什么不去大教室，为什么要写那样的纸条。沈雨溪看见朱小奇紧张急切而又严肃生气的表情，表情也黯淡了下来，她没有说什么，只是摇着头。

朱小奇站在对面，啪的一声按下了收录机的暂停键，音乐戛然而止，气氛一下子凝重起来。朱小奇其实并没有生那么大的气，但这会儿他似乎也拿不准自己应该是一个什么样的心情或态度，他的声音越发严厉起来，甚至有点儿恶狠狠的味道，他一遍一遍地问，但沈雨溪就是不说话。

被这种得不到回应的态度所压制着，所撩拨着，朱小奇看着沈雨溪的眼神儿逐渐地消失了爱意，不知不觉，也许是故意，表现出来了某种厌烦的情绪，而就在这时，他的眼光与不经意间抬头看他的沈雨溪的眼神相遇了，朱小奇看见沈雨溪的眼泪就像断了线的珍珠一样，一下子就夺眶而出，突然而又汹涌。

朱小奇这下慌了神，他赶忙坐到沈雨溪的身旁，把她搂在怀里，抚摸着她的头发，一个劲儿地给她道歉，反复地说着："是我不好，是我不好，不哭了，不哭了，我是着急才生气的，别怪我啊。"沈雨溪不说话，只是哭，无声地哭，她的眼泪仿佛开了闸的小河，流也流不完。朱小奇一向觉得自己比较敏感，善于揣摩人的心思，但这会儿也被沈雨溪弄得不知所措，摸不着头绪。

但朱小奇也有点儿安慰，他想：至少她这是在为我哭，为我伤心。他认为这就是爱情。朱小奇自己不知道，其实他一直在爱情里寻找的都是"自我"，他对爱情里的"我"想得太多了，而对爱情本身却视而不见。

有时候，大部分人其实还是心智未开的孩子，年龄的增长只带来了世俗的成熟，离真正的成长差十万八千里，甚至越走越远，因为大多数人最后就连衡量正确的标准也忘了，甚至从来都没有想去找过。

朱小奇就这样搂着沈雨溪，当他真的在心里开始心疼她的时候，仿佛是心有灵犀，好像是阳光照在初春刚刚冰雪融化的小河，伴随着清脆的冰碴开裂的声音，波光粼粼，跳跃灵动，河水哗哗作响，轻快活泼。沈雨溪的身子一下子变得柔软熨帖，把脸贴在朱小奇的胸膛。此刻两个人的心开始融化交融，如春风和煦，如春风化雨，充满了柔情。

朱小奇在沈雨溪的耳边轻声说："我们出去走走吧。"沈雨溪乖顺地点了点头。两个人又腻了一会儿，似乎都不愿意从这初春的梦境中醒来。朱小奇最后像下了决心一样，终于站了起来，摸了摸沈雨溪的头发，轻轻地说了一句"我在下面等你"。沈雨溪点了点头，脸上还带着泪痕。

那天，他们没有走得太远，朱小奇只是紧紧地拉着沈雨溪的手，两个人大部分时间都是静静的，后来，朱小奇轻轻地，突然想起来一样，哼唱起了小虎队的《叫你一声 my love》：

从前有个传说

传说里有你有我

我们在阳光海岸生活

从日出尽情地享受每一刻

让世界为了希望在转动

有些梦不做不可

有些话一定要说

我的心你该知道很久

有一天我要大声宣布我的骄傲

那是我太在乎你的结果

叫你一声 my love

亲爱的是否你也关心着我

能不能叫你一声 my love

该不该把眼泪聚成弯弯的

小河流把爱情唱做歌

能不能叫你一声 my love

亲爱的是否你在思念着我

能不能叫你一声 my love

是不是不相信童话太美好的结果

不敢来找我

……

2

随后的两天，朱小奇和沈雨溪都在大教室里难得地认认真真地复习专业课，当然，对于朱小奇来说，他主要是安安静静地坐着，重温他的《倚天屠龙记》。

周末，沈雨溪回家了，朱小奇又和周东海、李江鹏去看录像了，不过，即使是像张国荣、王祖贤主演的《倩女幽魂》，如此的经典影片，对于此时的朱小奇，也只能引起一点点温淡的兴奋，他的心中装满了他和沈雨溪的柔情，以及对未来更加神秘的男女之情的渴望。初恋中的男女，心中只有他们自己。

周日下午，沈雨溪早早地回来了，当朱小奇听到宿舍的敲门声，看到外面是站着笑盈盈的沈雨溪的时候，他的心中充满了喜悦，似乎身体的每一个细胞都绽放出了活力，像刚刚被细雨淋湿的草地，在阳光下生机勃勃，茂盛生长。

两个人兴高采烈地去了本市的回族聚集区闲逛游玩，那里大都是伊斯兰教建筑，圆圆的白色的穹顶，大面积的绿色围墙，在阳光下交相辉映，闪耀着异域的光芒。

当然，那时最吸引朱小奇的还是回族小吃，各种油炸面食、牛羊肉制品，琳琅满目，看得他馋涎欲滴。不过出于经济条件，经济实惠为先，朱小奇当时最爱吃的还是拉面和烧卖，特别是拉面，成了朱小奇生活中最难忘的、必需的饮食。直到工作多年以后，只要过一段时间，特别是前一天喝完酒以后，他最盼望的、最能勾起他食欲的就是吃一碗拉面。

此时，在建筑物反射的耀眼的阳光下，两个人高高兴兴地在熙熙攘攘的人群中挤来挤去，不时地对周围好看的人、好玩儿的人、好玩儿的事，交头接耳地品头论足，嘻嘻哈哈。

最后，两个人又如愿以偿地吃了老马家拉面。当然，主要是如朱小奇的愿。后来，沈雨溪总结说，朱小奇千万不能饿着，他饿了就会生气，而一旦吃饱，特别是上街吃一碗拉面，一吃完，立竿见影，马上笑眯眯的。

吃完饭，两个人看天色还早，也不着急回去，随兴而走，一路说说笑笑，朱小奇不停地给沈雨溪讲男生宿舍之间的趣事，也不时地讲一些他最喜欢的书和电影。

两个人在一起似乎无论干什么，时间都过得飞快，不一会儿，月亮已经爬上了树梢，笼罩得大地温馨而神秘，白天的一切似乎都不一样了，夜色带来了更加隐晦和更具诱惑的魅力。

朱小奇急迫地想起了那天晚上的亲吻，他的心里涌上了一丝强烈的渴望，他有意识地拉着沈雨溪的手往那个充满了未知的地方走去。

到了那个街心公园的时候，朱小奇心不在焉地说着话，一心只想着坐在那个长椅上，重温那天的亲热，也许更多。但是，沈雨溪今天偏不坐下来。当朱小奇的意愿明显落空，而显得有些沮丧的时候，沈雨溪撒娇地让他闭上眼睛，朱小奇猜度着，盼望着，果然，她的嘴唇接触上了他的，柔软而又温热，似乎还有点儿甜丝丝的，但蜻蜓点水一般，他稍一有回应，她就机敏而淘气地逃走，一而再，再而三。朱小奇睁开了眼睛，看着沈雨溪脸上红晕灿烂，笑意盈盈，他上前抱住了她，想好好地亲她，但她的脸总是左扭右闪地躲避着。朱小奇放弃了，他的嘴唇贴住她的右侧的耳垂，故作平静地休息，心中焦急地等待。

慢慢地，他感觉到沈雨溪的脸在轻轻地转动，朱小奇等着，等着，等到她的呼吸轻轻地吹到面颊时，他灵巧而机敏、准确地捕捉到了她的嘴唇，没有给她反应的时间，他的嘴唇就吸吮住了她的，然后再一点儿一点儿地放开，然后一动不动，他不想让她只是感受被动的亲吻，他在等着她，等着她的身心向他的释放，等着那个像他梦想中的爱情的亲吻。

风呼呼地刮过，吹得很冷，但两个人仿佛是站在此时此地之外，似乎没有任何感觉，只有彼此的身体，还有那个即将到来的，身体的第一个灵魂，那个表达爱欲的嘴唇，那个爱情的第一个灵魂，那个通向爱的深处的接吻。

他们都在热烈而忐忑地等着，他们的心会跳得很快吗？他们会像书中所写的那样，感觉到浑身像电流击中了吗？他们会迷醉吗？他们的大脑会一片空白吗？

这是一个深长的吻，这是一个想探询一切的吻，这是一个让他们忘了该如何结束的吻，因此，在这寒风吹拂丛林的花园里，他们似乎看到了鲜花盛开，百鸟歌唱，万物生长。他们只愿意、只能够不停地这样吻下去，吻下去……

沈雨溪似乎第六感灵光一闪，突然"呀！"的一声把头埋到朱小奇的怀里。朱小奇下意识地往旁边一看，他看到一个乞讨的老婆婆手里拿着根拐杖，身上衣服穿得倒还干净，一看见朱小奇扭过头看她，露出一丝微笑："你们终于停下来了，我等了好半天，你们终于——"起初吓了一跳的朱小奇这会儿不由得哭笑不得，他故作平静，其实内心异常尴尬地从兜里掏了些零钱递给她，眼睛平视，回避着老婆婆的眼神，在她的道谢声中拉着沈雨溪快步走出了街心公园。

两个人急匆匆地走了一段路之后，偷眼互相对视，不禁哈哈大笑起来，朱小奇紧紧地搂着沈雨溪，沈雨溪脸红红的，越发觉得柔情蜜意在两个人心头浸润弥漫，像一口咬开的芝麻汤圆，浓得化不开，而又香甜四溢。

此刻，他们觉得他们是世界上最幸福的人，他们愿意善待和宽恕一切的人和事，因为他们觉得那些除他们以外的人都太值得同情了，他们正在经历一种什么样的感情啊！它有多美！除了他们，别人怎么会有呢！

是的，感谢造物主，除了热恋中的男女，还有什么样的感情能让人膨胀到这种境界呢？珍惜吧，它转眼就会过去，甚至快得让你都不记得它曾经存在过，那仿若满天燃烧的灿烂的红霞，在人的一生中，只能有一次感同身受，甚至以为，那也许只是个梦境。

3

朱小奇和沈雨溪爱上了接吻，他们不断地温习，反复地体会，爱在其中，乐此不疲。两个人在相当长的一段时间里，不论去哪儿，不论做什么，接吻都是其中最核心、最重要的内容，一切似乎都在为那个无穷无尽、缠绵不绝的吻作烘托，作铺垫，作配乐，作舞台。

朱小奇在一次刺激的激烈的捉迷藏式的接吻中，突然觉得自己的脊背中间似乎有一条导火索，一种极度的又紧张又放松、又清凉又火热的感觉从自己的胯间升起，沿着这条导火索似乎直冲入脑，伴随着一种不由自主地屏住呼吸的战栗，体内的能量仿佛终于找到了一个火山爆发的出口，一下，一下，一下，随着它的有力地一次一次的勃发，朱小奇只觉得全身好像被一下子掏空了什么，满足而又舒适，四肢百骸都有一种麻酥酥的慵懒，大脑一片空白，连心都是软软的，他的身体仿佛从来没有这么轻，似乎在空气中飘浮，似乎每个关节都弯曲得那么自然，每一块肌肉都放松得那么随意，多舒服，多奇妙，他真想在这种感觉里睡过去，睡过去。

当朱小奇从这种天外飞仙般的眩晕感、虚脱感、倦怠感伴随着强烈的愉悦感中慢慢地把自己身体的各个零件重新唤醒复原以后，朱小奇第一次真正领教了性的魔力，他温柔地搂着沈雨溪，重归平静的同时，似乎有一种淡淡的忧伤和空虚的感觉涌上心头。

那天晚上，朱小奇仔细品味和回忆了许久，那种淡淡的忧伤和空虚又迅速被强烈的欲望所汹涌淹没，潘多拉打开了魔盒，洪太尉掘开了伏魔之殿的石碑，任我行逃出了西湖梅庄的水牢，朱小奇现在脑子里只有性，如中蛊惑，欲罢不能。

自从这次无意的勃发，朱小奇每天都希望重温那种难以名状的快感，他欲盖弥彰，急不可耐，吻得越来越急切，越来越表面，越来越功利。沈雨溪很灵敏地发觉了，她既不满，又好奇，既想纠正他，又想鼓励他。

在这个阶段，在两个人的爱恋中，身体的欲望逐渐做了主角，他们进进退退，拿不定主意该如何进入下一个篇章。好在，时光飞逝，寒假来了，他们的身体要暂时分开一段时间，无论他们的灵魂如何渴望。

寒假里，朱小奇首先收到了沈雨溪的一封信，信纸被叠成了鸿雁的样子，诉说了她对朱小奇的思念之情。信的开头，沈雨溪叫他"亲爱的猪猪"。

朱小奇的柔情被这样的文字一下子引溢出来，在心头蔓延、浸润，他觉得自己真幸福，真骄傲，似乎他拥有了全世界，他冥思苦想了好久，他称他亲爱的沈雨溪什么呢？小雨，小溪，还是溪溪？都不好，后来，他灵机一动，想起了农村下乡实习的那个国庆之夜，他给沈雨溪讲的那个小猪宝宝的故事。他要叫他最亲爱的女孩儿、最最亲爱的沈雨溪"宝宝"。于是，从这一天起，他们有了通信和私下里在一起时的昵称：猪猪和宝宝。

4

寒假终于过去了，朱小奇迫不及待地赶到了学校，等到沈雨溪来宿舍找他的时候，打开门，他看见剪短了头发的沈雨溪一脸花一般绽放的笑容，朱小奇的心都快要融化了。

等到宿舍没人时，朱小奇搂着沈雨溪急着要接吻，而沈雨溪仿佛生疏了一般，扭捏躲闪了一阵，但也可能就是因为这一阵的扭捏躲闪，当四片嘴唇相接的时候，随着它们相互的摩挲、纠缠、吸吮、舔咬和唾液的交融，他觉得街心公园的第一次爱情之吻的感觉翩然而至，昔日重来，他的大脑一片空白，全身都要羽化轻飞了。

当朱小奇迷醉其中，希望能够乘胜追击、再进一步时，沈雨溪却不顾他的一再挽留，坚持回家去了。

第二天，正式开学，朱小奇一心想着和沈雨溪如何亲热一番，但是沈雨溪却一连几天晚上都要回家，即使两个人独处一会儿，接吻的时候，也节制了许多，弄得朱小奇如热锅上的蚂蚁，团团乱转，满腔欲望无处释放，正所谓，一片芳心千万绪，人间没个安排处。

但是，潘多拉的魔盒一旦打开，哪有合上之理？过了一段时间，朱小奇和沈雨溪又恢复了到了放假之前的那段身体的纠缠游戏中，不过，他们这一次探寻之路的进程远远落后于朱小奇被已经唤醒的欲望，他经常因为这个迁怒于其他事，有些是故意的，有些是身体的魔鬼跳出来他控制不了的，他对沈雨溪发脾气，使沈雨溪哭了很多次。起初的时候，朱小奇不禁大为后悔，然而随着时间的推移，他在后悔的同时，也在心底又有了点儿恶毒的报复快感。谁又能完全认得清人性呢？他中了魔了。

5

内蒙古的 6 月来了，绿意盎然，阳光在随风拂动的叶子间跳跃嬉戏，投下一片片斑驳陆离的光影，也一同随风晃动着，摇摆着，似乎世间万物，连同它的影子都苏醒了，都有了生命，生长着，蓬勃着，召唤着，盼望着。

一个周末的下午，朱小奇和沈雨溪又一路散步到了那个街心公园。这时节，正是丁香花开的时候，一丛丛，一簇簇，紫色的，白色的，竞相开放，花香在风中轻灵起舞，翻转跳跃，时而浓郁，沁人心脾，时而淡雅，似有还无。

这个时间，公园里的人并不多，朱小奇和沈雨溪走走停停，不时地把鼻子凑过去，仔细嗅一嗅花香。朱小奇一路上正在和沈雨溪大谈自己对琼瑶小说的体会，他们前几天刚在一本杂志上看了琼瑶的《匆匆，太匆匆》。

朱小奇看琼瑶的小说很早，在初中毕业时，他就看了琼瑶的《几度夕阳红》，但看得并不多，《匆匆，太匆匆》是第二部。他认为琼瑶的中国古典诗词功底不错，小说的风格很唯美，但女作家的通病极其明显，视角狭窄，人物刻画流于表面想当然，缺乏深度和深入其中的勇气，在这方面，男作家就要好很多，即使像孙犁，以清新唯美的文风而著称的，在描写人物时，也要直面和深刻许多。

沈雨溪基本上是听朱小奇在说，不置可否，她首先就很奇怪朱小奇会把孙犁和琼瑶放在一起做对比，她觉得似乎这是两个时代的人，另外，她很喜欢《匆匆，太匆匆》，她为韩青与鸵鸵的爱情感动、流泪、伤心，她觉得琼瑶笔下的爱情就是她想要的爱情。

当他们走进一片树丛和花影之中的时候，朱小奇又情不自禁地搂着沈雨溪想要接吻，沈雨溪突然闪开身，问道："朱小奇，你喜欢我吗？真的很喜欢我吗？"朱小奇看着沈雨溪，有些茫然，也有些不耐烦，他顺嘴说道："喜欢呀，你喜欢我吗？"沈雨溪习惯性地把手背在身后，仰着一张小孩子式的脸，话里却有一种坚定和认真的味道："朱小奇，我不喜欢你，我——爱——你。"泪水从沈雨溪的眼睛里倏然滑落，在透过叶子与丛林的缝隙的阳光下，晶莹而美丽，她像一个受了委屈的小女孩儿。朱小奇的心被她的眼泪打湿了，浸透了，他抱紧她，她的吻认真而热烈，有点儿不顾一切的味道。朱小奇在这一刻很心疼她，他一定要好好待她，不再气她，不再让她流泪，似乎是第一次，他们吻得如此郑重，如此用力。

当分开时，沈雨溪破涕为笑，越笑越灿烂，丁香花盛开的阳光下，她的笑容明媚而娇憨。"猪猪，明天我们去爬山吧。"

第十一章
晃晃悠悠的大学生活（六）
性的魔力与爱情中的自我

1

内蒙古的大青山属于阴山山脉，所谓"敕勒川，阴山下，天似穹庐，笼盖四野"，自有一番塞北的苍凉壮美。夏天，它的颜色是青色的，比岭南的深绿要浅，比江南的嫩绿要暗，比岭南的郁郁葱葱要淡薄，比江南的疏落有致要粗犷，它更朴素，更简单，它的美，就如同一首蒙古族民歌，宽广而深沉，舒缓而悠扬，在高亢悲壮中更有一种淡泊宁静，人生的悲欢离合，世事的跌宕起伏，英雄的王图霸业，最后都被雨打风吹去，只有风从大地吹过，青山依旧，物是人非，虽有感慨，然而从容。

　　朱小奇和沈雨溪一路骑着自行车，沐浴着耀眼的阳光，干爽的风吹得头发乱蓬蓬的。离山越近，沙土越厚，最后，两个人下了车，朱小奇推着自行车，沈雨溪在前边蹦跳着，来到了山脚下，四周一片寂静，草丛和树叶的青涩味儿被风吹过来，钻到鼻子里，让他们痒痒的，这里只有大自然和他们。

　　两个人把自行车放倒在山脚下的树坑里，爬到了最近的一个峰头上，但见山势起伏连绵，极目望去，没有尽时。近处看，远方眺望时的一片青色暴露出了更多的黄土，与南方的山比起来，确实更像个大的土坡。朱小奇和沈雨溪来到一个松树比较茂密之处，找了一个类似树间小窝的地方"安营扎寨"。

　　此时正值午后，阳光强烈，照得哪儿都明晃晃的，除了风声和偶尔的几声鸟鸣，一切都静悄悄的，仿佛整个世界都睡着了。透过树叶遮蔽的缝隙，阳光倾泻下来，随风晃动，形成了一个光点摇曳，仿佛具有生命的树荫小屋。顺着缝隙向上望去，天空悠远，白云被风剪裁成一缕缕或一抹抹的薄薄的棉布或轻纱，铺陈在蓝天里，一切仿佛定了格的千年岁月。

　　朱小奇和沈雨溪并排躺在树荫下铺了花格床单的青草之上，眯着眼睛，不由得心生困意，似睡非睡，似乎进入了梦里又回到了小时候，与大自然融为一体，宇宙与生命同源同生。

　　两个人静静地躺了一会儿，身体逐渐从朦胧中苏醒过来。沈雨溪的头轻轻地往朱小奇的胸前靠过来，头发蹭到朱小奇的脸上，撩拨着他，脸上心上都痒痒的。朱小奇搂住沈雨溪，微微欠起身子，沈雨溪仰起脸，两个人开始一点儿一点儿地吻起来，从时轻时重到越来越重，他们的呼吸越来越急促，他的手开始上下探寻着她，她抱住他，用更深的吻暗示着他，鼓励着他。朱小奇已经预感到他一直盼望着的、困扰着他的、折磨着他的、召唤着他的爱欲的最原始最神秘最摄人心魂的性的面纱就要揭开了，他似乎都闻到了它的味道。

他抚摸着她的身体，他的手假意停留而迂回，实则迫不及待地向下滑去……

他觉得信心无穷，她觉得身心俱迷，他觉得自己快要飞起来了，因为他好像无所不能，浑身充满了力量，她觉得自己已经飞起来了，浑身轻飘飘的，没有了重量。

7月的阳光晒在他们身上，正值午后，虽然隔着密密匝匝的树叶，仍然灼热烫人，两个人在一阵出乎预料的激烈的身体欢愉之后，此时此刻，才恢复了对周围事物如常的感知，朱小奇从沈雨溪的身体上翻身下来，蜷伏在她的身边，浑身似乎软软的失去了知觉，连一个小拇指都不想动，闭着眼睛，太阳尽管晒吧，他只要这样躺着，一动也不想动，他只希望风再吹得大一些，再干爽一些，为什么不呢？

朱小奇觉得自己特别的心安理得，充满了骄傲，性给他带来身体的极度欢愉之外，他更感受到了性给他带来的心理上的满足感，他似乎觉得自己可以征服全世界。

悠远的天空，蓝得让人望不透，一片云彩飘过来，遮住了太阳，天空似乎一霎间暗了下来，阳光没有那么明晃晃了，然而一丝阴翳却不知不觉地浮上了沈雨溪的心头，她有点儿遗憾，更有一点点儿委屈，在他们的身体那么亲密融合之后，他反倒没有像之前一般亲热的时候那样紧紧地搂着她。不知道为什么，朱小奇似乎特别志得意满，而那种胜利似的表情和自己是什么关系呢？

那天，一直到他们从山上回到学校，去大教室复习功课，沈雨溪一直都在认真地观察着朱小奇的表情，朱小奇浑然不觉，而沈雨溪为之深深疑惑。

2

第一次的成功，极大地刺激和鼓舞了朱小奇的热情与信心，与之前沉湎于身体在最后释放的一刹那间那种难以名状、极度欢愉的感官感受不同，这次朱小奇主要是对自己在过程中发现和实践的各种技巧产生了如中蛊惑的迷恋，他几乎时时刻刻，不论在哪儿，满脑子都是性的内容，如此这般，这般如此，似乎一个角度的变化、一个顺序的调整都让他满怀期望，急不可待，跃跃欲试。

朱小奇还对当时私下流行的色情武侠小说反复阅读，仔细研习，似乎每一段性爱描写都能刺激他产生一个新的灵感，每一个女性角色的性爱表现都让他想充分验证一番，他似乎随时都有欲望，随时都有需求，性几乎成为朱小奇这一段时间生活的全部内容，其他的一切似乎都成了陪衬，他处于一种持续高烧的状态，神魂颠倒，走火入魔。

朱小奇和沈雨溪找到了两三个偏僻之地，作为他们的秘密之地，朱小奇兴致勃勃，乐此不疲，沈雨溪若有所失，欲止还行。他沉迷到性里了，心里容不下其他，她迷惑到性里了，怕心里的爱走远。

3

一天晚饭以后，朱小奇去沈雨溪的宿舍找她，恰逢那天沈雨溪胃不舒服，上吐下泻的，宿舍里只有她一个人，朱小奇没办法再叫她出去，只好在宿舍里陪着她。沈雨溪在床上躺一会儿，去洗手间里待一会儿，折腾得脸色蜡黄。

朱小奇坐在床边陪她，时而喂她喝点儿水，时而轻轻拍一拍她的身子，安慰她。过了一会儿，沈雨溪又去了洗手间，朱小奇无事可做，随手在沈雨溪的床上翻翻看看，无意间在被子下面抽出了一个黄色封皮的日记本。朱小奇打开一看，不禁暗自惊奇，他一直觉得沈雨溪是一个活泼外向、心事甚少的女孩子，没想到她却记下了那么多文字，而朱小奇虽然很喜欢看小说，背诗歌，却几乎从未有过写日记的习惯。

翻开第一页，他翻开了生活的另一个真相，朱小奇的心头一凉，沈雨溪的第一篇日记就记述了她对××东的若有若无的淡淡的情愫，她去××东学校找他借书，他送她回来，在回来的路上，他让她抱着他的腰。"双手轻轻地搂住了他，觉得很不好意思。"他走了，她觉得有点儿失落，因为她本来以为他会留她吃饭或者什么的，然而他却那么快地送她回来了，也不问问她的想法。

朱小奇的心彻底掉入了冰窖，他迅速地翻看着，一目十行，只找类似有关的文字，后面似乎没有了××东的出现，出现了另一个相关的男生，周××。在另一篇日记里，她记录了在一次滑冰的时候，她在周××的身边摔倒了，但他并没有像上一次那样看见她摔倒而滑过来扶她，她很难过，她看见他和别的女孩子说说笑笑，打打闹闹，她们都喜欢他。"他真厉害，又俘虏了一个。"她默默地走开了。

朱小奇的手指在颤抖，大脑一片空白，他的心里充满了难以名状的各种情绪，迷惑、嫉妒、伤心、蔑视、自怜，他觉得自己一下子从一个世界进入了另一个世界，这是他的沈雨溪吗？她到底是一个什么样的女孩子？她喜欢他吗？还是她需要一段感情，而只有他在此时此刻出现了？他还一直以为她很爱他，他还一直以为自己很有魅力，他还一直以为他是她生命里的唯一……

朱小奇迫切想找到有关自己的内容、她对他的情愫，他胡乱而急切地往后翻着，他看见他出现的第一个称呼，不是猪猪，而是××奇，她觉得××奇在吻她的时候，她不知道该怎么办，只好装作迷迷糊糊的……

就在这时，洗手间的门开了，朱小奇下意识地迅速地把日记本合上，又放回到了被子下面。他的心急躁地跳着，大脑似乎失去了思想，他仿佛对周围的一切都充满了陌生，他极力掩饰着自己，心不在焉，恍若梦游。

刚好，沈雨溪几个同宿舍的女孩儿回来了，朱小奇似乎一下子得到了拯救，像落水的人抓到了一根树枝，他凭着直觉应付了几句，赶紧离开。他第一次这么想回到自己的宿舍，他想回家，他想有一个自己一个人的家，他谁也不想看到，他的美好的梦结束了，只在短短的一瞬间，恍若隔世，天上人间。

4

北方夏日的夜晚，天气干爽而舒适，遥远天边的闪闪星光穿越过无数个千年岁月，映照着人世间的一切，它美吗？也许吧，但不是你第一眼看到的那样，也许跟你想象的一点儿也不一样，星光满天，映照无尽岁月，一样的岁月。

第十二章

晃晃悠悠的大学生活（七）

爱的折磨　撕碎了日记撕毁了爱情

1

　　整整一个晚上，朱小奇似乎都处在梦境之中，似睡非睡，似醒非醒。他的心好像坠入了铅石，沉甸甸的，身体却似乎被抽干了血液，软软的，失去了力气，他一直弄不清为什么会这样，怎么事情和自己一直感受的认为的这么不一样！沈雨溪到底是一个什么样的女孩子，她是一个轻浮的人吗？女孩子就是谁牵她的手，她就喜欢谁吗？她喜欢他，只是因为他喜欢她吗？这可不是朱小奇梦想中的爱情，特别是他感觉到那个周××就是周东海时，朱小奇不禁从心底涌出了一种强烈的妒忌与自怜，他从心底对沈雨溪产生了一种不可抑制的怨恨与蔑视，而想起这种情绪缘起的对象是他唯一的宝宝，那个与他一起经历了那么铭心刻骨的心的交融、性的迷雾的他的宝宝时，他又产生了一种深深的难过和心痛，那种痛，无孔不入，无处可逃。

连着两天，朱小奇都没有去找沈雨溪，他尽量装得和平时一样，但在他的心里，千头万绪，五味杂陈，各种情绪纠缠往复。

他真恨她，为什么要写日记？他真恨自己，为什么要看那本日记？他真恨周东海，他凭什么比他更先得到沈雨溪的喜欢。

他该怎么办呢？分手吧，他在第一时间想，怎么能不分手呢？他朱小奇难道要选择这么一种没有完美开始的爱情吗？他朱小奇难道是一个填补空缺的替代品吗？她沈雨溪是各方面都很普通的一个女孩子，他又何必呢？

然而，在他的心底，在他身体的每一个细胞深处，他又习惯了两个人的日子，他舍不得沈雨溪，舍不得她对他轻嗔薄怒撒娇的样子，舍不得她对他娇声细语说话的声音，舍不得她看着他时柔情似水的眼神，舍不得她灿烂明媚、花朵般绽放的笑容，更舍不得他们在一起时的浓情蜜意心心相印。他一想起他们在一起时的情景就心痛，痛得无处去躲无处去藏，他一想起今后可能没有她的日子就心慌，慌得不敢去想不能去想。还有，他的身体已经在她的身体上被唤醒了，那种力量如此强大，如中蛊惑，欲罢不能。

周末，朱小奇逃避似的少见地跑到其他院校去找高中同学，因为一到周末，宿舍经常空空的，老大永远不是在大教室，就是在图书馆，其他人则散于本市的各个院校会朋友找同学。

此时此刻，朱小奇非常恐惧在熟悉的地方一个人面对自己的内心，他需要用外在的热闹冲淡他内心的苦闷。一整个周日，他都在外面四处联络本市的其他院校的高中同学，表面嘻嘻哈哈，实则空洞机械地表演，那种身心分离、精神恍惚、愁绪与沉重仿佛挣脱不断的绳索时刻缠绕束缚的感觉，心脏仿佛灌了铅，一直沉沉的，没有片刻时间浮上水面轻松透口气的感觉，真是让人难挨，也真是让人不得不感叹，造物主创造世界的时候，可真是精雕细琢，细致入微。痛有千百种，种种皆不同，然痛定思痛，痛何如哉。

朱小奇人生第一次陷入爱情的苦恼之中，这是他活生生地看到人生真相的第一次痛，痛得入骨入髓，入心入肺，痛得把所有两个人在一起美好到天地间只有他们的感觉重新审视推翻，把所有在爱情中骄傲得意、意气风发的自我重新审视推翻，何况，情正浓时，他又把它们推翻得那么彻底。

爱情中的痛苦，最痛的都是第一次，真正的第一次，也许事情本身微不足道，但那是认清世界真相的第一步，残酷的第一步，童话色彩的爱情碰到了现实生活之中的人性，如同五彩斑斓的肥皂泡，刚刚在阳光下绽放它的美丽就在风中破碎消亡，无影无踪，来得突然，毫无准备。

罗曼·罗兰说：世界上只有一种真正的英雄主义，那就是在认清生活的真相后依然热爱生活。然而，当时的朱小奇，距离理解这句话的深刻含义还早得很呢，他只是一味地怨恨与自怜。

2

周一晚上，朱小奇正在宿舍里踌躇着，想不清去干点儿什么，内心在激烈地斗争，是不是要去找沈雨溪。就在这时，外面响起了敲门声，朱小奇心下既激动又忐忑，他上前打开门一看，果然，他看见沈雨溪习惯性背着双手站在外面，朱小奇略带生疏地让她进来，沈雨溪摇了摇头，朱小奇问她："出去走走？"沈雨溪点了点头，朱小奇带上门，两个人一前一后地走出了校园。

到了外面，朱小奇习惯性地搂住了沈雨溪的肩头，沈雨溪略微挣扎了一下，低头抽泣起来。朱小奇心底涌起一阵爱怜，他搂紧她，把她拥到怀里，抚摸着她的头发，在她耳边低声说道："是我不好，是我不好。"沈雨溪不说话，在他的怀里呜咽哭泣了好久，然后问他："你怎么了，为什么不去看我？"

朱小奇压抑的身体在刚才与沈雨溪的搂抱接触中，一下子被唤醒了，汹涌澎湃，急不可耐，势不可挡，淹没了一切。他此时此刻不想让其他的东西干扰他的欲望，他没有正面回答沈雨溪，而是说他太想她了，那件事很重要，他正在想，想清楚再和她说。

沈雨溪拗不过她，他们来到了离学校最近的一个偏僻之地。这里树丛茂密，朱小奇尽量想办法激起沈雨溪身体的热情，但她今天一直都很勉强。朱小奇甚至带了点强行的意味，当朱小奇从后面急促而猛烈地进攻她时，沈雨溪轻咬着嘴唇，默默无语，两个人都感觉到了亲密动作中的疏离。随着朱小奇最后身体的爆发，一阵复杂的难以名状的空虚、悲伤、悔恨的情感交织在一起，几乎同时涌上朱小奇的心头，他无力地虚脱般地搂着她靠在树上，听见她低低的抽泣声，既爱怜又不想爱怜，他恨自己管不住自己的身体，看不清自己的内心，懦弱犹豫，拿不起放不下，离他理想中的男人的性格差十万八千里。

两个人默默地安静了好久。沈雨溪问他:"你怎么不说话了?"

朱小奇下意识故作平静地说:"说什么?"

沈雨溪一句话不说,眼泪像开了闸的洪水,一下子涌了出来,转身欲走。

朱小奇心软了,他拉住她,脱口而出:"你喜欢周东海还是喜欢我?"

"当然是喜欢你。"

"你喜欢过周东海,是吗?"

"没有。"沈雨溪痛快地回答。

沈雨溪这么干脆的回答让朱小奇很诧异,他感觉沈雨溪真是比他想的复杂多了,她撒谎怎么能这么利索和不假思索呢?在日记里记述得那么动人那么细致,难道不是喜欢吗?她对他朱小奇又在日记里写了多少呢,写了什么呢?朱小奇真希望自己狠下心来,一走了之,他故意冷冷地说:"你在骗我,我看了你的日记,你喜欢周东海。"

"没有。"沈雨溪依然非常干脆地说。

朱小奇这下彻底迷惑了,他简直无法理解她。

他不禁描述起她在日记里记述的内容来,甚至有点儿结巴,因为他实在不知道沈雨溪是怎么想的。朱小奇一边叙述着日记里的相关内容,心里的嫉妒之火熊熊燃起,他厉声问道:"这还不是喜欢吗?难道不是你写的吗?你为什么不承认呢?"沈雨溪不说话,眼泪像流不完的小河,一行行,一串串,顺着她的脸颊连绵不绝,朱小奇又心疼她,又气她,不知道该怎么办。

这种单调的他的质问和她的默默流泪的情景成为他们未来一段日子的经常一幕。夜风吹过,送来阵阵花香,一样的花香,然而,一切都不一样了，朱小奇不禁深深地感伤。他的心头涌起一阵柔情，抱住沈雨溪，吻着她的眼泪，他如同自言自语般轻声反复诉说着："不问了，我不问了。"他紧紧地搂着她，一直等到她的身体柔顺地依偎在自己的怀里。

今晚的月亮弯弯的，月如钩，清练如洗，连月亮里的阴影都看得如同近在眼前，纤毫毕现，生动而残酷。朱小奇和沈雨溪走在月光如水的路上，脚步失去了往日的轻盈。虽然身形依旧，但是心绪不再跳跃，神采不再飞扬，童话般的爱情飞走了，他们再也回不到他们亲手创造的梦境中去了，剪不断，理还乱，梦有多美，只有梦醒了才能体会，然而，别时容易见时难，他们再也回不去了。

朱小奇刚和沈雨溪分别，回到宿舍，心中的柔情就又被恼怒和困惑淹没了，他突然觉得自己一点儿也不了解沈雨溪，他真不知道她到底是一个什么样的人，她对自己的真实感觉是什么。

朱小奇迫切地想知道这些。他下定决心，自己不论采用什么方法，一定要知道。他迷失的不仅是爱情，还有自我。

3

随后的一段日子里，他们在一起的日子成了具有顽强生命力的循环往复。柔情，性爱，质疑，争吵，流泪，和解，构成了他们在一起的主要内容，他们筋疲力尽，他们欲罢不能，他们互相爱恋，他们互相伤害。

特别是朱小奇，他所谓的非要弄个清清楚楚明明白白的执拗，加速了他们这段感情最终的无可挽回。

在又一次朱小奇激烈的质问和沈雨溪默默的流泪之后，双方都想到了分手，在那一刻，他们都觉得他们的感情走到了尽头，也许朱小奇已经习惯了这种争吵，他并没有慎重考虑分手的严肃性，他只是想知道，沈雨溪到底是什么样的人，到底有一种什么样的心路历程，到底是如何想他的，开始怎么想，后来怎么想。趁着这个机会，他提出要看沈雨溪的日记，他的理由是，想搞清楚他们到底是不是在真正地恋爱，他想自己判断一下。

沈雨溪答应了。

周末到了，两个人再次来到了山上，这次他们没有在他们爱的小窝里卿卿我我。已经是10月上旬了，太阳已经没有了前一阵的炽热，那种明晃晃的感觉减弱了许多，四下还是一片宁静，树叶开始变黄，脱落，风吹得大了一些，发出呜呜的声响，淡了一点儿亮度的阳光透过比以往稀疏了一些的树叶照射进来，摇曳变成了晃动，似乎一切都多了点儿秋的气息，沉郁而萧瑟。

朱小奇一页一页翻看着沈雨溪的日记，他看到了沈雨溪在农村实习的时候，依然为周东海的脚被石头不小心砸伤了而难受、担心，却对他俩的那次国庆之夜的牵手讲故事、朱小奇一直以为的他们之间情窦初生的美好情境只字未提。他看到了她感觉到朱小奇的吻里面有了更多的身体里隐秘的东西，她觉得那是不美好的，她想要问他，想要制止他，想要和他"冷静"一段时间。她提到了有一次他和一些高中同学在一起，看到她的时候，没有叫她，更没有介绍她，"是嫌她不够出众吗？"她提到了他们一次次的争吵，她觉得好累，她觉得他是在折磨她……

朱小奇不禁深深埋下头去，黯然神伤，她的日记里似乎没有任何他们在一起的美好的东西。他感觉好无力，他不禁问道："你觉得我们的感情很不美好吗？你为什么要和我在一起呢？""当然不是，你觉得是吗？""不是啊，但是你的日记里为什么都是我们的不好呢？我们的好，你一点儿都没记呀！"

沈雨溪不说话，眼泪又哗哗地流了下来，她呜咽道："我不是什么时候都写的，那都是一时的感觉。你为什么这么对我啊？你凭什么这样指责我啊？"朱小奇不说话了，他默默地看着沈雨溪，看着她的眼泪流也流不断，流也流不完，他似乎有一种报复的快感。

他恨她，也恨自己。太阳的光芒越来越黯淡了，风也越来越大，逐渐有了凉意。北方的风，一大就吹起了黄土，吹得整个天空都有了灰蒙蒙的感觉。等沈雨溪平静了一些，朱小奇问她："你喜欢周东海吗？"

"我不知道，可能那会儿喜欢吧。"沈雨溪的声音平静了许多。

"那你喜欢我吗？"

"你觉得呢？"沈雨溪的声音里有了一丝哀怨。

"你刚开始认识我的时候，不喜欢我，是吗？"

"可能吧，你对人不好，冷冰冰的。"

"谁对你好，你就喜欢谁，是吗？"

"是，我不会喜欢对我不好的人。"

"今天，你终于承认你喜欢周东海了，是吗？"

"喜欢过，朱小奇，你到底想让我怎么说呀，你到底想让我怎么样呀？"沈雨溪一下子爆发了，呜呜咽咽地，她哭出了声音。

朱小奇还是想问她，但他也不知道该怎么问，自己到底想干什么。他用脚踢打着落叶，发出簌簌的响声，恍惚间，仿佛回到了小时候。他想起自己小时候似乎曾经在这样的一个天气里，在那片小树林，无聊的他突然发现了地上忙忙碌碌的蚂蚁，他不知道是出于什么心理，用一块石头画了一个圈子，把蚂蚁一只一只赶进这个圈子。他似乎兴致勃勃，全神贯注，像中了魔一样停不下来，只是机械地盯着，赶着，直到太阳西下。

朱小奇把日记本交还沈雨溪，看着她要往包里放，朱小奇不禁冷笑道："你还不把它撕了吗，要好好珍藏吗？"沈雨溪的哭声又大了起来，多了委委屈屈的哽咽，她一页一页地开始撕那本日记，越撕越快，越撕越狠，她把它们反复撕扯，顺手而落，风吹起黄土，吹起纸片，迎风而舞，四下飞扬。

朱小奇不知道自己这会儿心里怎么想，他不知道该怎么想，他不知道真实的自己应该怎么做，他似乎看不清自己真实的内心，仿佛只能扮演一个人，扮演一个永远占据感情高处的人？扮演一个永远受伤的人？他不知道，他似乎毫无来由地问她："你不会忘了我吧？你会记得我吗？""不会的，我们之间有过那么多的第一次。"沈雨溪轻声说，她的眼泪打湿了她面前的黄土和纸片。朱小奇看着她，他多想忘了她啊，最好马上就能，不喜欢她，也不怨恨她，最好当初没有认识她，因为他现在一看见她就心疼，疼得无处安身。

4

太阳快要下山了，他们收拾好东西准备回去，朱小奇故作轻松，沈雨溪也平静了很多，他们一路像朋友一样说着话，从山上下来，骑上自行车，沈雨溪搂着他的腰，两个人迎着风往回一路骑行。

在路上，沈雨溪的平静莫名地激怒了朱小奇，他挑衅似的问："你搂我的腰有没有不好意思呀，你那会儿情窦初开啊，被拒绝了是不是特难受，××东对你也不是很好吗，你不是只喜欢对你好的人吗？"

沈雨溪不说话，默默地松开了搂着朱小奇的手。向前骑了一会儿，她突然跳下了车，朱小奇发现了，但他被嫉妒和恼怒冲昏了头，他没有停下来，越发快速地向前蹬去。一阵儿猛蹬之后，他突然清醒过来，由不得出了一身冷汗，他这是在干什么！

朱小奇充满了自责和怜惜，他的心不禁怦怦直跳，他生怕沈雨溪出点儿什么事，猛地调转自行车，朱小奇发力猛蹬，飞快地向回骑行。

他看到了沈雨溪，她满眼是泪，任他怎么说也不上车，朱小奇在后面跟着，一个劲儿地解释。猝然间，沈雨溪回过头来，她第一次冲着朱小奇喊道："朱小奇，你难道想把一切都毁了吗？你为什么要这样对我，这样指责我，你自己又怎么样呢？你以为我没看见过陈彦彦写给你的信吗？你难道第一眼就喜欢我了吗？你为什么要把什么美好的东西都毁了呢？你到底想怎么样呢？"

第十三章

晃晃悠悠的大学生活（八）

青春留下的似乎只有伤痛

1

  沈雨溪的质问，让朱小奇吃了一惊。他一点儿都不知道沈雨溪曾经看见过陈彦彦给他写的信。他一时蒙住了，深感看似异常平静的世界，波澜暗涌。

  陈彦彦是朱小奇高中隔壁班的同学，大家都说她长得像奥黛丽·赫本，朱小奇觉得她长得有点儿像夏梦。在被同班男同学孤立，或者是他自我游离的一段岁月里，朱小奇不知怎么的，在半梦半醒之间，不知从何时起，有那么一段时间，把她当成了挽救自己无聊苦闷、证明自己"生活丰富"的稻草，他给陈彦彦写了封情书，找到了一个偶然的机会递给了她，他怀疑那会儿她根本都不认识自己。

陈彦彦既没有拒绝他，也没有答应他，只是在他约她的时候，她也跟着出去，也偶尔来找他复习功课。朱小奇和她在一起的时候，总是觉得很局促，很不轻松，他不知道与她如何相处，他也不知道要从这种来往中获得什么。后来他仔细回忆，陈彦彦要比他成熟很多，因为在他无意中碰到她的手时，她总是脸红红的，像触电似的迅速移开，似有所等，而朱小奇其实没有任何感觉，他还一本正经地问陈彦彦是不是怀疑他图谋不轨。现在想来，陈彦彦一定是被他弄得不明所以、莫名其妙。而那份不自然估计也传导到了陈彦彦那儿。等到陈彦彦由于文理分科调到另一个中学时，他们遂停止了来往。

刚上大学的日子，晃了一段时间的朱小奇，被眼前的寂寞空虚所困扰，心血来潮的，曾经给还在复读的陈彦彦写过一封信，说自己还忘不了她，希望他们继续来往。陈彦彦给他回了信，表现得相当得体，她按诗的格式写了一封信，婉转地拒绝了他，诗写得很长，朱小奇有些轻微的失落，主要是觉得自己对女孩儿的吸引力实在是远逊于自己的想象，其他并没有觉得什么，随手把信压在了铺床的褥子下面。很明显，沈雨溪不知什么时候看到了，但她什么也没有说，什么也没有问，甚至在日记里也没有提起。

朱小奇没有再继续这个话题，他只是说，天太晚了，一定要赶快回去，其他的明天再说，大家可能都太不理智了，需要平静平静。沈雨溪走了一阵，情绪渐渐有所恢复，朱小奇又连劝带哄地让她上了车，两个人一路无语，回到了学校，身心俱疲。

回到了宿舍，朱小奇的脑子一片混乱，他真的不知道看着像个小姑娘一样单纯天真的沈雨溪是怎么想的，怎么处理问题的，还有什么秘密瞒着他。朱小奇突然感觉人生真没意思，特别是自己，真没意思，他真厌烦自己，真恨不得世界末日早日到来，那样多好，所有的所有，一切的一切，都消失了，只有永恒的虚无。

听着周围同学的鼾声，朱小奇急切地盼望自己赶紧睡着，赶紧进入梦中，梦里多幸福啊，一切都可以重来，一切都还没有开始。

2

朱小奇真的睡着了，他梦见自己在一个湖边走着，湖上雾气笼罩，烟雨蒙蒙，一片草地青青，哪儿都湿漉漉的，周围什么声音都没有，没有蜻蜓，没有蝴蝶，湖面静悄悄的，连一只水鸟也没有，什么都没有，朱小奇似乎只听得见自己的呼吸声，似乎只有自己的呼吸声。

蓦然间，他看见了一间茅草屋，门虚掩着，他一点儿都不害怕，他似乎对这儿很熟悉，推开门进去，里面却空无一物，梦中的他似乎并不奇怪，也许只是他什么也没看见。

走出来，朱小奇好像自然而然地来到了一条小河边，似乎还是那儿，但那儿确实不再是湖了，而是一条小河，清澈见底，在阳光下欢腾流淌，水花跳动着，波光闪烁着。仿佛突然出现，又仿佛早就在那了，他看见沈雨溪在河边洗着什么，知道他来一样，回过身来，冲着他笑着，手抹过脸颊，脸上不知在哪儿蹭了一块土渍，他仔细看她，既诧异，又似乎很自然，他看见她的笑容越来越清晰，亲切而熟悉，明媚而娇憨……

朱小奇从梦中醒来，满脸是泪。

过几天就是沈雨溪的生日了，朱小奇怀着复杂的心情，他想用心给沈雨溪挑一件礼物。一个人在街上左挑右选，他看中了一个紫色的风铃，非常雅致，特别是朱小奇觉得它既漂亮又有些伤怀，非常符合他现在的心情。

风铃随着风，随着摊主的动作，叮叮咚咚，清脆而悠长，那是美丽而易碎的声音。朱小奇还特意去书店买了一本书，琼瑶的《匆匆，太匆匆》，那是沈雨溪决定向他们的爱奉献自己身体的爱的指引。朱小奇的眼前又出现了沈雨溪在丁香花丛中流着泪的脸，她对自己说："朱小奇，我不喜欢你，我——爱——你。"丁香花香仿佛又弥漫在他的周围，在风中起舞跳跃，他的宝宝在花丛中笑容像花朵一样绽放，她笑得多灿烂，那时候，她多开心，那时候，他们什么忧愁都没有，她对他说："猪猪，明天我们去爬山吧！"

泪水再一次充盈了朱小奇的双眼，他真想大声告诉沈雨溪他很爱她，今后一定要好好待她，再也不欺负她，再也不让她流泪，但心里的另一个声音，他又不情愿，他觉得她离他梦想中的人，他们的爱情离他梦想的爱情都还有距离，他不甘心。

在《匆匆，太匆匆》的扉页上，他踌躇了许久，他不知道该如何表达自己的感情，他既不愿意像飞蛾扑火，因为他还不确定要放任自己的内心，又不愿意过于平淡，因为那离他真实的感情太远，左右思量，他写下了下面的句子：

想我悠悠的从前

一只风筝飘飞蓝天

从前的阳光

恰似你莲花开落的容颜

也许无奈是一种考验

欢欣本是一种淡然

怜你　爱你　是幸福的源泉

水中的月儿　圆了碎　碎了圆

可我有那丝丝的柔情啊

那是你永远无法扯断的爱恋

给我的宝宝，猪猪

朱小奇把礼物送给了沈雨溪，她哭得像个孩子，她又感觉到了朱小奇的爱，她也舍不下他们的这段感情，他们都舍不下。朱小奇发誓说他再也不提过去的事了，他要好好对她，不再让她流泪。沈雨溪委屈地哭着，伤心地哭着，她既为过去哭，也为现在哭，更为将来哭，她知道那是不可能的，她比朱小奇更了解朱小奇，她只是不忍心，随他去吧，她想，走到不能走的那一天。

3

他们的感情真的回不去了，那需要对人生更深的理解和悟性，沈雨溪凭着天性悟到了一些，而朱小奇甚至没有打算去悟，他只是舍不得沈雨溪，他是习惯了两个人的日子，害怕一个人的空虚寂寞；还是沉迷于性，已经体味了其中的魔力，无法再失去；抑或他内心深处真的很依恋沈雨溪？他不知道，他只知道当她流泪的时候，他的心真的很疼，但是当她稍微情绪好转的时候，他又想刺伤她。

两个人在爱里都留下了阴影，而靠着爱人的直觉，两个人又都能敏锐地感觉到对方心里的阴影，他们都为对方的阴影而伤心、怨恨，他们都对这段感情的结局有了清晰的答案，即使是朱小奇，他们都在等，等那个合适的机会到来，最好是自然而然的物理上的距离，对于这个结局的到来，他们既害怕又渴望。

林花谢了春红，太匆匆，转眼完成了大四的学业，按照临床专业的统一教学安排，朱小奇他们临床系的学生要进入最后一整年的临床实习，他们将被分配到内蒙古各个盟市的医院轮科实习，学习实际的临床操作技术，为他们今后做一名真正的医生做准备。

明天学校就要公布各个学生将要分配去的地方和医院的名单了，朱小奇和沈雨溪的心里都有了一些预感。一整天，朱小奇都心怀忐忑，坐卧不安。晚上，孙志宏请朱小奇吃饭，也叫上了周东海和李江鹏。药学系是四年制，孙志宏就要毕业了，他被分配到了本地一所省级医院的药剂科，今天晚上他来话别，朱小奇他们给他祝贺践行。

四个人又来到了好好饭馆，叫了几个大家常吃的菜，他们先为孙志宏送行，祝他在社会上大展宏图，一连干了三杯，然后大家天南地北地聊起来，主要是对以后工作的迷茫，互相感慨，互相敬酒。

对未来，朱小奇甚至连迷茫都谈不上，他简直是想都不知从何想起，他觉得他的人生似乎一路都是被一种无形的力量在推着往前走，越走越不是他自己，越走越不知路在何方，他简直不能想象自己会成为一名医生，他会什么呢？他如何面对那些患者呢？朱小奇对生命有一种天生的敬畏感，对人体有一种天生的神秘感，在内心深处，他不敢面对，也不愿面对。

还有，还有，他和沈雨溪又会怎样呢，他的心又疼起来。酒入愁肠，醉得最快，朱小奇不一会儿就处于一种神情恍惚之中，他机械地说着喝着，在脑子里没有留下任何痕迹，迷迷糊糊地，他听见孙志宏说："沈雨溪变多了，原来多活泼快乐的一个小姑娘啊，现在每天忧忧郁郁的，老四还挺能折磨人的。""是啊。"依稀是李江鹏的声音，"要不就好好的，要不就分，两个人，干什么嘛。"

朱小奇摇着头，不说话，一个劲儿地和他俩举杯。李江鹏大概也喝多了，又冲着周东海说："还有你，老五，人家蒋娜追了你那么长时间，对你那么好，你总是磨磨叽叽的，还挺拿自己当回事，好不容易两个好了吧，没两天人家又跟别人了，是不是你当初太嚣张，蒋娜一生气，又把你甩了？"话音未落，啪的一声，周东海一拍桌子，冲李江鹏喝道："你今天怎么了，你是半仙儿吗？啥你都知道，你再给我说说，你还知道啥？"孙志宏赶紧打哈哈，安抚住两个人，岔开了话题。

朱小奇心里一阵难受，胃里翻江倒海，急忙冲出饭馆，快步走到一棵树下，哇的一声吐了出来，眼泪一把，鼻涕一把，朱小奇似乎把五脏六腑都要吐出来一样，他不停地向孙志宏道歉，嘴里念叨着自己也不知道的句子，一路头昏脑涨，磕磕绊绊地被他们送回了宿舍，一头栽倒在床上，睡着了，直挺挺的，像一根木头。

4

第二天下午，实习医院的分配名单公布了，朱小奇和沈雨溪被一起分配到了相邻一座较小城市的医院实习，似乎好几对校园情侣都被分配到了那里，想来是学校老师的有意为之。

朱小奇一夜宿醉，头重如铅，他仿佛想不清这意味着什么，下意识地，他去找沈雨溪商量，沈雨溪却不在宿舍，她们宿舍的人说她出去了，朱小奇有些纳闷，她去干什么了呢？

晚上快十点钟的时候，他又去找了沈雨溪，她们宿舍的同学告诉他，她八点多钟回来了一下，然后就回家了。朱小奇心中一沉，他已经有了预感，但他不愿意相信，她是他目前唯一的生活内容，他的生活中没有其他的方向，什么都没有。

紧接着就是周末了，朱小奇满腹心事，心不在焉地去参加高中同学的毕业送行聚会，他惶惶不安，坐卧不安，下午还没到吃晚饭的时间，他就找了个借口跑回了学校。

宿舍安安静静的，一个人都没有，但他却发现在自己的床头放着一个小纸箱，心里已经明白了，还怀着一丝侥幸心理的朱小奇打开箱子，他看到了那本《匆匆，太匆匆》，那个紫色的风铃，还有几张他的单人照片，还有一两块石头，几片落叶，一本他送给沈雨溪的影集，还有一次在公园他怕她冷送给她的一件他的白色夹克衫。

朱小奇木然地看着这些东西，心里像针扎似的刺痛，还有一丝怨恨，然而恨得很无力。

他把它们装进盒子，一时之间想从窗户上把它扔出去，但他又控制住了自己，把它塞在了床底下。躺在床上，朱小奇的大脑一片空白。

就在这时，宿舍的门开了，老三毕力格走了进来，他一看见朱小奇，就用他独特的汉语发音一字一顿地说："沈雨溪刚才来了，给你拿了一个箱子，还说她们家不让她去外地实习，她已经跟老师说好，她留在这里实习。"

朱小奇点了点头，假装说道："哦，我已经知道了，谢谢啊，我刚从外边回来。"朱小奇有点儿恨沈雨溪，她为什么要让别人转述这些话，他又有点儿庆幸，多亏是老三，他一贯表现得不多想，也不多说。

老三回来拿了饭盒，匆匆吃饭去了，朱小奇说他一会儿要出去吃，一个人静静地躺在床上。这可真是太静了，他这才发现，一旦真的没有了沈雨溪，他似乎一切都没有了，他没有前途，没有朋友，没有未来，他似乎只能回家，回到他生活的原点。

明天上午开完会，说完注意事项就正式放假了，实际上可听可不听，沈雨溪不一定会来。朱小奇无暇顾及自己所谓的自尊，他决定去沈雨溪的家找她。他去过她的家，她的父母对他无可无不可，既不赞成，也不反对，和朱小奇父母的态度不谋而合。

朱小奇骑着自行车，只想尽快见到沈雨溪。到了她家，来开门的正是沈雨溪，朱小奇想叫她出去，但是她坚决地拒绝了，朱小奇没有办法，只得进门与她的父母和哥哥寒暄，他感觉沈雨溪应该是和他们说了什么，因为他们似乎对他的态度比前两次明显缺乏了热情，只剩下冷淡的礼貌。

朱小奇在这里局促不安，而沈雨溪根本不给他俩独处的机会。朱小奇看着她，心里的恨意越来越深，对自己所谓尊严的感觉越来越强。他告辞回去，沈雨溪似乎手头的活儿无法离身一样，在厨房隔着玻璃向他点头告别。她的哥哥送他出门，明显一脸的不耐烦，朱小奇觉得自己刚一跨出门去，后面就传来一声响亮的、急不可耐的、冷冰冰的关门声。

朱小奇的心都寒了，他的眼泪夺眶而出，为他自己丢失的尊严，为他自己无助的可怜，为他自己丢失的一切。他是一个失败的人，他是一个无用的人，他是一个谁都不需要的人，他是一个多余的人，他曾经的骄傲烟消云散，他这下彻底看清了自己，他是一个连普通人都配不上的令人讨厌的人，他只能回家，蜷缩在父母身边。

他在心里恶狠狠地对自己说：朱小奇，你以为你是谁，你就是一个废物、傻瓜，你什么也不是，你只配像一只狗一样活着。

5

周一的下午，学校放假了，朱小奇在第一时间返回了家里，他竭力把他的痛死死摁在他的心底，装作什么也没有发生，而那种痛像千百只食人蚁一样，在他的心上一刻不停地啮噬，咬得他浑身无力。

　　一个寒假，朱小奇尽量不在家里待着，他不是出去找同学，就是出去漫无目的地游荡，但父母还是敏感地发现了什么，他们问他和沈雨溪怎么了，分手了还是闹别扭了，怎么她也不写信了，朱小奇勉强地搪塞过去了，他的爸爸妈妈也聪明地不再问他。

　　快开学的时候，朱小奇第一次和父母比较郑重地谈起了将来的分配问题，他以为他们肯定会想让他回到这个城市，回到他们身边，但是，出乎朱小奇的意料，他的爸爸极力主张他出去，认为回到这儿没什么前途，好男儿志在四方，希望他向外边发展。

　　这显然是一个相对明智的决定，但当时的朱小奇正想在哪里蜷缩起来，一听之下，突然之间不知所以地悲从中来，眼泪一下子涌了出来，流也流不完，把他的爸爸妈妈吓了一跳，妈妈也不禁眼圈红了起来，问他是怎么了。

　　朱小奇摇头说没什么，一个人躲到了自己的屋里，他没有开灯，在黑暗里，朱小奇尽情地流泪，他压抑了太久了，他想他现在什么都失去了，世界上没有一个人还会像曾经那样爱他了，他的父母，他的沈雨溪，他们都希望他走，走得远远的，但是，他能去哪儿呢？他无处可去。

　　晚上，朱小奇觉察到妈妈来床边看他，他故意装作睡得很熟的样子，妈妈一出去，他的眼泪就又流了出来，他似乎一生的眼泪都要在这一刻流完，他要向自己曾经的过去告别，向曾经在这里做过的梦告别，向一切的一切告别。

　　这个晚上，对朱小奇产生了至关重要的影响，新的一天，和他以为的绝望完全不同，他的眼泪似乎冲走了他心中所有的懦弱与自怜，他准备战斗，他选择了前几天和一个高中同学无意中提起的报考研究生作为目标，那是当时他唯一能看见的希望。朱小奇下了决心，决定背水一战。

朱小奇提前来到了那个小城市的一家医院实习，但他几乎除了开始的儿科就没有去医院值班过几次，他在学校这四年混得太过分了，基本上需要从头学起。朱小奇第一次心无旁骛，开始奋斗。

大半年的时间，他留着长长的头发，收心宁神，埋头苦学，他要用这种方式忘掉曾经自己的一切，争取新的开始。

朱小奇的努力没有白费，虽然公布出来的成绩比他自己预想的要差，但他还是考上了那所南方大学。

回到家，一家人都非常为他高兴，特别是朱小奇的爸爸和妈妈，他们很久没有为儿子骄傲过一次了。

去新学校报到的时候，朱小奇特意早走了两天，他说要去看看沈雨溪，父母都没有说什么，只是嘱咐他，既不要辜负人家，也不要太勉强。

朱小奇答应着，心里五味杂陈。

又来到了他生活学习了将近五年的地方，朱小奇没有住在学校，他不想看见谁，他住在了学校附近的一个小旅店里。

第一天，他去了回民老区，又去吃了老马家拉面，一切都与他和沈雨溪一起来玩儿的时候一样，还是那些伊斯兰教建筑，圆圆的白色穹顶，大面积的绿色围墙，在阳光下交相辉映，闪耀着异域的光。在人群里走着，朱小奇真想看到一些他们曾经看到过的面孔，他似乎真的看到了，好多人都似曾相识，只是他的身边不再有他的宝宝了。

晚上，朱小奇一个人来到了那个街心公园，但他去了一下就出来了，他没法在里面待下去，夜晚让他的感情脆弱，他不忍心看见那儿的一草一木，那张长椅，还有，周围那挥之不散的丁香花的味道……

第二天，朱小奇犹豫了一下，但还是按计划租了一辆自行车，来到了山上。

他又找到了他和沈雨溪曾经爱的小窝。还是夏天，和他们第一次来的时候差不多。还是正值午后，阳光强烈，照得哪儿都明晃晃的，除了风声和偶尔的几声鸟鸣，一切都静悄悄的，仿佛整个世界都睡着了。透过树叶遮蔽的缝隙，阳光倾泻下来，随风晃动，形成了一个光点摇曳，仿佛具有生命的树荫小屋。顺着缝隙向上望去，天空悠远，白云被风剪裁成一缕缕或一抹抹的薄薄的棉布或轻纱，铺陈在蓝天里，一切仿佛定了格的千年岁月。

然而一切都不一样了，那些一样有什么意义呢？他的宝宝不在了，她不再是他的宝宝了。

朱小奇从挎包里掏出了沈雨溪写给他的信，他一封一封地撕，撕得那么认真，那么用力，他看见他的宝宝在丁香丛中向他绽开亲切而又明媚的笑容，他看见他的宝宝冲他轻嗔薄怒地撒娇，他看见他的宝宝轻轻地给他嗑瓜子，然后温柔地喂进他的嘴里，他看见他的宝宝仰起的脸上，泪水流也流不完，他看见沈雨溪隔着厨房玻璃向他点头再见，她再也不是他的宝宝，他又听见那声响亮的冷冰冰的关门声，他又想起了那晚如此懦弱如此无助的自己……

朱小奇迎着风，把那些碎纸片抛了出去，它们迎风飞舞，四处飘散，他在为他的青春送行，多么熟悉，一阵歌声从心底响起：

从前有个传说

传说里有你有我

我们在阳光海岸生活

从日出尽情地享受每一刻

让世界为了希望在转动

有些梦不做不可

有些话一定要说

我的心你该知道很久

有一天我要大声宣布我的骄傲

那是我太在乎你的结果

叫你一声 my love

亲爱的是否你也关心着我

能不能叫你一声 my love

该不该把眼泪聚成弯弯的

小河流把爱情唱做歌

能不能叫你一声 my love

亲爱的是否你在思念着我

能不能叫你一声 my love

是不是不相信童话太美好的结果

不敢来找我

……

朱小奇从小声唱到大声，甚至嘶吼，最后他的声音又小了，他唱不下去了，嗓子里像塞了一团棉花，他停止了自己的哽咽，坚定地向前面伸出手去，似乎要探求什么，又仿佛要击打什么，抓住什么。望着迷雾一样的远方，朱小奇似乎听到了火车汽笛划破长空的清脆尖锐的鸣叫。

远方，他还有远方。

第十四章

芪苷 RA 注射剂临床研究长沙启动会议与故友重逢

1

当黄恬恬正在为装修房子而心力交瘁时，因为发现　本朱小奇的旧书《匆匆，太匆匆》的扉页上有他为初恋女友写的一首诗而黯然神伤时，朱小奇正在湖南长沙的世纪金源大酒店主持召开芪苷 RA 注射剂临床研究项目的两湖（湖南、湖北）片区启动会。

芪苷 RA 注射剂临床研究项目由于专家层次高、医院档次高、试验规模大、参研单位众多，自从朱小奇当年 5 月份与丁之润院士建立联系到正式启动，花费了将近大半年时间，其间确定参加单位、联系专家、设计项目方案、经费协商、职责分工、确定组织形式、召集专家开会研讨等一系列工作，把朱小奇忙得不亦乐乎。

　　一群大牌专家，个个都是大忙人，约他们谈项目就像打仗一样，前哨打探，伺机而动，机不可失，时不再来，开会的时间就更别提了，往往一个时机的错过就是几个月的时间，让这帮人聚在一起开会，就如同让东邪西毒南帝北丐临时来一次华山论剑，真是让朱小奇费尽了脑筋。

　　后来，朱小奇灵机一动，想到了一个办法，先根据项目的需要在全国划分了五个重点区域，每个区域选一家相对权威的医院、权威的专家作为组长单位和召集人，负责这个区域的组织协调，然后先由丁之润院士作为项目的总负责人召开全国的项目会议，五个区域的五家组长单位和召集人参加，确定项目的研究方案及费用，然后再在各个区域召开项目启动会，说明整体项目的研究目的、工作内容、试验经费、进度要求等各个环节，回答一些医生对试验技术方案、组织形式和经费等各个方面的质疑和要求。

　　虽然丁之润院士学术地位高，影响力大，既有号召力，又平易近人，随和谦逊，让朱小奇省了不少力气，但是毕竟人多事杂，一些参研单位的医生不能在丁院士面前表示什么，但是私下里对企业可就不客气了，到了朱小奇这儿，有什么说什么，各有各的想法，各有各的具体情况，各有各的规矩要求，搞得朱小奇左支右挡，疲于应付。

　　加上朱小奇负责的市场部人员有限，不得不借助于兵强马壮的销售部，而彼时的销售人员绝大部分都不是医药学专业的人，平时主要的工作内容就是跑关系，基本上是两个路数的人，销售部的领导王力琛又是当时田海军一手带出来的，跟他一个模子，心思深沉，平时礼貌有加，但总是让朱小奇觉得似乎有一个圈子，远不成，近不得。

　　本来市场部就是名正言顺的配角，朱小奇自得其乐，也没什么，现在猛然接受了这么个大任务，第一次有喻晓翔这样的领导这么看重自己的工作，朱小奇自问一定要好好表现，一来感谢知遇之恩，二来朱小奇一贯以"不是书呆子的知识分子"自居，自信有几分能力，又一直对公司里那些"文化人"称谓后面的不屑之情深有抵触，颇为不服，一直想找个机会证明一下，因此热情高涨，信心满满，一心想把这个工作出彩完成。

　　但是，人际交往，特别是与性格不合的同事交往，确实是朱小奇的短板，虽然喻晓翔很重视这项工作，一直强调要互相配合、高效合作，但王力琛就有这个本事，让朱小奇束手束脚，而又说不出道不明。

　　实际上，外部的各种问题对于朱小奇而言，都没什么，他都能心平气和理智地面对，而来自内部的掣肘才是让朱小奇最心累的地方，因为既没有办法解决，又躲不掉让不开，让他颇为头痛。

　　朱小奇这一段时间的工作就是因为这些原因而忙碌异常，走马灯似的在各个城市之间跑来跑去，无暇他顾。特别是进入试验的正式启动阶段之后，由于各个地区的大医院的医生平时工作都异常忙碌，一天到晚病患不断，根本没时间开会，会议时间只能放在周末。

　　因此一连几个月的时间，朱小奇基本上没有在家度过周末，一个城市接一个城市地开会、协调、落实协议，安排人员跟进，他彻底变成了空中飞人。

2

湖南、湖北片区共有五家医院参加芪苷 RA 中药注射剂的临床研究项目，组长单位是湖南一家以心血管专业闻名中南乃至全国的医疗机构，负责召集的专家是该院的严天和教授。

严教授是地道的湖南人，年少成名，担当这家著名医院的著名专业的领军人物，四十岁出头，英气勃勃，风度翩翩，名校履历，医术高超，交游广阔，人情练达，正是前途无量的天降英才。

湖南人普遍给朱小奇的印象就是热情开朗，性情中人，并且精力异常旺盛。所谓湘楚文化，浪漫浓烈，至情至性，屈原的《离骚》《九歌》即是最好的证明。到了近代，一个曾国藩，一个毛泽东，更是把湖南人对于中国历史发展的影响推向了顶峰。

严天和正是这样一个典型的湖南人，开朗性情，如沐春风，朱小奇对他自然而然产生了一种亲近感。

会议最后，严天和做总结发言，归纳问题，安排工作。朱小奇代表公司致谢，场面话刚一说完，不用朱小奇安排，严天和已经向大家通报了会后交流感情推杯换盏的地点，然后一拍朱小奇的肩膀，说："走，朱总，坐我的车。"朱小奇答应着，急忙安排下属照顾好其他专家，安排行车，自己连忙跟上严天和，一路说笑，边聊边走。

朱小奇跟着严天和来到停车场，坐进严天和车里的副驾驶位置，不由得暗暗咋舌，严天和开了一辆 2.8 排量的白色奥迪，这辆车在当时要80 万元左右，朱小奇虽然也接触了不少大专家，隐约也知道他们的收入，但像严天和这样高调展示自己身价的却基本没有。

朱小奇不禁想：果然是湖南人作风，豪放爽朗，江湖本色，不藏着掖着。严天和教授一边开车，一边跟朱小奇东一句西一句地闲聊，当得知朱小奇毕业于内蒙古那所医学院校时，严天和"哦"了一声，说："我们大学做临床药学的孙教授，孙志宏就是那个学校的，跟我关系非常好，你认识不？"

"孙志宏？"朱小奇的心底像黑暗的舞台突然有一束光照亮，唤醒了他十年前的记忆，他抑制不住地激动与惊喜："认识认识，上学的时候我们经常在一起，虽然他是药学系，我是临床医学系，但是我们很早就在一个偶然的机会认识，来往挺多，是好朋友，后来天各一方，家也不在一个城市，就逐渐失去联系了。这个小子，怎么跑到湖南来了？"

"他应该是后来考到我们学校上研究生了吧，一直上到博士，毕业后就留下了，现在做得很不错，是我们学校的名人啊！哈哈！"

严天和边说边拿出电话，戴上耳机，拨通了电话："喂，孙教授，今天晚上来吃饭啊，五一路'玉楼东'，别说话，必须来，你这家伙，什么时候能有时间？推了它，来这儿，有惊喜，有你一个老朋友来了啊。谁？来了就知道了，好，好，等你啊，晚上见。"

挂了电话，严天和看了看朱小奇说："今天晚上你们老同学正好见见面。"停顿了一下，严天和又哈哈笑起来："嗨，朱总，说实话，你们是同学又是朋友，不过你们俩性格可真不一样啊！"

"那是那是。"朱小奇赶紧点头，"孙志宏跟您有点像，如沐春风，大众偶像。"

"我可跟他没法比，那家伙，好几个老婆，红颜知己一大群，活得潇洒，望尘莫及啊。"

"啊？"朱小奇吃了一惊，心想：都到这种地步了？这倒真没想到。嘴上说道："是吗？这哥们儿，原来就是万人迷，不过那会儿还比较收敛，大部分还处于萌芽状态，不像现在，江山一片红，想来还是长沙的土壤好啊！"

"江山一片红，土壤好，哈哈，朱总出口成章啊！""哪里哪里。"两个人不禁相视哈哈大笑。

严天和又说："正好，今晚让他带着你，你们两个人好好玩儿，我们湖南还是可以的，虽然比不上你们大城市，但是娱乐节目还是相当丰富的。""那是，那是，早有耳闻。"

朱小奇深感此言不虚，他来过几次长沙，片区的销售代表带着他出去玩过几次，也给他详细介绍过长沙。一句话，长沙是一个娱乐至上的城市。男女老幼，全都会玩儿。中午的洗脚城去晚了就没地儿，周末的五星级酒店订不上，长沙人自己周末几个人约好打麻将。晚上各种酒吧KTV直到深夜，并且连夜总会都有通宵场，真是令人不得不服。宵夜更是火爆，特别是米粉店，到了晚上，人声鼎沸，热火朝天，真是越夜越美丽，名不虚传。

所谓吃在广州，早茶、午茶、下午茶、晚茶、宵夜，一天二十四小时，时时在吃；而玩在长沙，不分年龄，不分时间，全民狂欢，将娱乐进行到底！

五一路正是长沙繁华之地，正值下班高峰时期，天空又下起了蒙蒙细雨，因此交通异常拥挤，好在两人有了共同的话题，一路说说笑笑，心情还比较惬意。道路两旁灯光璀璨，隔着车窗望去，一片雨雾笼罩下，有一种带有一丝逼仄的繁华和凄凉的喧嚣，朱小奇也不知为什么会产生这种感觉。

他突然想：湖南人现在的娱乐至上的精神，与当年他们不计后果一腔热血地勇往直前，很可能都是骨子里至情至性的血性使然。

3

在朱小奇的遐思和他与严天和的闲聊中，两人来到了玉楼东。玉楼东是长沙的传统名店，有百年历史，清末翰林曾国藩之孙曾广均曾登楼用膳，留下了"麻辣仔鸡汤饱肚，令人常忆玉楼东"这样脍炙人口的佳句，号称湘菜的"黄埔军校"。

不过，据严天和说，现在的长沙本地人，除了初次宴客，一般很少到这里来，湖南人追新求变，餐饮更是如此。两个人说着话，走进了玉楼东，一进入大堂，楼面经理就迎了上来，毕恭毕敬地欠身施礼，满面含笑，寒暄道："严主任来了，欢迎欢迎，您可有些日子没来了。""是啊，越来越忙。"严天和边说边往里走，一边向楼面经理介绍："这位朱总，是鹃城来的老板，招呼好点啊。"楼面经理点头致意："您好您好，欢迎朱总。"一面掏出名片递给朱小奇。

朱小奇也寒暄着，一眼看见片区的销售经理陈杰从里面快步走出来，赶紧给他介绍严教授，又问点好菜没有，陈杰说点好了，请严教授过一下目，又问今晚喝国窖1573怎么样，严天和一摆手，说："没问题，不用看了，我不喝酒，你们让大家喝好就行了，我明天手术。"

朱小奇相信这不是客套，因为很多医生，特别是大专家都有这个习惯，滴酒不沾，场面上很热闹，但是一进入工作状态，就俨然换了另一个人，严谨认真，一丝不苟，这也是让朱小奇非常佩服的地方。

不一会儿，其他专家、医生悉数到场，严天和与朱小奇分别代表医院和企业致开场词，感谢大家百忙之中抽出时间参加会议以及对试验的支持，希望今后大家共同努力、精诚合作，于是，所有人一起举杯致意，严天和以茶代酒，其他大部分医生喝白酒的都一饮而尽。

然后，宴席正式开始，大家互相敬酒，因为严天和不喝酒，大家也都喝得比较节制，朱小奇的压力也相对小些。

一轮礼节性的敬酒完毕，大家开始边吃边找话题闲聊，武汉一家医院的医生问起了朱小奇他们企业的情况，并说当下国企合并重组风起云涌，他们企业有无这方面的意向，朱小奇回答说传闻很多，也实际接触过一些，但好像都没有正式进入流程，虽然国资委在战略上非常鼓励企业，特别是国有企业，强强联合，重组做大，但涉及领导安排、业务整合等方方面面，想来也没那么容易。

"当然，"朱小奇说，"有时候，这种事，越是内部人越不清楚，说不定哪天报纸都登了，我们这帮下面干活的才知道，各位老师如果有消息，提前告诉我们一声啊。"大家一面哈哈笑着，一面点头称是，都说国有单位还真是这么回事。

估计是这个话题相对比较狭窄，因此大家并没有继续讨论，而是谈起了人人都关心的股票和房价。

今年，由于政策、舆论造势等原因，房价终于停下疯狂上涨的脚步喘了口气，但一时之间，口耳相传，媒体渲染，言之凿凿，数据都带小数点后两位，似乎一切都有图有真相，房价拐点已现，一轮较长时间的回调已经在所难免，似乎统计数据都可以在一夜之间就发生趋势性的变化，反正老百姓也不会去追究他们数据如何采集如何统计的，即使有个别较真儿的人质疑一下，结果也是不了了之，因此相当多的所谓统计数字，基本上是个别人为了博眼球、谋利益或不知所谓的目的随意制造出来的。

　　然而当你真的去买房，去实地探询时，就会发现真实情况是房价在一片跌声中其实只是略微产生了些徘徊，中心区只是滞涨，甚至只是增长速度略有下滑，而周边非核心地段的房价跌幅也远低于媒体的数据和街头巷尾的传闻，并且就在11月底，随着政策的松动和股市的回落，房价又重拾升势，以北上深为首，再次挑战普通民众的一般想象，没有最高，只有更高。

　　而反观股市，则在全民股神、专家叫嚣的癫狂的氛围中从最高的6124点一路下滑到4000多点，大部分人从资产翻倍甚至翻十几倍的梦想和神话中被迫惊醒，当然，也有相当多的人仍然心存幻想，盼望夺回账面曾经的盈利和挽回当前的损失，但是一致的是，即使是在当今的中国，人们见惯了市场的风云变幻，也依然都被今年股市过山车般的表演搞得晕头转向，瞠目结舌，基本成了许多人绘声绘色自我解嘲和喝酒聊天最流行的佐酒段子。

　　现在，朱小奇听着大家绘声绘色地用戏谑的口吻讲着不同的故事细节，共同的、亲身的财产损失经历，讲者和听众都边骂边笑，似乎是一件好玩儿的事儿的时候，不由得这么想：这倒是抑制通货膨胀、抵消货币超发的一个好办法，重新分配，自然蒸发，大家都还高高兴兴，心平气和。

大家正热火朝天七嘴八舌地议论时，朱小奇身边的严天和的手机突然响起来，严天和接起电话，在一片喧闹中，大声应答着："喂？孙教授啊，你终于到了，快来，快来，二楼的浏阳河房。"放下电话，他转身对朱小奇说："你同学来了，你们一会儿好好聊聊。"

朱小奇答应着，心情不由得激动起来，他们已经十年不见了，朱小奇都快淡忘了那些曾经刻骨铭心的日子，而孙志宏则是他对那段岁月最为阳光的记忆。

4

不一会儿，朱小奇紧盯的包房门被推开了，服务员引着一个中青年男士走了进来，中等个儿，留着相对较长的寸头，方中带圆的脸型，戴着一副黑色金属框眼镜，肤色偏白，笑容温暖，一件黑色的短款羽绒服敞着怀，里面穿着一件黑蓝色毛衣、白色的衬衫，系着一条深红色的领带，整个人给人一种亲切随和、轻松闲适、热情温暖的感觉。这个人最强烈的特征就是他脸上的笑容，以及那个笑容不经意间潜移默化地带出来的周身的气质，似乎他一出现，无论多么拘谨的环境都放松了，散发出一种轻松惬意的氛围。这个人正是鼻子上多了一副眼镜、身材胖了一点的孙志宏。朱小奇一眼就认出了他，感受到了他亲切熟悉的气场，从座位上站起来，朱小奇非常高兴又有点儿拘谨地迎了出来，嘴里同时招呼道："孙志宏，好久不见。"

孙志宏在满屋子的人中稍一愣神，听到喊声，看见了迎上来的朱小奇，脸上立刻充满了惊喜，一边大笑着，一边快步走过来，拥抱了朱小奇："哈哈！朱小奇，没想到，没想到，你小子，一晃十年，杳无音信，没想到在这儿碰到了。"孙志宏说着，在朱小奇的背上有力地拍了拍，然后放开他，仔细打量了一下："不错，一点儿都没变，还是一副学生样儿，不过越来越时髦了。"

朱小奇也一边高兴地寒暄着，一边把孙志宏往自己旁边留着的空位引，孙志宏这时又忙着和严天和等其他认识的人打招呼。一看他就交游甚广，一大半人都起来和他握手致意，孙志宏在一阵寒暄后，才来到了朱小奇身边坐下，大家也顺着他俩的话题问询了一阵儿，都说不容易不容易。于是，在大家的感慨和怂恿下，朱小奇和孙志宏又敬了大家一杯表达谢意，直言托了各位专家的福气，让他们多年未见的老同学久别重逢，又在大家的哄闹声中，两人用分酒器干了大半壶白酒，所谓"感情深，炸一个"。

等这一轮热烈的氛围稍有平息，大家又进入其他的话题时，两人私下简单聊了几句各自的情况，孙志宏就如严天和所说，大学毕业第二年，就考研来到了这里，然后一直上到博士留校，现在做临床药学方面的研究工作，平时和医生打交道比较多。

孙志宏半认真半开玩笑地说："我这还是向你学习啊，工作了一年，实在觉得无聊，干不下去了，想起你这位光辉榜样，向你学习，考研，哈哈。"两个人亲切地笑着，又干了一杯。

最开始见面的时候，朱小奇对孙志宏还略有生疏，但没交谈几句话，过去的感觉就翩然而至，他觉得孙志宏似乎一直就是这个样子，一点儿都没变，而他们也似乎从未分开过那么久，一切都那么自然，那么亲切，还和原来一样，甚至比原来更亲切，因为经过了岁月的洗礼，淘去了当时的世俗与纷扰，沉淀了曾经的友情和美好。

这时候，严天和说大家也都吃喝得差不多了，散了吧，又转头对朱小奇和孙志宏说："你们老同学多叙叙旧，我明天手术，就不陪你们了。"朱小奇一个劲儿地道谢，然后等严天和向大家再次致谢完，又起身带领公司团队向各位专家、医生敬了一杯，在大家的一片客套声中，安排好各位医生的行程，一一握手送别。

直到把其他客人送完，朱小奇这才松了一口气，回身拉着孙志宏说："咱们怎么说，去哪儿坐坐？"

第十五章

长沙的酒吧 KTV 与宵夜

1

孙志宏略一沉吟，说："长沙嘛，不是去酒吧就是 KTV 啦！"朱小奇想 KTV 太吵，酒吧的选择可能还多一些，就应声道："那就去酒吧，还可以聊会儿。"孙志宏哈哈一笑，说："走，明天你没事吧，我不用坐班，带你好好领略一下长沙的风采，放松放松。"朱小奇也打心眼里高兴，他让其他同事自行安排，拉着孙志宏，走出了饭店。

此时，外面依然细雨蒙蒙，路面上积起了一片片浅浅的雨水，映射着五颜六色的灯光，绚烂而模糊。

南方冬天下雨的夜晚，湿冷缠绵，整个城市都被网织在阴寒的水雾里，朱小奇下意识地裹了裹衣服，莫名地产生了一种恍如隔世的感觉，似乎一切都那么熟悉而陌生，仿佛前世今生，自然而突兀。

孙志宏搂了一把朱小奇，笑着说："怎么，冷吗？你们那儿热吧？长沙冬天还是很冷的，在办公室都穿着羽绒服，特别是今年，跟内蒙古可不一样，屋外再冷，屋里都是暖烘烘的。""还好还好，南方都一样，阴冷，慢慢往里渗，无处躲无处藏的，不过，今年长沙确实比较冷。"

两个人一边说着，一边招手叫停了一辆出租车。上了车，孙志宏又问起了朱小奇的个人情况，朱小奇简单说了一下，想起严天和对孙志宏的介绍，不禁向他眨了眨眼睛，嘿嘿笑着说："听严天和说你有好几个老婆，红颜知己一大群啊。"孙志宏笑而不答，稍顿了一下才顾左右而言他："怎么过都是一天，索性就过得快快乐乐的。"

朱小奇有点儿不知所以，但他不由得点头感叹道："是的是的，这方面我要向我们的万人迷孙教授好好学习。"孙志宏哈哈笑了起来，说："今天好好散散心。"朱小奇最喜欢的就是孙志宏轻松快乐的人生态度和热情温暖的性格特征，心底不禁泛起一种好好高兴一下的冲动，兴奋地说："一定一定！"说完，朱小奇估计今天会玩得比较晚，于是给黄恬恬打了一个电话，告诉她恰好碰见老同学了，今晚在一起好好坐坐，可能会比较晚，黄恬恬很平静地"哦"了一声，又说："我今天累了，会早点儿睡，你自己少喝点儿。"朱小奇答应着，挂了电话。

出租车在雨夜的长沙一路穿行，轮胎压过片片水光，发出哗哗啪啪的声音，到处都是匆匆忙忙的人群，一片浮躁萌动的气息，似乎每个人都压抑了太久的能量和渴望，他们的眼神既坚定又迷茫，似乎目标明确，似乎永不满足，似乎永远无法看清内心的渴望，似乎永远无法获得内心的安宁。

孙志宏领着朱小奇来到了当时长沙比较著名的酒吧"魅力四射"。朱小奇一进去，就被震耳欲聋的音乐声所包围了，里面似乎有无数个光点闪烁晃动，光束急速地旋转变换，人影在其中晃动跳跃，仿佛一切都是咚咚咚的节奏。

外围的人或坐或站，大部分人跟随音乐摇摆着身子，晃动着脑袋。舞台中央有两个领舞的女孩儿，穿着性感，随着音乐狂野地舞动，她们似乎完全沉迷在劲爆的音乐和自身的韵律里，眼睛穿过迷幻的光束和舞池里疯狂舞动的人群凝视远方，一片虚无，表情冷漠甚至略带阴郁，只有身体仿佛是注入了音乐的电流，一切都为韵律而存在，没有任何思想，没有任何牵挂，只有节奏，只有舞动，只有身体本身，她们仿佛对自己点燃台下男男女女的热情、不断制造一个又一个的高潮充满自信，丝毫不顾忌台下舞池里朝向她们疯狂扭动的人群，不给他们一个挑逗的眼神，不给他们回应的笑容。她们是对的，他们已经足够疯狂了，带领他们忘掉自我才是最安全的释放，不能让他们心底魔性的自我意识膨胀，那是危险的。

朱小奇环视着四周，情绪一时无法融入这个由酒精、荷尔蒙和说不清的各种欲望所掺杂、混合而构成的强烈的氛围里，只觉得音乐的节奏似乎正好与心跳的频率同步，产生了共振，搞得他十分疲累。他凑近孙志宏的耳朵大声喊道："喂，这里太吵了，没有静一点儿的地方吗？""没有！长沙的酒吧都是这样的，我也不经常来，这儿据说是近两年最火的。"

孙志宏一边大声回应着朱小奇，一边拉住身边正要经过的一个小弟冲他耳边大声说着什么，那个小弟点了点头，带他们来到了二楼的一个包厢，关上门，这里边安静了一些，两个人不由得长出了一口气，放松地坐好，孙志宏随便点了一些东西，就拿起电话打了起来。

不一会儿，他放下电话，对朱小奇说："叫两个人一块喝，光咱俩，没法玩儿。"朱小奇点了点头，说："这里好多了，下面太吵了，震得心脏都紧张。""是啊，我也觉得，过了年岁，玩不出感觉了。"

孙志宏掏出一盒芙蓉王，让了一下朱小奇，见他摆手不要，自己抽出一根叼在嘴里，用打火机点上，惬意地狠狠吸了一口，松了松筋骨，靠在沙发上，冲着朱小奇说："我们那会儿就是看录像，打游戏，没玩过这玩意儿，现在年龄过了，没那个感觉喽！"

"是啊，"朱小奇随手拿起一个印着裸体美女的打火机摆弄着，"投入不进去，总觉得和自己格格不入。"

两个人东一句西一句天南地北地聊着，时不时碰一下小支的蓝妹啤酒，朱小奇感觉这个啤酒比较淡，喝着还比较清爽。

两个人聊了三四十分钟，门开了，服务员引着两个女子走了进来，头前的一个一打眼看上去，比朱小奇他们略小几岁的样子，身材略微偏胖，穿着打扮像是一个机关单位工作的女性，总之，不像是晚上来酒吧的一般穿着，后面进来的则明显年轻许多，至少是八零后的，一副素颜的面孔，周身洋溢着一种无拘无束、充满能量和好奇的青春气息，这个年龄，似乎无论穿什么来酒吧都是恰如其分的。

两个人一进来，年龄稍长的那位看见孙志宏就热情地招呼道："哎哟，孙老师，今天什么日子，怎么想到给我打电话了。"孙志宏笑嘻嘻地说："我什么时候都想你，今天好不容易见着了。""喊，"年龄稍长的人一撇嘴，"油嘴滑舌，你怎么说我怎么听啦。"

　　大家落座后，孙志宏给大家介绍，年纪稍大的叫小苗，年纪轻的他也不认识，据小苗介绍叫小刘，刘素素。孙志宏又介绍朱小奇："这是朱总，我的大学同学，大城市里来的大老板。"小苗看了一眼朱小奇，打趣道："你的同学，怎么好像比你年轻好多，你是怎么回事？"

　　说话期间，刘素素一直盯着孙志宏打量，听小苗说完，趴在她耳朵上，不知嘀咕些什么，两个人一边窃窃私语，一边叽叽咕咕地笑着，后来索性哈哈大笑起来，孙志宏也嘿嘿笑着："哎，你俩这样可不好，怎么能当面背后议论人呢？"

　　他这样一说，那两个人反倒笑得更厉害了，特别是刘素素，笑得上气不接下气的，倒是搞得气氛立刻热闹起来。等到这轮不明来由的笑场过去以后，四个人玩起了色盅，吹牛猜点数，朱小奇一向不擅长这个游戏，不一会儿就喝了好几杯，精神渐渐亢奋起来，四个人夸张地嬉笑着，大喊大叫，越玩越兴奋，朱小奇感觉自己的信心越来越膨胀，身上的束缚越来越轻，他提议他们去下边玩一会儿，"在酒吧就玩这个有点儿亏啊！"

　　与朱小奇想象的相反，另外三个人都表示玩得正起劲儿，下边太吵，还要在这儿接着玩，孙志宏还冲着他嬉皮笑脸地说："你还年轻，去玩吧，勾引两个美女上来。"

　　朱小奇这会儿真有了去见识一下的冲动，他还没有真正融入过其中呢，他倒真想体会一下。朱小奇大声喊了一句好，冲着他们眨了眨眼睛，走了出去。

2

一出门，音乐的鼓点声就把朱小奇淹没在另一个世界里，他有点儿想回去，但一想自己都出来了，这会儿马上就回去让人觉得多没面子，于是鼓足勇气冲了下去。

朱小奇一路观察着，看到一群男男女女也多半是在玩色盅、喝酒，有个别不玩的，基本在那儿跟着音乐摇头晃脑，而舞池里则是一片群魔乱舞。

朱小奇决定趁着兴奋劲儿先去瞎蹦一会儿，在闪耀迷离的灯光里，在节奏劲爆的音乐中，人们和谐、随意或僵硬的动作，都被装饰了、美化了、统一了，似乎都融合在这狂放的氛围里，又都为这沸腾的空气中加入了自己的一份能量。朱小奇被这种美化所鼓舞，勉强在拥挤扭动的人群中寻觅到一个缝隙，跟着节奏，随着感觉晃动起来。

在人群舞动的浪潮中适应了一会儿，朱小奇开始下意识地观察了一下周围，他发现大部分都是男男舞动或女女舞动，男女对舞或单男单女跳舞的不多。朱小奇不禁有些失望，搞不清状况，这可不是他想象中的酒吧。他不由得想：这帮家伙，来都来了，还这么装着，有意思吗？看来想彻底释放，谈何容易，内容远没有外面看上去那么火爆，真的"素颜"一看，都需要修炼。

正胡乱琢磨着，朱小奇看见不远处有一个难得的独舞女孩儿，正在一个人用力地摇着身子，使劲儿地甩着头发，并不漂亮，然而漂亮与否此时不是朱小奇关心的重点，他只想弄清楚她们是怎么回事，他决定在这个陌生的环境试一试他的勇气。

朱小奇尽量让自己显得随意的接近那个女孩儿，与她对舞着，他不知道对方是否看出了他的笨拙和对这个环境的陌生，幸亏有酒精的作用，不然朱小奇对自己的舞步可没什么信心，他在内心命令自己：鼓起勇气，这是一切品质之中最重要的。

像有第六感一样，女孩儿突然睁开了眼睛，上下打量了一下他，朱小奇觉得她的脸部表情有点儿僵，估计也没少喝，似乎没什么先兆，女孩儿突然凑过身来，在他的耳边大声喊道："喂！你一个人来的？"

"不是！好几个！你呢？"

女孩儿不说话，朱小奇不知如何进行下去，他希望能搬孙志宏这个救兵，他凑近女孩儿，把手放在自己的嘴边，大声说："一会儿给你介绍介绍！"

"好呀！"女孩儿的表情里稍微有些愣愣的感觉，"多介绍几个帅哥！他们是干什么的？"女孩儿问。

"大学教授和医生。"

女孩儿眨巴着眼睛，仿佛在思考这几个词，朱小奇心血来潮，他拉起女孩儿的手，说："走，就在楼上。"

女孩儿跟着他钻出人群，两个人一块儿来到二楼，进到包厢，朱小奇决定把剩下的难题交给孙志宏。他对那个女孩儿介绍了一下孙教授，然后趁大家一起礼节性地举杯时，喝了一杯，又拿起一瓶酒从包厢里溜了出来，第一次在这个环境与陌生人搭讪取得了成功，朱小奇受到了鼓舞，感受到了某种刺激，他拿着酒瓶再次找寻合适的搭讪对象。

一番巡视后，他看到了两个女孩儿在一个角落里围着一个小小的酒桌喝酒，一个女孩儿站着，身子随着音乐微微地晃动，另一个女孩儿俯身半倚在酒桌上，手里拿着一杯鸡尾酒。朱小奇假装无意中走过，观察着，站着的女孩儿并没有给他留下太深的印象，俯身半倚在酒桌上的女孩儿脸上有种深深的忧郁和秀气吸引住了朱小奇，在这个酒精与音乐制造的迷离氛围里，他突然觉得她有点像饰演林黛玉的演员陈晓旭。朱小奇又假装在酒吧里晃了一会儿，他给自己打着气，走了过去。

站着的女孩儿看见了朱小奇径直地走过来，她似乎有点儿迷惑，又下意识地让了下，朱小奇走到了俯在酒桌上的女孩儿的对面，女孩儿缓慢地抬起头，打量着他。近处面对时，朱小奇觉得她的眼神里有一丝阴冷和犀利。朱小奇不知该说些什么，他向她举了举杯，女孩儿和他碰了一下，上下打量着他，仰起头喝了一口酒，然后冲着朱小奇摇了摇头，又伸出一个手指头冲着他左右摆了摆。朱小奇明白了，他内心里有点儿失落，因为她确实吸引他了。朱小奇扬了扬眉毛，耸了耸肩，转身准备走开。

非常临时的决定，朱小奇突然向那个站着的女孩儿笑了笑，看见了对方温柔友好的笑脸，朱小奇冲着她说："去我们那儿坐一会儿吧。"朱小奇不知道她是否听清了，只是看她柔顺地点了点头，朱小奇拉着她来到了二楼的包厢，一进去，女孩观察了一下包厢里的情况，下意识地咬了一下嘴唇，摇了摇了朱小奇的手，凑在他的耳边说她要回去了。朱小奇送她出来，她冲他笑了一下，又突然凑过来，在朱小奇的脸颊上吻了一下，冲他说了一句："有机会下次一起玩儿。"然后向楼下走去，朱小奇并没有跟上去，而是冲她摆了摆了手，感觉酒精制造的兴奋劲头儿有所回落，他回身走进了包厢里。

孙志宏一看见他，就喊："嘿，从哪儿淘的那妹子，刚才那个可真逗儿，还没说几句话呢，就说她是××大学的，让我给她介绍工作。"啊？"朱小奇回了一声，坐在沙发上，似乎从刚才的亢奋中返回来需要清醒一下。刘素素看着他，满眼睛都是话，小苗自顾自地哼着歌儿，一时包厢里有些安静。"怎么样，朱总，还去下面把妹子吗？""不了，没劲儿了，歇会儿，酒劲儿稍微一往下落，就受不了，这个音乐老是跟着心脏一起敲啊，共振！"几个人都笑了。

"走，唱歌去！"孙志宏拍了一下桌子，大声倡议。"好！"小苗和刘素素一阵欢呼。朱小奇也被他们毫无节制的兴奋，甚至故意发酵的热情感染了，跟着大声叫好。

3

孙志宏买完单，四个人向外走去。外面雨停了，已是晚上十一点钟，仍然有很多人往酒吧这边过来，也有人开始陆陆续续地离开，路上比刚才安静了一些，很多出租车停在路边等着，四个人仍然兴致勃勃，各自哼着歌，打了一辆的士钻进去，似乎一路歌声未停，一路哼唱着，来到了一家 KTV 会所。

已近午夜，这家 KTV 会所仍然人声鼎沸，各色人等奔忙不息，往来不停，一看就是一处管理有方、价格适中、定位明确之地，因为朱小奇看见不少年轻的毛头小子也穿梭其中，穿着打扮街头感十足，显见消费能力一般。

进得大门，一个胖胖的、二十七八岁样子的女子从里面迎出来，一见孙志宏就露出一脸看似憨憨的笑容，看见这支两男两女的组合队伍，趴在孙志宏的耳边询问着什么，孙志宏旁若无人，向着朱小奇大声道："朱总，再要几个美女不？"朱小奇不禁一时之间颇有点儿不好意思，想着这个家伙当着女伴儿的面一点儿也不顾忌，不知是何套路，急忙有意目不斜视地说："不了不了，我们四个人唱正好。"感觉有些局促，又加了一句："就这样还怕抢不上唱歌呢！"众人哈哈一笑，走进了包厢。

进得房来，但见白色的沙发茶几，装饰着金色的镶边，材质轻薄，但整体房间还比较洁净明亮。朱小奇本来看这里的外在装潢和消费人群，对音效没抱多大希望，但一试之下，却是出乎意料，音响各方面都很不错，唱起来非常舒服。

孙志宏和小苗先合唱了一首《无言的结局》，朱小奇和刘素素接下来对唱了一首《水晶》，朱小奇一直对男女对唱的歌曲兴趣不大，特别是这些口水化的歌儿，唱得很少，好在这些歌听也听会了，因此虽然第一次唱《水晶》，倒还流畅。接下来，孙志宏和小苗又唱了一首《明天我要嫁给你》。孙志宏这首歌唱得极其娴熟，轻松自然，节奏明快，表情也非常到位，小苗一副心神俱醉的模样，朱小奇和刘素素两个人都一个劲儿地鼓掌叫好。

再往下，朱小奇表示不太会唱对唱歌曲，让素素和小苗多唱几首，他和孙老师再喝两杯，于是，朱小奇和孙志宏有一句没一句地闲扯着，边聊边喝，此时再灌啤酒，已与灌水无异，听着小苗和素素把王菲的歌一首接一首地唱，《容易受伤的女人》《甜蜜蜜》《又见炊烟》《红豆》《我愿意》《流年》《天空》……朱小奇还真没一次听过这么多王菲的歌。

朱小奇有个毛病，一般不太喜欢被大多数人喜欢甚至神化的歌手，比如某歌手，朱小奇一直认为他前期唱的歌还算好听，但自从封神以后，唱歌失去了本真，一味讲究技巧，人为地制造颤音和假声，有时候让他觉得很适合用他父亲形容有些通俗歌手的词儿，猫声狗气。

因此由于他之前具有这种先天的偏见或者说没有某些恰当的机缘，朱小奇并没有认真听过王菲的歌，今天，即使是她们演绎的，朱小奇也突然觉得确实非常好听，不禁一时之间有些出神。

恰在这时，两位女士说唱累了，让他们接一下，孙志宏这时候来了兴致，他知道朱小奇喜欢唱老歌，因此从《知音》《绒花》《年轻的朋友来相会》《乡恋》《边疆的泉水清又纯》等一路点下来，两个人越唱越起劲儿，朱小奇渐渐地有了一种空明通透的感觉，似乎什么样的高音，什么样的音调都能婉转如意，轻松自如地表达，他在卡拉 OK 充满酒气烟雾的空气中看到了天空草原、高山大海，看到了他从没有体验过的却又真真切切感受到的那个时代的理想与热情，单纯与美好，烈火与青春。

似乎很自然地，不知不觉间，孙志宏放下了话筒，与小苗开始了共舞，他的舞姿似乎有拉丁舞的痕迹，至少朱小奇这么觉得，两个人配合默契，小苗的脸上焕发出一种幸福明艳的光泽，仰起的脸上一双闪闪发亮的眸子格外动人地看着孙志宏，后者的脸上是轻松而略带诙谐的笑容……

朱小奇从自己的歌声营造的充满阳光的虚幻的回忆中清醒过来，他看见刘素素手托着腮，一脸幸福和艳羡的神情，望着那一对儿渐入佳境，身醉心迷，此时她看见朱小奇转过来的目光，她向他微微一笑。朱小奇突然觉得让她一个人寂寞得很久了，他很聪明地放了一首《让我们荡起双桨》，果然，这首歌立刻把局面变成了大合唱，大家的气氛又重新变得欢闹起来，紧接着，孙志宏心有灵犀，连点了《蓝精灵》《春天在哪里》《小螺号》《采蘑菇的小姑娘》几首儿歌，大家连吵带唱，笑闹成一团，特别是刘素素，最后基本上是上气不接下气地在跟着喊，大家仿佛把小时候积聚的童真与热情都释放出来了，一片欢腾，一片喜悦。

最后，还是朱小奇有点儿担心这几个人回家太晚了，怕家里人不高兴，给人家添麻烦，建议大家今天就此打住。大家这才意犹未尽地收了心，打道回府。孙志宏又坚持要领着朱小奇去吃宵夜，两位女士说不去了，怕长胖，并一再拒绝了他们送一送的请求，说她们没事，两个人今晚在一起住，没关系。孙志宏也不再和她们客套，看着两个人上了一辆的士，挥手道别，临走，还一个劲儿地要素素以后多来找他玩儿，逗得本来就笑点极低的刘素素又哈哈嬉笑了一阵。

4

送走他们之后，孙志宏和朱小奇又来到了长沙著名的宵夜之地——蔡锷路的周记粉店。这家粉店号称粉面馆的无冕之王，只做晚上的生意，店面相当简朴，甚至有点儿简陋，墙面上有不少一块儿一块儿的剥落，里外两间都不大，八九张桌子，不到二十条长凳上，人挤得满满的，大家的头埋下去，簇拥在一起，每个人面前一碗热气腾腾的米粉，只听见呼噜呼噜地往嘴里填送的声音和咽下去之后满足的哈气声，还有就是周围站着的排队买米粉或刚刚落座的米粉还没有端上来的食客一个个艳羡的眼神和不经意间吞咽唾液的动作，这才是最销魂夺魄、摄人心神的美食诱惑，在最恰当的时候，在最质朴的地方，在最拥挤的人群，吃最纯粹的食物。

朱小奇在孙志宏排队买粉、自己站着等位的时候不禁想：这帮经济学家评论、预测经济发展状态或趋势，动不动就是产业政策、货币政策、世界形势、美国加息，他们为什么不分析一下中国大众的群体特征呢，有哪个国家的人会像当今的中国人这样，拼命挣钱拼命消费呀，这对经济发展贡献了多少力量呢？只要让他们能在一个相对宽松的政策环境下，他们就能创造经济奇迹，当然，很多时候，那与幸福无关。

朱小奇要了一碗排骨米粉，孙志宏要了一碗三鲜的，两个人挤在人群中，风卷残云似的吃完。孙志宏抹了抹嘴，问朱小奇滋味如何，朱小奇发自内心无比真诚地说："太好吃了，差点儿把舌头都咽下去了。"两人相视而笑，一副心满意足的样子，以口腹之欲开始，再用口腹之欲画上完美的句号，这是他们多么熟悉的曾经的共同岁月。

孙志宏打车送朱小奇回到了酒店，朱小奇坚决不让孙志宏明天送他去机场，让他明天上午好好休息。"咱们之间别客气，长沙我这儿有业务，以后会常来的，还有，下次把你介绍给我们负责研发的同事认识，一块儿合作些业务。"孙志宏笑着点头，抱了抱他，两个人挥手作别。

朱小奇回到酒店的房间，已是凌晨三点多了，他想起上午九点钟湖北两家医院的主任都要回武汉，两个人都是科室正职主任，自己晚上没陪他们已经有些不礼貌了，明天一定要起来送送他们。朱小奇把手机的闹钟上到了早上八点钟，没刷牙没洗脸，一头栽在床上，进入了梦乡。

上午，手机闹钟还没有响，不到八点，朱小奇就从床上爬了起来，洗了个热水澡，穿戴整齐，送走了两位主任及相随的几个医生。

回到房间，朱小奇也准备收拾收拾东西，坐下午的飞机回鹃城。早晨刚起来的时候还不觉得什么，这会儿，昨天一晚上的折腾此时显露出了后遗症，朱小奇只觉眼皮发沉，眼睛发涩，脸皮发紧，脑袋里像塞了一团棉花，运转滞重，四肢肌肉发酸，正在浑身不适，打算伸腰转脖子舒缓一下的时候，电话响了，朱小奇一看，是他的下属徐悦明。他一接，就听见那头急匆匆的、风风火火的声音："头儿，你听说了吗？咱们公司被长信医药并购了，喻总要调走。"

第十六章
才俊领导的家庭背景与成长经历

1

徐悦明的消息还真不是空穴来风，长信医药确实已经与朱小奇所在的公司签订了重组框架协议，并且已经获得了国资委的批准，下面即将进入具体的实操阶段了。

上级部门也确实向喻晓翔透露了这层意思，准备把他调到集团总部的战略部担任总监。之前，喻晓翔就是从长信集团的金融板块调过来的，时间不到一年半，现在他就要即将接受新的使命，很难说，这一切是否都是早有安排的精心设计。

2

喻晓翔出生于安徽，他的父母曾是上海一所大学的同学，毕业后一同分配到了安徽。他的父亲就是安徽人，曾经是安徽省高考状元，退休前是安徽一家大型矿业集团的总工程师。喻晓翔的母亲是当地一所中学的物理老师，目前也已退休。

喻家是典型的母严父慈的家庭，这主要源于喻晓翔母亲的家世和性格。他的母亲姓秦，祖籍无锡，秦氏家族是此地的名门望族，祖上既有身世众说纷纭的可称古今第一恶名远扬的秦桧，也有风流倜傥、才华出众的大词人秦观，"两情若是久长时，又岂在朝朝暮暮"至今仍为描写爱情的名词佳句，广为流传。

喻晓翔的母亲就出身于秦家的一支，出生于上海，喻晓翔的外祖父生前是上海一所大学的知名教授，后因无故被卷入学校派系斗争而被辞退。秦老先生为人单纯而高洁，视名声为生命，眼见周围大多数人对他的态度，由曾经的尊重与钦佩变为蔑视与轻慢，甚至敌视，于他无异于灭顶之灾，自觉绝无忍辱偷生之理，于家中自缢而亡。

对于外祖父的死，喻晓翔在小的时候隐隐约约地从父母偶尔支离破碎的言谈话语中察觉到一些。

记忆中还有一次，他出于好奇，在父母比较保密的抽屉中偷偷翻看时，曾经发现过一封信，那时他还很小，应该还不认识很多字，但对于那封信的内容，喻晓翔还是看出了个大概的意思，父母在为外祖父的情况进行申诉。对于那时的他来说，有很多词的意思都还很模糊，遥远并且沉重，喻晓翔本能地不想去了解它，逃离它，因为那些事情，以他的童年的认知和孩提时代天生向往美好的性情而言，太过森严了，甚至是可怕的。

喻晓翔从来没有主动向父母询问过这件事情，母亲也一字未曾提起，只是父亲在有一次不知与他说些什么事情的时候，提到母亲的性格，简略提到了这件事情。

据父亲说，外祖父的后事都由母亲一人料理，那时候外祖母已与外祖父离婚，母亲的哥哥跟着外祖母，而这位喻晓翔只在一张与母亲少女时代合影中见过的舅舅，诚如父亲所言，斯文秀气，或者说岂止是斯文秀气，那是喻晓翔第一次感受到男性的美，英俊潇洒这个词活脱脱地从脑海里跳了出来，一个清华大学建筑系的高才生。

后来，喻晓翔不禁想：如果把这样一个人放在当今既拼颜值又拼功利的时代，这该是一个什么样的天妒英才！然而，造化弄人，在一场意外事件中，他母亲的哥哥付出了年轻的生命，在他父亲于家中结束自己的生命一年前，如风而逝，几乎没有留下任何痕迹。

因此，外祖父的死，似乎只有母亲来面对，当时她十九岁，据父亲说，母亲一个人异常沉着冷静，其从容不迫和有条不紊令许多人不由得都暗自叹服，感慨大家族里的孩子到底不一样，天生自有一种让人不可小觑的举止和气度。只是在处理完外祖父的后事后，母亲高烧不退，在医院昏睡了三天，父亲和几个要好的同学偷偷去看她。可能就是在病床上，母亲那苍白的脸和坚定执拗的表情深深地打动了父亲。后来，他毅然带着她一起回到安徽老家，结婚生子。

从喻晓翔记事起，家里就笼罩在母亲所树立的家风里，吃饭时不能出声，用筷子要筷子头向下，不能冲着人，站有站相，坐有坐相，抬头挺胸，说话时眼睛要看着人，等等。母亲总是把自己收拾得非常整洁得体，也把他和父亲以及妹妹都收拾得干干净净。

即使是在那个时代，全国一片灰蓝绿，母亲也总是穿得更出众更雅致，这让周围的人，特别是女人们都由衷地赞叹和羡慕，因为从本质上说，母亲并不漂亮，这一点在照片上远逊于她的哥哥，但是她的头发上稍微别致一点儿的发卡，衣领中露出的一圈白色的领衬，腰际上略微的些许收腰，配上她总是挺直的身姿，沉稳娴静的表情，文雅大方的举止，外柔内刚的性格，深厚的人文修养，使得她大家闺秀的气质、骨子里高贵的气场十分惹眼。

但是，这并没有给她带来什么过多的非议与妒忌，这主要得益于她的高贵是内敛而平和的，还有就是，她的气质出众并非一般女性美所具备的妖娆和妩媚，周围的女性并不排斥她，而是发自内心地崇拜她，以与她交往为荣。周围的男性也一样，她对他们的吸引首先不是性别的诱惑，而是人格魅力，这就为她带来了广泛的尊重，又由于她的职业，一名重点中学的优秀的物理老师，厂里很多人的孩子，或者本人都曾是她的学生，因此上至企业领导，下至普通员工，大家都非常尊敬地叫她秦老师。

喻晓翔的一家也就顺理成章地笼罩在母亲的光环之下，父亲作为曾经的高考状元，大型国企的总工，别人在介绍时，也总是自然而然地加上一句，就是我们厂中学秦老师的丈夫，而喻晓翔兄妹两个就更是了，他们总是被在一群同学中优先介绍，这就是我们厂中学秦老师家的孩子，旁人则照例发出一片啧啧的赞叹声。

3

喻晓翔，或者说他们一家就是在他母亲这种天生气质构成的绝对权威中度过了许多日日月月，也包括他的父亲，喻晓翔从小到大基本上没见过父母激烈的争吵，而这在周围的邻居是司空见惯的。

只有一次，似乎非常突兀地爆发在父母之间的纷争，给喻晓翔留下了深刻的印象。

喻晓翔家乡安徽这一带的酒风很是彪悍，酒杯基本上只是象征性的，没喝几下，就开始用水杯一杯接一杯地往下灌，喝酒之人谓之"炸雷子"。只要你端了酒杯，就免不了酩酊大醉，往往被旁人连拖带拽，甚至是背着或者抬着回来。

在喻晓翔的印象里，父亲很少喝酒，只有那一次，他确实喝多了。

那是一个冬天的晚上，天气很冷，父亲回来得比较晚，一进家门，就带进来一股寒气和酒气，他说话声音明显高了很多，含糊了很多，脸上的表情透着一种莫名的兴奋和陌生的僵硬，这让正在上初中的喻晓翔不由自主地产生了一种厌恶的情绪，他赶紧躲进了自己和妹妹的小屋。但他心下里仍然提防着，既忐忑又好奇，他屏住呼吸，竖着耳朵听着，预感着会发生点儿什么。

果然，在一阵断断续续的含糊不清的声音之后，父亲的声音突然间提高了一个八度："你每天端着，你骨子里谁都瞧不起，你凭什么看不起这里，看不起我们？你哪儿来的这些优越感？你就像个假人，虚伪！虚伪！我被你压抑得喘不过气来，我要好好地、自由地呼吸一下，放松一下！"

紧接着，他听见母亲压着嗓子急急的说话声，但是他一句也听不清楚，父亲的声音也小了下去，喻晓翔向妹妹竖起指头，"嘘"了一声，走到了门前，把耳朵贴在门上，父母两个人的声音急切而模糊。

突然，他听见父亲的声音再一次高了起来："你这个臭毛病也真该治治，你是不是还想着那个拉小提琴的……"啪的一声，父亲的话还没说完，就被一声响亮的拍击声打断了，母亲的声音也一下子高了起来，那是喻晓翔之前从未听过的声调，尖而犀利："喻志昂，我请你尊重我，也尊重你自己。""我尊重够了，我尊重得都快憋死了，你知道吗？"随之而来的是父亲的咆哮，他听见"啪嚓！"的一声刺耳的巨响，似乎把人的血液一下子叫停了，心脏一阵剧烈地抽紧。

喻晓翔在一阵短暂的不知所措的发蒙之后，和由于惊恐而苍白着一张脸的妹妹一起拉开门冲了出去，小小的客厅里，父亲在餐桌边呆呆地站着，一副垂头丧气、失魂落魄的模样，母亲站在厨房门廊边，地上一片狼藉，满地都是摔碎了的茶壶片儿。

妹妹突然哇的一声，哭着扑进了母亲的怀里。喻晓翔看见母亲的额头上，一道鲜血流了下来，她的眼神平静而坚定，眉头紧锁，搂着妹妹，看着父亲，似乎在思考着什么。

喻晓翔反应过来，赶忙去抽屉里拿出那瓶粉末状的云南白药和一卷纱布。当他拿着这些东西急匆匆地走到母亲身边时，他看见母亲沉稳而娴静的脸上露出一丝嘉许的表情，冲他点了点头。母亲接了过来，转身走到镜子前，有条不紊地处理着伤口，父亲这时紧张地走了过来，一脸羞愧，想帮点儿什么，又不知如何开口，母亲冲着镜子，声音安详而平静："我这儿不用，你先把地收拾一下。"

父亲赶紧答应了一声，如释重负地急忙转身去拿扫帚和簸箕。母亲额头上一道鲜血流下来，但她那眼神坚定而平静，眉头紧锁，若有所思的表情深深地印在了喻晓翔的脑海里，影响了他的一生的性格和对女性的审美。父亲从此滴酒不沾。

4

喻晓翔按父母的意愿，主要是母亲的意愿，考入了中国科学技术大学，专业是物理学。在内心深处，喻晓翔其实很想反抗一下，为什么呢？是青春期的叛逆情绪一直没有机会发泄一下吗？喻晓翔想不清楚，但他确实觉得心里面一直有一种激烈的反抗和躁动的心绪无处可去。

喻晓翔最终还是默默接受了父母的意见，一是他确实已经习惯了，二是他自己对于报考的学校和专业也没有什么更多的想法，并且相对来说，他对物理学也不能说不喜欢，或者说，他对物理还是很感兴趣的。

喻晓翔还记得自己刚学习物理学"功"的定义及计算公式 $W=Fs$ 时产生的困惑，他想：如果一个人用力推一个物体，但没有推动，没有产生位移，难道就没有做功吗？但确实用了力气，消耗了体能呀！能量去哪了呢？带着这种疑问，喻晓翔翻阅了父母大学时的课本《普通物理学》，恍然大悟，原来中学课本里学习的"功"的概念实际上是"机械功"的简称，喻晓翔这才从神思恍惚纷乱不定中平静下来，否则，他简直不能正常理解作业中的题目。

还有一次，在刚学习力学时，在分析物体的运动时经常把受力的物体看作一个质点。喻晓翔又不由得想，但是如果我扔一个飞盘，只要巧妙地用力，飞盘在向前飞行一段距离后，还能飞回来，这怎么分析呢？喻晓翔仍是自己想办法翻书解决，这一次相对好查一些，他在课本后续的相关内容中就看到了力矩的概念和分析方法，不禁欣欣如释重负。到了光学和电学部分就更是如此了，喻晓翔简直有数不清的疑问想要解决，他利用假期和平时的零散时间已经学习了大学二年级的物理学，甚至学习了部分相对论和量子力学的内容。

无可置疑，喻晓翔对物理学还是怀有强烈的兴趣的，但从另一方面，喻晓翔又深感自己的父母的工作单调乏味，与他理想中的五彩斑斓的生活相去甚远，那似乎是边缘化的，对于大多数人影响不大的，不能激起人们从心底里强烈的尊敬、敬畏或羡慕的工作。一句话，学术研究工作在中国的历史发展中或是当今的生活大潮中，从来都不是万人瞩目的焦点，喻晓翔不想这样，他不想去当一名研究人员、工程师或是中学或大学的教师，他不想被轻视或边缘化，非常不想。

喻晓翔就是在这种矛盾纠结的心情中完成了他的大学生活，毕业后他没有按照母亲的意愿去报考中科院物理所的研究生，也没有回当地的企业或学校去当一名技术人员或老师，而是毅然决然地去了一家企业。

喻晓翔做好了与父母大吵一顿的思想准备，他像准备十足、斗志昂扬的公鸡一样，颇有些兴奋和期待地在一次晚饭上主动发起了进攻。然而，很让他有些意外的，在他说完之后，父亲习惯性地看着母亲的脸色，等着她定出基调。但是母亲却一言不发，她沉思了一阵，只是简单地说了一句话："我们尊重你的选择，好好努力。"

喻晓翔一时之间，反倒有了用力扑了个空的感觉。事过之后，他有些失败之感，他再一次感觉到他还是一个孩子，而他的母亲依然运筹帷幄，明察秋毫，世事洞明。

5

　　喻晓翔毕业后来到了北京，进入了一家叫中国科创的公司。这个公司声称要集中最优秀的人才，充分利用资本市场转化世界尖端科学技术，在五年之内成为中国高科技企业的领军者，成为享誉中国甚至世界的创新型公司。

　　然而，喻晓翔去了之后，并没有发现公司在做什么具体项目，基本上都是撰写一个简单的项目计划，然后就开始了一系列的宣传和资金募集的活动，当然，这些都是喻晓翔在媒体报道上看到的，还有就是公司股票在资本市场上疯狂地拉升，万众瞩目，风头无两。

　　当时，喻晓翔只是按照领导的安排做一些文字工作，另外，就是偶尔跟着领导出去参加一些商务洽谈和项目宣讲会，在那段时间里，他基本都处于一种懵懵懂懂的状态。

　　其间，在一次公司的部门会议上，喻晓翔见到过一次公司的老板，后来成为中国资本市场上的传说级的人物，李梁。

　　在喻晓翔的印象里，当时，李梁外面披了一件统治了中国男性审美十几年的，而在当时特别是商界略显突兀的军大衣，里面却穿了一件他似乎只在过去的老电影中才见过的资本家或老派知识分子穿着的米色开衫，配上现在想来很有英伦气息的格子衬衫，鼻子上架了一副金丝眼镜，文质彬彬的同时，又略有些江湖气，既像个政客也像个商人，加上他在资本市场如雷贯耳的名声和神龙见首不见尾的做派，周身笼罩着一丝神秘的气息。

在喻晓翔的部门领导进行工作汇报时，李梁一直是架着二郎腿，半眯着眼睛似听非听，面无表情。等到他做指示时，他的语速平缓，声音低沉，像背教科书一样，又将公司的宏伟愿景描绘了一番，然后，不知如何转折的，他突然开始滔滔不绝地讲述自己如何帮助了很多人，如何运作了许许多多的影响中国经济政治发展的大事件，他称呼很多著名的政界和商界的人物，都用昵称甚至小名，弄得喻晓翔一时之间反应不过来，及至李梁戛然而止，起身离去时，喻晓翔仍然如堕五里雾中，他第一个反应是，这个人难道不是个骗子吗？

但是李梁在业界的名声又有力地制止了喻晓翔的这种想法，他感到十分困惑。这种困惑直到李梁自己发表了那篇震惊财经圈的《庄家李梁》，讲述自己的故事，并且在之后的抓捕行动中又神秘地逃亡，致使中国证券史上第一次影响最大的股市恶庄案审判时，核心人物、始作俑者却未曾出场，并且至今下落不明，简直是比小说还像小说的事件发生之后，仍然笼罩在喻晓翔的心头，他不禁自嘲，看来这个行业还真不是他这个理科脑袋能够理解的，他是雾里看花，水中望月。

喻晓翔在中科创工作了将近两年，随着老板李梁的出事，公司一时之间被推到了舆论的风口浪尖，员工都人心惶惶，树倒猢狲散，各寻出路。

一家卖药的经销商主动找到了喻晓翔，之前中科创与一家著名的医药企业有过一些复杂的股权关系，两家公司有一些项目上的交往，而这家经销商是这家医药企业的合作伙伴之一，其负责人何正军与喻晓翔有过几面之交，吃过一次饭。何正军为人豪爽热情，待人接物令人如沐春风，当时对喻晓翔一口一个青年才俊，称赞不已，似乎对他格外青睐。

　　然而，两个人之间毕竟并无深交，因此当喻晓翔接到何正军的电话说希望他去他的公司的时候，他还是有些讶异的。他向何正军解释，说他不是学医药的，对医药可以说是一窍不通，去了以后怕无法胜任。但是何正军在电话里哈哈大笑，连说哪里哪里，约他到北京的黄寺静雅边吃边聊。

　　当天就他们两个人，但何正军却订了一个能坐十来个人的包厢。服务员见了何正军都笑眯眯的，一口一个何总，显见是这里的常客。何正军也像是到了自己家一样，自如而随意。

　　何正军一落座，也不看菜谱，开口就点了两碗开水活参和两碗鲍鱼，服务经理应声而去，自发地配了几个招牌鲁菜，白菜心拌海蜇、温拌海肠、椒盐炸小丸子、牛仔骨、清蒸加吉鱼、清炒豌豆尖，主食是鲅鱼馅儿水饺和炝锅面。两个人席间喝了两瓶茅台。

　　何正军侃侃而谈，核心意思是现在做医药生意不用太多的专业知识，专业出身的人有时候反倒当局者迷，为专业所累，要用更高的人性逻辑和市场逻辑做医药生意，形于下而心于上，要用高雅的风度做低俗的事儿，要把复杂简单化，而不是把简单直接简单化，这个行业目前素质低的人太多，正需要素质高的聪明人。喻晓翔听得云里雾里，不知就里又似有所悟。

　　不过，他第一次知道了这个看似非常江湖的何总是吉林大学中文系毕业的，颇有才情，十分健谈。

　　当晚，两个人，主要是何正军越喝越高兴，越喝越兴奋。酒足饭饱，离开黄寺静雅后又带着喻晓翔来到了当时号称京城四大名园的"伊甸园"唱歌，一番灯红酒绿、莺歌燕舞之后，才结束了当晚的活动。

　　这一个晚上的饕餮大餐和风月无边，让喻晓翔如同刘姥姥进大观园，第一次发现世界上还有这么多好吃的和好玩的。一方面，这种纸醉金迷的生活对他产生了强大的吸引力；一方面，他也觉得受宠若惊，想自己一个初出茅庐的嫩小子，何德何能让人家如此赏识和重视，自当倾己所能，好好效力。

　　喻晓翔去到何正军的公司，时光如水，白驹过隙，一晃就是八年。

　　事后回想，那一天何正军确实教给了喻晓翔很多东西，甚至可以说是彼时做生意的关键法则。第一，良好的素质，清醒的头脑，持续的激情；第二，熟练掌握、运用自如 A（Alcohol，美酒）、B（Beauty，美女）、C（Commisson，回扣）法则。

　　在这八年当中，喻晓翔完成了人生的几件大事：娶妻、生子、买房。

6

　　喻晓翔的妻子在鹃城一家证券公司工作，正是当今风口浪尖的工作，典型的白富美，挣的钱一点儿也不比喻晓翔少，气质干练而凛然，一见之下，有点儿冷美人的味道。

　　两个人在一次理财的宣讲会上相识，她是主持人。当她礼节性地带着职场上训练有素的微笑说完开场词，让位于彼时赫赫有名的当天主场嘉宾时，来到会场的一隅，略微低头，整肃自己的心绪与身体，抬眼一瞥间，不经意处被喻晓翔的目光捕捉了个正着，微皱的眉头，平静而坚定，若有所思的神情，似曾相识，让喻晓翔为之怦然心动……

　　结婚后，由于喻晓翔的工作主要是在北京和鹃城两处跑，并且公司总部仍在北京，因此两个人在北京、鹃城都买了房，并且考虑到今后父母来了住着方便，在同一小区分别买了一大一小两套住宅。正是这个当时他们看来理所应当的行为，让他们顺利地进入了资产红利的阶层，在后来愈演愈烈的房价上涨，特别是北上广深四个一线城市的房价一路高歌猛进、屡创新高时，顺利地进入了财富重新分配的获利方，他们是这个时代的物质生活的宠儿。

　　2005 年，喻晓翔有了孩子，一个漂亮可爱的女儿。妻子不想再忍受这种经常两地分居的日子，而她本人的事业此时又正干得风生水起，因此希望喻晓翔过来鹃城。

　　这个时期的喻晓翔也确实对自己的职业产生了深深的厌倦情绪，基本上日复一日地迎来送往，喝酒唱歌，虽然热闹，然而时间长了，体力渐渐不支，确实有时陪不动那些情趣盎然、像打了鸡血似的客户。

　　那些长年待在机关或企业里负责行政事务的人，一旦有了好好放松的机会，基本上个个如狼似虎，精神抖擞，吃完饭唱歌，唱完歌桑拿，桑拿完宵夜，一晚上三顿酒，时间长了，再五光十色也单调划一了，何况一年三百六十五天，两百天都是这种生活，身体也着实是吃不消。

　　另外就是，虽然挣钱不少，但是喻晓翔渐渐被一种挥之不去的空虚所困扰，深感自己的工作除了让自己挣了个肚满肠肥，对社会基本没有创造任何价值，甚至相反。

　　当喻晓翔有时与何正军喝酒聊天，气氛正是兄弟情长的时候，喻晓翔也流露出了他的情绪，倾诉了他的苦恼。何正军劝他不要书生意气，胡思乱想，并且慷慨陈词，指导喻晓翔看问题不能看表象，要深刻分析，存

在即合理。

所有这些问题都是社会发展中的问题，要跟上形势的发展，有些政策规则造成的资源配置不均衡，就要靠市场去调节。

物价天天涨，房价更是一飞冲天，难道让医生租着地下室，每天节衣缩食地给人看病不成？因此，正是他们，通过市场的再调配，才能帮助中国医疗事业得以高速发展。

喻晓翔一时之间被何正军说得哑口无言，他不得不承认何正军说得有道理。何正军临场发挥了一通掷地有声、气势磅礴的演说之后也很高兴，搂着喻晓翔又干了一杯。

他在心底里确实很欣赏喻晓翔，因为他觉得他们是一类人，都是有思想有素质有智商有情商的人。

销售这个行业，鱼龙混杂，素质参差不齐，特别是早期，本科大学毕业的都不多，因此相当多的政府官员和医院专家对他们都在心里有种蔑视，而他们两个一出去，一个吉林大学中文系的研究生，一个中国科技大学物理专业的本科生，还是相当有分量的，对方往往立刻收起了小看之心，经常脱口而出，失敬失敬。

对于这个圈子里的人，这还是非常关键的，因为在作为人的基本的条件上，赢得了对方的尊重，这对于做生意，特别是对方不是一个单纯的生意人的时候，是一个至关重要的筹码。

然而，喻晓翔虽然承认何正军说得有道理，但他并没有在心底里真正释然，他不禁想：难道他这辈子就只能当一个资源再分配的搬运工不成？何况，干了这一行，喻晓翔深深知道这种所谓的再分配模式有可能对一些医生的职业规划造成影响，越是神圣的职业，一旦其价值观被商业大潮所动摇，所产生的负面影响越大，因为它往往损害的是人类社会的道德底线。

当他看见，甚至亲自挖掘了太多太多医生所谓的"人性"之后，不得不说，小时候"白大褂"在他心里树立的神圣和信赖的感觉在逐渐淡化。当然，也许原来的印象本身就是一种美化的结果，但是，喻晓翔可不想自己就是这个神圣印象的破坏者，他为此情不自禁地自责。

7

当喻晓翔正在欲断难断、彷徨迷惘之际，在一次无锡举办的秦氏家族聚会，他跟随母亲前往，恰好结识了母亲一个远房表弟秦伯屹，长信集团的首席财务执行官，他是那次宗族聚会的焦点人物之一。

席间出于对家庭荣耀的关心，与喻晓翔母子谈及家庭琐事时，无意中聊到了他的事业及家庭当时所在的困惑。那时的喻晓翔已经不知道敬了多少长辈多少杯酒，也不知被多少小辈敬了多少杯酒，饶是久经沙场，也是酒到浓时，说话不觉间直率性情了很多，对方恐怕也是如此，一听之下，答应帮忙。

实话说，当时喻晓翔并未完全放在心上，既是一时情之所至，他也并未把对方一时情之所至的话语当作正式的承诺。

然而，出乎喻晓翔的意料，他不久就收到了长信集团人事部总监的一个电话，对方告诉喻晓翔正好来北京出差，如果他也在，可以见面一叙。

喻晓翔当时在天津，他可不想放弃这次机会，急忙驱车赶到北京，双方相谈甚欢，于是对方约他到香港长信集团的总部正式面试。

喻晓翔顺利地通过了面试，并成为长信集团金融事业部商务部的一名大客户经理，工作地点主要在深港两地。两年后，他被调到了同为国企的这家鹍城的医药公司。

现在，将近两年的时间过去了，喻晓翔又接到了长信集团人事部总监的约谈电话，告诉他准备调他回长信集团战略部做副总监，希望他在新的岗位上再接再厉，做出新的成绩。

喻晓翔欣然受命，仰天大笑出门去，准备接受人生新的挑战。

第十七章
职场生变　孤独与迷惘是有些人的主旋律

1

朱小奇听到喻晓翔即将调走的消息，心里五味杂陈，他隐隐约约觉得这件事对他的职业环境会造成很大的影响，如果公司决定让王力琛接替营销中心总经理的职务呢？这似乎是一个非常顺理成章的选择，而那将是朱小奇非常不愿意看到的一个结果。

昨晚还意气风发、逍遥快活的朱小奇此时的心情像升起了一团阴霾，挥之不去。怀着这种复杂的心绪，朱小奇登上了去往鹃城的飞机。

朱小奇的座位是靠过道的，当他坐下来时，中间的座位还空着，靠窗位置坐着一个很漂亮的女孩儿，这对于即使号称空中飞人的朱小奇来说，也相当少见，他禁不住用余光打量着这个女孩儿。

女孩儿的身形很苗条，头发顺顺的，脖子直直的，坐在那儿也有俏丽之感，这就是漂亮人物常见的一种情形，似乎一个剪影，甚至只一个影子都带着一种动人心魄的风情。

女孩儿的皮肤很白，红唇微微翘起，睫毛似乎并不很长，但一双眼睛黑黑亮亮的，定定的眼神，似乎一动不动，全神贯注地盯着手里的杂志，小巧的鼻翼轻轻地一张一合。

一切都过于安静了。也许该说点儿什么，但朱小奇可不是一个非常轻松自如的人，他不知该如何说起，那样不会显得太突兀吗？

中间的座位没有人，朱小奇渐渐从初见美女的惊艳中抽离了出来，又想起那桩烦心事，而女孩儿似乎一直都在保持着同一个姿势看着书。两个陌生人，可能也只有这样一种缘分，半面之交，擦肩而过。

长沙到鹏城的飞行时间也就是一个小时，不一会儿，飞机就开始了降落。熟悉的声音再次响起：飞机已经开始降落，请大家打开遮阳板，收起小桌板。

朱小奇刚刚把小桌板收起来，准备闭目养会儿神，突然，一个清脆的声音在耳边响起："这个字念什么？"朱小奇转过头，声音确实是那个女孩儿发出的，她把杂志往朱小奇这边斜了斜，手指着杂志上一张书法照片中的一个字，又重复问了一遍。

朱小奇有些拘谨，但故作镇定，装作非常自然的样子探过头去。"哦，这个字吗？我看看。"朱小奇很想表现一下，但他横看竖看，左思右猜，也不确定那是个什么字，只得为了延续话题或完成这个话题，含含糊糊地猜了几个，又很快地自我否定了。

"不对，应该不对，还真不好认，上下文也不容易猜。"自言自语了一句，朱小奇转换了话题。

"你是回鹃城还是出差？"

"回鹃城，我在鹃城工作。"女孩儿说，然后沉吟了一下，嘟起红红的嘴唇，"你说，该怎么和公司的领导相处？"

"啊？"朱小奇一愣，不知该如何作答。

女孩儿又接着说："他们总批评我。"

"哦，为什么？"

"有一次，吃饭的时候，我可能喝多了，他们说我拿着麦克风一直唱，也不管别人。"

"哦。"朱小奇故作沉思状，"那你确实有不太对的地方吧，毕竟是公司里，恐怕还是应该照顾一下其他人，特别是领导的感受。"

"是的，我也觉得，但也没必要总说啊，已经好几次了，每次都拿这个批评我。"

"这倒也是，你还是年轻女孩儿，总说好像也有点小题大做，上纲上线。"

"是啊，想想就麻烦，有时候真的觉得挺没意思的。"

两个人聊一会儿，停一会儿，朱小奇尽量拿捏着话题的尺度，不知道这份相识会带来什么。过了半个小时左右，飞机已经降落到了鹃城的地面上。飞机滑行时，朱小奇还是决定向女孩要了个电话，当两个人互相记着姓名和电话的时候，飞机已经停稳了，后面的一个中年男子不知不觉间走到了他们身边，带着一丝戏谑的笑容和旁边的女孩儿打着招呼，女孩儿也抬起头来回应。

听着两个人的对话，应该是她的同事，朱小奇心里有些尴尬，但外表还是装作非常平静淡定的表情，起身拿行李，并向女孩儿点头示意，说了声"再见"。女孩儿的脸上略有红晕，用眼睛和他打了个招呼，然后和她的同事迅速聊了起来。

下了飞机，走在机场的通道上，朱小奇故意停下来假装看手机，发短信，等了一会儿，听着后面女孩儿与同事聊天的声音断断续续传来，并逐渐接近他，然后走过他的身边一会儿，他才抬起头来，寻找着他们，女孩儿与她的同事一行三人，女孩儿的个子很高，娉娉婷婷。

朱小奇又仔细看了一眼手机上的姓名：高晓筱。人如其名，美丽而简单。

2

朱小奇第二天到公司上班，喻晓翔马上就要调走的消息和公司即将被长信集团收购的消息已人尽皆知。借着要向喻晓翔汇报工作的机会，朱小奇也想进一步了解一下相关的情况。

他来到喻晓翔的办公室，喻晓翔听了他此次出差的工作情况后，不等朱小奇发问，以一句"你可能已经听说了"为开场白，主动说起了自己将要调走就职长信集团战略部总监一事，对朱小奇有关公司并购的询问，也毫不迟疑地给予了肯定的答复。

然后，他习惯性地用右手食指轻轻敲打着桌子，对朱小奇说："你目前的工作很重要，是产品未来发展至关重要的核心竞争力，你执行得也很出色，咱们之间相处也很投缘……"

正说到这儿，桌子上的电话响了，喻晓翔拿起电话应答了几句，放下电话对朱小奇说："咱哥俩儿换个时间再聊啊，李总找我。"李总，李剑鸣是这家公司的总裁，朱小奇一听，连忙答应着，与喻晓翔一前一后走出了办公室。

喻晓翔去到9楼的总裁办公区，秘书小苏一见他就向他绽放出一个毫无保留亲切的笑容，说了声"喻总好！"并引着他来到了李总的办公室。

李总办公室的门敞开着，喻晓翔进去的时候，他正在一边打着电话，一边一只手扶着腰倒着走路。

喻晓翔知道李总的腰椎不太好，久坐或久站都不舒服，经常倒着走锻炼身体，于是一边对李总用眼神和点头的招呼报以谦恭的笑容，一边在李总手势的示意下坐在沙发上等待。不一会儿，李总就结束了通话，来到喻晓翔身边坐下，并招呼他喝小苏刚刚端过来的茶水。

李总主要是问了问喻晓翔调任长信集团后的一些工作安排，喻晓翔回答说集团领导倒是找他谈了一次话，听意思是长信集团此次的收购行为只是进入医药行业的第一步，下一步战略可能还是要与更多的药企进行各种方式的合作，当然主要是并购，他自己的工作会更偏重对合作方的考察和筛选。

李总点了点头，似乎是自言自语地说了一句："哦，我还以为你会更多地参与整合呢！"然后，不待喻晓翔回答，就打着哈哈说："以后是总部领导了，还要多多支持自己战斗过的地方啊！"喻晓翔连呼："不敢当，不敢当，走到哪儿，都是您的兵，您可不能把我当外人。"

两个人笑着客套着，又随意地聊了一会儿，看似不经意地，李总突然问："你觉得王力琛接任你这个岗位怎么样？"

喻晓翔略感突兀，下意识地"嗯？"了一声，这似乎是一个最顺理成章的选择，然而从他的本性来说，他非常不喜欢这个人。为什么呢？他总觉得王力琛看似客套有礼和周到的逢迎之中，表演的痕迹太浓，心机颇深，世俗气过重，个人私利的发展也许还有空间，工作能力的成长肯定已经到顶，让这个人接替工作，不可能给公司带来什么长足的发展。

相对来说，他更喜欢朱小奇一些，但是毫无疑问，朱小奇作为市场总监，基本上还没有营销主战场的工作经验，并且，更重要的是，朱小奇的身上也缺少一些东西。至于缺什么，喻晓翔一时之间还真找不出一个合适的词语来概括。

正当他沉吟时，李总也在静静地观察他，看见喻晓翔似乎陷入了沉思时，李总不禁微笑起来，心里暗想："一个还有书生气的小伙子，也许有前途无量的潜质。"他站起身来，拍了一下喻晓翔的肩头，笑着说："好了，以后再说，晚上没事吧，班子成员为你送行，我现在先去趟市里。"喻晓翔连忙站起来，对刚才的表现略显尴尬，一边说着"谢谢李总"，一边跟着李总走出了办公室。

朱小奇本想着今天再和喻晓翔聊聊，但是喻晓翔一从李总那儿回来，办公室里的人就一直没断过，并且离下班还有几分钟，他就匆匆地锁了门离开了。

3

怀着怅然若失的心情，朱小奇下班回到了家里。

黄恬恬还没有回来。朱小奇坐卧不宁地胡乱给几个相熟的同事打了几个电话，探询了一下可能的组织变革，但一无所获。放下电话后，他又深感这几个电话打得毫无意义。

朱小奇一直就有这个毛病，虽然理智告诉他这件事一定会发生，但在心里他却总是怀着一丝侥幸，急于把事情弄个水落石出，到处探询更多的消息，有头绪的时候，往往是问了太多不该问的人，说了太多不该说的话，结果是毫无疑问地既没有改变现实，又显得自己心胸狭隘，沉不住气。而没有头绪无处问询的时候，又一副六神无主、心烦意乱的状态，什么也干不进去。

朱小奇暗暗告诫自己，不能再胡乱打电话了，为了平复自己烦闷和急躁的情绪，朱小奇闭上眼睛，来了几个深呼吸，然后走进书房，打算拿本书看看，转移一下注意力。

走马观花地看着书房里整整一面墙都是书架上的大大小小、颜色斑斓的一本本书，朱小奇仍是心绪纷杂，满脑子仍在编织着是否可能有更合适或者突如其来的人选担任营销中心总经理的情景，书名在他眼前跳跃，却没有刺激到他的神经细胞，脑海里一片迷惘。

忽然，一本黄绿色的小书从一片斑斓中吸引住了他的目光，在纷繁杂乱的脑细胞中聚集出了它的身影——《悟空传》。

这是几年前最早在网络上走红的一部小说，朱小奇认真阅读这本书并非由于它的知名度，而是在网络上随意点击翻看时，突然被其中的一个章节结尾的一首诗所吸引：

仿佛黑暗中熟悉的身影

依稀又听见

熟悉的声音

点亮一束火在黑暗之中

古老的陶罐上

早有关于我们的传说

可是你还在不停地问

这是否值得

当然，火会在风中熄灭

山峰也会在黎明倒塌

融进殡葬夜色的河

爱的苦果

将在成熟时坠落

此时此地

只要有落日为我们加冕

随之而来的一切

又算得了什么

——那漫长的夜

辗转而沉默的时刻

……

　　当时，朱小奇被这首诗所营造的沉郁悲怆、哀而不伤、孤独的英雄主义情怀所深深吸引。后来经过查询，他才知道除了前四句，后面的整首诗摘录自北岛的《传说的继续》。

　　朱小奇因此迷了好一阵子北岛的诗，继而发展为现代诗，特别是在小说里，在感情充沛、喷涌而出之际插入现代诗，让他尤为着迷。

朱小奇这才领悟到了现代诗的魅力，它的形式是散文的，但它的内容是诗歌的，比起古体诗词来，它似乎更加神秘、更加晦涩、更加跳跃、更加模糊，只有通过其他诸如小说、音乐等的烘托，它才似乎更能被清晰地看见，熠熠生辉，深刻隽永。

由于被一直隐藏在暗处的现代诗的光辉所吸引，朱小奇认真地看完了《悟空传》。坦率地说，小说的行文受当时流行的无厘头口语影响很深，时不时冒出几句，整体文风明显缺乏统一的节奏，故事情节也杂乱无序，基本上是宣泄的感情用一个未能仔细设计的故事所拼接，然而，它却深深地打动了朱小奇。

朱小奇似乎还从来没有看过一部这样主题的文学作品，那是一种怎样的迷惘与困惑、压抑与叛逆啊！对天庭的戒律与神仙的虚伪从骨子里厌恶，对妖的世界从血液里排斥的孙悟空，他与天地两个世界为敌，孤独的一个人的战争，只有不停地战斗，他才能感受到那活泼泼的生命。

"孙悟空一跃而起，将金箍棒直指向苍穹。'来吧！'那一刻被电光照亮的他的身姿，千万年后仍凝固在传说之中。"一心西行，总觉得世界的真相被什么蒙蔽住了的唐僧，他说："我要这天，再遮不住我眼，我要这地，再埋不了我心，要这众生，都明白我意，要这诸佛，都烟消云散。"

然而，鲁迅说："桀骜英勇如 Petöfi，也终于对了暗夜止步，回顾着茫茫的东方了，他说：绝望之为虚妄，正与希望相同！""我独自远行，不但没有你，并且再没有别的影在黑暗里，只有我被黑暗沉没，那世界全属于我自己。""亲手造成孤独，又放在嘴里去咀嚼的人的一生。"

被时代捧上了神坛的鲁迅说了那么多，但对于大多数人而言，他却被历史的使命和政治的光环所遮盖，我们似乎没有充分领悟到他那超越时代的、内心深刻的绝望和永远的叛逆与追寻。

而一个今何在，通过散乱的表达，通过对一个耳熟能详的神话小说的再塑造，却表达得那么彻底。

世界上总有一些人，总有一些时候，他们的感情是那么强烈，他们的孤独是那么决绝，他们的反抗是那么彻底，他们用青春的热血把自己逼到了人生的死角，因为他们用自己不息的激情与力量堵住了所有可能的道路，他们反抗世界所有已知的定律，总觉得被什么挡住了自己洞穿这宇宙与世界的眼睛，然而他们自己根本找不到方向，他们只知道自己唯一可以依靠的就是自己永不妥协的力量与勇气，绝不放弃，直至死去。

"只要有落日为我们加冕，随之而来的一切，又算得了什么——那漫长的夜，辗转而沉默的时刻。"

在朱小奇的书架上，他一直都把《悟空传》与鲁迅的书摆放在一起，它们都曾带给他深深的共鸣与感动，但他也有点害怕那种感动会带着他走得太远。

"亲手造成孤独，又放在嘴里去咀嚼的人的一生。"这是鲁迅通过小说《孤独者》的主人公魏连殳概括自己及他的祖母的一句话，也是鲁迅一生的内心的写照。

朱小奇觉得自己有点儿像这样的人，他不打算离这样的人太近了，因此他对这样的书籍保持着最深刻的喜爱与崇敬，却不经常翻阅它们，他怕掉进那种痛苦而沉郁，而又充满了如同前世曾经似的诱惑，越陷越深。

4

今天，事情与心境，还有种种莫名的情绪，让朱小奇不禁又拿起了《悟空传》翻看了起来。这一次，他信手翻到了这本小说集中的《花果山》。

开篇的第一句就吸引住了他："很久很久以前，没有山，没有树，什么都没有，只有一片大海，无边的大海。"然后，小松鼠，老树，石猴，一片叶子，小海鸟阿笨，小老虎阿明，它们一个个出场了，它们都有自己的理想与追求，都有自己的选择与坚持，也都有自己的局限与困惑，它们都想看得更远，见得更多一些，这个世界到底是什么样子呢？它们为什么来到这个世界上呢？它们又会给这个世界带来什么呢？它们如何证明自己曾经存在过呢？那个坚持不吃小动物而在河边静静死去的小老虎阿明，那个一直想改变世界不屈不挠撑着竹筏去向远方的石猴，那个一直呼喊着想让小松鼠记住它曾经存在过的在无数一模一样叶子里的"一片叶子"……

这依然是一个有关成长的故事，比起《悟空传》来，它们没有了冲破一切的激情与叛逆，而是充满了一种平静的、淡淡的惆怅。

朱小奇今天一下子就沉浸在了这个故事里，那种曾经失落的青春忧伤在角落里轻轻升起，逐渐漫过了现实中的纷纷扰扰。

这些年他都在干什么呢？他在追寻什么呢？回想起来，除了烦恼与欢愉，他似乎已经失去了快乐与惆怅的能力。

我的天！快乐与惆怅，它们真的离他已经太远，太久了！然而它们确实曾经存在过，那是哪一天呢？

朱小奇正沉浸在缥缈的思绪里，茫然不知身在何处。这时，清脆的门铃声蓦然响起，把朱小奇从恍惚中唤醒。

他急忙走出书房，来到客厅，打开房门，黄恬恬走了进来，手里拿着刚买的青菜，问朱小奇什么时候回来的。朱小奇回答说回来一会儿了，然后就忍不住与黄恬恬说起公司的人事变动来。

说了一会儿，才发现黄恬恬回应得很勉强，手里不停地忙着，换完拖鞋，换完衣服，就径直进了厨房。

朱小奇跟着她走了进去，然后问黄恬恬，"怎么了你？今天也不高兴？"黄恬恬冷着脸，沉默了一会儿，应道："有什么可高兴的？""那你有什么事吗？""没有。""那怎么那么不高兴，我跟你商量事儿，也不好好听。""哦？我应该怎么好好听，什么也不干，洗耳恭听，是吧？""哦，你是嫌我不做饭了是吗？"

黄恬恬啪的一声把手中的青菜砸在了水盆里，声音一下子提高了八度："朱小奇！你摸着良心好好想想，咱俩在一起，你做过几回饭？我有时间的时候，我在家的时候，哪一次让你做过饭？难道你就不应该做吗？我不上班吗？我下班再晚你也要等着我回来做吗？我就应该时时刻刻围绕在你身边，你想让我做什么，我就做什么吗？你妈也做不到吧？何况，我不是你妈！"

"你这是斗气吗？我说什么了，做什么了，怎么扯到你是不是我妈的问题上了！"

"这就是问题的实质，你和我结婚就是想找一个妈照顾你，甚至妈都不需要，我看你找个保姆就行，你是个严重的以自我为中心的人，你根本不顾及别人的感受，你根本不爱我！"

"你这儿都是哪儿跟哪儿啊，不就是做个饭吗？我不吃了！"

"不吃更好！你当我是做饭给自己吃的，要是我自己，我才不做饭呢，我也累了一天，我可不饿，不吃更好，我休息去了！"黄恬恬说完，推开朱小奇，径直走到洗手间，呼的一声关上了门。

朱小奇一时之间血往上涌，第一个感觉是想一脚踹开洗手间的门，和黄恬恬大吵一架，冲到门口时，他的脑子冷静了一些，他知道这种吵架毫无用处，只能雪上加霜，冷战更久，更加身心疲惫，难道要离婚吗？

朱小奇忍住了心中的冲动与焦躁，转身来到了书房，也关上了门，强迫自己冷静下来。

朱小奇此刻觉得自己又陷入了深深的无助与孤独。他不禁想：说到底，人毕竟是一个个独立的个体，就像"一片叶子"一样，"自我"的感受永远是一个人衡量世界和看待他人最核心的、最基本的标准。

是啊，他爱黄恬恬吗？他很难回答，他是自私的吗？是吧，他想，然而，黄恬恬就很爱他吗？她又为他做了哪些呢？难道她发现了他身上区别于其他人的特殊之处了吗？她对他产生了人们所传说的那种忘我而纯真的爱了吗？

朱小奇可没那么自信，他相信一切只是各种因素综合作用的偶然。然而，他真的希望有那种爱，但是他从来没有遇见过。

从他内心里，他有时真的很渴望那样爱一个人，也被一个人那样爱着。

5

朱小奇的思绪纷纭杂乱，他胡乱地翻着书，眼睛茫然地看着那些字在他的视野里一行行一列列地进进出出，而脑海里却是不受控制般的东一下西一下的万马奔腾。

他预感到这些年的平静与自得从这一时刻起就要再一次地离他远去了，他周围的世界和他的内心都正在酝酿着变化，即将爆发并要显示出它们的力量了，朱小奇还不知道那些变化意味着什么。

但他能明显感觉得到，他的生活，至少他的内心，又要进入一场新的挣扎，或者进入另外一个境界，或者妥协，在这个世界努力当一个普通人，他今天才感到，即使做一个普通人，也不是件容易的事。

朱小奇突然想抽一支烟，他走出书房，发现黄恬恬已经在客房里去休息了，门关着，外面摆放着她的拖鞋。朱小奇不禁想：这样也好，自己也想一个人待会儿。

来到客厅的储物架上，朱小奇拿出一罐南洋兄弟牌的红双喜烟。朱小奇平时基本不抽烟，特别是在家里，只是偶尔一个人出差无聊时抽几根，他在味道上对烟也没什么特别的喜好，或者说基本没什么分辨能力，他只是非常喜欢红双喜这种罐装的包装，让他觉得很特别，很有感觉。

朱小奇搬了一个小凳子，轻手轻脚地来到阳台上，关上了阳台的门。坐在小凳子上，点燃一支烟，朱小奇深吸了一口，又把烟缓缓地吐出，看着它从眼前飘过，四散而去，消逝在朦胧的夜色里。

已经晚上九点多了，近在咫尺，密密麻麻的楼房，闪烁着逼仄的灯光。幸亏附近没有人在阳台上，家家户户都拉着窗帘，不然该有多别扭，朱小奇不禁想到。

红尘纷扰，世事艰难，朱小奇既往总是觉得这些语言，这些抒怀有些矫情，但此时此刻，他却很有共鸣，是啊，这么贵的房子，这么低的性价比，大家还是一窝蜂似的往这挤，不知疲倦，生机勃勃。

难道这就是幸福吗？但是，不这样又怎么样呢？身在红尘，就应该追求尘世的幸福，不是吗？关键是，什么是尘世的幸福。

一些记忆中的夜色里的灯光此时从朱小奇的心底深处透出一丝光芒，那是温暖而明亮的，开阔而跳跃的。

那是火车上一双少年的眼睛贴着车窗望着的那些间或出现的，令人欣喜的陌生家庭里透出的灯光，那是多么浪漫的而令人遐想的灯光。

有时会隐隐传来那个家庭里的人们聊天谈话的声音，朱小奇曾经幻想着那个家庭是什么样子，他们可能贫穷而善良，但是他们有一个美丽的女儿，她在等他，而他会突兀而又自然地走进那个家庭，他会改变他们的人生，他们也会改变他的人生。那曾经是多么美的灯光！

朱小奇抬起头来，望向天空。他这才想起自己已经很久没有有意识地、认真地看一下天空了。

今晚的云彩似乎很亮，薄而明朗，星星遥远地闪烁着光芒，于平常之中隐藏着巨大的神秘，宇宙与人是什么关系呢？宇宙产生之前是一幅什么样的情景呢？宇宙诞生于一场大爆炸？那将是一个什么样的壮观的画面？但是，没有人，没有一个独立意识的存在，这些又有什么意义呢？它在与不在？

朱小奇坐在狭小的阳台里，周围是压迫似的灯光，上面是无边的夜色，从他的身边飘出一缕缕淡淡的、若有若无的烟雾，顷刻间就消散在夜风里，无影无踪，而就在不远处的一个地方，也有同样类似的画面，在更远处的更多地方，有更多的同样类似的画面，他们重叠在这宇宙间狭小的区域，像风吹过的水波，不断荡漾地一层层地出现，又不断荡漾地一层层消失，似乎从未开始，也从未结束。

朱小奇回到房间打算睡觉的时候，已经十一点多了。躺在床上，他的脑子仍然像煮沸了的水一样，咕咕嘟嘟地翻腾不已，辗转反侧了许久，朱小奇才逐渐进入了睡眠。

6

支离破碎的梦境又抓住了朱小奇，他在梦里东一个场景西一个场景的情节里奔波不休，似乎毫无关联，然而又似乎结合得天衣无缝，水到渠成。

直到天亮时，他才似乎进入一个令人舒心而甜蜜的梦境。朱小奇似乎天经地义般地遇到一位美丽的女孩子，他不认识她的脸，然而看得很清晰、很亲切，他们自然而然地说话，搂抱，亲吻……她一直看着他笑，温柔而淘气，慈爱而娇嗔。

朱小奇在最后的一刹那突然一下子醒过来，他不禁颇有些遗憾。他仔细回忆着那个女孩子的样子和动作，他很想抓住这个如此逼真的梦里的一些痕迹，让她在自己的记忆里多保留一些时间，然而似乎越想越模糊，她的一颦一笑越来越淡，越来越远，似乎只有三分钟的时间，就已经消失在他记忆的汪洋大海里了，朱小奇不禁怅然若失。

　　这时，门外响起了开门的声音，朱小奇打开灯一看时间，已经七点钟了，黄恬恬每天走得比朱小奇早半个小时，她已经起床了，朱小奇也决定起床，还是让冷战快点儿结束吧。

第十八章

领导送别宴上的人生百态

1

事情还是按照其固有规律而发展，个人只能顺势而为，不管朱小奇怎么想，王力琛还是顺利地当上了营销中心总经理。

喻晓翔走马上任之际，也就是王力琛接棒高升之时，当然，在王力琛的心里，很可能这个位置早在田海军离职以后就已经应该是他的了，喻晓翔纯属是硬插了一杠子，空降锻炼，害得他又谨小慎微地忍了几年。

喻晓翔正式回香港的前一天，营销中心内部总监以上的五个人组了个局，主题是为喻总送行，当然，也顺带庆祝一下新领导上任。

当天王力琛特意定了"春满园"，这是鹃城一家老牌子的高档粤菜酒家，以价格高、环境佳、菜品好著称，他还带来一箱 6 瓶装的茅台，号称是"自己的"，不算违反规定。

朱小奇知道这帮做一线销售的，平时开会喝酒基本点到为止，但如果情况需要，真拼实力喝起来，个个都是英雄好汉，因此笨鸟先飞，提前吃了一片胃黏膜保护片，这是他自己总结的灵丹妙药，比起市面上名目繁多、花样百出的各种所谓解酒药顶用多了，说到底，胃黏膜保护才是最重要的，减少酒精在胃内的直接吸收和对胃的直接刺激，机理明确，作用显著。

但是饶是如此，朱小奇也不禁暗自咂舌，心说："好家伙，上来就这样，这是明显要喝到位的架势啊！"

酒席宴上，喻晓翔开篇明义，表示一直与力琛总说想和几位一起坐坐聊聊，平时接触最多，工作承蒙各位大力支持，大家年龄也相仿，管商务的总监老郭是六八年的，其他都是七零后，都是一代人，同事加兄弟，好好聚聚，前几天仪式性质的酒局太多，一直拖到现在，大家今晚不要客套，放开随性啊。

喻晓翔又说："本来说我以私人身份请大家聚聚呢，力琛总非要他请，拗不过他呀，后来一想，我现在正式的身份是'客'，所以也就客随主便了。"王力琛哈哈一笑，说道："那是那是，怎么能让您请呢，这几年您对我们哥几个照顾有加，在您的领导下，我们无论是工作业绩和个人素质，特别是个人的视野那是大大提高呀，来，哥几个，我们先敬喻总一杯。"

大家齐声赞同，纷纷举杯起身，喻晓翔也站起身来，与大家一一碰杯致意，随后大家一饮而尽。第一杯放下还没吃两口菜，喻晓翔就又举杯向大家表示感谢，大家又是举杯相碰，一饮而尽。

几轮礼节式的集体行动之后，酒局进入了集体聊天的环节，大家开始向喻总询问起有关长信集团的前生今世、业务范围、战略发展以及人事架构，喻晓翔一一作答，基本上知无不言，言无不尽。

这个话题一结束，喻晓翔就开始了第一轮的打圈敬酒，从王力琛开始，边聊边与各位依次碰杯相敬，话题也进入了对当前经济时事的一些评论中。

近期席卷全球的经济事件，由美国开始发生的次贷危机成了大家首先涉及的话题。

商务总监郭立峰第一个挑起了这个话题，他认为这一波次贷危机肯定会波及中国，当前欧洲经济几乎都受到了影响，日本经济也受到了严重的牵连，中国估计就在今年，股市和房地产都会面临严重的衰退，引发经济动荡。

"现在已经有所苗头了，股市一直在持续下探，房地产也出现了几年来难得一见的下跌趋势，'山雨欲来风满楼'啊！"老郭说罢，故作凝重地点了点头，把话题的内容从表情、视野到论点都拔高了一个量级。

一桌人都不禁露出了会心的笑容，大家都知道老郭有这么个特点，既特别关心国际大事，又经常夸大其词，一副唯恐天下不乱的架势。分管营销人力的副总监吴天宇更是爆发出一阵哈哈大笑，搂着身边的郭立峰边笑边拍手跺脚，边挤眉弄眼，气氛一下子热烈起来。

2

吴天宇今年的生活可谓发生了质的变化，一直处于心花怒放的状态，看天天蓝，看水水清，看人人美，看花花开。

　　本来，早些年，吴天宇在同龄人中也算是命运多舛。刚进入三十岁，刚有了孩子，夫妻两人的事业也正在关键时刻的当口，就被诊断患上了再生障碍性贫血，也就是七零后都在童年少年时期所留有深刻印象的，《血疑》里山口百惠饰演的幸子所患的疾病，在这一代人的记忆里，这就是"绝症"的代名词啊！刚接到医院确诊通知的时候，宛若晴天霹雳，一家人的生活似乎一下子从天堂摔到了地狱，痛感人世变幻，苍天无情。

　　然而，随着事情一步步地发展，面对问题一步步地解决，治疗方案一步步地展开，全家又逐渐在纷乱中进入了另一种忙碌的状态，无暇他顾。而实际情况，也远比他们所臆想的要乐观许多，血液系统疾病随着这些年医疗技术的飞速发展，已经从"神秘的绝症"变成了愈后生存率相当高的疾病，虽然治疗复杂，过程艰难，但毕竟是基本可以维持治疗的重病，而非绝症。

　　经过骨髓移植及一系列的药物治疗、物理治疗等，病休了两年多，吴天宇又重新走上了工作岗位。这一场重病对吴天宇的性格和价值观都产生了重大的影响。一方面，他的身体已经不允许他再过分地争强好胜；另一方面，他的功利之心在相当一段时间内也确实淡薄了一些。

　　面临生死选择的时候，人往往一下子会觉得原来很多的你争我夺、明争暗斗都无聊至极，纯属是吃饱了撑的瞎折腾，而一些原来在心里各种纠结盘绕的欲望，现在也都觉得是云淡风轻，反倒心里更平静了一些。

　　吴天宇这些心理变化，对于人力资源这个工作而言，在某种意义上，反倒更帮助了他。他面对利益更豁达了，待人接物更真诚了，处理各种问题更从容了。疾病，特别一些重大的疾病，在折磨人的身体的时候，往往也是对人精神上的一次洗礼，使人心明如镜，身轻神澈，世事洞明，天高云淡。

吴天宇的这些变化，加上之前的工作资历以及人脉资源的积累，还有就是出众的演讲能力，使他在众人之中反倒脱颖而出，在之前的人力总监调到下属企业担任总经理之后，组织架构随之相应调整，吴天宇赢得了公司人力资源副总监的位置，并且还是分管公司最重量级的业务部门——营销中心。

自己的事业渐入佳境，而老婆的事业更是如日中天。这倒不是说他老婆的职位或者能力有多厉害，而是她遇到了一个好的平台。正所谓"好风凭借力，送我上青云"。

吴天宇的老婆和他是同一所院校毕业的，吴天宇学的是计算机，他老婆学的是法律。吴天宇毕业改行来到了这家著名的药企，而他老婆则应聘进入一家规模较小的高科技公司，说是负责公司法务，其实什么都干，就一个打杂的。

他老婆开始还有些抱怨，尤其是看到吴天宇每天气宇轩昂，一会儿学习一会儿培训，一副正规军的派头，颇有些羡慕。然而世事多变，三十年河东三十年河西，尤其是在当下飞速发展的中国。几年过去之后，吴天宇基本还是那样，公司也变化不大，而他老婆虽然又生孩子，又要照顾吴天宇，相当一部分精力分给了家里，毕竟即使是现在，大部分女性的定位仍是以家庭为重，但她所在的公司的变化可谓是天上人间，十几年时间，已经一跃成为整个中国通信领域的翘楚。特别是在今年，2008 年中国春节的大年初一，更是完成了在纳斯达克的上市，股价受到全球投资者的追捧，一飞冲天。

吴天宇的妻子虽然不是什么重要管理成员，但入职早，资历老，因此名下亦有股份，虽然很少，但对于打工阶层的人来说，如果变现，也已经是天文数字了。

于是，像做梦一样，吴天宇一下子又进入了另一个生活坐标。这两三个月里，吴天宇都沉浸在一种幸福与感恩的、让世界充满爱的正能量的心灵鸡汤里，身体里的每一个毛孔都是通透的、熨帖的、轻灵的、舒畅的。

沐浴在这种生活充满阳光的状态里，吴天宇一阵哈哈大笑，调侃了几句老郭危言耸听之后，开始表达自己的观点。

吴天宇认为世界的发展和人的发展一样，都要讲"势"。这是一种能量，一种在复杂规律下、综合作用下蓄积的能量，基本等同于一般而言的命运或国运。

"所以，以当前的世界形势看，一时的徘徊和曲折，恰恰为我们提供了上车的机会，抓紧吧，同志们！"吴天宇声音洪亮，气势磅礴，一番慷慨陈词，掷地有声。大家都应景地拍手叫好。

3

朱小奇在跟着起哄叫好之后，也争着插入了话题，开始表达自己的观点。实际上，这一阵忙忙碌碌，朱小奇还真没太关注所谓的次贷危机，但是朱小奇很喜欢讨论这些话题，而又自认为很有思想，所以急于想表现一下。

朱小奇说："从大的方向看，同意吴总的判断。从历史经验看，也确实如此。中国加入 WTO 的时候，国外一心想着如何更好地占领中国的市场，打破知识产权、金融等各项封锁，国内一些'经济精英'也危言耸听，说得头头是道，从中国银行业的前生今世说到不良贷款的岌岌可危，都说国外银行进入之时，就是中国银行业的倒闭之日。

"但结果呢？中国的银行业不但纹丝未动，并且蒸蒸日上，国门打开了，冲击了一些企业，但更多的企业脱胎换骨，更有一大批民营企业如雨后春笋般蓬勃生长起来，中国不但没有被冲垮，反倒一跃成为世界的加工厂。

"因此，这次估计也不会有例外，中国非常可能利用这次机会，排兵布阵，挑战美元的霸主地位。

"但是，话又说回来，中国之所以能做到这些，也正在于政府强大的管控力，也就是说，关键时刻能够以整体的利益出发，而果断迅速地壮士断腕，当然，这也就意味着牺牲一部分群体的利益。

"因此，总体上说，中国一定会在风雨中更加强大，但对于个人而言，如果一旦被飞速的列车抛下，甚至搭错车，那就是悲剧了。

"从这个角度上说，今年一定会有一些行业、企业比较困难，当然，医药行业，特别是中药行业除外，这正是乱世的避风港。

"对于投资而言，因为有奥运会要召开，因此股市应该不会太差，至于房价呢？趁机跌一些，也让老百姓高兴一下，当然，也不会跌太多，那样银行可能面临巨大的挑战。"

"所以呢，"朱小奇总结道，"我认为，我们公司会相对变得更好一些，因为其他公司可能会变差，特别是外向型企业，而股市也不会有太大的行情，毕竟刚走完一波，但也不会太差，因为还有奥运，怎么说太惨了也不合适。如果有股票呢，就拿着，如果没有，不买也可以，现金为王。至于房子，已经这么贵了，有需要、能买起就买，没需要也别乱动。一句话，现金为王是主旋律吧！"

朱小奇端起茶杯喝了一口茶，准备结束自己的这番演讲，然而就在这时，突然又有一个想法跳到了他的脑海里，于是，茶水才勉强被他从嗓子眼里咕噜一声咽下去，趁着大家七嘴八舌的议论还只是刚起来一个苗头，没有汇集成明显的声浪，朱小奇就忙着又补充了一句："当然，黄金也许是一个稳妥的选择。"

朱小奇的话音一落，一桌人又互相讨论起来，这时，王力琛举起酒杯，用杯底在前面的玻璃转台上敲了几下，说："好了，好了，你们几个胡说八道的也差不多了。要我说，第一，好好干活，自己的业务能挣更多的钱，大家的收入才能涨；第二，咱们集体再敬喻总一杯酒，喻总的视野高，资源广，信息灵，大家一起讨教一下喻总的高见。来，喻总，哥儿几个再敬领导一杯。"说罢，王力琛带头与喻晓翔碰了一下酒杯，于是，众人纷纷起立，又一一与喻晓翔碰杯致敬。

4

等众人落座以后，喻晓翔首先客套了几句，说："酒桌上的谈资，大家都是随便聊聊，我也不懂，权当助兴啊，姑妄听之，姑妄听之。"说罢，向大家挤了挤眼睛，哈哈一笑，众人也都迎合着一边笑一边点头。

喻晓翔略微沉吟了一下，脸上的态度明显认真了一些，开始了自己的论述：

"首先，金融某种意义上还是一门社会学科，因此虽然我们不懂很多专业的细分知识，但可以尝试着用朴素的基本道理去揣摩一下、理解一下，并且，基本道理往往是最接近真相的，因为大道至简嘛。

"好了，顺着这个思路我们去想一下，美国的次贷危机的本质是什么？我认为，其实，归根结底是信用危机。这一点，我认为郎咸平说得对，资本主义的经济体系的基础是商业信用的建立，所以次贷危机的本质其实就是当金融杠杆因为对经济发展的过度良好的期望以及掩藏在人性背后的贪婪而过度应用发生断裂的时候，因为商业信用，基金也好，银行也好，必须为自己的信用负责，承担后果，赔偿不起就倒闭，因此引发了一系列的金融危机。

"而中国呢？坦率地说，从国家层面上说，我们的商业运行基本上不是靠的商业信用，而是政府管控，也可以说是国家信用。在过去，我们的银行呆坏账率那么高的时候，都没有发生金融系统的挤兑风险，今天有什么改变了吗？我们的政府对银行的管控力下降了吗？我们的政府对经济命脉的掌握变弱了吗？没有！别忘了，中国经济的命脉还是国企，政府对经济的掌控力依然是相当强大的。

"因此，从这个层面上说，中国绝对不会产生像国外那样，出现大量金融机构破产的事，也可以说，中国绝对不会发生金融危机，因为我们没有发生金融危机的基础。

"那么，是不是说这一波儿次贷危机对中国就不会有影响呢？也不是。

"我们可以这么想，美国现在会怎么办？这一点相信是比较明确的，美国一定会利用自己美元霸主的地位，多印钞票，一方面挽救自己的金融系统，一方面向全世界输出通胀，以缓解自己的贬值压力。

"而中国会怎么办呢？中国别无选择，必须降息，必须印更多的钞票，因为我们的人民币不能升值或升值太快，那样中国的外向型经济会面临更大的灾难，中国世界加工厂的地位会面临严峻的考验，而现在我们的内需乏力，这步棋在这个时点上，没人敢赌。

"那么钞票多印了，会导致什么呢？还是那个逻辑，我们只想最最基础的道理，货币的购买力一定会下降，资产，特别是不可再生的资产一定会升值，特别是房产，因为房地产的吨位足够大，并且是不动产，周转相对慢，对经济的损害相对小，相对滞后。

"并且，大家想想看，真正能炒房地产的有多少人呢？还是少数，大自然最基础的定律之一——二八定律，20%的人能做的事一般都是赢家，因此，房地产不会跌，反倒涨的概率很大。

"股市呢？非常不好说，作用因素太多，因此我们不妨再回到股市的基础逻辑。

"这几年，中国股市的基础逻辑是什么呢？大家都知道，中国股市的涨落与经济的发展无关。吴敬琏说中国的股市就是一个赌场，只不过有些人能看到别人的牌。好了，老爷子可谓一针见血，那么，这是一个什么样的赌局呢？

"二八定律，这是一小部分人收割大部分人财富的游戏，那么去年到现在刚刚割韭菜割得如此之丰富，是不是应该歇一歇，让韭菜也长一长呢？"

喻晓翔滔滔不绝，一口气说了这么多，这时缓了一缓，喝了一口茶，然后又冲大家笑了笑，说："雾里看花地说了一通，总结一下吧。第一，我认为，金融危机在中国绝对不会发生；第二，中国一定会印更多的钞票以应对美国的通胀输出，在这个条件下，房地产涨的概率很大，股市休养生息的可能性更高一些。当然，力琛总说得对，好好工作才是硬道理，大家还指着这份工作养家糊口呢，而公司也要仰仗各位再上层楼！来，我敬大家！"

几个人一边应声和领导碰杯，一边不约而同地赞叹领导高见。朱小奇是打心眼里佩服喻晓翔，他觉得自己在分析问题的时候总是不能把各种信息清楚明白地理解到位，似乎总隔着一层雾，因此非常容易受他人的影响。

他真是服了喻晓翔，似乎一下子就能找到问题的主要矛盾，而且又总能用最通俗、最简单的道理讲明白，他是怎么做到的呢？

随着大家共同话题告一段落，以及酒精已经充分点燃了每个人的情绪，酒局随之进入了以喻晓翔为核心的捉对散打状态……

第十九章

酒后迷思　朋友慰藉与职场风云

1

　　朱小奇第二天醒来的时候，一时之间不知身在何处，朦朦胧胧觉得自己不知睡在什么地方的宾馆，他想：自己这是在哪个城市？在哪儿出差？

　　朱小奇动了动身子，才发现自己睡在沙发上，环顾四周，看见对面电视柜上两个对称放置的深蓝色花瓶，闪烁着熟悉的光泽，头顶前方阳台窗户挂着的紫色窗帘，散发着温馨的气息，才确认自己是睡在自己家里的客厅，直到这个时候，他的记忆似乎才从一片混沌中找到一个明确的坐标，一点儿一点儿地清晰起来。

　　"昨晚是营销中心总监级别以上的人给喻晓翔践行喝酒，自己喝多了，断片儿了。"朱小奇在大脑里给了一个对当前情况最合理的解释，仿佛自己已经灵魂出窍，必须有一个更清醒的自己来扮演一个更公允的第三方来总结判断一样，下意识地以故作笃定的口吻在心里默默地宣布了这一应该正确的结论，又不由自主地反复在脑海里推敲印证了几遍，这才神明复位似的用不容置疑的口吻，并且用力点着头，告诉自己确实如此。

回过神儿来的朱小奇蜷缩在沙发里，一阵空虚困倦，下了好几次决心，嘴里默念着："数到49就起来，数到72，哎，还是再来一次，数到81，要不再来一次吧，数到……"然后猛地，像是谁在旁边用电棍电击了他一下，一骨碌从沙发上坐了起来，发现自己昨晚只脱了一件外套，穿着毛衣开衫，裤子袜子都没脱，浑身上下像是被注满了积水，既不吸收，也不流动，迟滞而沉重，朱小奇又仔细感觉了一下，似乎并没有像往常一样一顿大酒后出现头痛恶心的症状，只是觉得脖子僵硬，也不知是栽在沙发的角落里窝久窝坏了，还是喝酒喝得颈椎出现毛病了，或者二者兼而有之。

朱小奇第一个下意识的举动是准备戴上眼镜，赶紧开始干正事，却发现眼镜怎么也找不到，弓着身子，脸恨不得要贴在搜寻物体的表面，地上、沙发、茶几、桌子、鞋柜、洗手间，一阵摸索，钱包在裤兜里硬硬的还在，掏出来一看，身份证、钱、银行卡都没少，外套挂在一进门的衣架上，手机在茶几上静静地躺着，朱小奇像一只慌慌张张的猎狗到处"乱嗅"了一番，才发现眼镜居然被挤进了沙发的缝隙里，不禁心里一阵七上八下，及至检查了一遍，眼镜居然完好无损，不由舒了一口长气，嘀咕了一句："贵的果然质量好。"

戴上眼镜，朱小奇急忙拿起手机，一按才发现手机没电了，插上电源充上电，打开手机，朱小奇努力翻检着，看看有没有昨晚留下的痕迹，未接来电显示一连几个都是黄恬恬打来的，短信连着几个也是黄恬恬的：什么时候回来，为什么不接电话？最后一个短信是黄恬恬早上七点半留下的：昨晚你喝多了，十二点多快到一点回来非要睡在客厅，我先上班去了，醒了给我发个短信。

朱小奇回了个短信，报了平安，用力伸展一下紧涩的四肢和腰部，坐回沙发上，向后仰靠着身体，双眼直愣愣地望着天花板，努力回想着昨晚发生的一切，却发现自己的记忆只停留在喻晓翔发表完对于当前经济形势发展判断的观点后，自己似乎又与吴天宇讨论了一会儿对具体股票的看法，好像是分析了一下关于丰原生化这只股票，其余却怎么也想不起来了。

朱小奇这会儿深刻感受到了人们说脑子生锈了形容得真是贴切，只觉得自己的脑子像一部停止运转的机器，似乎忘记了怎么运转，一有动的打算，就发出咔嚓咔嚓的声音。

目光从天花板移到客厅沙发对面墙上挂着的闹钟，时间已经是早上八点四十分了，朱小奇机械地看着秒针一下一下地走着，走着，嘀嗒——嘀嗒——钟表的声音似乎越来越大。

不知怎么的，朱小奇一下子想起了上小学的时候，自己有一次感冒在家躺在床上，发起高烧，缩在被子里，就是听见墙上的闹钟声音像这样越来越大，似乎敲得与心跳发起了共鸣，只衬得周围一片寂静，仿佛世界上只剩下这一下一下闹钟的声音，又仿佛世界随着这一下一下闹钟的声音离自己越来越远，越来越远……

闭上眼睛，陷入在如沼泽般的梦境里，朱小奇莫名感到一阵的辛酸无力，寂寞空虚，不知所以，他蓦然想起李商隐的两句诗：此情可待成追忆，只是当时已惘然。一时之间，朱小奇觉得自己活得真是没意思透了，浑浑噩噩，醉生梦死，行尸走肉。他真想痛痛快快睡一觉，逃离现实中这一切，说不上有多坏或者坏在哪里，只是觉得不知如何发泄，如何心安。

像是一阵风吹过，天空一片云朵映照进平静的湖面，沉睡的水波有了一丝皱褶，朱小奇的脑海里若有若无地闪现出一些画面，他依稀想起自己昨天好像举着酒杯与喻晓翔说了很久，自己似乎搂住了喻晓翔的脖子，喻晓翔似乎笑着说他喝多了，把他按在沙发上，让服务员给他拿瓶水，他似乎一瞥之间看见王力琛阴鸷的眼神，似笑非笑，不屑与嘲讽……

朱小奇的心里掠过一丝不安，他想：王力琛刚当上领导，一副阴晴不定的模样让人难以捉摸，今天还是早点儿赶到公司比较稳妥。

2

迅速地冲了个澡，洗漱完毕，担心酒劲儿未过，朱小奇打了一辆出租车去公司。在路上，他全身的神经系统似乎才从酒精的麻醉中复苏，脑袋一跳一紧地疼，胃胀得厉害，心里感觉不明所以地慌乱，焦灼烦躁得不知如何是好，这是他之前没有出现过的症状，朱小奇有些紧张，紧盯着窗外，他希望赶紧赶到公司，毕竟那是一个熟悉的地方。

到了公司，快步来到自己的办公室，朱小奇仍是烦躁不安地来回踱步，不由自主地，他去到洗手间，刚一进去，一阵恶心，关上门，朱小奇哇的一声就吐了出来，吐了好一阵儿，朱小奇才直起腰来，感觉神清目朗了不少，心里对昨晚的表现好一阵懊悔，真是何苦来哉！

朱小奇定了定神，回到办公室漱了漱口，强忍住心中的不情愿与别扭，还是决定先去王力琛的办公室打个招呼。

来到门前，发现门关着，旁边办公室问了一下，说是力琛总去广州出差了，可能要一两天回来。朱小奇不禁长舒一口气，心安了半截。

还是对昨晚的表现不放心，想起商务总监老郭这个人哪怕天上下刀子也不迟到，简直不像是个做业务的人，和自己也还不错，就一转身下一层楼，直奔郭立峰的办公室。

老郭果然在办公室，一脸的疲惫，朱小奇一见他，开门见山自嘲道："昨晚喝多了，断片儿了，都不知怎么回去的，一早上起来，没脱衣服睡在客厅，反应过来就是吐，硬挺着跑来公司，结果一来接着吐，这下真搞惨啦！你怎么样？"

"我也喝大了。"老郭笑嘻嘻地说，"昨晚半夜起来就吐了，老婆上早班，把我一顿臭骂。"

朱小奇知道老郭的妻子是市儿童医院的医生，公司有孩子的同事平时都没少麻烦她，工作忙，责任重，做事干脆利索，雷厉风行。

"是，不怪嫂子，她平时那么忙，好不容易晚上踏实睡会儿，再被你这么一搅和，应该生气，应该训你，咦？对了，我们昨天怎么回去的？我没丢人现眼吧？"

"怎么回去的？不知道，你们还在喝，我就被司机小赵给架走了。

不多才怪，5个人，还有一个不喝的，喝了6瓶，要不是茅台，估计今天直接送到医院打点滴去喽！"

得，朱小奇心想，这哥们儿是问不出什么了，打了几句哈哈，朱小奇又一拐弯来到了吴天宇的办公室。

朱小奇进来的时候，吴天宇正在一块白板上画着什么。一看见他，就笑呵呵地说："怎么样？昨晚喝多了吧，给你泡茶。"

朱小奇知道吴天宇虽然是东北人，但来了广东之后，入乡随俗，泡茶的设备器具搞了个全套，一有客人来聊天，只要不忙，一定是奉茶侍候。

朱小奇边坐边把昨晚的惨状又添油加醋地描述了一遍，看着吴天宇手法娴熟地烫壶、倒水、置茶、注水，拿起放下倾倒注绕，干净利落，一气呵成，简直像专业的茶道师。

朱小奇接过他递的一杯铁观音，放到嘴边，尚未入口，就赞了一句"好香"，喝了一口，在嘴里象征性地咂摸了一阵，勉强围绕着铁观音向吴天宇求教闲聊了几句，一来朱小奇实在是不善此道，二来今天心有旁骛，不一会儿就沉不住气地问道："我昨天好像拉着喻总说了好多，八成说错话了，自己倒是忘了个一干二净，吴兄不喝酒，昨晚我净胡说什么了？"

"没有吧。"吴天宇连个奔儿都不打，顺嘴就说，"你好像是说了不少，不过昨晚都喝多了，哪个也没少说，再说，喝酒不就是吹牛撒欢儿吗？酒桌上的话，谁也不会往心里去。"

"主要是觉得这是给喻总送行，而且昨晚实在是喝得太多了，原来我倒是不担心，喝多了一个劲儿夸人，可自从去年起，好几次喝完酒都胡说八道，真是烦人，关键也不知道啥时候就失去控制啊，这万一说点儿什么不中听的，多给领导添堵。"朱小奇自开门户，进一步探寻究竟。

"怎么会呢，你想多了。"吴天宇仍是张嘴就来，"喻总那人你还不知道，性情得很，再说了，他应该是喝得最多的，大家都围着他争着喝，争着说，一个接一个的，早被你们吵晕了，哈哈。"

"那怎么我好像觉得力琛总瞪了我一眼？"朱小奇直奔主题。

"没注意，力琛总也喝多了，我都被你们拉着说来说去，酒气声浪，搞得晕头转向，脑袋现在都还犯迷糊呢，何况你们几个。再说，力琛总搞业务的，什么场合没见过。哦，对了，"吴天宇喝了口茶，缓了口气，问道，"听说你主抓的芪苷 RA 注射剂项目的总负责人是个心血管的院士，我老妈高血压本来一直很稳定，最近总是头晕心慌，市里医院看了几次，换了药还是那样，能不能麻烦你给问问？"

朱小奇没辙了，心想吴天宇这个人情商是真高，滴水不漏，显得自己患得患失，太小家子气，不能再问了。

于是朱小奇断了一探究竟的念头，踏踏实实又和吴天宇聊了十来分钟给他母亲看病以及课题进展、人手不足的话题，起身告辞。怀着难以释怀的不安，回到了自己的办公室。

3

半掩着办公室的门，基本上只留了一条缝儿，朱小奇仰靠在沙发上，酒后难受的症状再一次漫袭了上来，像岸边的海浪，一波未平，一波又起，头痛，恶心，肌肉酸痛。

朱小奇抬了抬手腕，看了看手表。

这款手表是去年黄恬恬单位组织欧洲旅游时，在巴黎给他买的那款豪雅卡莱拉表，表本身挺漂亮，正是时下流行的大表盘儿，精钢表壳经过抛光处理后闪烁着银色的光泽，搭配着黑色蛋白石表盘，黑色陶瓷圆环和红色、银色的测速刻度，明暗相得益彰，冷眼一看，似乎有些璀璨之风致。

但戴在朱小奇的手腕上，越发显得朱小奇的胳膊太细了，并且也确实是大，表链儿已经拆到很小了，戴着还是有点晃荡，经常显得有些歪歪扭扭。

时间已经是十一点四十七分了，正是公司员工吃午饭的高峰时段，周围传来了零乱的脚步声和含糊不清此起彼伏的谈话声。

朱小奇一想到吃饭，胃里不禁又泛起了一股酸水，又进一步联想到酒，更是一阵恶心、痉挛，干呕了两下，差点儿又吐出来，估计胃里也实在是没什么东西了，只泛上来一些消化液，灼得朱小奇的嗓了一阵疼痛，鼻涕眼泪一下子冒了出来。

朱小奇难受得一个劲儿不由自主地摇头，直想呻吟两声发泄一下，正在这时，伴随着咚咚两下敲门声，门被推开了一点儿，徐悦明的头探进来大半个，脸上笑嘻嘻的，戴着眼镜都能看见两个小眼睛眯成了一条缝儿，半是疑问，半是关切，小心翼翼地问："头儿，没事吧？去吃饭吗？"

朱小奇招手示意让他进来，摇了摇头，说："昨晚给喻总送行，喝多了，从家里一直吐到公司，刚才听见你们说吃饭，差点儿又吐了，现在好像直起腰来都费劲儿。"

朱小奇也趁势下了决心，"我还是回家休息一下吧，跟大家说我出去办点儿事，公司有什么事儿你随时给我电话。"

"好的，好的。"徐悦明连声应和，"回去好好休息一下吧，头儿，你这会儿的脸色确实不太好，有点儿发白啊。"朱小奇说："恐怕是，折腾了一宿，想来也好不了。"关上门，和徐悦明一同向外走去。

出门的路上，徐悦明探询着问："头儿，喻总走了，对我们的业务不会有什么影响吧？力琛总对我们这儿一直冷眼旁观，不阴不阳的态度，会不会收拾我们呀？"

朱小奇知道徐悦明一直是这种比较爱打听、八卦的性格，和自己混得又比较熟，说话向来比较随便。

暗想这家伙说的也正是他这些天所担心的，但是朱小奇这个时点上又能和他怎么说呢？何况朱小奇这会儿正难受着，于是拍了拍徐悦明的肩膀，简单回应了一句："应该不会的，他当领导了，这会儿的视野不一样了。"

朱小奇拒绝了徐悦明开车送自己回家的好意，让他在公司盯着点儿，有事儿随时打电话。他打了一辆出租车，又回到了家里。

4

一到家，朱小奇就换上了睡衣，准备尽量安安静静地睡上一大觉，好好休息一下，赶紧缓过来，但身体的不舒服丝丝缕缕，缠着不放，精神上的不安也暗流涌动，怎么也不肯退去。

朱小奇翻来覆去怎么睡也睡不着，索性爬起身来，走到客厅，从厨房的冰箱里拿了一罐王老吉，坐到沙发上，打开电视，拿着遥控器漫无目的地搜索着，恰好搜到央视电影频道正在播放一部莱昂纳多·迪卡普里奥早期的电影——《男孩的生活》，影片的色彩、配音或是演员似乎与他冥冥之中自有缘分，朱小奇一下子就看了进去。

时不时地抿上一口王老吉，凉凉的似乎舒服了不少，朱小奇全神贯注地看着电视。

影片描述了一个青春期叛逆男孩成长的故事，少年托比（莱昂纳多·迪卡普里奥饰）与离了婚的母亲卡洛琳（艾伦·巴金饰）到处闯荡，其间托比到处闯祸，母亲在到处奔波的时候，一半是寻求安稳，一半是性之所至，又和一个男人组成了家庭。

托比上了新中学，但闯祸依旧，并且与继父矛盾重重，母亲这次找的男人是一个不折不扣、盲目自高自大、内心狭隘龌龊的渣男。

卡洛琳在儿子与新任丈夫的矛盾之间摇摆，处理得异常谨慎和彷徨。但在最终丈夫与儿子矛盾激化至拳脚相加的时候，幡然醒悟，用工具一下打倒了这个渣男，并且毫不留情、酣畅淋漓地一顿痛斥，揭下了这个表面自以为傲，实则自卑懦弱、心胸狭隘的家伙的所有伪装，看着这个身体强壮、内心软弱的家伙在真相被血淋淋地剥开后颓然倒地的模样，卡洛琳带着儿子托比充满斗志地走向了新的生活。

彼时的迪卡普里奥少年英俊，清秀冷峻，眼神干净而青涩，活脱脱一个叛逆美少年。

但此刻的朱小奇的注意力却全被艾伦·巴金饰演的卡洛琳的光辉所夺去了，也许是心境使然，也许是心性相吸。

卡洛琳的音容笑貌深深地打动了朱小奇，成为此后他人生难以泯灭的印记。有犹豫，有忍受，有妥协，有哭泣，有自轻，有迷失，但总在命运最关键的时刻清醒，最低谷的时候坚强，最穷途末路的时候充满斗志，最困顿潦倒的时候神采飞扬。

艾伦·巴金演绎的卡洛琳带有神经质般的笑容，夸张的喜悦兴奋，谜一样的强烈地吸引着朱小奇，他能感受到卡洛琳像婴儿般的蓬勃旺盛的生命力，像雨后吱吱向上顽强生长的小竹笋，像一群嗷嗷嚎叫的从高高的礁石上向着汹涌澎湃的大海一跃而下的企鹅，像炎热夏日里突然来临的一场倾盆大雨，势不可当，生机勃勃。

沉浸在影片带来的兴奋里，朱小奇感觉好多了，他这会儿简直有点儿高兴了，也许他幻想着他就是卡洛琳，而那个渣男正是王力琛。

朱小奇略带惬意地拿起王老吉，小口长饮，让那股冰冰凉凉从他的嘴里一直流到他的胃里、心里，四肢百骸，甚至每一根头发丝儿。

正在这时，手机叮了一声，朱小奇按开手机低头一看，是孙志宏发来的短信：小奇，我明天到鹃城开会，晚上有时间一聚，志宏。

"这家伙！"朱小奇不由自主地兴奋地嘀咕了一句，这下他心里的阴霾暂时彻底地烟消云散了，心情也愉悦起来。

5

和孙志宏的饭局朱小奇订在了北海渔村，这是鹃城一家老牌儿的粤菜饭馆，味道不错，价格也比较亲民。朱小奇还叫上了研发部自己原来的上级高旭晨，想着看看他们是否与孙志宏能有一些技术上合作的机会。

第二天晚上，三个人如约而至，朱小奇点菜还是颇动了一番脑筋，他想尽量突显鹏城的特色，让孙志宏尝尝鲜。陈皮排骨、盐焗鸡、啫啫鸭舌、粉丝蒸元贝、豉汁炒蛏子王、白灼九节虾、椒盐濑尿虾、温拌海螺片、蒜焗深海大鱼头、椒丝腐乳炒通菜，全是当地的特色菜，一样一个做法。

三个人吃得很高兴，特别是孙志宏，一个劲儿夸菜真好吃，虽然朱小奇昨晚一场大酒喝伤之后，今天只带了一瓶低度的天之蓝，喝得也小心翼翼，但是三个人三观挺合，又都是做技术出身的，共同话题也比较多，因此相谈甚欢。

吃完饭，高旭晨先回去了，朱小奇一看还不到九点，又知道孙志宏爱玩儿，并且精力充沛，所以想着两个人一块儿再去哪儿玩儿。

无奈朱小奇对鹏城的娱乐场所知之甚少，想来想去也是个唱歌，可这个点儿了钱柜 KTV 根本订不上，彼时正是钱柜火得一塌糊涂的时候，想起附近有家叫高原红的 KTV，音响也还可以，就是规模、装修和钱柜没法儿比，于是打电话让手下负责商务的小吴在高原红订了一个房间，两个人步行前往，边走边聊。

路上，朱小奇一想：两个人唱歌人确实有点没劲儿，并且高原红是个量贩 KTV，又不是夜总会，孙志宏还是个以生活丰富多彩著称的人，玩得不尽兴也显得自己招待不周啊。

脑子灵光一闪，朱小奇想起来刚从飞机上邂逅的美女高晓筱，不知能不能约出来。

虽然今天酒喝得不多，但还是略有兴奋，另外朱小奇一时之间也想不出找谁更合适，先没有告诉孙志宏，只说回个短信，朱小奇给高晓筱发了一条短信：晓筱美女好，我的一个老同学来鹃城，现在在长沙的一所大学当教授，人很风趣，记得你好像也是长沙的，有没有时间一起来唱歌。

几乎是同时，估计是正看手机呢，短信回来了："好呀，小奇哥，在哪儿？"朱小奇心里一阵高兴，把地址发过去。朱小奇赶紧向孙志宏报告了这个好消息，把情况一说，果然，孙志宏立刻容光焕发，兴高采烈，一副打了鸡血的模样，拍了拍朱小奇的肩膀，乐呵呵地道："哥们儿，牛！"

两个人来到高原红，先去拿了一些啤酒和爆米花、开心果、豆腐干之类的小食，又叫了一个果盘，在房间里坐着，边聊边等。

快到十点的时候，高晓筱领着一个叫张倩的女孩子走了进来，张倩梳着短头发，个子也挺高，和高晓筱差不多，但明显没有高晓筱漂亮，神色之间似乎比高晓筱成熟不少。

四个人做了简短的介绍，就开始唱歌、喝酒、玩色盅，一会儿就混得像老熟人一样。孙志宏的舞艺又派上了用场，拉着张倩一个劲儿跳，两个人搂搂抱抱兴高采烈，朱小奇不擅此道，交谊舞是彻底不会，蹦迪也是随意乱扭，摇头晃脑。拉着高晓筱跟着两个舞林高手一阵乱蹦乱跳，倒是玩了个不亦乐乎。

高晓筱也不会跳舞，朱小奇甚至觉得她的动作比自己还僵硬，不禁心想：美女，白瞎了。

四个人唱、跳、喝、玩，闹腾到十一点半的时候，朱小奇提议去喝海鲜粥，高晓筱拍手叫好，嚷着说："我最喜欢喝海鲜粥了，快走快走。"朱小奇说附近就有一家金稻园，有好多连锁店，鹃城的海鲜粥以此家为最。

出了高原红，一行四人往金稻园走的路上，孙志宏自自然然地搂着张倩的肩膀，也许是受了孙志宏的影响，也许是刚才热烈的气氛还在感染着每一个人，还有就是夜晚本身的诱惑，朱小奇也拉起了高晓筱的手，她没有拒绝，还是一副笑笑闹闹的样子。

路灯下，他们的影子被拉得斜斜长长的，朱小奇感觉高晓筱的手指有些粗，手也有些大，总之，他今天对高晓筱有了新的认识，他觉得她比自己之前的感觉还要单纯些，而且很男孩子气，有点儿直愣愣的，缺乏女孩子的风致，真是浪费了一副好身材和一张漂亮脸蛋，暧昧的情愫在朱小奇的心里渐渐退去。

来到金稻园，朱小奇点了鲍鱼龙虾粥，还点了姜葱炒花甲、三杯鸭、椒盐九肚鱼、普宁炸豆腐、油渣炒菜心几个佐菜。

朱小奇发现潮州的海鲜粥还真是宵夜的美味佳肴，他还没有遇到过有谁在宵夜的时候，第一次吃海鲜粥不是赞不绝口的，螃蟹、虾、小鲍鱼、鸡、鹧鸪，甚至是鳝鱼，这些听起来感觉有些腻的食物，经过与粥的一番同煮，加上香菜和葱的点缀，不但一点儿不腻不腥，甚至是香甜的，甚是素净，喝得胃里熨熨帖帖，很舒服。

四个人谈谈吃吃，时间已经快一点了，黄恬恬发来短信：还不回来，准备在外边过夜吗？朱小奇一想，连着两天这么晚，也难怪她生气。于是买单结账，把高晓筱和张倩送上了出租车后，朱小奇准备送孙志宏回去。

没想到，孙志宏说有人来接他。果然，话音未落，一个电话打过来，说是人到了，就在路边。朱小奇和他走到一辆别克凯越前面，只见车窗摇下，一个三十多岁模样的女的探出头来，未施粉黛，略有风韵。孙志宏简单给两人做了介绍，对方姓胡，是一个小学老师。不知他们二人是如何认识的，朱小奇心中暗道：果然是情圣。

看着孙志宏上了车，朱小奇与他们挥手作别，打车回家。

6

第二天上班，王力琛从广州回来了，好像很忙的样子，不是办公室里有人谈事，就是不在，朱小奇本来要向他汇报一下近期准备在广西片区和成渝片区开个启动会，请示一下领导的时间，一直也没找到合适的机会。

下午两点半的时候，临时通知营销中心主管以上的人员开会。

会上，王力琛开宗明义，说今年要配合集团医药板块在香港上市的计划，营销中心年初制订的利润增加 15% 的指标上调为增长 20%，为了配合这一计划，宣布两件事：一是各个片区和产品组要重新制订商业计划，硬性调整，全部上调为 20%，相应的，资源要进一步下沉向片区投放；二是其他辅助支持部门要缩减预算，硬性一律下调 10%，特别是市场部，要下调 30%，比如芪苷 RA 注射剂项目要从年初的 1400 万元的预算减为 1000 万元。

朱小奇不禁张大了嘴，插话道："领导，年初喻总刚定下来……"话一出口，不禁一阵懊悔，心想：这不是找不痛快吗？旧领导刚走，新领导刚刚上任，自己说的这是什么话。

但话已出口，泼水难收，只能硬着头皮接下去："主要是都和专家说好了，工作已经开展了，这会儿不好办呀，另外，这个品种不是要进临床指南吗？这项工作还是挺重要的。"

王力琛不动声色，看也不看朱小奇，说："还没开的片区控制规模，已经开的片区减少试验指标和会议频次，这还用我教你吗？至于和专家处理好关系，当然要处理好，那是你的事。另外，以后不能总用销售一线的同事去跑这个项目，他们有更重要的事。至于进指南嘛，这个项目要完成至少还需要一年的时间吧。"

说到这儿，王力琛的口气有了一些揶揄的成分："我已经向李总立了军令状，今年年底，最迟不超过明年 2 月份，芪苷 RA 注射剂必须进入指南，这项工作由新成立的政府事务办负责，你做好配合就行了。散会！"

朱小奇哑口无言，无话可说，他预感到王力琛上台后，自己的职业环境会发生不好的变化，但暴风雨来得这么快，他却始料未及。

第二十章

芪苷 RA 注射剂项目迎难而上与四川之行

1

朱小奇对自己在给喻晓翔践行的酒局上的表现忐忑不安还真不是多虑，他那天的表现对他的职场形象和职业发展都发生了挺糟糕的影响。

事实上，参加职场上的酒局对于有一定职位或有所追求的职场中人来说，从来都不是一件简单的事情，甚至非常复杂。

首先，事先一定要搞清楚这场酒局的目的是什么，核心主题是什么，关键人物是谁，自己处于这个酒局的什么位置，自己有什么目的，应该采取什么样的表现最为得体，如何借着酒精的兴奋劲儿乘兴而上、借势发挥，出色或者至少是合格地表演自己的角色，从而完成每次酒局的"任务"。

其次，参加这种酒局时自己的身体和精神状态也很重要。当一个人心事重重，或者近期一直高度关注某一件事，而这件事又不想被周围的同事、领导所知道的时候，最好找借口避开这场酒局。如果实在躲不开，一是要高度戒备，时刻警醒自己别喝多，别乱说话；二是要尽量少喝，不要主动表现，装点儿小病也无所谓；三是如果发现酒精已经开始让自己高度兴奋，别有侥幸心理，赶紧找人把自己扶走。因为如果到了这个时候再不走，大概率事件是会心有所想，话有所出，把自己的重重心事、担心、挂虑或者高度关注的事情喋喋不休地宣布于众。而选择醉倒、被人扶走，也许有点儿扫兴，但至少是无伤大雅。何况，人的地位和影响永远不像自己认为的那么重要。

总之，参加职场上的酒局，其实也是一项工作，甚至是一项非常重要的工作，这样的酒局，绝对不是一个可以随意放松心情、释放情绪，甚至是发泄情绪的地方。

其实，朱小奇那天的酒局还真是挺复杂的，老领导高升调走，新领导接棒登台，新领导率领一众既往与自己平行级别的老同事为老领导送行，对老领导的依依惜别之情当然是一个非常重要的主题，但是县官不如现管，欢迎新领导走马上任的拳拳忠心更需要在一个适当的时机充分表达，何况过去都是平级，何况过去相处还不是很融洽，更需要此时抓紧表态，人在屋檐下，又怎能不低头呢！

朱小奇就是在这样一种背景下，稀里糊涂，懵懵懂懂地参与了这场酒局，并且果不其然，把自己对于喻晓翔的佩服与他调走之后自己对于工作上的担心，缠着喻晓翔絮絮叨叨地说了好几遍，根本还没来得及敬王力琛酒，就已经喝多了！

喻晓翔和王力琛都是一斤半白酒往上的酒量，那天后来朱小奇拉着喻晓翔没完没了絮絮叨叨的时候，不大一会儿，老郭又被司机小赵半真半假地给架走了。

到了这个时候，酒局上只剩下了四个人，而吴天宇和王力琛两个清醒的人又能有多少话说，又能用多大的嗓门说话，加上朱小奇又翻来覆去地说，因此一大半儿不适合这个场合的话都被他们听了个真真切切。

坦率地说，王力琛对于朱小奇的不喜欢、工作不支持，既有性格上的原因，两个人天性不合，本来就不是一类人，也有战略上的不认同，王力琛一直认为喻晓翔对于市场部工作的重视，脱离当下中国的医药市场环境，是一个不谙世事、过于超前的举措，何况朱小奇平时对自己还是一副不尊不敬、尴尴尬尬的态度。

因此，王力琛借着总部要求配合整体医药板块在香港上市、重新申报商业计划的时机，对于市场部的整改如此之急，预算调减的幅度如此之大，对于朱小奇的打压如此之快，那天的酒局至少是起到了催化剂的作用。

而另一方面，朱小奇在酒局之上的表现对于他在喻晓翔心里的印象，也是一种减分。诚然，喻晓翔真真切切地感受到了朱小奇对他确实非常钦佩，但是就是在那天，喻晓翔把一直心里没有明确描述出来的朱小奇在职场上最大的缺点，看了个清清楚楚明明白白。

没错，内心性情和单纯是优点，特别是对做成事、做大事而言，但是身在职场，对于这样一场酒局，没有基本的判断，没有充分的准备，而对于这个级别的职位来说，这本来应该是一项基本素质。

这充分表明，朱小奇对于自己在职场上的发展缺乏强烈的向上的欲望，更没有积极、严谨的规划，很多都是凭着自己的兴趣和天性在行事，精神上过于游离，造成行动上的不一致，有时候表现得非常好，而有时候又表现得相当不成熟。

毫无疑问，处身于竞争激烈的职场，这是一个非常严重的缺点，既性情又有自己的思想，而又没有强烈的向上的欲望，这实际上就意味着不好控制，再者说，一群会来事，能力也不弱，并且一脑门子心思想向上升迁的人，每天跳着脚围在领导面前争着表现，又不是领导自己家的企业，人家凭什么就非要看上你呢？

当然，话又说回来，如果这样的人真当了领导，倒真能成为一个好领导，因为性情单纯、思维活跃才是做成事最重要的素质，古今中外，概莫能外。

2

那天会后，朱小奇被王力琛会上一桶冷水浇了个透心凉，感受着周围同事同情或幸灾乐祸的眼神，故作平静地回到了办公室。

到了办公室，朱小奇习惯性地拿出一根香烟在鼻子上嗅了嗅，淡淡的烟草香味让他的思绪平静了一些，这是上次在长沙，孙志宏扔给他的一盒黑盒装的芙蓉王。

朱小奇平时基本不抽烟，特别是在办公室，只是在无聊、心烦或需要注意力集中思考问题的时候，喜欢拿出一根烟放在鼻子前闻闻味道，或是用手夹着，叼在嘴里摆摆样子。

刚才在回办公室的路上，朱小奇已经对这件事情的发生做出了基本接近于真相的判断。他现在已经可以断定，自己在送喻晓翔那天晚上酒局上的表现，对于今天会上王力琛对市场部和自己的态度，绝对是起到了非常恶劣的作用。

再进一步想想，他其实在新老领导接班上一直表现得过于迟钝了，甚至是掩耳盗铃，盲目期盼奇迹发生，自欺欺人地认为可能不一定是王力琛接替这个位置。

其实，既然事情要发生，为什么不早点做些打算和动作呢？既然要妥协，为什么不早一点儿妥协呢？而现在，他只能承受，为之前自己的所作所为付出代价，而这些，很可能只是开始。

另一方面，朱小奇也情不自禁地自我安慰，他想：王力琛与自己的矛盾，恐怕也不是自己变个做法、表一下忠心就能解决问题的，何况真要自己一下子换一个为人行事的风格，也做不像，说不定适得其反。

行到水穷处，坐看云起时，也只能看看再说了。

朱小奇把手里搓弄，嘴里叼咬了两三轮儿的芙蓉王香烟扔进了旁边的垃圾篓里，又从烟盒里抽出一根，重复着上述的动作。

他想：除了辞职或换个部门，自己别无选择，只能执行王力琛的决定，甚至是出色地完成他的决定。

就在这时，徐悦明带头，几个在公司参会的市场部的主管一块儿敲了敲门儿，簇拥着走进了朱小奇的办公室。

朱小奇一向是打成一片的领导风格，所以部门里这几个主管和他说话都很随便，一进来，就开始七嘴八舌地发起牢骚，一开始的时候，朱小奇也加入了他们，跟着一块儿埋怨了几句，这一下火上浇油，大家愈发激动鼓噪起来。

在气氛的感染下，徐悦明撸胳膊挽袖子地建议："头儿，你领着我们去找李总吧，哪有这样干的，凭什么营销中心别的部门都是下调10%，就我们部门下调30%？再说了，芪苷RA注射剂项目是公司级的项目，是过了公司董事会的项目，请的基本上都是全国知名的权威专家，方案都订好了，说减就减，说少就少，我们这么大个公司，就这样办事吗？就这个形象吗？还搞好专家关系，这怎么搞，没法搞！"

"对，就是！""小徐说得有道理！""走，头儿，我们跟您去，人多势大！"一众人等生气也是真的，另外就是有朱小奇顶着，站着说话不腰疼，都跟着义愤填膺地喊叫起来。

他们这么一喊，朱小奇反倒冷静下来，心道：这件事情摆明了是王力琛已经请示完了李总才开会宣布的，何况，即使真有情况需要反映汇报，程序上自己也应该先单独和直接领导——王力琛对所有问题和疑虑沟通清楚，什么都不明朗，隔级还带着一群人跑到公司总裁那儿去告状，他朱小奇还没发昏到那个地步。

于是，朱小奇冲着徐悦明做了个警告的手势，训斥道："休息一会儿吧，你，真有你的，还想着揭竿而起了，出这种馊主意，是想把我趁机扳倒，自己取而代之啊？还有你们，别跟着起哄了，正好我也想清楚了，通知在家的部门同事，立刻，马上，准备开会。"众人在嬉笑辩解声中，走出了朱小奇的办公室。

3

朱小奇所负责的公司的市场部，一共有六十多人，总部有二十多人，主要是各个产品的市场经理和助理，比如，徐悦明就是他们公司负责芪苷 RA 注射剂的市场经理，主要工作是负责全国芪苷 RA 注射剂销售的学术支持，具体就是负责开展一些相关的学术研究，还有就是在各个地区举办学术会议时，负责学术内容的汇报，另外就是，有销售经理在医院进药时，如果需要，就要协同他们与医院的相关负责医生做一些学术沟通和解释的工作。而其余的市场部的人员都分布于全国各个片区，其工作内容基本相同，只不过是在相应片区负责配合总部的市场经理开展各个产品的学术支持工作。

五分钟后，朱小奇走进市场部的会议室的时候，市场部没有出差的，在公司的同事都已经整整齐齐、按照习惯的座位顺序坐好了，一看见朱小奇走进来，大家都立刻安静下来，带着询问的眼神看着朱小奇。

朱小奇在自己惯常的位置上坐好，略一沉吟，张嘴就说，似乎他已经深思熟虑了很久。"今天会上的内容，我相信各位主管都和大家说了，我就不重复了。强调一点，一时的情绪可以理解，我也有，私下里发几句牢骚也是人之常情，我也发了，但是，到此为止，因为这是公司的决定，而我们都是公司的职员。"

与大家交流了一下确认的眼神，朱小奇喝了一口矿泉水，继续说道："集团医药板块上市是大局，我们整个公司的商业计划都要重新制订，账务预算都要调整，特别是营销中心，是整个公司业绩的最重要的部门，力琛总作为营销中心的总经理，肯定要按照他的管理认知与管理逻辑进行总体布置，他的压力更大，他的部署我们首先要破除思想障碍，制订可行的具体的执行计划。"

"大家也知道，从营销中心整体的角度看，销售、渠道、商务以及新成立的政府事务部，都是业绩产出的一线部门，从我们公司产品的属性以及国内的大形势看，市场部目前还不是一个业务开拓的部门，而是一个业务支持的部门，这一点大家心知肚明，因此换位思考，即使是我，或者是在座的任何一位目前在力琛总的位置上，恐怕都会做出大致相同的决定和部署。我想这一点大家都会理解。那么具体怎么办呢？"

听朱小奇说到这儿，大家都不约而同地低下头，准备在笔记本上开始记录。

"第一，差旅、交际费用先按其他部门的统一规定，一律下调 10%。

"第二，所有项目，全部按进度最不顺利的计划进行预算，里程碑后移，付款节点后移，看看实际费用情况如何。实际上，根据研究项目的特点，每年我们的预算达成率也就是 80% 左右。

"第三，如果前两项重新计算完仍然不符合降低 30% 的要求，就按之前市场与销售各业务线达成的一致意见，从排名重要度最末的一名开始减少项目费用，注意，尽量不要删除项目，而是拉长进度，减少年内的预算支出。

"第四，具体到芪苷 RA 注射剂项目，就按力琛总减少 400 万元预算的要求，但是，试验规模和试验指标不能减少，因为修改方案必须要与丁之润院士沟通，而这个又是研究的大忌，技术上我们要坚持原则，专家维护上，我们不能冒这个险。那么怎么做呢？

"一是降低后续参加医院的层级，我们这个项目已经有丁院士本人及其医院，还有大约 15 所全国和各个地区最高级别的医院及其专家，整体项目的权威度和研究级别已经撑起来了，后续的研究医院以提供患者病例数量为最主要的职能，甚至是唯一的职能。当然，与丁院士沟通时，我们可以解释为希望充分体现试验的代表性，要考虑一些不发达地区，一些二三级医院的应用情况，这样研究数据更具有代表性，更利于推广应用。

"二是减少会议频率，这一点既然力琛总提出来了，我们就照做，实际上很多会议本来就是销售一线提出来的与专家沟通交流的手段，甚至是想充他们自己的一些费用，从研究的层面看，确实根本也不需要开那么多的会，我们正好省省劲儿。

"三是减少差旅频率和交际费用，当前的出差，特别是每个片区中心医院以外医院的出差，基本上是用于数据的收集和质量控制，但是效果并不好，特别是用这帮销售一线员工的时候，一点点儿事拖拖拉拉不说，还总变着法儿塞一些不知从哪来的乱七八糟的费用，本来想两条业务线、两个部门走得更近一些，但既然是现在这种情况了，就暂缓，何况力琛总明确提出来不希望这个项目占用太多一线销售人员的时间。另外，我们的人员也要控制出差，特别是中心区以外的医院，控制数据进度和质量的工作交给参加医院主任的研究生或找个护士长，每个月给500块钱，好使得很，我们这儿出差，一次成本就要2000元左右。

"四是已经说好的医院，主要是成渝片区的西华医院，全国影响非常大，要妥善处理，千万不能影响关系。"

说到这儿，朱小奇脑子里灵光一闪，已经想到了一个主意。"这个我亲自来处理，另外就是后续降低医院资质，完成患者病例收集的方法要重新设定，这一点也由我来制订，徐悦明辅助。"

朱小奇环顾了一下所有人，说："最后，由李海霞统筹负责市场部整体预算，各个产品经理负责自己产品的具体预算调整，芪苷RA注射剂项目由徐悦明辅助，我负责。大家听清楚了吗？"

看到大家不约而同地点头，朱小奇又提高了语气："大家一定要相信，市场部成为销售最重要的部门，成为产品开拓医院的先锋官的时代一定会到来。其实，我们已经真切感受到了我们公司的变化，我们部门的变化，当然，改变从来就不是一帆风顺的，我们现在最重要的就是抓住一切机会，练好基本功，拥抱春天的到来。"

看到大家都明显振奋了一些精神，朱小奇进一步活跃气氛，调侃道："我曾经开玩笑说，我们市场部是猪尾巴，即使是尾巴，那我们大家也是一条优秀的猪尾巴。今天徐悦明同学想'篡位夺权'，罚他晚上请大家吃猪尾巴、喝啤酒。"

在大家的哄笑声中，徐悦明笑着喊道："领导遵命，不过，老规矩，我请客，领导买单。"

4

第二天上午，一到公司，朱小奇就找到了高旭晨，问他芪苷 RA 注射剂项目的二次开发项目芪苷 RA 注射剂冻干粉针是否已经获得了临床批件，并且是否尚未正式启动这个项目。看到高旭晨点头说是，朱小奇又问他，如果是西南地区的西华医院牵头作组长单位，负责这个项目的 I、II、III 期新药临床研究怎么样？

高旭晨兴奋地说道："那当然好了，芪苷 RA 注射剂的生产车间本来就在西南片区，何况西华医院又是全国排名前三的综合大医院，无论从哪个方面说，这可能都是最佳选择。"

"是，"朱小奇又补充道，"并且西华医科大学还是你的本科毕业母校，正好可以回去找老同学聚聚。"

朱小奇知道高旭晨就是这所大学药学系毕业的，后来毕业分配到了北京，又在北京上的研究生。高旭晨哈哈大笑，点头说是，又道："研发部临床这块儿业务，目前人员的能力还没有完全跟上，你原来就是干这个的，抽时间要多多帮忙啊！"

朱小奇一边点头答应，一边把他的计划和盘托出，他准备以这个新药开发为由，让西华医院自己提出，顺利地退出芪苷 RA 注射剂的大规模循证临床研究项目。高旭晨认为好倒是好，但是怎么说呢，也许对方两个都愿意做呢？

朱小奇说道："应该会同意，以西华医院陈主任的学术地位和学术影响，他很可能觉得自己也早就应当评个院士了，丁院士比他发展得好，能取得当前的头衔，更主要的是依靠地域的因素。何况，这个项目是新药项目，学术影响更大，并且是他们牵头，如果我们以公司催进度、希望两个试验不要抢占病例为由和他商量，以陈主任的学术追求和阅历，肯定会主动提出做这个冻干粉针的项目。"

高旭晨也觉得朱小奇说得有道理，两个人决定，事不宜迟，明天就动身。

从研发部一出来，朱小奇就来到了王力琛的办公室，把对于整体市场部预算调整的工作计划和芪苷 RA 注射剂坚决执行力琛总的安排的具体想法做了汇报。

朱小奇前前后后说了 15 分钟，王力琛自始至终没有抬起头来看他一眼，该看电脑看电脑，该写东西写东西，只是当朱小奇汇报完，办公室的沉默氛围已经快到了朱小奇认为是可忍孰不可忍的时候，才最后说了六个字："同意，抓紧执行。"

朱小奇和高旭晨第二天就坐飞机来到了成都，下午三点钟如约向西华医院的陈主任进行了汇报。果不其然，陈主任欣然表示愿意接受芪苷 RA 注射剂冻干粉针新药研发的临床研究项目，退出芪苷 RA 注射剂的多中心循证临床试验，说他非常理解企业的心情。"企业嘛，做啥子事情都是希望越快越好噻。"陈主任还非常高兴地表示谢谢他们两个，因为他们医院的 I 期临床研究病房正在申请国家的人体药代动力学研究重点实验室，化药做得非常多，但是中药做得很少，这对于他们增加各种复杂药物的人体药代动力学经验，增加学术分量，成功申报国家重点实验室很有帮助。

朱小奇和高旭晨都很高兴，一是事情办得如此顺利，双方皆大欢喜；二是得知西华医院正在申报国家的 I 期临床研究重点实验室，更表明他们选择陈主任、选择西华医院作为芪苷 RA 注射剂冻干粉针新药研发临床研究负责人和组长单位，是一个非常有预见、非常英明的决定。

5

两个人怀着放松、喜悦的心情与陈主任道别离开西华医院，坐着市场部成渝片区小赵的车来到住宿宾馆。他们刚一下车，公司西南片区的二级企业，也就是芪苷 RA 注射剂生产企业分管研发和质量的副总黄志东就笑嘻嘻地迎上来，说："欢迎两位总部领导，办完入住，我们马上就走啊，今晚老贾安排，吃江边的野生鱼火锅，那几个已经摆了两个小时的龙门阵，喝了两个小时的茶喽。"

朱小奇知道黄志东和高旭晨是西华医科大学的同班同学，并且是同一个宿舍的上下铺，关系非常亲密，这一二年朱小奇老跑这个注射剂的项目，和他打过不少交道，相处也非常融洽愉快。

朱小奇和高旭晨在前台办完入住手续，嘱咐小赵安顿好行李，连房间都没上去，就上了黄志东的车，来到了郫都区清水河江边的一排农家乐。

在一排各种名字差不多，都号称是野生江鱼馆的饭店门口，大大小小的桌子排了一长溜儿，陆陆续续正是上人的时候，各个饭店负责拉客的服务生扯着嗓子，方言混着川普，声音响亮，抑扬顿挫，此起彼伏，煞是热闹。

黄志东引着二人，从嘈杂的人群声浪中往里走了一会儿，就看见一桌五六个人向他们兴奋地招着手，双方会合，一阵喧闹寒暄之后，除了朱小奇，其余六个人都是同学，好几个人与高旭晨都是多年未见，很是亲热。

今晚是老贾做东，估计他是这儿的常客，与老板很熟，朱小奇他们一到，菜就上来了。这里所有的饭馆都是主打各种号称是野生的江鱼，有金沙鱼、翘壳鱼、三角峰、江团、雅鱼等，还有一种据说已经很少见的水咪子，体型最小。所有这些鱼在咕嘟咕嘟，沸腾翻滚着花椒、辣椒各种调料的红锅里一煮，味道竟是出奇的鲜美，就着冰冰凉凉的蓝剑啤酒，越吃越香，越吃越饿，吃到后来朱小奇仍是一副没吃够的感觉，毕竟不是自己的主场，酒也没喝多，所以没好意思再要。

那天晚上，这几个人除了说了几位同学的现状之后，主要就是谈论军事和政治，特别是军事，围绕着各路名将的战绩以及军事水平争了个不亦乐乎，单就孟良崮战役中，粟裕与张灵甫的胜算得失就讨论争辩了半个多小时。

高旭晨是个典型的理工男，平时是宁可打游戏也不看书，因此这种话题基本插不上嘴，朱小奇倒是和他们谈论得很热烈。

那天给朱小奇留下深刻印象的，一个就是江鱼火锅的鲜美，尤其是在江边露天，吹着夜风大快朵颐的时候。另一个是老贾在饭局快结束时的一番讲话。

当食物实在是没啥可涮的时候，话题也就自然而然地进入了尾声，黄志东提议，大家以各自说出最敬佩或最欣赏的名帅或名将作为结束。

从高旭晨几个同学的谈话中所透露出来的信息看，老贾应该是他们之中当时最有钱、最成功的一位，开了一家信息数据公司，据说川渝大部分地区的医院都是应用他们公司的软件系统。

但是当老贾说起最钦佩的人的时候，他却说是朱德。老贾说道："出身草莽，军功显赫，功高至伟，我们应该都是受红色教育长大的一代吧，但大家对他的事迹却知之不多，极少褒贬，这，就是水平！"朱小奇不禁心有所悟。

6

到成都的第二天，高旭晨计划去西南片区的二级企业去看看，朱小奇表示，成都和周边还有几个医院需要去善后，而且最近因为芪苷 RA

注射剂项目的事，西南片区的二级企业已经去过几次了，这次就不去了，于是二人兵分两路，各自行事。

朱小奇实际上并没有去那几个医院的打算，因为那些医院都是他让片区的人随意打了个招呼而已，如果需要他们参加，院士领衔的课题，除非特殊情况，他们又怎么会不愿意呢？

再说，这时去他又能怎么说呢？那不是找骂吗？医生工作繁忙，不如就让这件事自自然然地消失、淡忘，万一有医院真的放在了心上，询问起来，一句公司战略有调整了，或者想让他们参加西华医院牵头的后续即将开展的新药项目，这事也就过去了。

那天，王力琛的态度深深刺伤了朱小奇，批评或训斥，他都可以接受，但一副目中无人的态度，摆明了就是非常厌烦自己的做派，让朱小奇非常抗拒，他在这几天不想看见这个人，他也不想再那么忘我地工作。

这一两年，朱小奇基本上都在出差，但从来都是工作，一些风景名胜之地有限的几次游玩，也都是开会陪医生去，别说玩不到心里，甚至连眼里都看不见，只是关注着专家的需要，忙着跟人家找话题说，忙着招呼人家吃什么，忙着给人家照相，忙着……他现在想自己放松放松了。

朱小奇按照之前的计划换到了西藏宾馆，昨天已经在那儿预约，报好了旅行团，四川九寨沟双飞豪华三天游，时间正好，回到鹃城就是周末了。

成都飞九寨沟的行程中，有一段航线，朱小奇简直觉得飞机是晃晃悠悠地在山峰中穿行，那时候的朱小奇还没有听说过太多的飞机失事事件，饶是如此，也不禁心中一阵怦怦乱跳，倒是把工作上的不愉快搁在了脑后，只想着到底什么时候才能安全落地。

及至顺利准时安全抵达了黄龙机场，朱小奇才舒了一口长气，心想：与对生命安全的担心比起来，其他的都是云淡风轻，享受当下吧。

都说九寨沟、黄龙是童话世界，实地一游，果然名不虚传，简直是人间仙境。朱小奇觉得，用童话世界形容九寨沟和黄龙的美，远远不够生动、传神。

朱小奇以为，九寨沟的美，美得妖，那过于明艳的色彩，反倒显得极不真实，那过于平静明澈的水面，似水非水，直愣愣地瞅着，更像是镜中的水，那水中看久了，似乎微微有些晃动的不知多少年的朽木，闪烁着千年的黛色，结合着周围迷离的碧绿，似乎随时都能从水中升腾出一个水妖，而她才是这里应有的唯一的生灵，其余的真是多余。

黄龙的美，美得仙，那深浅不一、大大小小的池塘，都泛着明亮的黄，淡雅的蓝，宁静而轻盈，直欲飞去，似乎只有水墨画中的仙鹤与神话中的道士，才能衬得起她的仙姿与空灵。

九寨沟和黄龙的美深深迷住了朱小奇，他颇有些浑然忘我的恍惚，周围其他的人和事直似淡淡的胶片，一不小心就发黄褪去。

那次的九寨沟之旅，他唯一有印象的几个人是从浙江来的三个人，和他一个团的，这三个人应该是一家公司的，其中有一个是另外两个的领导。

从游览车上听到的只言片语，他们是公司奖励旅游来的。一路上，一男一女两个同事不断地你一言我一语地斗嘴。那个白净脸儿、小个子的领导总是含笑不语，可能是看见朱小奇一个人，倒是总不时地主动和他说几句话。

有一天，这两个职员又在车上斗嘴，应该是在谈论他们的某个领导，说这个领导管得太细了，经常因为一些细碎小事突然就没完没了地追问起来，真烦人。

两个人为如何应对这样的领导又争了起来，操着带有江浙口音的普通话，坐在朱小奇的后面，说得又快又脆。

那个当领导的可能从朱小奇的神色中看出他听见了，问道："内蒙古来的小兄弟，你认为呢？"朱小奇顺口答道："说明他心虚，用偶然的细，弥补管理上的粗，别怕他，该蒙就蒙。"

那个小个子领导听了之后，拍了拍朱小奇的肩膀，哈哈大笑。

第二十一章
芪苷 RA 注射剂项目调整策略与桂林之行

1

朱小奇从成都回来再上班，已经是又一个新的周一了。

上午，朱小奇没有去向王力琛汇报工作，想着再拖一会儿，他实在是不想见到王力琛那副阴沉倨傲的嘴脸。

中午在食堂吃饭的时候，朱小奇端着饭菜正环顾四周找座位，一个扭脸，眼神恰好与正在吃饭、嚼着东西抬起头来的王力琛的眼神碰了个正着，朱小奇犹豫了一下，还是端着饭菜，硬着头皮，走过去坐到了王力琛的对面。

一坐下来，朱小奇就简要汇报了去成都出差的工作情况，说西华医院和周边几个医院都妥善处理好了，合作方都很满意。

看到王力琛在食堂不像是在办公室，表情还比较正常，朱小奇嘴一秃噜，顺嘴又问了一句："力琛总，明天是和集团兄弟部门有个座谈会吗？"

上午上班的时候，朱小奇听营销中心其他的几个总监都说明天要去集团总部开个座谈会，似乎只有自己没有收到通知。心里一直犯嘀咕，这时，他还是沉不住气，忍不住问了出来。

就在这时，分管人力和党务的副总裁张向明总从朱小奇的身后走过，坐到了王力琛的旁边。朱小奇和王力琛两个人赶紧和向明总笑着打招呼。王力琛对向明总说："领导辛苦，这么晚才来吃饭。"

等向明总笑着回应了一句，然后，突然转脸对朱小奇笑着说："明天是营销系统的一个务虚交流会，今年业绩压力增大，芪苷 RA 注射剂项目现在正是吃紧的时候，你先忙那头吧！最近比较辛苦啊，多吃点，注意补充营养。"

迎着向明总也转向他的眼神和笑脸，朱小奇赶紧说："好的，谢谢领导。"心里不禁暗道王力琛整人还真是个人才，24 小时通电，随时随地都能让人如坐针毡，如鲠在喉。

王力琛与朱小奇说完这番话，基本就把他当成了空气，一直在和向明总说片区加人的事。

朱小奇这顿饭吃得别提多别扭了，走也不是，坐也不是，勉强吃了一半，实在觉得待着尴尬，借口市场部的同事发信息急着找他，点头致意后离开了食堂。

朱小奇回到办公室，关上门，把窗户往大推开了一些，点燃了一支芙蓉王香烟，吸了起来。

刚吸了没几口，徐悦明敲门钻了进来，说："咦，头儿，怎么今天抽起烟来了？""这不正想着去桂林和那些医院的主任怎么说呢？"

"哦，头儿，和你汇报个事啊。"徐悦明搔了搔头，继续说道，"最近我们几个都收到了片区一线销售经理的电话，说力琛总指示，让我们最近配合他们做些技术资料，陪着他们多跑跑，多开一些新医院。"

朱小奇不禁心里又被堵了一下，但嘴上仍说："好的好的，我知道了，力琛总刚才跟我说了，最近销售业绩压力大，让你们多支持一线销售人员开拓一些新医院，你们去吧，我最近精力就主要放在芪苷 RA 注射剂项目上了，分头出差吧，有事儿随时联系。"

徐悦明点了点头，又笑嘻嘻地把手里一个外面套着一层塑料袋的鼓囊囊的大纸袋，放在了朱小奇的办公桌上，说："上周我们几个去山东出差，给你带回来几个潍坊火烧，去年你去的时候不是说特别好吃吗，就是在你说的那个小铺子买的。"

朱小奇道了声谢，心里感到一阵温暖。

2

朱小奇回到家里，吃饭的时候与黄恬恬也说了几句工作上的事，黄恬恬听了也很生气，说："这个王力琛怎么这么不像话，你去李总那儿告他去！"

朱小奇说："这怎么告啊，从工作层面看，怎么说呢？他的说法都是冠冕堂皇的呀，总不能说领导对自己脸色态度不好，就跑到总裁那儿告状去吧！"

"那不一定，说不定李总会觉得你跟他比较亲呢！再说，你不反映反映，他变本加厉怎么办？"朱小奇话音未落，黄恬恬紧接着说道。

朱小奇略一沉吟，叹了口气，说："等等看吧，现在是他不想看见我，我也不想看见他，芪苷 RA 注射剂项目开局起点那么高，现在被他这么一搞，我也没那么大心气儿了，但总得平安落地吧，毕竟之前费了那么多心血，何况，如果我搞不好，更给他落下口实了。"

向后靠了靠，伸了个懒腰，朱小奇接着说："我也想通了，既然这样，这阶段就趁机把想去的、能去的风景名胜都看一看，转一转，这个星期，如果事情如我预期的顺利，就去桂林阳朔玩一趟，我上次去只待了一天，除了象鼻山哪儿也没去。"

"我也想去桂林，"正起身去到厨房，把手里的碗筷儿乒乒乓乓往洗涮池里摆放的黄恬恬说，"你能不能把去桂林的时间推迟到我们 8 月份放假？"

朱小奇没有回答，他正在走神，黄恬恬的话没有听清楚，盯着窗帘上悬挂着的白色风铃，看着它随着微风的吹拂，发出轻轻的、清脆的响声。

朱小奇突然想：也许女性的直觉是对的，他应该去找李总去反映一下，也许反倒会拉近他与李总的关系，而且如果要反制王力琛，也只有这招了。

但那确实是太冒险了，自己又不是一个善于主动拉近关系的人。这绝对是一步险棋，一着试错，满盘皆输，他在这个公司可就彻底没法儿干了，还是再等等吧！朱小奇摇了摇头，暂时抛掉了这个想法。

3

第二天，朱小奇又坐飞机来到了桂林。桂林是朱小奇儿时最神往的地方，魂牵梦绕，没有之一。

这都源于他小时候看过的一本少儿故事书——《一箭穿三山——桂林山水的传说》。

在朱小奇的记忆里，自打他认字开始就非常喜欢看书。离他小时候的家只有两站公交车程的百货大楼，在儿时的朱小奇的心里，却似乎很远，那儿似乎代表着远方，因为在它的二层有一个不超过三十平方米的地方，那是一个卖书的地方。

那时候的柜台是封闭的，顾客不可以自己走进去挑选，但是，可以让售货员拿给自己想要的书来翻看。

那是儿时朱小奇最幸福甜蜜的时光，多神奇，多绚丽，多美妙，多诱惑，每一本书都能进入一个新的世界，每一本书都能打开一个新的梦境，每一本书都能带来一个新的远方。

特别是在那个消息闭塞、物质匮乏的年代，朱小奇只能靠着自己的直觉去选书，因为他必须通过售货员去拿书，虽然她们已经认识他了，因此每一本书，都似乎是一种前世的缘分，冥冥之中，自有天意，每一本书，你打开它的时候，都不知道它到底写的是什么，它能带给你一个怎样五彩斑斓的梦……

他还记得自己在那儿曾经买过的书，有几本是他最喜欢的，直到现

在他都记得，虽然那些书大部分已经被辗转借阅，不知遗落在何方。

《维吾尔族民间故事选》《明英烈》《英王陈玉成》……还有就是这本《一箭穿三山——桂林山水的传说》。

当年小时候的他，隔着柜台，遥望着书名，不知道这本书是写什么的，因为那行"桂林山水的传说"的字很小，远远的看不清楚，他只觉得这本书的名字很奇怪，《一箭穿三山》，那是什么意思？

而它的封面强烈地吸引住了他，它是一幅水彩画，一个将军搭弓引箭，而对面的山像是动画片里的山，峰峰相簇，形态各异，连绵成林……

下定决心让售货员拿过来，他轻轻而急切地打开它，一缕油墨的书香飘过，一箭穿三山的传说，独秀峰的传说，九马画山的传说，象鼻山的传说，骆驼山的传说，等等，一个个故事，一行行文字，一张张插画映入他的眼帘。

从小就住在内蒙古一个军工城市，周围惯常见过的只有平房、楼房、黄土的朱小奇不禁心旌摇荡，心驰神往，心醉神迷，世界上竟然还有这样美丽的地方，住在那里该是一种什么样的生活，住在那里该有多神秘、多幸福……

怀着这种儿时埋下的特有的情结，朱小奇第一次乘坐一架比较晚的航班抵达桂林机场，飞机在跑道上滑行的时候，透过机窗，在朦胧的夜色里，看见那平地而起、峰峦簇聚、姿态各异的一座座黑黢黢的山形突然出现，朱小奇一时之间只觉得时光荏苒，如白驹过隙，掠去了多少岁月，儿时记忆里的画面仿佛就像昨天刚刚留存下来的一样新鲜，活泼泼的一下子在今天又蹦跳在他的眼前。

情难自已的他双眼紧紧贴着带有雾气的窗户的一角，仿佛周围一片宁静，只听见自己急促的呼吸声和怦怦的心跳声……

4

这次，朱小奇没有那么兴奋和激动了，毕竟这已经不是第一次来桂林，还有就是因为工作上的不愉快，如同心底埋进了一块沉沉的碎石，怎么也不能彻底地放松和畅怀。

朱小奇如约来到了桂林友爱医院，在办公室见到了冯主任。冯主任满面红光，浓眉大眼，一副江湖豪杰的模样。

朱小奇按照自己之前的计划，稍事寒暄，就直奔主题。

朱小奇满脸真诚地说："冯主任好，虽然是和您第一次见面，但您是南方曙光医院的李教授的老同学，李教授一直非常关照我和我们公司的发展，所以我今天就跟您把公司实际的想法如实地向您汇报，到时候，无论您如何决定，我都完全遵照执行。"

"客气客气，朱经理，你说你说，什么都好商量，主要还是听你们公司的。"冯主任快人快语，乐呵呵地说。

"是这样，冯主任，之前我们在电话里跟您说的，是希望以您这儿作为广西地区的负责单位，由您推荐，或是根据我们营销的需求，我们共同筛选五家三甲以上的医院，然后基本按照新药临床试验的要求来开展研究。"

"是，好像是这样，就是那个丁院士牵头的试验，对吧？"冯主任的表情明显认真了一些。

"是的，是的。"朱小奇说，"但是现在情况有所变化，据说这一次的临床用药指南制订的时间提前了，您也知道，企业做事情肯定要考虑市场，这也是没办法的事情，而如果还按我们之前的设想，组织会议，企业与各家医院签署协议，然后启动、培训，按新药的流程监查、管控，时间上肯定是来不及了。"

朱小奇说到这儿，停顿了一下，看看对面的冯主任，对方一言不发，一脸严肃。

朱小奇紧接着说："所以，冯主任，我们是这样设想的，我们在原有计划开展试验的医院中选择一些有影响力、有号召力的医生，由他来按照医院一般科研性质的要求来组织试验，比如广西片区，我们委托您，也只对您，其余的医院，我们企业都不出面，所有具体的试验都劳烦您按照医院组织科研的方式来进行，您看怎么样？"

"哦，"冯主任点了点头，眼睛明显放出光来，"那么具体要求呢？"

"具体是这样，这部分试验希望能在今年年底之前完成，最终您这儿完成的工作，我们希望是五家医院共完成 300 例病例报告表，具体病例报告表由我们来提供，300 例病例不用平均分配，但希望每家医院最多不要超过 100 例，最少不要少于 20 例。另外，每家医院提供一份自己医院病例收集的说明，并加盖科研科的公章，您看怎么样？"

"那 1 例的科研费用是多少呢？"冯主任问。

朱小奇此时已胜券在握，说："一般科研性质的试验，每例病例是 200 元，但这个试验时间比较急，整体试验质量要求也高一些，因此我向公司申请的预算是每例 300 元，并且，我也充分考虑到收集病例时限的要求，医院资质二级以上就行，您看呢？"

"好，可以。"冯主任爽快答应，笑着说，"大公司果然都是人才啊，既专业又灵活，本来嘛，我刚接到电话的时候还纳闷呢，你们公司的那个注射剂用了那么多年了，还要这样研究，这不是费钱费力吗！这样多好，你们要是不这样操作，这么短的时间，这个价格根本不可能，你们挨个跑医院，那些医院的医生，可不都是个个像我这样的，见到你们企业的人，还不多要点儿科研费？你是个脑袋灵光的，不错不错，今晚我请你吃饭。"

"那怎么好意思，您是专家老师，我们又是麻烦您给我们企业做事，您如果时间方便，荣幸之至，我请您，我请您。"朱小奇连忙说道。

"不用客气，朱经理，实话说，我们毕竟离中央远，你能想到让我们参加院士组织的试验，本身就是给我们机会，这又给我们科室增加了收入，何况，李教授还给我打了电话，我请客，不许跟我客气，走吧。"

朱小奇一时不知如何说才好，只好一边嗫嚅着："您看您，这让我多不好意思。"一边跟着冯主任向外走去。

让朱小奇感到诧异的是，冯主任并没有开车，而是骑了一辆大摩托，朱小奇也不知道是什么牌子，坐在后面就必须搂住冯主任的腰，这让朱小奇多少有点儿尴尬。

一路风驰电掣，冯主任带着朱小奇来到一家叫作"椿记烧鹅"的饭店门口停下。两个人停好摩托，冯主任一边领着朱小奇往里走，一边说："这是桂林最好吃的烧鹅，特别火，我们是常客，跟老板抢了个包房，一会儿还有我几个朋友。"

两个人走进包房，其余的客人还没到。两个人一落座，冯主任就让服务员把经理喊来。

一会儿，一个三十岁左右的脸圆圆的服务员一溜小跑地进来，满脸都是笑，兴冲冲地道："冯哥来了，今天吃什么呀？"冯主任没有回答吃什么，乐呵呵地说："丽丽，这几天想我了吗？""想了，我昨天还梦见您了呢！"

"哦？还真是啊！"冯主任夸张地把嘴张成 O 形说道，"我也梦见你了，我还梦见，风一吹，我回头一看，什么都看了个清清楚楚……"

"打住！"叫丽丽的姑娘啪的一声拍了冯主任后背一巴掌，"跟你们医生聊天可真吓人，逮不住说出点儿什么来，快点儿，吃什么，赶紧说，我还忙着呢！"

包房里其他几个服务员都咯咯地笑起来，冯主任又笑呵呵地说着。朱小奇发现冯主任长相最大的特点就是笑呵呵，而且能让人一下子就想到"呵呵"两个字，好像这两个字简直就是为他的表情量身定做的。

只听冯主任说道："烧鹅，鹅肝，酱爆鹅肠，四个鹅掌，蒸条鲈鱼，炒田螺，金针菇肥牛，拔丝山药，腐乳水通菜——""差不多了，再来个榴莲酥和五彩饭就行了。"丽丽插话道。冯主任略一沉吟，说："再来个白斩鸡吧，现杀的啊，上次一吃就是冰箱里冻的。""放心，放心，"丽丽连连点头说，"这回保证新鲜，那么多鹅了，还要鸡，你就爱吃鸡。""吃鸡补鸡嘛！"冯主任瓮声瓮气地说。一屋子人又都笑了，丽丽把手往下一摊，头一仰，嘴一扁，扬声道："知道啦！我的冯主任，你就好好地补吧！我下去给你准备了啊，你们聊。"

丽丽出去下菜单的时候，两位客人陆续到了，一个是冯主任小学、中学一直同班的同学，现在是一所中学的校长，这个人头发稀疏，但仍尽量梳得整整齐齐，脸色也略嫌暗黄，两个人坐在一起，更衬得冯主任红光满面，神采奕奕。

另一个是他们医院科研科的科长，女性，四十多岁的年纪，风韵犹存，正是朱小奇此次来访试验事宜的关键人物。

冯主任给四个人介绍认识之后，大家边吃边聊，朱小奇逐渐把这个饭局的前因后果搞清楚了。

原来是这位女科长的儿子要上中学，想上这位校长的学校，但住址不符合招生条件，知道了冯主任与这位校长的关系，拉他给牵线搭桥。

而朱小奇则是临时被冯主任拉来的，估计是朱小奇的计划很对冯主任的心意，而又和朱小奇本人相谈甚欢，真心想交他这个朋友，就把他也拉到了这个本来是私事的局里。

有点儿出乎朱小奇意料的是，冯主任一副江湖豪士的风范，却不喝酒，那两个人也不喝。

朱小奇入乡随俗，以茶代酒敬了大家几杯，特别是女科长，因为与试验直接相关，更是多敬了几次，感谢她对公司项目的支持。那个女科长也回敬了他好几次，说朱小奇所在的公司是大企业，以后有项目想着他们医院，多多合作。

当朱小奇与女科长互相寒暄致谢的时候，冯主任插话道："朱经理，她可是我的领导啊，我们俩一直配合得非常好，她在上面，我在下面，她一动，我就动，上下齐动，事情才办得漂亮，办得爽快。"

几个人都哄堂大笑，女科长瞥了冯主任一眼，笑骂道："人家朱经理这么年轻，应该刚毕业不久吧，你别把人家教坏了。""怎么会？"乐呵呵的冯主任说，"当这么大领导了，怎么也得工作个七八年了吧，正是少年风流的时候。"

朱小奇此时已经彻底搞清楚了冯主任说话的套路，赶紧回复道："哪里，哪里，谁也没法儿跟冯主任比，相貌堂堂，精气神十足，时刻散发着男性的魅力，简直就是一个行走着的荷尔蒙发射器。"

四个人顿时哈哈大笑起来，特别是女科长，差点儿被茶水呛着，捂着嘴咯咯直乐，冯主任神色之间颇为自得，看来对朱小奇的话很是受用。

一会儿，冯主任又和那位校长同学说起食补、药补和采阴补阳来，边说边比画，两个人开始还有点玩笑的意思，越说表情越认真，看来冯主任在这方面确实是颇有心得。

在这两个人认真教学的时候，女科长对朱小奇说："冯主任就这样，说话像个大老粗，但业务能力非常强，病人都喜欢找他，同事们也都很服气。"朱小奇连声说是，道："冯主任阳光爽快，确实有魅力。"

朱小奇斜眼观察，女科长看冯主任的样子，眉梢眼角难掩风情，不禁心中暗道：这两个家伙应该不是玩玩暧昧那么简单，八成是真有一腿。

估计冯主任今天私事公事都办得甚合心意，心情大好，饭局结束时让那两位先走，说自己送朱小奇回金象宾馆，顺便带着他领略一下桂林的两江四湖。

送走他们两个，朱小奇正想着赶紧去买单，一个穿着黑色衬衫，夹着一个黑色皮包的人急匆匆地走进来，满头满脸都是汗，进门就满脸堆笑地招呼道："主任好！"一看朱小奇与冯主任在一起，神态颇为亲热，就客气地冲他躬身点头笑笑，递过来一张名片，朱小奇赶忙报以微笑还礼，并抱歉地说自己名片刚用完，是信诚公司的朱小奇，对方说了声："同行，多多关照。"

朱小奇接过名片顺势一看，写的是春晖药厂的广西片区销售经理，还没等两个人再客气寒暄几句，冯主任就不耐烦地说："小张，你把单买了，我们有事先走啊！"拉着朱小奇就出了包房。

朱小奇不禁暗自觉得冯主任有些过分，心道：买单就买单吧，可是吃完饭才把人家叫来，这也太不尊重人了。转念又想：销售可真不容易啊，什么爷都得侍候。

冯主任载着朱小奇忽快忽慢，绕了部分两江四湖的景区，去往金象宾馆。

冯主任与朱小奇一路可谓走马观花，骑着摩托再慢也是快，冯主任还一路介绍着，他的声音本身虽然洪亮，但混杂在周围的人声、车声、喇叭声，和各种不明来源的嗡嗡声里，再被夜风一吹，四散飞扬，朱小奇基本没听清几句。

但见一路之上，两边霓虹璀璨，灯影幢幢，楼房、树木、峰峦、小桥、宝塔、花船、车流、人海重重叠叠交织在一起，月光、星光、灯光辉映着湖面的种种事物的倒影，五光十色，荡漾迷离，随着他们一路驰行，一片片掠去，一片片又来，似无穷尽。

不知怎么，朱小奇蓦然间觉得桂林的美，美则美矣，但似乎缺乏一种雍容的闲适，总有些沧桑的村野之气，是他的心情作祟，还是城市的底色使然？

看到一串串彩色灯影里的象鼻山，朱小奇这才认出，快到金象宾馆了。朱小奇上次就是住的这儿，宾馆好像是韩国人开的，一派韩风，虽不豪华，不知道是几星级，但精致、整洁、别致，又正对着象鼻山，还是很对朱小奇的胃口。

冯主任把朱小奇送到宾馆门口，问他明天怎么安排，朱小奇说明天要赶回去开会，冯主任说那就不送了，朱小奇忙说不用不用，后续事宜他会随时与主任联系。两人一番客套，挥手作别。

5

回到宾馆，朱小奇一看时间，正是晚上九点半，时间还不算晚，不知旅游咨询的还在不在。桂林和所有旅游城市都一样，每家宾馆都有旅游团的代办机构，大街上也到处都是，甚至每个出租车司机都是半个导游。

正准备下楼转转问问，手机铃声猝然响起，朱小奇一接，是广西片区的市场部经理顾小燕。"喂，朱总，我是小燕，怎么来桂林也不说一声呀？"

"哦，这次也来不了一两天，而且这次的事，人多了也没法谈，你们最近又忙，何况南宁离桂林也不近，就没和你们说。徐悦明告诉你的？"朱小奇说道。

"是啊，"电话那头传来顾小燕脆生生的声音，"您这不对啊，不是对我们有意见吧？本来我们就远离总部，您这好不容易来一趟也不说，上次就是这样，不能总这样啊，领导，要支持关怀我们远在边疆的同志啊！"

朱小奇知道做市场的女孩子大多数比较活泼，尤其是放养在片区的，更是个个能说会道。

于是也跟她贫道："哪的话，这么山清水秀的地方，我还巴不得在这儿住个一年半载的呢！""好，这是您说的，也别一年半载了，我这次陪您游一次阳朔漓江。""不用，不用，我这次的事情已经基本办完了，正打算着明天回去呢，不麻烦你了。""好，事情办完了是吧，领导，我现在已经到了桂林火车站，明天吧，明天上午八点半，我带个桂林美女去找您。"

朱小奇一时之间不知如何再婉拒，那边顾小燕已经说了句"不见不散，挂了啊，领导，好好休息"。朱小奇一想，算了，就这么着吧，也省得自己一个人，工作上的烦心事按下葫芦浮起瓢，有个叽叽喳喳的快乐的女孩子陪着也好。

第二天早上，朱小奇七点多刚起床，就收到顾小燕的短信：领导，您带些洗漱用品和换洗衣服，其他行李建议放在前台寄存，今晚我们住阳朔，明天回来取上行李直接送您去机场，另外，如果还没吃早餐，我们一起去吃桂林米粉。

被人照顾的感觉还是很舒服的，朱小奇心情好了很多。朱小奇收拾完东西，下楼办理退房和行李寄存时，顾小燕和一个女孩子已经在大堂等他了。

顾小燕给两人做了简单介绍，办理完毕后，三个人走出酒店，坐上一直在外面等待的出租车，来到了一家米粉店。

桂林米粉在桂林是倾城之恋，遍布于桂林城的大街小巷，各有各的拥趸，各有各的心头所好，每家米粉店都有自己的客人，每家米粉店都有自己的招牌和故事。

一路之上，山色花影，时不时就飘出一阵阵酸鲜沉郁的米粉味道。

朱小奇突然想到，他觉得桂林少了些闲适的风度，多了些沧桑的底色，很可能是受了白先勇的小说《花桥荣记》的影响。

朱小奇一直觉得，白先勇的小说，思想上最大的风格，就是能把可怜人性格上的可怜可憎，血淋淋地暴露并且放大出来，这一点和张爱玲倒真是很像。

桂林人吃米粉基本上都是干捞，吃完再喝汤。三个人都要了卤肉叉烧双拼粉，外加一个卤蛋，桂林当地米粉最大的特点，就是卤菜配菜里都有脆皮锅烧（炸的肉皮带少许肥肉，切得薄薄的，香），再随着个人的喜好，拌上适量的酸豆角、酸笋等，吱溜吱溜地往嘴里一吸，洁白爽滑，卤味打底，酸得开胃，香得上头，混合着桂林城特有的风土和景致，确实是别有一番滋味。

三个人边吃边聊，顾小燕带来的朋友叫李慧，圆圆的脸蛋，肤色略微有点黑，但笑眼弯弯，顾盼之间，女孩儿的柔媚劲儿十足，很是俏丽。相比而言，顾小燕就长得明显中性一些，气质干练，一副女汉子的模样。

朱小奇暗想：真有意思，从两个人的气质长相上看，她俩的人名应该互换一下更相称。想到这儿，朱小奇不禁自顾自地嘴角上扬。

果然女性的第六感觉确实敏锐，顾小燕马上说道："怎么了，领导，把我们俩认真看了一番，是不是发现我跟美女一比，更没法看了？"

"别瞎说，哪有女孩子这么说自己的。"朱小奇赶紧申辩，"我是刚才看见你俩说话时，突然想起曾经看过的小说里写过的一段话，大意是，著名的汉学家费正清在清华大学任讲师教课的时候，有一次……"

看到对面两个女孩子明显听得认真和脸上略有困惑的表情，朱小奇也被撩起了卖弄的热情，"哦，费正清是民国时期的美国人，是历史上最负盛名的中国问题观察专家，和中国当时很多大师级的学者都很好，比如金岳霖、陈岱孙、梁思成、林徽因等。"

"言归正传啊，他在讲授汉语之美时，有一次举例造句，这两个女孩儿，每一个女孩儿都比另一个女孩儿更漂亮。"朱小奇停了一下，继续说，"你们俩刚才说话时的神情，一下子让我想到了这句话，原来我一直对这句话没什么感觉，现在觉得，写得真是传神，正如费正清所言，不符合语言逻辑，但符合美学逻辑。"

朱小奇话音刚一落地，顾小燕就点头拍手向着李慧说道："慧儿，怎么样，我没说错吧，我们领导就是个大才子，百分百文艺青年。"李慧连连点头，称赞不迭。

有了这两个女孩子在旁边插科打诨，问东问西，笑笑闹闹，朱小奇的心情像是回到了儿时记忆里的夏天，阳光在斑驳的树叶上跳跃，蜻蜓在灿烂慵懒的午后飞翔，主旋律就是无忧无虑。

一路之上，跟着她俩谈谈说说，不辨方向，更无暇顾及周围事物，及至能再一次收心聚神地欣赏一下周边的风景，已是到了桂林开往阳朔的轮渡之上。

船一开出，朱小奇就和桂林山水撞了个满怀。果然是桂林山水甲——天——下！两岸青峰叠翠，连绵无边，削壁临河，山峦各异，清澈如镜的漓江水蜿蜒环绕，碧水萦回，青山倒影，山水相映，"分明看见青山顶，船在青山顶上行"。如诗如歌，如梦如幻，好一幅美不胜收的水墨丹青！

三个人再也顾不上谈论其他，都兴奋地忙着互相指点欣赏风景，抢占位置，选取角度，拍照留影。

轮船一路缓缓前行，两岸的景色构成一幅卷轴山水画，徐徐展开，映入眼帘。

以蒙蒙的远空为背景，青黛色的山形勾勒出时而曲折，时而笔直的线条与临江的倒影互为辉映，淡妆浓抹，一一登场，老人守苹果，童子拜观音，鲤鱼挂壁，乌龟爬山，才见蝙蝠翩然至，又见九马画山来。

每一个名字都有一个美丽的传说，每一座峰峦都看惯了多少人世间的悲欢离合。

朱小奇觉得，漓江山水之美，美就美在最具有中国的意境之美。

山不高，也不险，近看则姿态各异，差别万千，远观则并肩屹立，相抱相守，连绵不绝，和谐统一。

水不大，也不深，近看则清澈见底，绿波微漾，远观则平如明镜，蜿蜒曲折，青绿变幻，水色连天。更兼水绕山环，山在水中，水在山旁，山水辉映，气韵灵动。

"江作青罗带，山如碧玉簪。"千言万语，还是韩愈的十个字最为传神，桂林之美，美在婉约秀丽，美在小家碧玉，美在沉静朴实，美在与世无争，美在道法自然。

一路风光如画，来到了阳朔。朱小奇跟着李慧和顾小燕熟门熟路地找到一家民宿住下，就去著名的西街到处溜达闲逛。

三个人走走看看，不一会儿，夜幕低垂，华灯亮起，人群往来穿梭，摩肩接踵，熙熙攘攘，在各色灯光的闪烁之下，是一张张嬉笑、兴奋、喜悦的脸庞。

三个人被一个热情洋溢，长得非常喜相的大姐拉住，就在她家餐馆就餐，点了吃在阳朔必点的啤酒鱼，还有田螺酿、石磨黑豆腐、小刀鸭、荔浦芋头夹扣肉、山野菜等，就着习习的晚风，璀璨的街灯，鼎沸的人声，自家酿的酸奶和啤酒，边吃边聊，好不快活。

在阳朔闻名的啤酒鱼，朱小奇这次并没有吃出个所以然来，反倒是石磨黑豆腐和小刀鸭，一个风味独特，一个香酥可口，给朱小奇留下了比较深刻的美食印象。

三个人吃完饭，又散步来到一家街角稍微清静一些的酒吧，喝酒、聊天、做游戏。其间，两个女孩儿说阳朔是艳遇之都，怂恿朱小奇去邂逅一个。

朱小奇说自己已经有两个美女相伴了，再不满足，天理难容，建议她们两个人中的一个去邂逅一个帅哥。

顾小燕果然起哄走到一个学生模样、一个人坐着喝酒的小伙子那儿聊了一会儿，回来的时候被朱小奇和李慧一阵打趣嬉闹。可能是他们这边的情景让那个小伙子有些尴尬，没一会儿，就起身离开了酒吧。

朱小奇开玩笑说，人家来散心，没想到被顾小燕伤了心，真是红颜祸水，苍天难恕。大家嘻嘻哈哈，一直闹到快凌晨一点才踏着还未褪去的、仍在喧嚣的阳朔西街的夜色，回房睡觉。

第二天，三个人起得都比较晚。上午快十点了，才吃了个西式早餐，租了自行车直奔阳朔著名的十里画廊。

阳朔的山，明显比桂林的要高；阳朔的树，明显比桂林的要密；

阳朔的绿，明显比桂林的要浓，越发显得与世隔绝，一幅山水田园古朴祥和的画面。

朱小奇骑行其间，直觉忘情于山水，放飞于自然，温暖于人情，觉得一切都是那么简单与美好。

第二十二章

芪苷 RA 注射剂项目挽救失误与武汉之行

1

朱小奇从桂林回来，立即制订了整体芪苷 RA 中药注射剂项目桂林模式的后续计划。按照整体项目方案，患者研究的总样本量是 3200 例，这在当时已经是一个非常大的数字了。

根据现在王力琛削减预算的力度和时间要求，以及已经开展的试验规模和进度，朱小奇把桂林模式需要完成的样本量计划为 1500 例。

把开展区域的选择标准确定为：

一、所在区域有芪苷 RA 中药注射剂的销售。

二、非一线经济发达地区或较为偏远地区。

三、能尽快找到类似于桂林冯主任的，有影响、愿意做的对接专家。

四、这一条是朱小奇在内心里默定的，非常重要的一条，有他想去的城市或风景胜地。

对于区域数量的选择，朱小奇计划是选择5个，每个区域完成300例左右的病例数量，每个区域的医院数量定为5家，这样一来能保证区域对接专家的积极性，二来能避免发生什么无法预计的事情，导致局面失控不好收拾。

根据上述原则，朱小奇把后续按桂林模式开展的区域确定为以下四个：新疆片区、陕西片区、河南片区和西北片区。

关于如何对待王力琛，朱小奇也制订了相应的策略，其一，尽量与王力琛错开待在鹃城的时间，他在的时候朱小奇出差，他出差的时候，朱小奇抓紧处理一些必须在鹃城才能开展的业务。

其二，避免向王力琛单独汇报工作，把工作汇报放在会议上，并且如果是营销中心内部的会议，则尽量安排下面的项目经理直接进行工作汇报，或者其他诸如食堂、公共活动场所等有外人在周围的时候。

总之，朱小奇放弃了主动与王力琛修好的机会，他性格深处逃避或者说是叛逆的基因发生了作用。

有时对两个人的关系想到激动处，朱小奇不禁血脉偾张，冲着想象中站在他面前的王力琛，看着他对自己阴阳怪气、不屑一顾的嘴脸，做出恶狠狠的表情，无声地骂道：王力琛，我看你能把我怎么样，尽管放马过来！

一晃两个多月过去了，朱小奇这一阶段主要的精力和出差工作，都放在了芪苷RA中药注射剂项目上，主要就是桂林模式后续片区的拓展启动，还有就是负责与丁之润院士，以及上海数据统计中心的何老师进行必要的沟通。

市场部其余的日常性工作，芪苷 RA 中药注射剂项目前期开展试验的质量控制、进度督促工作等，都安排给各项目经理及片区经理负责跟进，每周一汇报，每月开一次市场部工作会议。

芪苷 RA 中药注射剂项目进行得还是相当顺利，两个月时间，朱小奇已完成了河南片区、陕西片区、新疆片区的启动工作，并且在宏观层面都获得了丁院士的认可，而在试验数据具体的获取方法和细节上，与负责统计的上海医科大学的何老师也沟通得清清楚楚，明明白白。

与何老师没有障碍、完全坦诚的沟通是这个试验顺利进行以及桂林模式得以复制推广的最重要环节。因为何老师这关在某种意义上是无法隐瞒的，否则就意味着欺骗，整体试验的性质就变了。

实话说，在这一点上，朱小奇扎实丰富的专业经验和务实灵活的工作作风，都起到了非常关键的作用。

试验进行得顺利，相应的，朱小奇的旅游计划也进行得非常顺利。河南去了龙门石窟和少林寺，新疆去了喀纳斯，陕西去了兵马俑。

相比而言，在陕西，他游玩的地方少了，美食吃得多了。特别是西安作协附近一家的葫芦头泡馍、大肠煎炒烹炸，做得特别好吃，朱小奇不加节制，大快朵颐，吃得十分尽兴。

好笑的是，果然面食加肉，特别是大肠，是增肥神器。朱小奇从西安直接去上海找何老师沟通数据处理，片区经理小于来接他的时候，一个劲儿盯着他看，然后笑嘻嘻地说："领导，才一个星期多不见，您的脸怎么都圆了？"

朱小奇也是莫名其妙，到了宾馆仔细一照镜子，下巴上像是涂了一层油，一看之下，圆润了不少，想来是去西安这两三天一顿猛吃留下的成果，自己也不禁哑然失笑。

2

时间已经来到了 8 月份，整个鹃城热得像一个大蒸笼。所有植物的叶子在这种温度和湿度下都长得异常丰硕，肥嘟嘟的，密密匝匝，互相拥挤着，绿也绿得极为深厚，似乎一挤，就能滴出浓浓的汁液。

时不时有一场大雨，然而大雨带来的凉意似乎就像"墙外行人，墙里佳人笑。笑渐不闻声渐悄"，刚刚勾引了一下人的感官，就消逝得无影无踪，反倒让人觉得更加气闷，更加潮热。

这一天的上午，朱小奇在鹃城召开的市场部月度会上，根据前期的试验进展，明确提出把芪苷 RA 中药注射剂大规模临床研究项目的预算减少 38%，进度由原来的三年缩减为两年，争取在今年的 10 月份完成所有 3200 例病例的启动工作，2010 年，也就是明年 10 份完成所有的临床研究，召开临床总结会议。

中午会议休息，吃完中饭，朱小奇刚一进办公室，新提拔的政府事务部总监方志强就一头闯了进来，说："朱总，可把你抓住了，找了你好几次了，都看不见你，一打电话你就在出差。"

方志强长了一张圆圆的脸儿，不笑不说话，对人非常亲和，所以虽然他是王力琛一手提拔起来的，但是朱小奇对他的印象还比较好。

"怎么？方总，找我还用抓，打个电话吩咐一声不就行了。"朱小奇和他开玩笑。

"快别拿我开涮了，朱总，我现在是热锅上的蚂蚁，等着兄弟你救命呢，你一定要大力支持我啊，今晚我请吃饭，一定要好好敬你几杯。""抱歉，方总，今天我们市场部月度会议，各个片区的市场经理都来了，我今晚得陪这帮兄弟啊。"

"那这样，我就厚着脸皮借花献佛了，朱总你把我带去呗，我得好好敬你和你这帮兄弟几杯，全靠你们大家啦。"方志强一副真急了的样子，嬉皮笑脸地冲着朱小奇一个劲儿地打躬作揖。

朱小奇不禁有些纳闷，一问才知道，芪苷 RA 中药注射剂进临床指南的资料给内部专家一看，就被打了回来，说是今年明文规定，没有临床循证研究资料的一律免谈，而王力琛又向李总立了军令状，说是今年这批一定要赶上，所以现在压力全集中到了方志强身上。

朱小奇表示，这个试验无论如何今年也不可能完成。"再说了，力琛总不是一直表示这个试验没那么重要，现在开展这样的试验不符合国情吗？进指南我们配合一下就行了吗？"朱小奇说着说着，有点儿来气。

方志强对朱小奇的牢骚充耳不闻，只是一个劲地唉声叹气，恳求朱小奇想想办法。

看到方志强一筹莫展、愁眉苦脸的样子，朱小奇喜欢挑战、爱出主意的性格特点又一下子跳了出来。

他建议：首先，市场部把前期组织的一些零散的关于芪苷 RA 中药注射剂的研究，还有近段时间各个医院医生自发组织的研究，系统梳理成一个汇编资料。

另外，芪苷 RA 中药注射剂这次大规模的循证临床研究，完成是肯定不可能的，但预计 10 月份就能全部启动入组，并且现在入组的病例已经有 2000 余例了，届时，可以把之前在丁院士他们医院开展的一个预试验，加上当前试验执行的方案和进展情况一起专门整理成一份资料，递上去试试。

"毕竟，我们这个试验在中药注射剂的临床再评价中，规模、方法和层级都是空前的，国内有影响的大专家不下五位参与了这个试验，何况，目前国内的其他厂家估计也拿不出什么正经的临床循证研究资料，我认为还是很有把握的。"朱小奇兴奋而笃定地说。

听完朱小奇的建议，方志强并没有像朱小奇想象的那么兴奋，一边说好，一边还是担心试验到底是没有做完，也不知专家认不认。但还是对朱小奇千恩万谢，直言晚上他把宴请专家的好酒搬一箱，敬朱总还有其他市场部的兄弟们。

方志强前脚刚走，徐悦明就敲了敲门走了进来，脸上略有囧态，没有平时的嬉皮笑脸。"怎么了，出什么事了？怎么一副霜打的茄子的模样？"朱小奇问。

"头儿，是这样，我可能给你惹了点儿麻烦事。"徐悦明期期艾艾地说。"说吧。"朱小奇走到办公桌后坐下，也示意徐悦明在他对面坐好。

徐悦明坐好之后，向朱小奇挤出了一丝笑容，开始陈述："头儿，您不是上周让我去北京时，顺便向丁院士汇报一下工作吗？"

看到朱小奇点了点头，徐悦明接着说："我和往常一样，上午就过去了，在他办公室等他查完房回来，就向他简要汇报了一下芪苷 RA 中药注射剂项目的进展。"

"这个项目现在不是挺顺利的吗？"朱小奇诧异道，"能有什么事？"

"是啊。"徐悦明也跟着感叹，"我也是这么想的啊，说我们10月份应该所有的病例入组就都能启动了，按朱总的计划，全国再拓展一个片区就可以完成计划了。"

"你说这么细干什么？"朱小奇马上意识到了不对。"你就说现在正在按计划依次启动不就完了。"

"是是是，头儿，当时一堆人在我后面等着见丁院士，我也是一着急，嘴一秃噜。"徐悦明脸红了，又抬高了声音，加快了语速说道，"也是赶上了，平时丁院士都是点点头就完了，他那么忙，谁知道那天他马上说，还差一个区域啊，我给老范打个电话，说着就给武汉第一医院的范教授打了个电话。放下电话就跟我们说，我跟范主任说好了，你们去找他吧，还给我写了个联系方式，您看，这怎么整？"

"这怎么整？这没法整！"朱小奇生气地说道。

"要不，我们就和范教授明说，就说我们根据公司战略调整，前后两部分的开展方式和质控要求有所变化。"徐悦明小心翼翼地建议。

"不行！"朱小奇立刻呛回了徐悦明，"你脑子秀逗了，丁院士给范教授打电话，摆明了是两个人私交甚好，说话沟通非常随意，我们和范教授从未谋面，你知道他是什么性格？你能知道他会怎么反应？怎么和丁院士说？万一说不好，老教授这脾气你还不知道，有时候拗劲儿一上来了，根本不听人解释，直接给你撂挑子了，到时候怎么办？我们俩就算辞职了，公司丢人也丢大了呀！"

"那怎么办？"徐悦明哭丧着脸说。

"得找一个跟我们还有范教授都很熟悉的人，先在中间说清楚，而且一定要快，省得再出什么幺蛾子，关键是这个人要和范教授非常熟才行，找谁呢？"朱小奇沉吟道。

"问问武汉片区一线搞销售的？"徐悦明试探着说道。朱小奇仍是摇了摇头，心想：销售和这个级别的教授能好到哪儿去，何况，万一事没办成，倒捅到王力琛那儿去了，那不是适得其反吗？

想到这儿，一张戴着细边眼镜、脸色在男人之中出挑的白里透红的脸浮现在朱小奇的脑海里。这个人名叫贺兆明，原来是武汉第一医院的科研科科长，和朱小奇曾经有一面之缘。

3

贺兆明虽然和朱小奇只见过一次面，但印象却非常深刻。两个人相识于几年前在三亚组织的一次医院科研工作交流讲座会议上。当时，两个人的座位正好挨着，而贺兆明又是一个非常爱说话、热情洋溢、满面春风的人，所以两个人没少交流。

讲座结束当天，参加完会议组织的晚宴，朱小奇约了有合作关系、相熟的几个医院的参会人员去海边烧烤，出酒店大堂时，正好碰到了贺兆明，朱小奇于是盛情邀请，拉着他一块儿去，贺兆明欣然前往。

那天晚上，大家玩儿得都非常尽兴。倒不是说烧烤有多好吃，关键是医生的工作平时都高度紧张，难得有这么放松的机会，并且夜晚的三亚，凉风习习，吹去了白日的酷暑与闷热，带来了一丝清爽与惬意，涛声阵阵，空气里都弥漫着轻松与闲适的味道。

　　大家在一波未平一波又起，似乎永不停歇、亘古不变的海潮声中边吃边聊，谈笑风生。拿着简易设备让客人点歌助兴的一男一女，让那天晚上欢乐的气氛达到了高潮。

　　朱小奇他们嘻嘻哈哈，根本没让他们两个唱一首歌，他们的主业根本没用上，只是负责放伴奏、收钱，当然，最重要的是，正是这两个人，把海边唱歌的可行性和欲望带给了这群正需要释放快乐的人。

　　从那一刻开始，这海边的一角就成了演唱会的舞台。这些来开会的医生，在医院里大大小小都是个领导，不但歌唱得声情并茂，落落大方，而且个个口才了得，唱歌之前还要发表一番感言和祝福，简直如同排练过的文艺汇演一样，越发把气氛营造得异常热烈。

　　特别是福建济民医院刚退休的一位副院长，老先生六十多岁了，在学界德高望重，气质儒雅，颇具学者风度，走到人群中表演时，大家一时都安静下来。

　　各色灯光闪烁与星月辉映之下，老先生一脸郑重，先发表了一番对大家的感谢与祝愿，然后一曲《草原之夜》献给大家，歌声悠扬，荡漾在轻轻吹拂的海风、韵律划一的涛声中，时高时低，浑厚且高亢，尾音控制得很优美，仿佛让人沉醉的美梦，渐渐消散，而又让人依依不舍，低转徘徊，情不自禁。

　　周围来散步的很多人停下脚步，驻足倾听，一曲唱罢，掌声四起，欢呼不断。就是在那一次，朱小奇下决心一定要学会这首歌。

　　朱小奇与贺兆明就是相识在那段轻松愉悦的时间里，特别是最后一晚，回来的时候，贺兆明赞不绝口地说和朱总玩儿真是嗨皮，以后一定要保持联系。

后来两个人各忙各的，一时没有交集，只是逢年过节时互相发个短信祝福一下。在去年的时候，贺兆明给朱小奇打了一个电话，说他从医院辞职了，办了一家药物研发咨询公司（业内简称CRO），让朱总多多支持。

朱小奇很是惊奇，心想：这哥们儿，在科研科当科长，干得好好的，又是医生，都是被人求的角色，为什么辞职呢？但毕竟不是很熟，又多日未见，不好细问，只是说如果有机会的话，能帮上一定鼎力相助，欢迎他来鹃城。

那一个电话后，估计那边也是很忙，两人就未再联系。现在，当朱小奇搜肠刮肚、绞尽脑汁地想武汉第一医院有什么认识的人的时候，就一下子又想到了贺兆明。

他想：贺兆明倒可能真是一个非常合适的人选，第一，他原来是武汉第一医院的科研科科长，而范教授是武汉第一医院的大牌专家，肯定打交道甚多，并且贺兆明为人亲和热情，应该关系不会不好。第二，他现在自己做公司了，应该很能理解企业的难处，并且既然是CRO服务公司，就是企业的乙方，反倒对朱小奇有所求，这样两个人的关系高下就不一样了。

对，朱小奇越想越是，如果贺兆明还在做公司，那么他就是一个极其合适的人选。

想到这儿，朱小奇从手机通讯录里找到贺兆明的电话，向徐悦明做了一个噤声的手势，拨通了电话，电话那边一接通，朱小奇就说："贺科长吗？是贺科长还是贺总呀？我是朱小奇。"

电话那头儿传来贺兆明愉快的声音："什么贺科长、贺总的，朱总，就叫我兆明吧，我还在下海做公司呢！正说什么时候去你们公司拜访一下！请朱总多多支持啊！""不客气，"朱小奇心里的石头落下来一半，

"您这两天在武汉吗？我有事想去找您坐坐聊聊。""好啊，您什么时候来，我去接您请您吃饭。""不用不用。"朱小奇沉吟了一下，"明天吧，明天晚上，您定个您方便的地方，晚上我请您吃饭。"

"您来武汉，怎么能让您请吃饭呢！我请我请，您几点的航班？"贺兆明在电话那头大声说。朱小奇回答道："接是真的不用接了，不跟您客气，我们片区的同事会去接我，您把吃饭的地方发给我，我们在那儿会合。""那好，朱总，明天见啊！""明天见，贺老师。"

朱小奇放下电话，跟徐悦明大致说明了一下情况，又说明天自己去武汉，现在人手紧，项目又催得像火烧眉毛一样，让他主要负责把已经开展的医院跟进好、处理好，一定要保证速度和质量，另外，芪苷RA注射剂其他的相关项目和资料汇编也要安排好。"以后说话谨慎点儿，特别是和丁院士，想清楚再说，别再找麻烦了。"朱小奇叮嘱道。

"好的，一定，头儿。"徐悦明走到办公室门口，转回头，又嬉皮笑脸起来，说，"头儿，做你的下属真幸福，有好事儿从来不忘了我们，有难事儿都是一马当先，指挥若定。"

"好了好了，赶紧干活去吧，就你这嘴上抹蜜的功夫，我也是望尘莫及。"朱小奇调侃道。

4

朱小奇第二天到达了武汉，在酒店放下行李后，看看时间已经下午五点多了，就让片区的同事开车把他送到了贺兆明订的吃饭的地方，亢龙太子酒轩东湖店。

两个人没有坐包房，坐了大厅靠窗的一张散台，随意点了几个兀龙太子酒轩比较受欢迎、有特色的湖北菜，排骨藕汤、糯米圆子、刁子鱼、烤蹄花、炸藕夹、白菜薹、藜蒿炒腊肉，还有两瓶雪花纯生啤酒。

稍事寒暄，朱小奇就把事情原原本本、一五一十地告诉了贺兆明，并希望他能促成此事。具体计划是朱小奇希望把芪苷 RA 注射剂项目武汉片区的试验部分委托给贺兆明的公司，企业在这个项目上不再直接与范教授联系，即使出面，也是配合贺兆明的公司处理一些必要的事务。

贺兆明问过让他负责的这块业务的整体费用后，有点儿犹豫，说范教授可能直接问丁院士关于费用的事情，这个费用让他腾挪的空间很小。

贺兆明的反应朱小奇已经有所预料和准备，所以他在沉默等待了一段时间，基本可以判断贺兆明的为难并非故意表演之后，又进一步提出可以委托贺兆明负责整个华东片区的试验控制工作，这样，整体的费用可以进一步提升。

与朱小奇确认了最终合作的项目内容及费用后，贺兆明兴奋地用手敲了敲桌子，说："好，干，多谢兄弟，这样，朱总，明天您先安排其他事情，或在酒店好好休息休息，我去找范教授，晚上我联系您，到时咱俩再聊，我估计应该问题不大。"

朱小奇这次住的酒店离东湖磨山风景区比较近，第二天，他让片区经理不用陪他，正常处理业务，自己上午逛了逛武汉大学，中午又随便找了家小店吃了碗热干面，下午坐游轮去了磨山风景区。

朱小奇事先一点儿也没有了解磨山风景区的情况，以为只是个一般的小景点，纯属没事散心的随意之旅。

可没想到的是，里边居然出乎意料的大而繁复，不但自然景观湖山开阔，植物茂盛，似乎景中有景，园中套园，更兼有楚市、楚才园、离骚碑、南国哲思园等现代修建的大型人文景观，气势恢宏，目不暇接，观之不绝。

朱小奇既没有熟人带路，又没有跟团导游，加之天生方向感极差，因此如同刘姥姥进大观园，眼花缭乱，晕头转向，只是凭着自己的兴趣和感觉随意游玩，走走看看，有时走到但闻人声未见人影的地方还颇为高兴，很有小时候出去玩儿的心情，觉得总有一股神秘的力量在安排着他与这些景物相遇，似乎这样的相遇总是预示着一些未知，而又与自己息息相关的东西。

人只有在孤独的时候，或是在自己营造的孤独的氛围里，而对生命本身又有着发自内心的好奇，对未来的日子充满莫名期望的时候，才会有这样的体会，天人合一。

朱小奇一时回到世俗的世界里，匆匆忙忙地赶着逛景点，一时又沉浸在自己的世界里，懵懵懂懂地在景点里神游，时间像水里的鱼，尾巴一晃就游了过去。

贺兆明的电话把朱小奇从这种似逃非逃的思绪里唤了回来，他说范教授那边搞定了，晚上请朱小奇在吉庆街吃饭，感受一下武汉的市民风情。

朱小奇虽然早有预料，但还是松了一口气，毕竟这件事从目前看，是比较完满地解决了。一看时间，已经是下午五点四十分了。

朱小奇这才缓过神来，想着赶紧往回走。及至此时，观察了一下四周，他才发现自己不知身在何方，周围还真是一个人影也没有。仔细倾听，传来忽高忽低的人声，这时听来，显得格外亲切，仿佛温情的呼唤，和蔼而真诚。

朱小奇一路疾行，走走问问，此时磨山景区的游人已明显少了很多，天色也渐渐暗了下来，失去了明明晃晃的阳光和吵吵嚷嚷的人群，大地升腾起了一种神秘而不安的气息。

朱小奇赶到轮渡岸边的时候，轮渡已经停止了运营，需要去远处坐公交车回去。踌躇间，朱小奇看见一个艄公划着一艘小船正从他不远处经过。

朱小奇灵机一动，急忙向他喊着问能否载他过去。那位艄公操着懒洋洋的声音说："可以，三十块钱。"朱小奇一阵高兴，连声答应。

上得船来，艄公五十多岁的样子，不爱说话，只是一下，一下，似乎不紧不慢、毫不费力的样子划着船，其间有时还放下船桨，用网仿佛随便一捞似的，网上一尾活蹦乱跳的鱼来，往船上的桶里一丢。

朱小奇没话找话地说好像很容易嘛，艄公似笑非笑，过了会儿才说："容易？你来试试。"看见这人确实是不爱说话，或者是这个时候不想说话，朱小奇也安心不和他聊天了，乐得清静。

凝神一看四周，朱小奇不禁惊叹于东湖之美，真是江山如画。

此时天色已是黄昏，夕阳西下，落日红彤彤的，大得如同近在眼前，连带着满天彩霞，直似要坠入这浩浩荡荡的江水中一样。而东湖非湖，一望无边，水色空蒙，烟波浩渺，仿佛天地都在其间，宇宙妙处本源于此。

如果说西湖之美，美在淡妆浓抹，疏密有致，重在"风雅"二字，东湖之美，则美在气吞山河，包罗天地，重在"开阔"二字。海洋之大，大则大矣，但衬得周围的事物太过渺小，而东湖之大，近在眼前，近在咫尺，直击心灵。

朱小奇正沉醉于造物主的神奇创造里，手机叮咚响了一声，低头一看，是黄恬恬发来的短信：我争取到了出国访问学者的机会，去美国哈佛医学院进修学习，9月份就走，时间是一年。你回来再细谈。

朱小奇听黄恬恬说起过这件事，但当时并没有放在心上，更没想到这件事情来得这么快，他的心里好像一时之间被挖空了什么，空落落的。

5

朱小奇赶到吉庆街的时候，已经是晚上七点半左右了。吉庆街此时灯火亮如白昼，各家小店门前两边方桌、圆桌一字排开，熙熙攘攘，人声鼎沸，一片喧嚣。

乐器声、唱歌声、吆喝声、叫喊声此起彼伏，过于热火朝天的感觉反倒让人无法放松，有点儿精神紧张，总觉得时刻要应付什么突然而来的局面。

朱小奇和贺兆明两个人会合后，一路在吉庆街穿行时，互相说话不喊根本听不清楚，两边拉客的简直是像在打仗，每个人都精神抖擞，个个都像打了鸡血。

朱小奇心里惦记着黄恬恬的事，一时兴奋不起来了，只觉得被周围吵吵嚷嚷的声音弄得有些头昏脑涨，正在犹豫不决选哪家餐馆时，一个长相甚是粗豪、一副混迹江湖多年、神色果敢的大姐一把搂住朱小奇，说："来吧，别到处看了，就在这儿吃吧，给你们优惠点儿。"说罢，不由分说，直接搂着朱小奇把他领到一张桌子前，按在了椅子上。

朱小奇一时之间有些哭笑不得，看见贺兆明正要和那位大姐理论，急忙拉住他说道："就在这儿吃吧，挺好，新龙门客栈，挺有感觉。"说得贺兆明也嘿嘿笑起来。

两个人点了酸辣藕带、红烧洪湖野鸭、白椒鸡胗、干煸盘鳝、公安石锅鱼杂、红菜薹几个土菜，四瓶雪花纯生，边吃边聊。

贺兆明把大致情况说了一下，当然，具体和范教授达成什么样的条件他没有细说，朱小奇也不会去问，他只要确定范教授能够了解企业全面的、真实的想法，并能理解企业，与丁院士表达时不要从负面角度去抱怨或者公开宣扬即可。

两个人聊天的时候，仍是要扯着嗓门喊，竖着耳朵听，时间已临近九点，周围喧嚣的声浪越来越强，属于吉庆街的夜晚才刚刚开始。

人群兴奋的大声谈话声和笑闹声构成了吉庆街夜晚最基本的旋律，其间乐器声、唱歌声此起彼伏，就好像一锅沸腾着的火锅，咕嘟咕嘟，热气腾腾，已经有各种食物拥挤在里面上下翻滚，争相蹦跳了，但总有一些新的食物又被加入，带来一阵新的拥挤和新的沸腾。

在这样的环境下，确实很难认真聊天，也很难安心品味什么真正的美食，这是一个宣泄的地方，一个释放的地方，一个制造喜悦和放大欢乐的地方，这里生机勃勃，这里元气充沛。

朱小奇和贺兆明在这种环境下，特别是朱小奇，似乎吃饭也没吃到胃里，聊天也没聊到心里，再加上不时地有卖唱的、卖花的、卖新鲜水果的、卖各种小玩意儿的，还有擦皮鞋的前来招揽生意，让朱小奇不禁觉得，今晚的自己，确实很难融入这般亢奋的吉庆街。

"怎么了？朱总，今晚好像有些提不起兴致啊。"贺兆明说，"是不是我事情办得不好啊，还是有什么心事？"

"没有，没有。"朱小奇急忙说，"可能是昨晚没睡好，这会儿有点累了。"

"那怎么行！"贺兆明大声道，"我们俩第一次合作成功，我一定要好好感谢感谢朱总，何况上次在三亚你带我玩得多高兴。来！来！来！我俩把这一瓶干了，换个地方热闹。"

"今晚还真有点儿累了，咱们兄弟既然有项目合作了，以后肯定见面的机会很多，下次再好好聚聚。"朱小奇今天真是觉得心里有事，总是宁不下神来，下意识地推托道。

"朱总，您要是真有事，我就不拉着您了，要是没事，只是累了，那哥们儿说一句啊，咱俩好久不见，又是第一次合作项目，你就明天回到鹃城再好好休息呗！"贺兆明说到这儿，用啤酒瓶叮的一声碰了朱小奇的啤酒瓶一下，一饮而尽。

朱小奇看见对方盛情难却，又一想，估计回去也睡不着，索性喝晕了回去再睡吧，于是，也端起啤酒瓶，仰起脖子，一直把它灌完。

两个人对瓶干完手里的啤酒，贺兆明就拉着朱小奇离开了热闹的吉庆街，来到一处宾馆的二楼，似乎正在装修，一副乱七八糟的感觉。

进到里面，是一个唱歌的地方，朱小奇今晚确实是不胜酒力，此时已经是晕晕乎乎的感觉了，只觉得贺兆明叫来两个女孩儿陪着，而陪他的那个倒是十分善解人意，照看殷勤，一个劲儿让他少喝酒，给他倒水，喂水果，按摩背，拉着朱小奇的手挨挨擦擦，细语柔声，让朱小奇的心里不禁涌起一股温情。

第二十三章
职场迷茫与寻找初心

1

朱小奇第二天来到武汉机场的时候，仍是一副心神不宁的状态。工作上的变化已经带给朱小奇很不舒适的感受，而黄恬恬的即将出国学习，又给他的生活带来一些未知的不适应和不安，朱小奇本能地排斥和厌恶这些变化。

既往平静生活的珍贵，只有在即将失去的时候，才能深切地体会。被动的安逸从来都是一种假象，它一定会在未来的日子让人付出代价。此时的朱小奇，才朦朦胧胧地对此有一些感觉，离真正认识到这一条人生智慧，还需要时间的淬炼，世事的洗礼。

快上飞机的时候，朱小奇接到了上海泰山医院神经内科李志禹主任的一个电话，大意是他已经递交了辞呈，计划创建一个数据统计服务公司，因为他在做科研和新药临床研究时发现，中国在这方面的数据统计工作与国外相差甚远，水平差距很大，而最近正好他的一个朋友获得了S统计软件的中国地区使用授权，S统计软件是国际上最负盛名的，特别是医药界公认的权威统计软件。

"所以，朱总，这是一个非常好的机会啊！"李志禹在电话那头兴奋地说，"你在医药企业也是一个资深人士了，对企业的需求更了解，又有人脉，咱们一起干吧！"

朱小奇对于这样突兀的一个来电，一时之间不知该如何回答，他想：这是怎么了？医院发生什么事了吗？怎么一群好端端的医生，还都是大医院的医生，都辞职跑去创业了？

想了想，朱小奇才回复说，感谢李主任的邀请，但最近他正在做一个大项目，争取明年结束，到时再和他进一步商谈此事，另外，辞职创业就意味着要去上海，他也要和家里商量商量，不过还是非常感谢李主任的赏识，不管去不去一起创业，有需要随时指示，一定鼎力相助。

李志禹也笑着说表示理解，自己一时兴奋，电话打得有些冒昧，这么大个事，确实要好好考虑考虑，又说随时欢迎他的加入，有时间来上海聚聚。

朱小奇放下电话，看着周围忙碌的人群，一时之间不知自己身在何处。

李志禹是朱小奇做一个神经内科药物的临床学术推广项目时认识的，此人是一个有点儿传奇色彩的人物。

李志禹毕业于中国最顶尖的医学高等学府——中国协和医科大学八

年班，但毕业后并没有从事医学相关的工作，而是去了摩根大通做基金管理的工作。

做了几年金融，又跑去上海著名的泰山医院做回一名神经内科的医生。

因为这么一耽误，职称以及行政职务的发展都受到了影响。朱小奇与他合作项目时，他只是一名普通医生，但由于专业水平还是很受周围同事、患者以及业界科研圈的认可，因此大家都称呼他为李主任。

李志禹这个人脑子聪明，兴趣广泛，但性格单纯，很对朱小奇的脾气。按说朱小奇是企业员工，而李志禹是医生，两个人所处位置不同，加上这种工作关系也往往亲近不到哪儿去，但由于两个人天性比较投缘，并且李志禹比朱小奇也只大个两三岁，算是一代人，因此很快就相处得非常熟络。

朱小奇很喜欢和李志禹聊天，科学、文学、经济、历史，天南海北，古今中外，似乎就没有李志禹不知道的事，而最关键的，也是让朱小奇感受最深、受益最多的，就是李志禹无论聊什么，都会从事物最基础、最本质的规律出发，并提出自己的见解，这种系统思考问题，认识事物的方法实际上就是逻辑思维优异的直观表现。

有一次，朱小奇左面部出现一过性的麻酥酥的感觉，如同小蚂蚁在脸上悄无声息地爬行，开始他并没有在意，以为过两天就没事儿了。但这种感觉却一直维持了两三个星期，朱小奇心想：不会预示有什么比较大的疾病吧？神经的事儿，又是脸上，还是别太掉以轻心，于是就去鹃城离家不远的医院看了看。

结果给他看病的那个医生对朱小奇的症状明显有些摸不着头脑，加上年纪尚轻，历练不多，也不善于伪装，颇有些抓耳挠腮的样子，看得朱小奇不禁暗自觉得有些好笑。

最后那个医生咳嗽了几声，含糊地说这个现在不太好说，可能需要做肌电图，而现在医院的肌电图恰好有些问题，要不就先做个 CT 看看。

朱小奇一是觉得情况并不严重，二来对这个医生也不太信任，因此也没有去做 CT。

过了几天，朱小奇正好去上海出差，于是借机约了李志禹出来，咨询他对自己的症状怎么看。李志禹一边对着朱小奇的颈面部比画，一边开始从面部神经的解剖结构、突触传递的电化学原理，和人体感觉形成的生理过程几个方面滔滔不绝地讲述起来，其间不断用生活中比较常见的例子做类比，追本溯源，剥丝抽茧，形象生动，通俗易懂，最后告诉朱小奇，他认为最大的可能就是暂时性的感觉异常，应该最多再过一两个星期就好了，如果还没好，再做一些相应的检查。

听完李志禹的分析判断，朱小奇大为放心，后来也没再留意，也不知具体是什么时候，总之是症状消失了。但李志禹那天论述疾病的情景却给朱小奇留下了非常深刻的印象。

从那天起，朱小奇就认为好医生一个非常重要的特点就是基础医学专业知识扎实，逻辑思维严谨清晰，只有这样才能不仅知其然，而且知其所以然，这是系统准确认识疾病、治疗疾病坚实的基础，当然，推而广之，天下事物，莫不如此。

然而，就是这么出色的一名国内著名医院，甚至在世界上都享有盛名的医院的医生，也要去辞职创业了！

2

此时，接完李志禹的电话，恍惚了一阵的朱小奇，几天来一直有些心神不宁的朱小奇，直到坐上飞机后，心内的不安终于从心底浮出了水面，思绪像风中的柳絮，随风飞起，又不知要飘向何方，既无法安稳平静，更不知道那捉摸不定的风，不知道那不可预知的命运，要把他带到何方。而风中的柳絮，现在的朱小奇，又不知该如何把握自己的去处，自己的方向，只是觉得心有不甘，心有所盼，总是觉得事情和自己想的不一样，总是觉得小时候盼望中的、长大的自己，可不是现在这般模样。

他想：这是怎么了？怎么感觉自己欣赏的人，或是和自己比较投缘的人，或是自己身边的人，喻晓翔、贺兆明、李志禹，还有黄恬恬似乎都在改变，都在向着新的生活出发，而只有自己，蜷缩在一个角落里，像一只呆头呆脑的家禽，在一个狭小的空间里打转儿，日复一日，一成不变，岁月蹉跎，算一算年龄，自己已经三十八岁就快四十了。

快四十了！朱小奇心里不禁一阵惊骇。他想起自己似乎就在昨天，甚至当下，还自以为是一个少年，一个多大的少年倒没想过，但是总觉得自己还很年轻，还有的是时间，真正属于自己的生活还没有开始。

四十！在朱小奇小时候的印象里，或即使在今天的印象里，那都是一个步入中年，甚至老年的年龄，他总觉得自己还小，总觉得时间是给别人过的，而不知不觉间，白驹过隙，他已经浪费了多少光阴！

审视内心，回首往事，朱小奇仿佛一直停留在少年的时光，他梦想中的青春岁月，而立之年，仿佛都还未曾真正的经历，而他只是被牵着线一晃，还没做好它们到来的准备，还想仔细看看它们的样子，生活已泥沙俱下，似乎没留下任何值得欣慰与回忆的征程和倩影。

那他自己想怎么做呢？想做什么呢？朱小奇不禁扪心自问。如果在公司做下去，能当上营销中心总经理，甚至更高的位置怎么样呢？朱小奇想，那样他会成为理想中的自己吗？

朱小奇不禁从心里冷笑了一声，心想，那对于现在的自己，得有多难！并且即使成了，好像也不是他心目中值得引以为豪、以慰平生的样子。

出去创业吗？朱小奇在心里又问。他不得不承认，他还真没有出去创业的冲动，而且实话实说，朱小奇并没有从医药行业中找到忘我的热情，某种意义上，他并没有从当前的医药环境中找到所谓的成就感，而仅仅是一份谋生的工作而已。

如果自己能与人合伙开创一家企业，并且把企业做大呢？行业本身只是一个载体，某种意义上是自己在建一个领地，甚至一个王国，这种成就感是他想要的吗？

当然好了，朱小奇不禁在心里回答道。但是，他本能地有些退缩，有些畏惧，朱小奇觉得开创一个企业在他当前的认知里，实在是太难了。

并且，一个小企业凭什么可以成长为一个大企业呢？看看自己周围的医药咨询公司，朱小奇实在看不出它们有什么不同，有什么核心竞争力，在他看来，基本上都差不多，只是流程的管理的熟练度有所区别而已，搞关系、拉人脉仍是最重要的生意手段。

以贺兆明为例，原来在医院当科长的时候，肯定是企业的人请他吃饭呀，而现在呢？他却成了企业的乙方，要请朱小奇吃饭，要拉企业的关系，要看企业的脸色。

并且，从他请客吃饭娱乐的地方看，他肯定也没挣上什么钱。

关键是，朱小奇实在想不出这样的小企业凭什么能做大，而即便做大了，坦率地说，朱小奇也不觉得这样的企业令他有多么向往，能有什么大的成就感，还是赚钱而已，也可能是他对这个行业太熟了吧，缺乏神秘感，某种意义上，也就缺乏了激情与斗志。

朱小奇左思右想，实在想不出自己想要什么，他不禁在心里恶狠狠地评价着自己：可能他朱小奇就是这样一个好高骛远，喜欢用理想说事，而实际上是一个只会高谈阔论、懒惰成性、缺乏毅力、智商情商都很有限，又不甘心于平凡生活的废物吧！

一件大学生活的旧事浮现在朱小奇的脑海里。朱小奇他们毕业的时候，已经开始流行互相留下离别赠言和照片。学生会组织，统一每个人发了一本毕业纪念册，然后以宿舍为单位，每个同学的纪念册依次贴上其他同学的照片，并写下对这位同学的祝福与感言。

让朱小奇感到出乎意料、内心刺痛，而又很是气愤的，是同宿舍老六李江鹏写给他的留言，大意是：本来朱小奇在他的心目中就是一个自视甚高、只会空谈、实际上一无是处的"文痞"，最后一年医院实习时，听闻他考研的消息，也以为不过又是自我粉饰的空谈口号，没想到他居然马到成功，一举成名，成为同宿舍中最有出息的人，祝愿他以后飞得更高，并对他的前途充满信心。

从实际情形看，恐怕李江鹏写的确实是他心中所想，也可能他认为是好话，是在夸朱小奇。然而，这却让朱小奇非常不舒服：一是朱小奇本来一直以为他、老五周东海、老六李江鹏三个人在宿舍里，相对在一起的时间更多，关系更好一些，可没想到自己在李江鹏的心里居然是这样一副样子，没想到他这么瞧不上自己。

二是朱小奇内心里非常害怕李江鹏写的是对的，他其实就是这样一个人，很可能他在自己的内心最深处，也看见了自己这样的影子，他的骨子血液里有这样的基因，或者他的前世今生里有这样的宿命。

李江鹏的留言深深地刻在朱小奇心底的一个角落，从来没有消失过，只是经常被掩盖或者忘却。

朱小奇又想起小说《约翰·克利斯朵夫》的一个人物，主人公约翰·克利斯朵夫的父亲——曼希沃。

他是一个什么样的人呢？伟大的罗曼·罗兰说：他还谈不上十分自私，他的个性还不够这种资格，他简直什么都不是，这种什么都不是的人真是人生中可怕的东西，好像一块挂在空中的没有生命的肉，他们要往下掉，而掉下来的时候把周围的一切东西都拉下来了！

好狠的罗曼·罗兰，说得多尖刻，说得多血淋淋，说得让人多心虚，说得让人多害怕，说得让人多可怜。

曼希沃死的时候，正当壮年。他是在终日用酒精麻痹自己，一天醉酒后，失足溺水而亡的。

约翰·克利斯朵夫抱着他的尸身痛哭时，似乎看到了自己，他看到了父亲被命运打败的痛苦，他看到了一个自甘堕落的灵魂，一个随波逐流的个体的痛苦，人生来就是受苦的，所以你要不断地抗争，与自己的命运做抗争，不然你就会更痛苦，没有抗争过就失败了的人的一生，那是痛苦之中最痛苦的。

想到这儿的朱小奇，不禁血往上涌，他下决心不能这样浑浑噩噩地过下去了，他要干点什么。但是干什么呢？

朱小奇苦思冥想，再一次陷入迷惘。朱小奇这才发现，其实对于很多人而言，知道自己想干什么，明白自己真正的兴趣是什么，并不容易。

或者说，其实相当多的人，甚至是绝大多数人，并没有非常明确的爱好、兴趣或者愿望，即使是人人都喜欢的地位、金钱、名声。世人所谓，人生就是一个名利场，天下熙熙皆为名来，天下攘攘皆为利往。即便如是，试看周围，不顾一切，持之以恒追求名利的人，又有几个呢？

大多数人的一生，往往贪恋于身边的风景，沉湎于当下的安稳，听信于他人的主宰，困顿于身心的懒惰，局限于视野的狭小，龟缩于习性的圈地，归咎于命运的安排，逃避于真相的探寻，自慰于人生的空无。

当然，这也许并非错误的选择。生活中，一意孤行、折戟沉沙的例子见得也多了，说得也多了。所谓平平淡淡才是人生的真谛，说到底，谁又能真正说得清楚人生的意义呢？

然而，人生也无风雨也无晴的境界，前提是要有一蓑烟雨任平生的经历，否则，如何能真正豁达地安于生活的平淡呢？如何能真正看淡红尘名利的诱惑与纷扰呢？如何能真正判定平淡是不是自己逃避放弃的借口呢？如何能真正获得那份内心的平静与安宁呢？试问，有几个人在年少时没有一番雄心壮志？有几个人年少时的理想就是平平静静地过一辈子呢？

3

年少时？对了！小的时候自己的理想是什么呢？宛若黑暗的隧道里的一束光照亮，向朱小奇记忆的深处搜索、探寻。

朱小奇小的时候，属于体质偏于瘦弱的孩子，经常闹一些小病，并且虽然算不上淘气，但招事却不算很少，一个小学期间，他就在玩闹中，头破血流两次，胳膊骨折两次。虽然都不是很严重，也没留下什么明显的痕迹或后遗症，但都让他一个人在家休息养病的时间，明显多于同龄的大多数孩子。

因此在朱小奇的记忆里，自己一个在家独处的时光很多。现在回想起来，朱小奇总觉得一个人在家的日子似乎非常充实，安安静静，悠然自得。

他一个人在家做的主要就是两件事，听收音机和看书。

那台黑色的红灯牌儿收音机，对朱小奇充满了神秘的诱惑，他总是兴致勃勃地、小心仔细地拨弄着它的按钮，期待着和一段未知的、动人的故事或旋律相逢。

就是因为对收音机有了这样一种感受或者感情，当朱小奇看到郑渊洁的一篇童话，写皮皮鲁不小心、不经意间发现了一个神秘的电台节目，能预知现实生活中即将发生的事件时，产生了强烈的代入感和共鸣，因为他真的就曾经有过这种幻想，有过这种搜寻。

当然，这样神奇的事情在朱小奇的经历中从来都没有发生过。那时候，他最喜欢最经常听的节目是相声、评书，还有就是当时特有的电影录音剪辑。

一旦找到好听的节目，朱小奇不是把收音机放在肚子上，就是放在枕头旁边，紧贴着他的耳朵，沉浸于其中，岁月静好，而未来似乎又一切都有可能，没有人打扰他，也没有人安排他，那是一段多么甜蜜的时光。

还有就是看书，无论是历史、小说，还是科普读物，朱小奇都看得津津有味，浑然忘我。

朱小奇记得自己小学期间最长的一次在家休养，是他第二次骨折。那是小学四年级的时候，是朱小奇在课间休息时，与同学们一起玩"过驴"游戏时发生的意外。

过驴，是朱小奇他们当地对这种游戏的叫法，是 20 世纪 70 年代出生的孩子最常玩儿的游戏之一。首先通过猜拳游戏选出一个孩子当"驴"，然后这个孩子从猫腰撅屁股，把自己的身体摆成最低的状态开始，一步一步，游戏里叫一级一级，抬高自己的身体，而其他人则排成队，挨个从他的身上跳跨过去，如果失败，就要代替他成为"驴"，然后游戏重新开始，继续。

朱小奇虽然瘦弱，但运动还比较协调、灵活，每次像这种过驴、骑马打仗这类游戏，都玩得算是比较出色的，因此越发玩得非常起劲儿，是起哄凑趣儿的积极分子。

那一次，朱小奇他们正玩得不亦乐乎，上课铃声突然响了起来，这时正好轮到朱小奇跨越，他不肯放过这个表演的机会，喊叫着飞跑了过去，而当"驴"的那位同学却准备直起身来，趁机结束游戏，因此两人一别，一个跨起，一个直腰，朱小奇一个跟头，从上往下，摔了下来。虽然不高，但发力过猛，来不及做缓冲动作，把左胳膊的肘关节摔了个错位骨折。

做完手术，打上石膏，朱小奇开始了他小学期间最长的一次休假。印象中，除了前几天比较难受外，在休养的大部分时间里，朱小奇能吃能喝，行动除了左胳膊不方便之外，基本正常，因此除了听收音机，就是大量地看书。

朱小奇的大姐那时也在当地的一所小学当老师了，从学校图书馆给他借阅了大量的图书。朱小奇如获至宝，如饮甘泉，乐此不疲，孜孜不倦。

这些书籍中，唤起朱小奇最大兴趣，带给他最大影响的，就是林汉达编写的历史读物——《上下五千年》。风云跌宕，英雄辈出，遥远的年代赋予了书中人物神秘的魅力，传奇的故事越发把现实的日子衬托得如同静止。

林汉达，多么了不起的一个人，多么有意思的一份工作，他把所有这些遥远的、隐藏在岁月长河里的故事，用朴素流畅的文字娓娓道来，传播到各个角落，感动了各个心灵，伴随着这些文字与故事，他的名字也写进了历史，成为多少人成长的回忆。

心灵的激荡之下，年少时的朱小奇暗下决心，他也要成为这样一个人，追寻历史的旧梦，撰写曾经的岁月，让文字凝固时间的脚步，让灵魂跨越千年重逢。

后来，朱小奇的理想不断被惯常的日子所冲淡，不断被世俗的观点所动摇，不断被他人的喜好所影响，不断被自我的迷失所淹没。

仿佛心有灵犀，天人感应，沉浸在万千思绪里的朱小奇突然被一首熟悉的乐曲所唤醒。

飞机已然着陆，天花板扩音器传来周华健深情吟唱的《最真的梦》："今夜微风轻送，把我的心吹动，多少尘封的往日情，重回到我心中……"

仿佛一束光照亮一个漆黑的舞台，仿佛一汪清泉流进一片干涸的硬土，仿佛一缕春风吹绿一岸枯黄的草地，仿佛一声春雷带来了满城的霏霏春雨。

朱小奇仿佛受到了神明启示，心底的梦想再一次被前行的欲望所点燃，他的人生再一次有了目标，从迷茫困顿中再一次看到了希望。

贝多芬说：音乐是比一切哲学、一切智慧更高的启示。诚哉斯言。优美隽永的文字，生动浪漫的绘画，栩栩如生的雕塑，鬼斧神工的建筑，似乎都能撞击人的灵魂，启迪人的心智，但比起音乐来，似乎都隔着一层。而音乐，是神明本身的声音，简单，直接，直达生命本身，万物之灵，妙处所至，难以言说。

重拾少年梦想的朱小奇，确定了新的人生目标的朱小奇，心情好了很多。他觉得这一刻自己的内心充实，眼睛明亮，浑身有力而轻盈，似乎美好的明天已然触手可及。

他似乎已经看到了那时的自己，每天在新的行业、新的知识里徜徉，每一天都有新的收获，每一天都有新的进步，他的新书出版了，他在到处讲课，他在到处出席活动，他的爸爸妈妈戴着老花镜，在翻看他的新书，他依然年轻，他依然是个少年，他每天都有很多新的故事可以经历，他每天都有很多新的梦想可以实现。

回首现在的生活，多少的人事纠缠，多少的职场羁绊，多少的自欺欺人，多少的无聊消磨，都烟消云散，已成旧事，他已逃出那个围城，进入另一个层面的空间与人生。

朱小奇不禁在想象中挥了挥手，脑子里闪烁着徐志摩再别康桥的画面，电影《英雄本色Ⅱ》中周润发向张国荣歪着嘴笑着吟诗的画面。"轻轻的我走了，正如我轻轻的来；我轻轻的招手，作别西天的云彩。"

4

一路神游的朱小奇，沉浸在幻想中的未来的日子里，凭着习惯的本能下飞机、出机场、排队打车、坐车回家。快到家的时候，朱小奇也仿佛从梦境回到了现实。

他不禁想，这个目标怎么实现呢？几乎是在发出疑问的同时，朱小奇就在心中给出了答案——考取文学博士研究生。

大学最后的一年，无处可去的朱小奇奋力一搏，成功考取了硕士研究生，从而给自己的命运带来了新的转机。

这一经历，是朱小奇回首往事时难得的亮色之一，最重要的是，那次考研从开始的设想、中间的拼搏到最后的成功，都是他一个人运作的结果。

那次的成功，给了朱小奇非常强烈的人生启迪和自信，他第一次感受到，人通过自己的努力，是能够让自己的梦想成真的，天道酬勤。

因此，在这一次行业选择和人生选择的十字路口，朱小奇自然而然地，再一次地想起了这一条通路，这也是他在此时此刻，认为唯一可以改变命运的，并能成功把握的机会。

朱小奇进一步计划着考取文学博士的可行性。首先，跨专业考试在人文专业应该是被鼓励的。其次，自己平时就很喜欢看文学类书籍，对一些作家及文学作品也都有一定的认知和自己的理解，关键是，这是自己的爱好，学起来应该会很感兴趣，会相对轻松。

朱小奇越想越对，越想就似乎离实现这一目标越近，他不由兴奋地在心里说：下一步，最主要的就是城市和学校的选择了。对！立刻，马上，开始行动！

怀着对新生活的憧憬，朱小奇内心的阴霾被刚刚升起的未来的光亮驱散。

黄恬恬即将远赴美国，给他带来的生活上的变化和不适也平息了不少。

因此，回到家的朱小奇并没有像刚刚听到这个消息时所想表现的那么抗拒，那么想阻止。他只是略有抱怨地说，这么大个事为什么不提前和他商量商量。

黄恬恬一听朱小奇这样说，就有点儿要发火的意思，提高了声音说道："我没和你说过吗？你能听进去吗？你每天不是旅游就是神游，回到家不是发呆，就是看书看电视，我的事你能往心里去吗？"

"这话说的，好像我回家咱俩不说话、不交流一样，你是说过，但你就提了那么一句，我怎么知道你是认真的，而且这么快就要走，我以为你就是那么一想、那么一说呢。"朱小奇也提高了嗓门儿，"我还没发火，你倒生起气来了！"

"什么叫我倒生起气来了！"黄恬恬这下真发火了，直着眼看着朱小奇，喊道，"我怎么了？我理亏了？我只能围着你的生活转，是吧？我不能有自己的想法和追求，是吧？我是一个博士，一个有学位有事业的职业女性，不是一个家庭主妇，更不是你的老妈子！"

"你这是什么话！"朱小奇也提高了嗓门儿，"我什么时候这样说过？你自己……"

"你没说，但你就是这样想的，你倒是说说看，我为什么不能去美国进修？"黄恬恬不容申辩地追问道。

朱小奇一时语塞，嗫嚅了一会儿说道："你不是说我们再怀不上孩子，就做试管婴儿要一个吗？你一出国，不就要不成了吗？"

黄恬恬没有说话，一阵寂静之后，黄恬恬的语气平静了一些，说："已经这会儿了，不差这一两年，而且这么好的机会，我们学校你也知道，不出国进修就像没上过大学似的，别说发展的机会，以后被淘汰都有可能，再说了，我看你根本也没打算要孩子，你自己没还长大呢，你就是不愿接受改变。"

"就是嘛。"朱小奇索性承认了，"你一走就是一年，留下我一个人，多寂寞，再说了，我现在工作上又不顺心，以后连找个人安慰都找不着了。"

"那你想过，你每天出差，我一个人在家寂寞吗？我就没有什么事儿需要安慰吗？"黄恬恬说道。朱小奇一时之间无话可说，房间里一下子安静下来，只能听见墙上的钟表嘀嗒嘀嗒地走着，越发显得有些陌生而疏远的气氛在悄悄地升起。

两个人都沉默了一会儿，黄恬恬轻轻叹了一口气，说："你能听我安慰？你恐怕是不习惯一个人，没人打扫屋子，没人做饭吧？你先别说话——"黄恬恬用手点了一下正准备申辩的朱小奇，接着说道："我建议啊，我去美国之后，你把你爸妈接来，一来也多陪陪他们，二来也能给你收拾收拾家，做做饭。"

朱小奇嘴上没说，心里不禁想：这倒是一个办法。平静了一会儿，看着神情依然有些冷漠的黄恬恬，朱小奇不禁从心底升起一股怜惜的柔情。

朱小奇走过去，从后面扶住黄恬恬的肩膀，把嘴贴向黄恬恬的耳朵，轻声说："快点儿回来啊。"黄恬恬的身子仍是僵着，过了一会儿才说道："一年而已，很快的，你出出差、旅旅游就过去了。"

那天直到晚上睡觉，黄恬恬的情绪一直都是暗淡的，有一丝生分，朱小奇也感觉到了两个人之间的那份疏远，不禁想：生活还真是，把人抛向谷底的时候一点儿都不留余地，幸亏自己有了新的目标和计划，不然这日子可怎么挨下去啊！

5

临睡前，朱小奇按照既往的习惯抽了一本书，斜靠在床上，凑向台灯的光亮，翻看着。这天晚上，他选中的是《麦田里的守望者》，此刻，他怦然心动。

书中主人公的理想是：我将来要当一名麦田里的守望者。有那么一群孩子在一大块麦田里玩。几千几万的小孩子，附近没有一个大人，我是说——除了我。我呢，就在那悬崖边，我的职务就是在那儿守望，要是有哪个孩子往悬崖边来，我就把他捉住——我是说孩子们都是在狂奔，也不知道自己是在往哪儿跑。我得从什么地方出来，把他们捉住。我整天就干这样的事，我只想做个麦田里的守望者。

朱小奇似有所感，他能体会到作者那种孤独的情绪，但又很难准确地理解，他不禁陷入沉思：这是什么意思呢？

第二十四章

希望之火再次熄灭

1

过了两天，朱小奇把自己的考博计划告诉了黄恬恬。黄恬恬沉吟了一会儿，说了她的观点。她认为朱小奇有些异想天开，过于理想化了。

首先，黄恬恬认为所有的行业都一样，都有人事纠葛和个人发展不顺的问题，而中文系，虽然听着挺浪漫，但文人扎堆的地方，恐怕同事之间的明争暗斗会更厉害。

其次，朱小奇学医出身，又在医药行业工作了十几年，还是积累了一定的经验和资源，这么冒冒失失地转身投入另一个毫不相关的行业中去，太可惜，太冒险了。

她倒是赞成朱小奇考博。黄恬恬说："现在呢，你在公司的职业发展一时也没什么更好的机会，和直接领导又相处得不是很愉快，如果能考一个在职博士，一来自己再系统性地多学点儿东西，二来也能再开阔开阔视野，加深一下与行业专家的关系，三来嘛，博士学位本身就是一个资本，说不定哪天就用上了，也省得每天东游西逛。"

朱小奇承认黄恬恬说得有道理，但他不禁想：如果还是考本专业的博士生，他的人生能有什么变化呢？还不是在这条道儿上继续走，无非就是走快走慢的问题，那岂不是离自己儿时的梦想和兴趣越来越远了吗？

至于其他呢，先进去再说吧，如果真的能进入一个自己非常喜欢的行业，同样的问题也许自己的感受也不一样，至少应该不会像现在这样，简直是对生活本身产生了虚无感。

看到朱小奇还是非常坚持，并且大谈要追求理想，黄恬恬也不再和他争论，只是说反正朱小奇这个人一旦决定了要做什么，找各种理由也是要做的，她也管不了。

"不过，"黄恬恬突然想起了什么，向朱小奇问道，"真要考上了，你想过收入问题吗？别说你上学期间，就是以后当了老师，收入八成还没有你现在高呢！"

朱小奇这两天正处在热血上涌、头脑发热的状态，满脑子都是对未来美好生活的憧憬，还真没想过这个问题。被黄恬恬这么一问，不禁一愣，不过马上就像深思熟虑过一样，开始滔滔不绝地回应。

黄恬恬一会儿收拾收拾这儿，一会儿收拾收拾那儿，朱小奇就像个尾巴一样跟在她后面，开始了长篇大论。朱小奇边想边说，东拉西扯，时而吞吞吐吐，时而口若悬河。

朱小奇的核心观点是：第一，财富的创造与分配是中国改革开放最大的变化之一，过去是怎么样的呢？在他们小的时候，制度设计上，宏观上，是国家统一组织进行财富的创造与分配，所以对于大部分人来说，物质生活并没有太大的差别，并且某种程度上，因为没有差别，也就缺乏这方面的欲望，缺乏这种追求财富的动力。

所以，从实际情况也可以看出，20 世纪 70 年代出生的人，虽然没有严谨的统计数据，产生富豪的数量是比较小的，远比不上从小就对物质生活差距有明显感触和体会的 20 世纪五六十年代的人，或者是改革开放之后出生的一代人。

20 世纪 70 年代出生，特别是 1976 年之前出生的人，他们被称为理想主义的最后一代，无论做什么，都需要后天更多的学习，都需要更多的反思与改变，因为之前大部分的成长观教育是不适应后来发展的，思想落后于时代的发展，性格品质也落后于时代的发展。

第二，说到底，从政策上放开财富的创造与分配之后，从最根本的层面，可以把人群分成两个集团：创造财富的集团和跟随财富创造的集团。

创造财富的集团，理论上他们都是社会价值的突出创造者，在一个发达的商业社会，基本上都有途径被兑现为财富。而另一个集团，也就是跟随财富创造的集团，一句话，就是打工的，当然，有高级打工的，也有低级打工的，但他们都有一个本质的属性，就是他们都没有带头发起创造一个新的事物，比如新的商场、新的娱乐、新的交通工具、新的生活用品、新的文化产品等等，而只是其中具体一个环节的执行者，在其中的贡献是容易替代的，创造性小的。

那么财富是怎么流动的呢？不可否认，社会的发展，无论是物质财富还是精神财富，主要还是依靠创造者的劳动来推动的，因此财富也是主要流向于这个集团，包括商人、文体娱乐明星、大科学家、大文学家以及各行各业的精英人物。

所以从这个层面上说，行业并不重要，而是否能成为这个行业的创造者，或者重要的参与者，才是最重要的。

因此如果要实现财富的基本跨越，就必须要有真正创造性的劳动，比如办一个企业或者通过创造性的劳动成为一个行业的精英，研发一款药物或者写一本广为传播的书，这两件事都属于创造性劳动。

哪一个离他们更近呢？朱小奇认为还是后者，虽然他们都学了多年的医药，但是他们都深深知道研发一款真正有革命性疗效的新药物有多难，而研发这类新药物，以当前的情况看，远不是一个企业能做到的。

第三，如果说不能从根本上进入创造者的集团，那么怎么实现相对多的财富呢？那首先就是要选择城市和单位。现如今的中国，是一个高速发展的时期，高速发展的时期就意味着发展是不平衡的，并且如果没有国家力量特别的调控，往往是强者恒强。

而他和黄恬恬已经在一线城市了，所以这个不成问题。而至于说到单位，大学与企业的收入确实有差别，一般来说，比效益好的企业少，比效益差的企业多，但对于这种高速发展的城市来说，工资收入并不是决定财富多少的决定力量。

那么是什么呢？是投资，无论是投资房产还是优质股票，甚至是字画与古玩。因为有钱的人会越来越多，而这些东西在某种程度上是很难再生的，是带有垄断性质的。

"比方说吧，"朱小奇说，"我们这套房子，买了不到三年，已经翻了将近三倍，因为它的地段，它的学位，是不可再生的。"

朱小奇絮絮叨叨地说到这儿的时候，黄恬恬坐到沙发上，一边打开电视，一边说道："涨了三倍又怎么样？卖了它你住哪儿？住回单位宿舍。"

"也不是不可以。"朱小奇说道，"住回宿舍，然后我们把这个房子卖了，再买两套小的，付个首付，现在股票跌得厉害，剩下的再进点儿股票。"

"去你的！"黄恬恬干脆利落地说，"要卖你卖，我才不卖呢？我们好不容易才有了自己的房子，你让卖了？还有，你居然还说要买股票，你现在手里的那些股票还套着呢吧？没看出来呀，朱小奇同学，你还真是有赌性啊！"

"这怎么能叫有赌性呢？投资嘛，就是要承受资产价格的起起伏伏，坚持才能胜利啊！有一个炒股发了大财的叫林园，你知道吧，他的观点就是……"

"好了，朱小奇同学，我说不过你，也无法改变你的决定，你想考就考吧，只要认认真真地把前前后后的事情想清楚就行。"黄恬恬说，"《潜伏》已经开始了，我要看了，已经漏了一小段了，哦，还有，不管你今后去哪儿工作，现在你还要尽量和大家好好相处，好好工作啊！"

与黄恬恬谈完之后，也算是给自己这个命运改变计划找到了充足的理由和可能。

2

下了决心的朱小奇开始正式着手进行考博的准备工作。当查阅了相关通知和要求后，朱小奇才发现时间已经非常紧张了。

大部分学校 9—10 月公布招生简章，10—12 月开始报名，3—4 月就开始考试了，留给朱小奇的时间满打满算也就是将近 8 个月。

朱小奇一时之间不禁有些慌神，心想：这么短的时间，还要跨专业学习，这可太困难了，这怎么能考上呢？明年再报？那不行，朱小奇的急性子再一次展现出来，一旦对新的生活有了企盼，他可不想再等将近两年的时间。

何况，这种突击学习的热情，时间长了，效果并不一定就好。朱小奇一边给自己找理由，一边给自己打气，破釜沉舟，一定要成功。

说干就干，朱小奇第二天就去广州出差。一是调研一下广东片区项目的进展，二是去广东省最著名的综合性大学咨询报考博士研究生的情况，这也是朱小奇此行最主要的目的。

中山大学是岭南最著名的高等学府，历史悠久，风景优美。校园里一片郁郁葱葱，参天大树掩映下的红色建筑古朴端庄，沧桑而安详，颇有一番宁静悠然的氛围，与一墙之隔的外界的车水马龙形成了鲜明的反差。

朱小奇找到研究生招生办公室，把自己能想到的关于报考中文系博士研究生的问题都认认真真咨询了一遍。老师非常热情，回答得也很详细，给朱小奇留下了良好的印象。

通过咨询，朱小奇确定报考中国现当代文学研究方向，并根据招生老师的建议，先购买了两套参考教材，王力主编的《古代汉语》和北京大学出版的《中国现代文学史》。另外，还买了两三本考博英语的词汇汇编和习题集。

了解完报考中文系博士研究生的基本情况，朱小奇开始沉下心来，认真审视需要备考的科目，一看之下，果然知易行难，障碍不小。

首先就是两个最直接的困难摆在他的面前，而且都是他事先没有想到的，一是从历届博士研究生的录取分数线上看，英语成绩的单科分数线，中文系都是最高的。

朱小奇一时之间很是气愤，心想：既然是中文系，为什么要对英语的要求这么高呢？莫非是南方作为改革开放的窗口的特有要求？及至一查，才发现全国概莫能外，出奇地一致。朱小奇也只有暗自诅咒的份儿了。

二是专业基础课要考古代汉语的知识，这也让朱小奇有点儿出乎意料，并且翻看之下，发现这对自己绝对是个挑战，里面好多的字他都需要猜着认，好多的话他都似懂非懂。

至于专业课的参考教材《中国现代文学史》，朱小奇倒是看得津津有味，虽然里面提及的小说他也有很多没有看过，但大部分作家的名字，朱小奇还是听说过的，对这些作家的特点也都略知一二。因此看到书中对相关作家及小说进行评论时，并没有过于陌生的感觉，反倒觉得第一次系统性地看主流文学界如何评论、分析相关的作品和作者，挺有意思。

初步总结了一遍备考科目的要求，朱小奇整肃了一下忐忑的思绪，制订了如下的应对策略。

对于英语的突击学习，朱小奇准备还是采用他当年考取硕士研究生的套路。由于研究生的英语水平测试要求主要体现在词汇量大、阅读能力强上，因此朱小奇计划，从明天开始，手不释卷背单词。把需要掌握的词汇抄写在一个个非常小的、便于携带的方形笔记本上，用一天里相对整块的时间（如一个小时）系统性地抄写背诵，其余零碎的时间，只要情况允许，随时随地拿出来，反复默念，加深记忆。

另外，一天做一篇阅读理解，一周做一次习题测试。而对英文写作，一来时间紧迫，二来写作是个慢功夫，需要长期的练习才能显出高低上下，并且主观因素较大，从这上面抢分很困难，付出回报相对不成正比。因此朱小奇还是计划在考试前的最后一个星期，疯狂背诵各种句型及范文，届时无论什么题目，套用即可。

对于专业基础课和专业课，朱小奇心里七上八下，觉得这样盲目复习实在是没有把握。他准备从两个方面着手，一是尽量搞到之前的考题，大体有个方向性的了解和把控，二是如果有复习班，最好能报一个，哪怕工作原因不能全上，能上几节加强一下学习的引导，也是好的。

还有就是，朱小奇想：他毕竟也在社会上混了这么久，总不能还像当年考硕士那样，两眼一抹黑就去考吧，如果能提前认识认识老师，找找门路，给划划重点甚至能提前透露一下考试的方向甚至个别题目，那样才能相对有考取的把握。

制订完了初步的应考策略，朱小奇强迫自己进入备考状态。把床头书桌上的书，除了一本《约翰·克利斯朵夫》留着放置自己的眼镜，并经常随手翻阅一下，其余的都收拾到了书架上，而把两套备考教材放在了他的床头书桌，准备每晚阅读。

只要在家里，《约翰·克利斯朵夫》这本书永远都要放在朱小奇的床头，他睡觉时的眼镜只会放在它的上面，这是朱小奇多年养成的一个习惯，以示他对这本书非同一般的喜爱和它在他心目中特殊的地位。

朱小奇准备先易后难，先从自己感兴趣的、容易进入的科目学起，于是拿起一支笔，老老实实地坐到书桌前，摆出一副认认真真的架势，开始学习《中国现代文学史》。

也许是刚开始正经八百地学习，还很难进入状态，也许是朱小奇的考博策略还有很多让他疑虑的地方，朱小奇的注意力很难集中在书本上。一行行文字映入眼帘，但就是没有激发起脑神经突触细胞的丝毫联系，仿佛一只手轻轻抚过琴弦，却没有弹出任何叮叮淙淙的曲调。

朱小奇的思绪像夏日午后倏忽而至，闯入一角世界的蜻蜓，这飞一下，那点一下，运作迅捷而又毫无目标。就这么左左右右、高高低低、漫无目的盘旋飞舞了一阵，好似突然心有灵犀一般，蓦然停在一根伸展而出的树枝上，薄薄的翅翼在微风中轻轻颤抖，其余就一动不动了，仿佛完全静止了一般。

朱小奇猛然想到，自己现在对中文系的生态环境完全是陌生的，部分的场景只是出于自己的想象，实际上，他对中文系日常的工作状态、教授老师的晋升发展、对于招收学生的喜好要求、毕业后的工作去向一概不知，他设想的未来的生活，实际上只是一个著名学者或著名作家的生活一隅，而并非中文系老师普遍的生活状态。

在那个圈子里，达到他理想中的生活状态需要什么样的个体素质和后天努力呢？它的概率是多大呢？

朱小奇不禁心里一凉，手心里都汗津津的，他的热情之火似乎被兜头盖脸泼了一瓢凉水，熄灭了一大半，其余的还在不甘心地一簇一簇地燃烧着，残存着几处火焰和光亮。朱小奇又陷入了迷惘而焦躁的状态，还有一些疲惫与无力。

朱小奇这才发现，实际上刚才他想的问题，就是黄恬恬提出的那些疑问，只不过自己热情之下，对这些问题没有深想，而是用一种理想化的方式给过滤掉了。他一直是这样的，对于现实问题的反映似乎总是慢半拍。

难道就这样算了不成？朱小奇咬着牙想。仿佛黑夜里荒野之地迷路的行人，刚刚看见一盏灯的光亮，又被夜风一吹，忽明忽暗，直欲灭去，朱小奇好不甘心。

就在这时，手机铃声响了，朱小奇一看，是孙志宏的来电。

孙志宏来电是想邀请朱小奇这个周末去参加他们临床药理学会的一个会议，今年轮到他们学校举办，本来会议的各项讲座和实践分享都已经安排好了，临时一个讲课老师有事来不了，他灵机一动，知道朱小奇每天都在做药物上市后的学术研究工作，现在又正在主持一个院士牵头的大规模临床循证研究项目，因此想让他去分享一个从市场角度看，如何进行药物上市后临床药理方面学术证据研究工作的报告。

"现在，国家学校都在倡导校企联合，好多学校对老师还有这方面的考核指标，你从企业、市场的角度讲一讲，估计大家都会很感兴趣，并且，你也可以顺带宣传一下你们的企业。好事吧！"孙志宏在电话那头笑着说道，"而且我们也可以再好好聚一聚，好好热闹一下。"

好事倒是好事，朱小奇在心里嘀咕了一句，但他这会儿却有点儿兴奋不起来，灵机一动，朱小奇突然想起：孙志宏所在的大学就是一所综合性大学，这家伙交游又甚广，八成会认识中文系的老师，可以先了解了解情况。

想到这儿，朱小奇兴奋地问道："志宏兄，你们学校中文系的老师，你有认识的、关系要好的吗？这次我去长沙，忙完会议，约出来晚上我们一起坐坐聊聊？"

"中文系？干吗？想找个文艺女青年陪陪你啊。最近有点儿寂寞？"

孙志宏调侃道，"不过，你倒是一直都是个文艺男青年——"

"拉倒吧！"朱小奇打断他，说，"到了长沙再详细跟你说，有点儿事情要向中文系的老师打听，最好是有一定职位或者有一点儿社会影响的，正经事啊，别找个你的女朋友。"

"好嘞，放心，那个邱飞宇你知道吗？前几年还出版过一本小有影响的小说呢，和我关系不错，到时咱们一起聚聚。"孙志宏愉快的声音从电话那头传过来。

这个人朱小奇还真听说过，他不禁兴奋起来，一连声地说道："好好好，周末见啊！"

放下电话，朱小奇的心情昂扬了一些，心道：总算找到了一个行业中人，可以先去打探了解一下，不用这么惶惶然一个人乱加猜想了，先安心好好看书吧。这才静下心来，凝神翻看着，恰好看到这样一段话："《呐喊》《彷徨》是中国现代小说的艺术高峰。'中国现代小说在鲁迅手中开始，又在鲁迅手中成熟，这在历史上是一种并不多见的现象。'"

哦？怎么说？朱小奇兴趣大增。一是非常同意，觉得很合自己的想法，二是非常想看看作者是怎么系统论述的，于是聚精会神，认认真真地看了起来。

3

周末，朱小奇如期来到了长沙。他的会议报告很成功，以往这种会议大家都是从科研的角度分享的，同行之间其实大部分工作也都互相了解，而且这种场合，也不会说得特别具体详细，因此大家基本上都是礼貌性地听听罢了。

而朱小奇的报告从市场出发，虽然浅显，却十分鲜活，并且朱小奇很少讲课，因此非常重视，素材准备得满满当当，货真价实，大部分人都听得津津有味，经常发出会心的笑声，好多人不停地用手机拍照。

会议晚宴时，不时有人来给朱小奇敬酒、交换名片，虽然朱小奇知道大家主要还是想与企业有更多的横向合作，并非自己多么才华了得，但奉承话听多了，加上酒精、欢声、笑语的烘托，也不禁飘飘然，心情大好，似乎第一次在这个行业里体会到了成就感。

晚宴后，一群人又去唱歌、宵夜，玩得热火朝天。唱歌和宵夜时，几个年龄小点儿的正在上研究生的女孩子一直围在朱小奇身边玩闹，一个劲儿地夸他年轻有为，争着和他喝酒唱歌。朱小奇的虚荣心大为满足，不由觉得长沙真是个好地方，蓬勃旺盛，浪漫多情。

当天晚上，朱小奇他们一直闹到凌晨两三点钟才回去睡觉，第二天醒来，已近中午。一打开手机，一个电话就打了进来，原来是昨天晚上认识的孙志宏他们学校一个做药理的教授，金小鑫。

金小鑫比朱小奇和孙志宏还小个五六岁，一双迷迷蒙蒙的笑眼，身材略微有点儿显胖儿，人多的时候他的话不多，但跑前跑后、端茶倒水很是热情。

朱小奇一接电话，就听见他操着特有的湖南普通话说："朱总，刚醒吧？昨天搞得太晚了，您收拾收拾，我半个小时之后来接您，我们去吃东安鸡。"

"啊？不用了吧，你们忙吧，我在酒店随便吃点儿就行了，再说，昨天夜里两点多还在吃，胃现在还胀呢！"朱小奇一边说着，一边从床上坐了起来。

"不忙不忙，今天就是陪您，昨晚我们都说好了呀，忘了？东安鸡最开胃解酒了，再来几个土菜，来个老姜肉片汤，微微出点儿汗，胃里一下就舒服了。别客气了啊，朱总，我已经在路上了，一会儿见。"

得，朱小奇心想，果然湖南人的热情干脆利落，如沐春风，让人无法拒绝。答应下来挂了电话，朱小奇赶忙起来冲澡洗漱。刚刚收拾完毕，就接到了金小鑫到了酒店门口的短信。

朱小奇出了酒店，一眼就看见金小鑫笑嘻嘻地从车里探出头来向他招手，他的心情也不由得变得亲切美好起来。上得车来，后排座上两个年轻女孩用脆生生的声音喊道："朱总好！"

朱小奇这才发现车上还有两个女孩，个个面容姣好，笑脸盈盈，青春靓丽，让人情不自禁地感觉心情舒畅，神采飞扬，朝气蓬勃。

金小鑫介绍说这是他们院的两个研究生，"都非常仰慕朱总"，以后要朱总一定多多关照。两个女孩也趁势一阵莺声燕语，什么词儿都往朱小奇身上招呼。朱小奇被他们嘻嘻哈哈奉承得身子轻飘飘的，不由得自己也信了大半，一时之间，自信满满，感觉甚佳。

几个人来到一家名叫东安鸡的土菜馆，门脸儿不大，不过五六张桌子，老板娘也是一副笑逐颜开的模样，引导着他们坐下，就开始张罗着点菜。

金小鑫应该和老板娘很熟，要不就是湖南人天性都很热情亲切，一边像唠家常一样随意说着话，一边用湖南话点着菜。

那天中午他们吃的菜，都非常有当地特色，东安鸡、永州血鸭、清蒸小肠、禾花鱼、蒜苗炒腊肉、鸡汁芋头、老姜肉片汤、炒白菜薹。东安鸡酸酸辣辣，十分开胃，清蒸小肠、老姜肉片汤、鸡汁芋头，汤汤水水，香浓馥郁。朱小奇吃得浑身微汗，头脑清明，胃里踏实，心中舒畅。

四个人边吃边说，甚是开心。吃完饭，金小鑫又领着朱小奇去他们实验室转了转，介绍了一下他们团队的科研方向和研究内容，以及正在承担的课题情况，双方又简短地开了个座谈会，就可能的合作机会初步交流了一下。

进行完这些内容，时间已经将近五点十分了。金小鑫于是开车把朱小奇送往孙志宏订好的一个农庄吃晚饭。长沙塞车也很厉害，加上他们从河东赶到河西，因此到了晚上吃饭的地方，时间已近六点半，孙志宏已经笑嘻嘻地在门口等着他了。

4

与金小鑫挥手作别，朱小奇跟着孙志宏走进了一个很大的包厢，里面已经来了十四五位，男男女女，大部分是陌生的面孔。

孙志宏把朱小奇拉到了主位，说主要是给他接风，感谢他来捧场，朱小奇一番谦让，拗不过他，只得坐了下来。孙志宏先给众人介绍了一下朱小奇，然后又给朱小奇一一介绍，有做建材的，有做基金的，有做老师的，有做医生的，林林总总，各行各业，朱小奇根本也记不住，心道：果然是社会达人，交游甚广。又禁不住暗自埋怨：都怪自己，明明知道孙志宏的风格，应该叮嘱他一下的，这么多人，怎么打探事情呢？

朱小奇刚刚与众人寒暄完毕。从外边走进来一个中等个头儿、略微有些秃顶、头发还有些自来卷、穿的衣服裤子似乎都大一号、戴着一副金丝眼镜的中年男人。孙志宏急忙抢身相迎，把他安排在朱小奇的旁边，并作了介绍，正是朱小奇今天会面的主角，孙志宏他们学校中文系的老师——邱飞宇。

朱小奇急忙一边说着久仰一边递上自己的名片，并说自己非常喜欢他的小说，对邱老师的才华非常钦佩。两个人客气了一会儿，渐入正题。邱飞宇问朱小奇什么事情找他，能帮上忙的一定帮。

这种环境下，朱小奇没好意思说自己准备打算考中文系的博士生，灵机一动，说是自己的外甥，也是学医药的，工作了两年，从小就想当个作家，现在准备跨专业考中文系的研究生，托他帮着问问。

邱飞宇沉吟了一会儿，说："朱总，志宏和我是好朋友，我就直说了，如果你的外甥想当个作家，那我不建议他考中文系，我不知道别人的观点啊，我认为中文系不是培养作家的，当前的中文系的学习科目设置，基本上是培养研究型人才的，而作家需要天马行空的想象、细致入微的感受、丰富多彩的经历，进了中文系，反倒限制了这些，至于遣词造句、文法辞藻，光学是学不来的，需要天分。"

"并且，"邱飞宇拧着眉头笑了一下，"有时候，学得多了反倒限制住了人，不知道怎么写好了。"说罢，摇了摇头。

朱小奇一听之下，虽然心底一沉，有些失望，但也看出来邱飞宇确实是个性情中人。所以，一边道谢，一边也是为了让他更能知无不言，言无不尽，一连与他干了三杯。

三杯过后，邱飞宇的脸、脖子、眼睛明显有些泛红，看来酒精已经发生了作用。朱小奇又问："您不就是中文系的吗？您的小说我觉得就写得非常好。"

邱飞宇哈哈一笑，说："朱总看来也是此道中人，但你看我后来又写过什么吗？什么也没写过！写不出来了，勉强写，别人还没看呢，自己就看不下去了，一写东西，就不由自主地想起发文章、挣学分、评职称。小说这个东西，只要大众一说好，同行就轻贱，哎，后来，简直是自己也不想写了。我有时候想，要不是我还觉得当老师也是一个自己喜欢的职业，真想辞职不干了，人世间最悲凉的事，就是把自己的爱好变成了自己的职业，变成了自己换取报酬、换取社会地位的一个砝码，最后躲都没地方躲啊，连隔岸看花、隔水望月的安慰都没有了，只剩下一个字：网。"

邱飞宇明显是有些喝多了，头一个劲儿地往下沉。朱小奇赶忙让他多喝水、多吃菜，不禁暗自懊悔，心想：早知道这位兄台不胜酒力，就不劝他喝酒了。这还怎么问呢？

不过，朱小奇又想，这也不用问了，他已经基本听明白了，也看明白了，自己恐怕确实是隔岸看花、隔水望月了。并且，按这位邱老师的意思，自己现在幸亏还有隔岸看花的美，否则，很可能就只有一个"网"字了。

今晚的酒局，虽然人多，但是人杂，不容易闹起来，所以不到九点就散场了。朱小奇和孙志宏把伏在桌子睡着了的邱天宇唤醒，叫了个学生送他回去。两个人与大家一一告别，又去 KTV 唱歌。

5

路上，朱小奇把自己来找邱天宇的目的告诉了孙志宏。孙志宏听罢，咧嘴一乐，说："我还真猜到了一点儿，你一直就是个文艺男青年，并且满脑子幻想，看来是改不了啦。"

停了一停，孙志宏又说："其实，你现在也可以写啊，写完就出版，现在出本书还不容易！"

"也是。"朱小奇回答道，但他总觉得有什么东西和自己想的不太一样，是什么呢？

第二十五章
阴差阳错的考博之路与创业邀约

1

时间进入了9月，北方已有了秋日的微凉，风不再是热风，褪了一丝暑气，云更薄了一点儿，天空显得更加遥远，夜晚已有了些许寒意，光阴如水秋无声。

而南国的鹃城依然炎热，一成不变的绿色仿佛没有了时光的痕迹，越发显得日子像陀螺一样，原地打转儿，然而一刻不停，转得飞快。

黄恬恬已经去了美国，朱小奇把爸爸妈妈接到了鹃城。朱小奇很快就适应了新的日常起居，工作也忙碌如常，似乎日子一直都是这样过的，从来都没有改变。

与邱天宇的一番谈话，彻底浇灭了朱小奇考取中文系博士研究生的斗志，也可能是给他藏在心底的畏难情绪找到了一个理由，也可能是他骨子里的惰性再一次战胜了血液里的性情，朱小奇又滑入了既往生活的轨迹。

自从长沙那次会议报告分享之后，朱小奇接到了更多的会议邀请，他也很乐意去参加这些外部的各种学术会议，一来确实可以为自己的企业以及产品做些宣传，二来他也从中获得了一些成就感，还有更多的新的合作伙伴，更多的新的赞美，更多的新的酒局，更多的新的忙碌。

朱小奇起初也曾尝试写些东西，他建了一个微博，然而却只是在一番苦思冥想之后，起了个中意的网名，其余的却一片空白，不知该写些什么。

大部分时间里，朱小奇基本忘却了微博和写些东西的想法，日常工作的忙碌和惯常的生活填满了他心中隐藏的沟壑与时间的缝隙，日子过得似乎也很充实。

10月底的一天，朱小奇刚从外地出差回到鹃城，傍晚接到总裁秘书小苏的电话，问他是否在鹃城，确定了朱小奇在鹃城后，通知他明天陪同李剑鸣总裁参加上海医科大学陈嘉尔院士的来访接待，上午九点有个座谈会，中午有个宴请，下午陈院士就去澳门了，并嘱咐他准备一个十分钟左右的重点品种学术汇报的PPT，另外穿得正式一些。

陈嘉尔院士是中国临床药理学界的领军学者，在整个医药界也是一个举足轻重的人物。朱小奇放下电话的第一感觉，陈院士大概率是因为药物临床应用指南编撰的事情被公司邀请而来的，那就应该是王力琛指示方志强去邀请的，怎么会是小苏给他打电话呢？何况，如果是王力琛安排请的，他会让自己参加吗？

带着这样的疑惑，朱小奇犹豫了一下，还是给方志强打了个电话。一问之下，原来还真不是方志强请的，他和王力琛一起正在北京出差，也是刚不久前接到了小苏的电话，但没办法，那边已经约好事情，赶不回来了。

朱小奇想了一下，感觉毕竟来访的是位院士，公司研发技术部门应该会派人参加，于是又给高旭晨打了个电话，果然，高旭晨也被安排参加明天的座谈与接待，并且还真是知道一些情况。据高旭晨说，陈院士是应鹃城市政府的邀请来参加一个会议，公司办公室获知了这个消息，李总亲自出面邀请陈院士，临时抽了半天时间，来公司指导一下工作。

听完这个消息，朱小奇心道：难怪，如果是王力琛安排请的，怎么会让他参加呢？同时，又不禁有些失望，毕竟和直接领导老这么僵着是个挺难受的事情，心底还是有一丝期望，以为他会过一段时间，以工作为重，与他逐渐过渡到正常的上下级关系呢。

2

第二天的座谈会上，陈院士对朱小奇汇报的药物上市后的研究工作很感兴趣，特别是对芪苷 RA 注射剂的大规模循证临床研究项目给予了很高的评价。

陈院士指出：一个中药企业，能有如此开放的学术态度，请国内最具权威的西医心血管专家牵头，用国际公认的最严格的评价方法，开展这么大规模的临床研究，是有胆识、有远见、有责任、有担当、有信心、有魄力的一项战略举措，有很高的学术价值和示范意义，为上市后药物再评价工作做出了表率，充分体现了一家优秀国有企业一切为民的价值观和追求卓越的制药理念，他愿意为这样的企业去宣传，为这样的企业去争取更好的政策支持，大家共同合作，支持推动中国的医药事业蓬勃发展！

朱小奇听着陈院士一番高屋建瓴、铿锵有力的讲话，情不自禁地挺胸抬头，心跳加速，一股自豪感油然而生。斜眼观察了一下李总，发现他也正聚精会神地迎着陈院士的眼神，越坐越直，脸上的笑容也越来越灿烂，不禁心中暗笑，心想院士果然厉害，夸得真有高度，而且还让人觉得言之有据，并非完全的溢美之词。

午宴时，其乐融融，氛围甚佳。陈院士是上海人，平时不太喝酒，但遇到高兴的时候或是必要的场合，也能喝一些黄酒。于是，虽是中午，李总还是安排了三十年的古越龙山宴请陈院士，陈院士心情也非常不错，慨然应允。

席间，李总心情大好，陈院士用的是喝黄酒的小陶瓷杯，李总用的却是喝水的玻璃杯，但一连敬了陈院士三杯酒，且杯杯见底，陈院士盛情难却，也喝完了三杯。

三杯之后，李总和陈院士的状态都明显兴奋起来，话题开放了很多，语气也随意了很多。

李总率先谈起了企业的一些逸闻旧事，曾经的风雨艰难，此刻都被李总用戏谑的口吻一一说起，很多段子朱小奇他们都是第一次听说，又是惊奇又是好笑，才发现公司原来有这么多传奇和好玩儿的事情，不由得听得入迷。陈院士也谈起了学术圈的一些名人趣事，大家也都听得津津有味，笑声不断。

天南海北聊了一会儿，李总又说起了企业经营遇到的实际困难和发展瓶颈，希望陈院士多多向监管层反映并多多支持、指导公司的进一步发展壮大。

陈院士表示这是自己的职责所在，支持这样的企业就是支持国家的医药事业，只有医药工业做大了，整个的医药产业才能做好，才能为国家的发展和人民的健康做实事，做好事。

至于国家政策方面，陈院士说这几年他一直在呼吁把中药大品种的二次开发列为国家科技资助的重要方向，目前相关部门已经接受了他的建议，即将出台的科技资助计划中已经把它作为一个专门的分类列入。

陈院士说："到时候，不仅仅是政府财政的支持，更重要的是后续一系列的医保政策、基药政策、药物临床指南等，都会向有明确数据支持，科技水平先进，临床定位明确的品种倾斜，你们目前的工作已经在路上了，特别是芪苈 5A 注射剂的大规模循证临床研究项目，非常有代表性，要积极争取国家的课题资助，这不仅仅是钱的问题，而是导向的问题，资质的问题，企业形象的问题。"

李总连连点头，不住声地说着感谢与钦佩的话，又带领大家向陈院士及其跟随人员举杯致敬，不过这时他与陈院士两个人都是礼节性地浅尝辄止，而朱小奇他们则为了表示敬意，双手捧杯，一饮而尽。

陈院士又接着说道："目前，我已经有两个博士研究生在专门做这方面的课题，哦，其中一个还是来自企业的在职博士，是力远医药公司的技术部门的总经理，不过他做的是质量标准方面的课题，这样产学研相结合，理论联系实际，还是非常好的一条路子。"

李总马上接口道："这是个好办法呀，也是为企业培养人才的一个好的通路，在座的搞技术的、医药专业的，你们几个，谁自告奋勇报考陈院士的博士啊？"

李总一边说，一边笑着，眼神从朱小奇他们几个人的身上一一扫过，然后停留在朱小奇的脸上说："怎么样，朱总，芪苷RA注射剂的大规模循证临床研究项目，你就是负责人，另外，如果我没记错的话，这里边硕士毕业的，你是最年轻的吧？有没有信心，再把书本捡起来，冲刺一下，这可是千载难逢的好机会啊！"

朱小奇听到这个话题，心里正在打鼓，感觉李总八成会说到自己，现在果不其然，在这种场合下被李总直接点了名，他还能往后退不成，于是急忙接话道："是，李总，如果有幸能入陈院士的法眼，一定努力，争取考上。"

陈院士看了看朱小奇，笑着说："小奇不错，刚才汇报得挺好，逻辑清晰，层次分明。"

李总冲着朱小奇扬了扬头，朱小奇心领神会，赶忙站起身来，倒了满满一杯酒，起身走到陈院士身边，毕恭毕敬地向陈院士表示感谢，希望他以后能多多指导，希望有机会能成为他的学生，多多向院士学习。

陈院士跟他碰了碰杯，笑着鼓励了他两句，又把他身边的秘书小田着重向他介绍了一下，让他具体考博的事情可以通过田秘书田小平向学校去沟通了解。

朱小奇与田小平互相留了电话，又礼貌性地敬了他一杯酒，约好以后多多联系。然后，朱小奇又倒了满满一大杯酒走到李总的身边，感谢领导的栽培与信任。

李总笑着问他："怎么样，朱总，有没有信心？"朱小奇咧了咧嘴，苦笑着说："心虚啊，领导，十来年没系统性地看过书了，还有英语，都忘得差不多了，别到时候给您丢人啊！"

"没关系。"李总笑了笑，拍了拍他的肩膀，说，"今年考不上，就明年再考，又不是过了这个村就没这个店了，好好学就行。"

朱小奇连声道谢，杯中的酒又是一饮而尽。

朱小奇晚上回到家，头都是晕晕乎乎的，眼睛也有点干涩，照了照镜子，看见自己的脸发红，眼中略有泪光，一副感冒了的样子，不禁自嘲道，赶鸭子上架，这下没退路了，专业没跨成，倒是更往前迈了一步，全公司恐怕过两天就都知道了，这要是考不上，可是够丢人的，老天有眼，这下就是想晃晃悠悠都不成了。

晚饭的时候，和爸爸妈妈一说，朱小奇的妈妈觉得太难了，说："你平时这么忙，哪有时间学习呀，时间又这么赶，要不就直接跟领导说说，明年再考吧。"

朱小奇的爸爸却极力赞成。当然，朱小奇知道，他爸爸对任何学习考试的事情都非常赞成。直到现在，朱小奇有时候一看小说，他爸爸可能觉得孩子大了，不好再多说什么了，但还是忍不住用长吁短叹来表达他的不满。

晚上，朱小奇又捧起英语书看了起来，他爸爸进门看见，笑眯眯地给他轻轻地关上了门。不一会儿，又给他端了一杯热牛奶进来，然后又轻手轻脚地出去了。

朱小奇听见他用压低的声音对他的妈妈说："这才是个上进的样子嘛，每天到处逛，慢慢就退化了。只有学到技术才是自己的，才能在以后的工作中立于不败之地。"

朱小奇刹那间仿佛又回到了高中时代，不禁一阵抵触，但又想起爸爸说的也是对的，何况，自己现在也不知道还有什么更好的选择。"那就再拼一次吧！"朱小奇下了决心。

3

过了两天，朱小奇出差到了上海。他这次来，主要是三件事情。一是与何老师再汇总审核一下芪苷 RA 注射剂循证临床研究的数据情况，二是与田小平沟通一下考博的各项事宜，因为报名就在这几天了。还有就是顺便去李志禹的新公司看看。

田小平是一个非常热情谦逊的人，就是太忙了。和朱小奇说话的时候，一会儿有人现场来找，一会儿有人来电话询问，不是预约前来拜访院士，就是邀请院士出席活动，要不就是来落实院士的指示，咨询请示田小平下一步的安排。

朱小奇在他的办公室坐了将近一个小时，也没说几句完整的话，博士考试的事情还是没有说清楚。然而此时，田小平又要陪着陈院士出差了，朱小奇哭笑不得，只能和他一块儿向外走去。田小平一面向他道歉，一面急着上车去另一个会场接陈院士。

朱小奇送走田小平，一看时间，已经差不多五点半了，想了想，还是先去问问研究生处吧。及至一路问人找到研究生处，也不知道是都去开会了，还是已经下班了，反正各间办公室基本都关着门，只有一个大办公室，里面坐着一个看着非常年轻的小姑娘。

朱小奇犹豫了一下，正准备问问她，手机叮的一声来了个短信，低头一看，正是田小平发来的。"非常抱歉，朱总，今天实在太忙了，招待不周，敬请谅解啊，我已经与研究生院的季院长说好了，您明天上午八点四十分去找他。另外，晚上，我一会儿在飞机上整理一个考博需要准备的相关东西，到了宾馆发给您，时间确实挺紧张的，有什么需要帮忙的，您尽管问我，祝您考试成功。田小平。"

朱小奇欣喜之余，更充满了感激，不禁心想：看看人家这办事，怪不得能当上院士的秘书呢！

晚上，朱小奇一个人随便找了一家小饭馆，吃了一碗黄鱼面。上海这一点让朱小奇非常喜欢，再小的饭馆也大都干净雅致，不像其他很多城市，一旦地方小了，似乎就不用讲究环境了，一副能吃饭就行的架势。而上海则不然，似乎无论在哪里，似乎无论在何种条件下，都有一种享受生活的态度和情调。

晚上，朱小奇正在硬着头皮看英语，上海片区的经理小于直接跑到他的宾馆来找他，拉着他出去吃夜宵，嬉皮笑脸地说："领导，就今天晚上，其他时间保证让您安安稳稳地学习，绝不会耽误您进步。"

朱小奇心想，果然是全都知道了，这不是把他架到炉子上烤吗？又一想，营销系统的老习惯，到一个地方，一定要和当地的兄弟们聚一下，自己还是去吧。万一考不上，也有个说法，毕竟每天跑来跑去、迎来送往的沉不下心来，大家也都能理解。这要是每天都关起来不见人，到最后还没考上，可得有多丢人！

朱小奇跟着小于和两个业务员一起来到了酒店附近的一家避风塘

餐馆。避风塘是一家发起于上海的港式小吃店，说是小吃，现在的品种越来越丰富，各种菜式和茶点都不算少，24小时营业，在上海一直人气很旺。

来到一片欢腾、生气勃勃的避风塘餐馆，四个人点了椒盐鸭下巴、避风塘炒蟹、姜葱炒扇贝、豉汁蒸白鳝、辣炒蛏子、蒜蓉生菜几个下酒菜，又点了一锅蚝仔粥，半打三得利啤酒。

菜刚一端上来，小于就喊着要给朱小奇庆祝一下，恭喜领导成为陈院士的门下高足，以后就是博士了，大知识分子，不得了啊。

朱小奇一边和他们几个碰杯，一边摇着头说："我现在真是骑虎难下了呀，小于你这小子，现在就这么往火上架我，满打满算五个月的时间，我白天不是开会就是飞来飞去，晚上又基本上都是饭局，你让我拿什么去考啊？考不上，脸往哪搁？"

几个人异口同声地说，不会的，领导才华横溢，英明神武，保证马到成功。

"行了行了，还是喝酒吧！"朱小奇向大家拱了拱手，把杯子里的啤酒一饮而尽。拿起一个鸭下巴啃着，朱小奇心想：这几个月自己能学进去吗？真不知道自己会怎么度过考前这几个月的时间。

吃完宵夜回到宾馆，已将近十一点半的时间。刚进房间，朱小奇就又收到了田小平的短信："抱歉，飞机有点儿晚点，刚把邮件发给您，请您查收，祝顺利！"

朱小奇心中一阵温暖，赶忙回信道："您太客气了，您这么忙还要让您为我的事费心，太感谢您了，您早点儿休息，晚安。"

打开电脑，朱小奇仔细看了一遍田小平的邮件，越发地从内心升起了一股感激之情。田小平本身就是陈院士的博士研究生，这几年院士身边的大小事务他都跟着打理，对招考博士的事情也很熟悉。

邮件写明了专业课和专业基础课的考试科目，还有相关的参考书籍，特别是还列出了一些陈院士研究团队最近几年发表的重要的研究文献，并说明了近几年出题的基本形式，还有专业基础课老师的联系方式，至于专业课可以随时和他交流，题目都是从题库抽题，但熟悉老师的研究方向还是很重要的。

朱小奇不禁暗自庆幸有贵人相助，心里真不知道如何感谢田小平才好，心道：这个朋友一生一世交定了，但凡能有用到自己的地方，一定全力以赴。

4

第二天上午，朱小奇去到上海医科大学的研究生院，季院长热情接待了他，和他聊了一些考博的基本情况后，把他介绍给了一个具体的办事人员。

一上午的时间，朱小奇把所有报考研究生的流程能办的都办完了，并购买了相关的教材。现在，朱小奇心想：军号已经吹响，自己必须尽快进入学习冲刺的状态了。

下午，朱小奇如约来到了李志禹的新公司。公司位于一座写字楼里的十楼，一个独立的大门，进去以后空间还是有些局促的，大概有能坐二十人的办公卡座，还有两个独立的小办公室，一个作为总裁办公室，一个作为商务接待或几个人开个小会，讨论一些事情的场所。另外还有三个相对独立的小隔间，李志禹办公的位置就在最左边的这个小隔间。

李志禹并不是这个公司的最初创始人，而是目前的第二大股东。最初创建这个公司的就是他在电话里提到的，那个获得 S 软件中国独家代理权的他的朋友，詹毅宏。这个公司的名字就是从他的名字衍生而来的——宏毅统计咨询服务有限公司。

李志禹一脸阳光地接待了朱小奇，很兴奋地把他介绍给了詹毅宏。而詹毅宏更是满脸朝气，让朱小奇不由得想起了自己上小学的时候，课本中的正面人物插图或者公共场合张贴的劳动人民宣传画，精神百倍，热情洋溢，满怀希望，斗志昂扬，浑身都散发着对未来美好生活必胜的信念。

詹毅宏和朱小奇没简单客气几句，就开始兴冲冲地说起了他办公司的愿景。"朱总，听李博士说起你好几次了，你们都是这个行业的专业人士啊，是这个领域的专家。我是学数学的，对医药是个外行。不过，接触到你们这个行业以后，我才发现，这里边蕴藏着巨大的商机！"

"你看啊，你们药厂每年花非常多的钱去做药物研发，做上市后研究，做药品不良反应监测。医院每年花很多时间去观察病人对药物的反应，去做试验，想看看这个药物到底有没有效，想看看这个药物到底比之前的药物好在哪儿，副作用是更大还是更小，甚至，药物经济学的概念现在也被引进了中国，那就要涉及更多的试验，更多的可变因素，更多的人员参加，更多的会议要开，更多的分析要做。所有这些事，公司、医院、国家都投入了可以说是非常巨大的财力、物力和精力，那么，大家最后获得的最关键的、最核心的、最重要的东西是什么呢？"

詹毅宏停了下来，目光炯炯地看着朱小奇，脸上挂着神秘而自得的微笑，似乎是在期待着朱小奇给出一个回答。朱小奇此刻有些云里雾里，一时没弄清詹毅宏是什么套路，只得装作认真思考了一下，然后下意识地重复道："是什么呢？"

"是——数——据！"詹毅宏一拍大腿兴奋地说。

被他的情绪所感染或者是朱小奇认为出于礼貌也应该配合一下，因此也故作恍然大悟，提高了声音，附和道："是啊，就是数据嘛！"然而心里不由得想：这不是废话吗？那又怎么样呢？

詹毅宏明显更加激动了，似乎需要平复一下自己激动的情绪，端起杯子喝了一口水，一片细碎的茶叶正好沾在他的嘴唇上，反倒让他的脸上呈现出一种天真的气息。

"是的，是数据，大家费了这么大的劲儿，做了那么多的工作，最后获得的就是成百上千、成千上万个数据。可是，现在，很多人，很多机构，或者说绝大多数人，绝大多数机构是怎么对待数据的呢？他们对数据没有经过认真的校对、检查、核准，没有经过严格的溯源与确认，很多情况下，都是随便找几个没有受过正规训练、没有经过严格系统的统计学学习的一般工作者，应用未经市场严格检验的统计软件或者不知道什么工具和方法，就把这些数据处理完了。这难道不可笑吗？不荒唐吗？"

朱小奇不得不承认詹毅宏说得有道理，他自己亲身的体会也确实如此。似乎感觉说到了朱小奇的痛处，詹毅宏继续追问道："抱歉啊，朱总，我实话实说，你们企业花了那么钱，花了那么多精力，那都是你们企业自己辛辛苦苦从市场上挣到的钱啊，可是现在基本上所有的中国的企业是怎么做的呢？他们把自己辛辛苦苦获得的数据随随便便给了别人，让别人去分析，去评判，而自己却没有建团队去好好地分析，好好地挖掘，这不是非常奇怪吗？这难道是合理的吗？这种现象是正常的吗？"

朱小奇重重地点了点头，表示非常认同詹毅宏的观点。詹毅宏似乎对自己的论述打动了朱小奇很是满意，表情轻松了一些，舌尖儿灵巧地一伸，把那片小细茶叶舔到了嘴里。

詹毅宏笑了笑，示意朱小奇喝口水，然后放慢了语速说道："S 统计软件是全世界各个行业，特别是医药行业，公认最严格、最科学、最权威的统计软件。当然，它的价格和每年的维护价格都是非常昂贵的。就现阶段而言，实话实说，我们国家的医药企业也用不着非要采用购买的方式来获得使用。我的想法是，我们要让中国所有具有开发能力的企业或者研发机构租用 S 统计软件的部分模块功能，我们提供租用权和后续的服务，全国具有科研能力的医药企业、研发公司、医疗机构至少有一万多家吧，你想想，我们这会是一个什么样的生意？并且，我们这不是在为自己，而是为了整个中国医药行业的发展，为了挽救那么多宝贵的数据得不到应有的、正确的挖掘和应用。"

朱小奇一来是出于对詹毅宏观点大方向的认同，二来也是出于礼貌，詹毅宏一番慷慨激昂的讲话一收尾，就连忙点头附和，大赞他独具慧眼，切中了医药行业的要害，这个生意的方向确实是商机无限，利国利民。

这时，恰好李志禹也从外面忙完走了进来，詹毅宏和朱小奇两个人毕竟是初次见面，还有一些生疏，这时都不由得抢着向他说刚才二人相谈甚欢，达成了高度共识，并互相夸奖着对方。

李志禹笑着对朱小奇说："怎么样，小奇，随时欢迎你的加入啊，毕竟你在企业工作了这么多年，对企业的需要是把握得最清楚的，那样的话，我们这个团队的组合就相当全面了。"

朱小奇略有尴尬，故作沉思地点了点头，然后表示确实是个非常好的创意和机会，不过自己目前手上的项目很重要，并且正在关键时候，还是先把它做完，届时也能积累更多的经验和资源。

詹毅宏哈哈笑着站了起来，连声表示非常理解，说自己也是犹豫了两年的时间才下决心创办了这个企业，又冲着李志禹打趣道："李博士，有几个人能像你那么洒脱啊，说走就走，说干就干，走，我们先去吃饭，边吃边聊。"

朱小奇本想不去，但又不知怎么说出口，一来这似乎是一个创业的邀约，而不是生意的谈判，二来他与李志禹还停留在原来甲方乙方的心理习惯上，因此也只好一同前往了。

朱小奇跟着詹毅宏和李志禹熟门熟路地来到了公司楼下的一家面馆，门脸儿并不大，但名字却很大，"天下第一面"，朱小奇不禁开玩笑道："这是哪个皇帝封的，还是江湖经过一番血雨腥风给评出来的？"

几个人说笑着走到里面的一张桌子前坐下，菜单就是一张16开大的比较厚的过塑纸，詹毅宏递给朱小奇，说："来，一人一碗面，看各自喜欢，自己选。"

朱小奇原本以为会出去喝顿大酒呢，现在一看，还真是一人一碗面，心想：看来出来创业和待在一个大企业，确实是两种不同的风格。

三个人吃面的时候，詹毅宏谈起了他创业的心路历程，说原来他在外企，年薪是七位数，老婆也在一家外企做行政，日子过得安逸而舒适。当看到这个机会以后，内心其实也挣扎了好久，毕竟要放弃现有的一切。国内国外上了那么多年的学，又从国外跑回上海，找到这么一家优秀、稳定、高收入的外企工作，实话说也不容易，上海可是个人才济济的地方，竞争那么激烈，很多人可能羡慕还来不及呢。

但是心里就是不能平静，总觉得自己还想做一些不同的事情，更大的事情。最后还是自己刚上初中的儿子的一番话让自己下了决心。

詹毅宏说自己左思右想，和老婆商量了好久也不能决定。有一次，就问儿子的意见。说爸爸想去创业，但这意味着我们家的生活水平一段时间内有可能要下降，过去是公司给爸爸发钱，现在是爸爸给别人发钱。当然，如果成功了，那我们家无论从物质还是其他层面都会进入另一个水平。

"你们知道我儿子怎么说吗？"詹毅宏抬起头看着朱小奇和李志禹问。然后点了点头，自问自答地说道，"我儿子问我，'爸爸，如果你失败了，我们会很穷吗？'我说，'不会，咱们家的积蓄维持目前基本的生活水平是没有问题的，再说，如果爸爸真的创业失败了，以爸爸的能力，再找一份工作还是没有问题的。'我儿子说，'那我支持你去创业，爸爸，不然，你以后会后悔一辈子的。'听完我儿子的那番话，我当晚就下了决心，创业，再拼一把。"

这个故事还真是深深地打动了朱小奇，他发自内心、诚心诚意、不由自主地以茶代酒与詹毅宏和李志禹碰了一下杯，表达他的敬意和赞赏。

詹毅宏又说："很多时候，孩子的观点往往才是最正确的，因为他是单纯的，他能排除很多杂念，真正做到不忘初心。"朱小奇深以为然。

5

回酒店的路上，朱小奇把詹毅宏对公司愿景的描述又仔细回想了一番，虽然觉得詹毅宏说的现象在当前的医药行业是一个真实的存在，生意逻辑好像也挑不出什么毛病，但就是觉得哪儿似乎不太对劲儿。是什么呢？他又想不出。朱小奇又想，也可能是自己对创业本身的一种畏惧造成的吧，总觉得周围的人不会干成什么大事。这恐怕本身也是一种小平民基因在作怪。

进到酒店房间，看到铺了一床的考博的各种教材和资料，朱小奇提醒自己，事如乱麻，还是且顾当下吧，先全力以赴考上博士再说。

平息了一下纷乱的思绪，整理了一下床上的各种学习资料，朱小奇认认真真地坐到了酒店的写字桌前。首先，他还是先准备把陈院士近几年重点的研究文献仔细研读一遍，虽然文字在眼前跳跃，但就是不能跳进脑子里和心里。朱小奇生气地想：就是看不进去，今天也不能干别的，宁可坐在这儿看着，什么也记不住，学不会，坐也要坐到十二点。

第二十六章

考博成功　困境依然与朋友小聚

1

岁月一天天流逝。树叶拨动着跳跃的阳光，由明变暗。新的叶子仿佛在一天里突然长大，舒展着翠绿的身姿，在风中摇曳。旧的叶子仿佛在一天里突然坠落，蜷缩着枯黄的身形，在风中凌乱。即使在树冠绿色依然的南国，四季的脚步也依旧匆匆，岁月递嬗，步履不停。

五个月的时间里，从穿着短袖衫到穿上羽绒服，南方的天气在变凉变冷的路上走走停停，时而反转一下，然后又掉头向前，遵循着大自然季节变换、亘古不变的节律。

这些日子里，朱小奇又好似回到了十几年前大学即将毕业考研的那段时光，学习成了他工作生活中最重要的内容。除了开会或者应酬的时候，大部分时间里朱小奇都是手不释卷。

他相信，即使是很多时候脑子里塞满了其他的事情，即使只是零星地看上一眼，但只要还与学习的内容建立一点儿形式上的联系，都会在大脑的沟回里印上一些痕迹，为尽快进入疯狂的学习状态打下基础。

朱小奇所在的公司近期正在与德国的一家企业洽谈一些植物药品引入中国销售的合作，王力琛是这个项目的总负责人。因此这一段时间，王力琛出差非常频繁，两个人见面时间很少，这也让朱小奇在工作的安排上相对自由灵活很多，为他这一段时间积极备考创造了条件。

考试前最后的两个星期，朱小奇一直住在上海。在这十几天里，除了用电脑电话处理一些必要的工作，其余的时间朱小奇都在积极地调整状态，进行最后的冲刺。

朱小奇毕竟已经十几年没有系统性地看书、学习、考试了，还有就是他的工作性质就是四处出差，开会吃饭，因此在浮躁的生活中晃得久了，他很难沉下心来认认真真地学习。

虽然这几个月的时间朱小奇一直在形式上尽量遵循着既定的计划，在心境上一直追逐着当年考研时那种心无旁骛的状态，但就是不曾完完全全地投入进去，仿佛一场没有酒精刺激的欢宴，总是有一些扮演的成分和控制的痕迹。

考试一个星期前的一天，朱小奇去听了一次专业基础课的冲刺辅导。授课的就是学校里的一名讲师，看样子非常年轻，像一个刚刚毕业没多久的女学生，一脸的青春和单纯。

然而出乎朱小奇的意料，这个年轻的女老师讲得非常之好，一本厚厚的书让她梳理得似乎非常之薄，条理异常清晰，要点异常明确，结构异常有序，仿佛一张复杂的地图，顺着她的思路，听着她的讲解，跟着她的指引，让人一下子头脑清明，豁然开朗，胸有成竹。

朱小奇茅塞顿开，似乎听见一把钥匙伸进自己脑子的一个锁眼中，吧嗒一声脆响，齿轮开始运转，机器开始轰鸣，他一下子找到了那种学习的状态。

朱小奇兴奋地回到学校附近，他住的宾馆房间里，趁热打铁，聚精会神，开始看起专业基础课的教材。

此时，一行行的文字有如生动的音符，在他大脑的沟回里叮咚演奏，并且不停地有那位女老师的画外音作为一个引导和注解。

"山重水复疑无路，柳暗花明又一村"，朱小奇终于找到了那种心无旁骛的状态。

考前的一个星期，朱小奇都沉浸在这种单纯学习并且异常亢奋的状态里。他每天只睡四五个小时，晚上两三点钟睡觉，早上七点钟起床，学习任务被他安排得满满当当，紧张而有序。一天三餐，朱小奇都是在宾馆解决的，并且即使是吃饭的时候，在上菜之前，他也要拿着小方笔记本背诵英语单词。

在学习有些分神或者精神有些疲惫的时候，朱小奇假装自己就是那位年轻的女老师，把宾馆的墙壁当作黑板，他站在前面，模仿着她那自信轻松的神态、清晰肯定的说话方式，给一群假想的学生们上课。

如果顺利地把这一段教材的内容讲完，朱小奇就得意地表扬自己几句。如果磕磕巴巴，讲不下去，朱小奇就狠狠地骂自己几句，甚至用力打自己几下，然后重新看书后，再继续讲课的角色扮演。

考试的日子终于来临了，两天紧张的考试朱小奇一直处于极度亢奋的状态。不管是会的还是有些模棱两可的，或者是彻底不会的，朱小奇都在试卷上写了个满满当当，特别是专业基础课和专业课，论述题很多，朱小奇甚至答题撰写的试卷纸都不够了，还找监考老师加了一页答题纸，搞得那位监考老师都略感兴趣地驻足在朱小奇身边停留了一小会儿，看看他到底在写些什么。

朱小奇当然知道，论述题他写的文字很多，并非他对题目认识得有多深刻，而是恰恰相反，正是由于他对题目缺乏深刻的认识，不能确定自己该如何正确地回答，因此才把能想到的都往上写，希望能在广覆盖下碰到正确答案的得分点。

考完试的那天晚上，朱小奇整体感觉还算不错，准备好好放松一下，约田小平出去吃饭坐坐。但不巧的是，田小平又和陈院士出差了，朱小奇想了一下，还是决定不约其他人，自己出去随便吃了点儿。回来看了会儿电视，大概十点钟的时候，朱小奇决定今天早点儿上床休息，好好睡一大觉。

然而躺在床上，闭着眼睛，辗转反侧了好久，睡眠就是不肯到来。朱小奇爬起身来，喝了口水，路过镜子的时候看了看镜子里的自己。只见他面容发干，脸颊发红，两只眼睛布满了血丝，闪烁着亢奋的光芒。

"看模样不像能睡着的样子啊。"朱小奇在心里嘀咕了一句，看了看表，已经是将近凌晨一点钟了。朱小奇犹豫了一下，还是决定索性出去吃点儿东西，喝杯啤酒，抚平一下情绪，消磨一下时间。

夜晚的上海褪去了白天的喧闹与繁华，显得安静而寂寞，但上海的寂寞只是白天繁华落差的表面现象。骨子里的上海是最具人性包容与体贴的城市，即使是在深夜，在大多数地方，依然有地方承载都市人的各种欲望与需求。

朱小奇来到离宾馆几十米远的一家好德超市。好德超市是一家24小时营业的连锁小超市，遍布上海的大街小巷。

进到超市里面，朱小奇要了一瓶三得利啤酒、一份关东煮和一小袋五香花生米，走到墙边一处狭长的桌子前坐下。桌子的另一边，已经有一对小情侣正在一边喃喃低语，一边吃着东西。

朱小奇自顾自地吃喝着，脑子里似乎在想着什么，又似乎什么也没想。过了一会儿，几个学生模样的大男孩儿走了进来，超市里一下子热闹起来。看到他们打算在这里吃些东西，朱小奇加快了速度，喝干了杯中的啤酒，走出了超市。

回宾馆的路上，朱小奇抬头看了看月亮，今晚的月亮是半弦月，大半个，在街边路灯的映照下，柔和而清晰，仿佛另一个近在咫尺的世界。而眼前的一切反倒有些模糊，城市的空气里似乎有一层浮尘，朦朦胧胧地悬浮在人与物的周围。一阵寒风吹过，朱小奇裹紧了衣服，加快了脚步，暗自盼望分别很久了的无梦的睡眠能快些到来。

2

4月份，考博成绩公布了。朱小奇的总成绩比分数线高3分，英语的分数只比单科分数线高 0.5 分，朱小奇不禁吓出一身冷汗，暗道：好险好险。

5 月份，朱小奇顺利通过了复试。当晚，他约了田小平和两个陈院士的学生，现在都可以称为朱小奇的师兄了，一起痛快地喝了一场大酒。

酒局结束，朱小奇又拉着田小平去唱歌。走在路上，沐浴在酒精点燃的兴奋状态里，朱小奇感觉自己的心情舒朗而开阔。天空似乎高了不少，路似乎宽了很多，迎着清爽的晚风，朱小奇兴冲冲地往前大步跨着，身子有力而轻盈，直欲驭风飞去一般。这让朱小奇不禁想起了小时候第一次看电影《超人》，走出放映大堂时似乎就是这种感觉。当然，这种感觉从来都是一种幻象。

朱小奇沉浸在成功的喜悦里，似乎生活即将发生一些质的变化，他已经做好准备去迎接它。然而，出乎他的意料，实际上，周围的人几乎没人问起他这件事，大家早都淡忘了。本来当初大家传这件事的时候，也是因为有李总在话题中，现在仍然如此，大家还是在传播着有李总参与的话题，而并非事件的本身有多么重要。

朱小奇冷静下来，认识到这一点的时候才发现，虽然这是一件好事，但就目前而言，可能产生的好处还未显现，但短期带来的麻烦却是现实的。因为他要去上课，要频繁地去上海，如何与当前的工作协调，公司既无相应的具体制度去支持，也没有明确的成例可作参考。大领导是一句话，灵活处理就好了，但到了具体办事层面，如何灵活，就是个人的修炼了。

　　朱小奇再一次想当然了。王力琛忙完了国外引入品种的事务，有了一定的时间，就再一次给朱小奇上了一堂职业再教育的课程，告诉他，什么才是真正的职场。

　　起初，朱小奇并没有在意，他只是偶然发现自己的差旅费用报销得特别慢。一问财务才知道，力琛总一直都没有批，压在那儿。朱小奇心里犯嘀咕，但还是忍住了，没有去找他专门说这个事。但是，过了一段时间，他的出差报告也批得特别慢，这已经严重影响到了朱小奇的一些工作安排和攻读博士的事宜，朱小奇毫无办法，只能硬着头皮去找王力琛。

　　王力琛见他还是老样子，不拿正眼看他，全程黑着脸，不阴不阳，轻易不说话。朱小奇没有办法，只能把自己这次出差的具体事宜向他进行汇报，等他说完了，王力琛就用最简短的话再追问一句，朱小奇没有任何选择，只能更加详细地进行说明。

　　等他汇报完所有的具体安排和行程之后，王力琛就又用最简短的语句进行反问，比如，有这个必要吗？能不能再少点儿？需要找他吗？不能让片区自己解决吗？朱小奇有些只能接受王力琛引导的意思，而需要坚持的事情，也往往需要解释很多，而且在那种情形下，特别是上学的事情，经常是越解释越心虚。

　　朱小奇被王力琛这么一折腾，考上博士的喜悦基本消失殆尽，工作上的不舒适却迎面而来。偏偏这个时候，家里也有些事情把他再一次从习惯的生活起居中推了出来。

　　一天，回家吃完晚饭，朱小奇正准备看会儿电视。他的爸爸妈妈突然一脸郑重地说要和他商量点儿事。朱小奇不禁有些心烦，心想：工作上的烦心事又没法儿和他们说，他们这是又怎么了，好端端的这是要干吗？

原来，朱小奇的妈妈这几个月来一直不太舒服，便秘越来越严重，因此他们打算回去。朱小奇不禁诧异地问道："前一阵问你们，不是说好多了吗？那个芦荟软胶囊不是挺有效的吗？"

朱小奇的爸爸有点儿不高兴地埋怨道："什么好多了？开始还可以，后来就又没效了，没告诉你，是怕影响你考试，你这个孩子，就是不关心人，家里的事情什么都不管。"他的妈妈也跟着叹了口气，看来对朱小奇也不太满意。

朱小奇不由得一阵心烦，也有些内疚。又和爸爸妈妈仔细聊了一会儿，问是否非要回去。朱小奇的父母显然为这件事情已经商量了很久，说在老家那边从来就没闹过这个毛病，肯定是水土不服，来了也大半年了，回去看看，也休养一下。万一真病在这儿，朱小奇现在又要上学，又要工作，黄恬恬又不在，到时可怎么办？

朱小奇冷静一想，觉得爸爸妈妈想的也是对的，就没有再坚持，只是心里一阵空落落的，好像生命中少了什么东西，好像自己什么都没有做好，好像自己一直生活在一个假想的世界。

朱小奇的爸爸妈妈那天晚上和朱小奇说了很多，包括他与黄恬恬的关系，他们认为他俩一直没有孩子是个麻烦事，不是他们急着抱孙子，而是这样会影响两个人的感情，黄恬恬过年没有回家，确实可能是因为工作忙，但是否也有其他一些原因呢？还有，他们认为朱小奇对家里的事情太不关心了，这样是不对的。另外，对父母的关心也不够。总之，不懂得关心人，对周围的人也不太热情，这些以后都要注意。

谈话一直进行到将近十二点，朱小奇身心俱疲，躺在床上的时候不禁想：活着真是一件麻烦的事情，每个人都在以自己为轴心想问题，每一种感情，每一段感情都是多面的，曾经以为顺理成章的，其实都是一种假象，自己真的也许成长得太晚了，曾经的生活经历太少了，可能真的很幼稚吧！

面对各种烦心事，朱小奇又拿起《约翰·克利斯朵夫》翻阅起来，有意识的，他又找到那一段话：世界上只有一种真正的英雄主义，那就是在认清生活的真相后依然热爱生活。

3

朱小奇的爸爸妈妈走了，朱小奇又开始适应一个人的生活。他基本不在家里吃饭，即使在家吃，也是做一些很简单的，煮方便面或是速冻水饺凑合一下。大部分时候，朱小奇都与人在外面吃饭，他主动约的饭局多了很多。

公司研发部的总经理升职了，高旭晨继任了这个位置。朱小奇很是高兴，心想：也许自己可以回到研发部当个副总经理。

于是怀着这样一种期盼，朱小奇专门设局，请研发部的几个老同事聚了一下，当天大家喝得都很高兴，其乐融融。第二天，朱小奇趁着昨晚良好氛围的延续，找到高旭晨半认真半开玩笑地说了自己这个想法。

高旭晨似乎一点儿也没有想到，愣了一下说："不太可能吧，那两个资格更老的都等着提呢，总监这一层级又都有了人，怎么安排呢？再说，营销的资源比起研发来要多得多，是全公司最好的部门，你调到那儿大家都羡慕得不得了，怎么会有这种想法呢？再者说，如果说机会，王力琛刚提总经理，营销还没有副总，你那儿的机会明显更多一些，这不是舍近求远吗？"

朱小奇承认高旭晨说得有道理，他又不愿意在这个时点把他与王力琛之间的嫌隙告诉高旭晨，因此，只好打着哈哈说觉得研发以后会越来越受重视，大家关系也更单纯，也就是心血来潮那么一说。说完，朱小奇又主动岔开了话题，心不在焉地说起了其他的事情。

与高旭晨的这次聊天，让朱小奇心情雪上加霜。他这才认识到，其实自己在这个公司的职位并不安稳，之前的相对顺利都是有很多条件的，而只要有一个王力琛这样的领导，他在这个公司的职业生涯就似乎看不到任何转机，他根本没有太多的选择机会。

刚刚考上博士，本来准备迎接人生中一次跃升的朱小奇没有想到，他反倒面临了工作以来最不舒服的一次困境。

而最让他苦闷的是，他无处可避，每一次出差都要面临王力琛严格的审问，他既往习惯多年的相对自由的工作生活状态一下子消失得无影无踪。朱小奇又似乎无处申诉和改变，他怎么说呢？难道王力琛的要求不是正当的吗？他不应该把要做的事情向领导汇报得清清楚楚的吗？难道严格管理有什么问题吗？

7月中旬的一天，朱小奇去上海参加公司一个品种的学术临床会议，同时博士英语课程有一个小测验，他也必须要参加。朱小奇在向王力琛汇报的时候，王力琛一脸阴沉，问中间还有一天干什么，朱小奇上海要办的事情已经说过几次了，这时也有些不好意思再说，只能说博士英语课程这次测验，学校要求必须参加，有一天的住宿费用他自己支付吧。王力琛未置可否，头也不抬，签了出差报告递给他，一言不发。

朱小奇好不容易忍住没有发火，心想：这个混账东西，每天都摆着这副死样子，看来是不把自己搞走不罢休啊，他该怎么办呢？该怎么对付他呢？是直接向李总反映，还是与他好好聊一次呢？或者直接和他开干，直接把矛盾公开化，也许这种小人反倒会怕这一招。但是，与自己的直接领导开干，把矛盾公开化，是职场大忌，肯定是一个两败俱伤的做法，真的到了那一步了吗？还是自己确实也有问题呢？莫非王力琛管他其实并没有什么背后的原因，只是要严格管理呢？当局者迷，朱小奇现在是彻底进入了无所适从的境地。

4

这次上海的会议，孙志宏也来参加了，朱小奇事先就让他在会议当天晚上不要安排其他饭局，他有事要找他好好商量商量。

晚上，会议结束，朱小奇安排其他同事处理好相关事宜，就和孙志宏一起来到了一家名叫小白桦酒家的小餐馆。两个人找一个靠角落的地方坐下，点了本帮红烧肉、葱蒜蛏子、话梅花生、油焖茭白、雪菜黄鱼、酒香草头几个菜，先上了两瓶石库门老酒。

朱小奇先和孙志宏连干了两杯，然后也没怎么寒暄，就说到了正题。朱小奇把他与王力琛之前的矛盾前前后后详细地和孙志宏说了一遍，问他自己该怎么办。

孙志宏先是笑着说让他别着急，然后又问朱小奇怎么想。朱小奇说："我怎么想？我现在也不知道啊！理智的做法，是不是和他推心置腹地聊一次会好一些呢？但我们二人之间又没有那种语境啊！"

孙志宏又问："你觉得你们二人之间的矛盾到底有哪些呢？是不是如你所说，三观不合，性格不对付，你又酒后吐真言，说了一些得罪他的话呢？"

"是吧？"朱小奇沉吟道，"还能有什么呢？其实也没有什么直接的冲突啊，还有，他的指令我说到底也都认真执行了啊！比方说，那个注射剂的项目吧，他让整体预算调减 30%，我最后调减了 38%，而且还没有减少既定的方案指标，这给我的工作增加了多少难度，我这不也认认真真、想方设法完成了吗？难道他真的是想加强管理？可是营销中心所有人不都是这种工作方式吗？别说营销了，我在研发的时候也都是这样呀，我们公司一直都是这样相对宽松的一种管理模式，这同样也是一种文化呀！真是搞不懂，难道我那次酒后对他进行人身攻击了？按说不至于吧？"

孙志宏认为朱小奇说的都不至于让王力琛如此对待他。"他一个搞销售出身的，每天形形色色的人见多了，还不至于为了这样的事没完没了，处心积虑。"

"也许他就是一个极度小心眼的人，他就是等着我向他彻底认输，毕恭毕敬地承认错误，对他俯首帖耳。"朱小奇说。

"这倒是一种可能。"孙志宏说，"另外，小奇，你想过没有，营销是怎么回事，我在医院还是很清楚的，也许你不是他的人，让他做一些事情非常不顺手，铁了心让你走呢？"

这一点朱小奇倒还真没想过，他去了营销才建立了市场部，当时具体的来龙去脉他也不是很清楚，只说当时公司学医的硕士很少，而朱小奇研发出身，技术比较熟悉，口才也还不错，就选了他，他还真是没往其他方面多想。

孙志宏接着说道："我不是说一定是这样啊，只是说有这种可能，你是一个非常性情的人，可能觉得气儿顺很重要，但也有一些人，特别是搞销售的人，都是利益计算的老手儿，只有利益才是他们最看重的东西。"

朱小奇认为孙志宏说得很有道理，他不禁问道："那怎么办呢？照你说的，岂不是更没有办法了？原来我还觉得和他老老实实认个错，表示自己彻底服了就没事了，只不过是实在不想向他妥协。而如果是你说的这种情况，岂不是怎么做都不行了？"

孙志宏举杯碰了一下朱小奇的酒杯，说："别急别急，先喝一杯再说，记住我的名言啊，高兴难过都是一天，既然改变不了什么，索性就快快乐乐的。还有，企业毕竟不是他王力琛的，他上面还有领导，他行动也有桎梏，你先忍忍看，以静制动，他如果有什么出格的举动，你再适时向上反映不迟。还有，情况总是变化的，也许有新的矛盾出现了，你们之间的矛盾就不是主要问题了，情况就转化了。也许公司领导有新的安排，他被调走了，或者你被调走了。何况，你现在正在上院士的博士，无论怎么说，这都是一件好事，先不要轻举妄动。"

"哦，对了！"孙志宏突然高兴地说，"还没庆祝你考上博士呢。你与王力琛的矛盾是一件旧事，一直都在，而你考上博士，并且是院士的博士，是一个新局，是一个新的开端，是一件大好事。我相信对你以后的发展一定会带来许多新的可能。另外，确实也挺佩服你小子的，在企业晃荡了十几年，还能在这么短的时间就考上博士，厉害厉害！来，敬你一杯，哦，不，来，连干三杯，开心点儿，哥们儿，从大局看，还是好事是主流嘛！"

朱小奇的心里涌起一阵温暖和感激之情，并且他也觉得孙志宏说得确实很有道理。两个人一连喝了三杯酒，朱小奇的心情多云转晴，明媚开朗了很多。

两个人越喝越高兴，越喝越开心。连日来笼罩在朱小奇心头的雾霾终于有了片刻消散的时候，朱小奇感觉呼吸都顺畅了很多，眼睛也明亮了很多，心情是飞扬的，毛孔是通透的。兴奋起来的朱小奇准备今晚好好发泄轻松一下，彻彻底底地玩个痛快。

动了这个念头，田小平那张亲切而温和的脸浮现在朱小奇的脑海里。朱小奇此时不由得地迫不及待地想要见到他。他想：这是一个多好的组合啊。三五知己，把酒言欢，人生之乐，夫复何求。

于是兴致勃勃地向孙志宏说："兄弟，晚上我们好好放松一下，我介绍陈院士的秘书给你，田小平，也是我的好兄弟，我们俩一见如故，人特别好。而且，对你以后学术的发展也大有帮助。"同样兴奋的孙志宏点头称是，满脸放光，撸胳膊挽袖子地扯着嗓门儿又要了两瓶酒，声音里透出一股湖南腔，逗得朱小奇哈哈大笑。

田小平接到朱小奇电话的时候刚从学校与陈院士分手，正准备拖着疲惫的身心回家，听到电话里朱小奇兴冲冲的腔调，不禁莞尔，感觉这哥们儿真是挺有意思，虽然是企业做市场的，但一股学术气，人又率真性情，玩儿起来很有感染力，确实很对自己的脾气，听到他急切的邀约，也不禁心情高兴起来。

朱小奇和孙志宏听到赶来的田小平说还没有吃饭，一边急忙叫着加菜，一边大呼辛苦。田小平笑着说，早就习以为常了，院士的秘书，根本没有自己的时间。

田小平的到来等于往已经热浪滚滚的桑拿房里又狠狠泼了一瓢清水，顿时热气四溢。朱小奇和孙志宏两个人这时候已经像两个塑料做的鸭子，稍微一捏就嘎嘎直叫。被他们俩营造的氛围所感染，田小平也放下了身上很多的束缚，不自觉地轻松愉悦起来。

三个人在小白桦一直喝到十点多，个个醉眼蒙眬，兴奋异常。孙志宏再次展现了他大众情人的独特魅力，一个劲儿地和一个圆脸的安徽来的服务员逗贫，把小姑娘撩得差点儿笑岔气儿。这就是孙志宏的本事了，朱小奇后来把这种能力总结为：能勾起年轻女孩儿天真的春情。因为不管他怎么与陌生的异性玩闹，总是显得非常自然，非常轻松，非常愉快，周围的人也总是被这种气氛所感染，似乎每个人都情不自禁地放松下来，愉悦起来。

朱小奇和孙志宏一路笑着连说带唱，田小平一路笑着跟着，不时附和。朱小奇领着他们来到了一家相隔不远的夜总会，这是片区小于两年前有一次过生日领他来过的地方。小于的哥哥就在这儿当领班经理，一副老上海混世界的小开模样，和小于斯文有礼的气质大相径庭，让朱小奇不禁感叹世界真奇妙。

三个人一进大堂，穿着一件花衬衫、头发梳得让周润发都自叹不如的老于（上次小于的哥哥就让朱小奇这么叫他）就拱手笑着迎上来，嘴里喊着："奇哥，多日不见，风采依旧啊！"然后一路互相介绍着，一路吆五喝六地从两边一字排开的美女中间穿行而过，直奔包房。

进到包房，稍事寒暄，老于就引着一队一队的美女让他们挑选。当女孩儿自报家门的时候，老于问他们有什么要求，选什么样的，能玩儿的，能喝的还是能唱的，孙志宏说："我要风骚的！"众人大笑，女孩儿们笑着互相看着，犹豫着要不要举手毛遂自荐。

看到这种情况，老于不禁笑着呵斥："亏你们还是女人呢，连个骚都不会，几位大哥这么优秀，我要是个女人，骚到骨子里，看我怎么把他们迷得神魂颠倒，七荤八素的。"大家不禁哄堂大笑。

朱小奇选了一个长得很可爱的女孩儿，田小平选了一个脸盘儿很大、略有沧桑之色的女孩儿，孙志宏一如既往，正如朱小奇平时打趣他时说的，选了一个朱小奇认为所有女孩子里面最不好看的。

几个人互相碰杯喝了几杯啤酒之后，朱小奇和孙志宏两个人就开启了他们惯常的老歌连唱活动。《知音》《绒花》《妹妹找哥泪花流》《泉水叮咚》，四首歌唱完，朱小奇担心冷落田小平，敬了他一满杯啤酒之后，又张罗着四个人玩游戏，还撺掇那两个女孩儿表演个节目。

陪朱小奇的那个女孩子还真挺有意思，在自己鼻子尖上抹了点儿番茄酱，然后舌头一伸，居然把上面的番茄酱给舔掉了，几个人都拍手叫好。另一个陪田小平的女孩儿说自己可没这本事，还是给几位哥哥献唱一首吧。她点了一根烟，唱了一首闽南语歌《爱情恰恰》，穿着黑色的连衣裙，披着波浪卷的长发，踩着慵懒的舞步，扬着略带沧桑的面容，夹着细长的白色香烟，嗓音中有一些沙哑，演绎得相当出色，让朱小奇不禁恍然间真有了时光倒流的感觉，仿佛回到了当年十里洋场的上海滩。

气氛越来越热烈，在酒精和荷尔蒙的刺激下，人也越来越本真，田小平也开始唱歌了，《摘下满天星》《刀剑如梦》《沧海一声笑》，都是七零后耳熟能详的武侠电视电影歌曲。朱小奇从旁边看着他侧脸柔和的线条和青涩的表情，感觉自己对田小平的了解又多了一分，从他的喜好看到了他内心的性情与明澈，他不禁想：要是世界上的人都像田小平这样，真诚热情，单纯善良，而没有那些阴险狡诈、内心龌龊的人，那该有多好！

第二十七章
家庭与事业似乎都走向了尽头

1

对现有工作内容的谙熟和隔三岔五几个朋友之间的小聚，构成了朱小奇这一段日子里亮色的成分，让他觉得生活整体上还是比较舒适和愉悦的。

但是与王力琛之间的矛盾就像插在后槽牙上腭里的一根刺，虽然不至于影响人的正常进食，但是一舔它就在那儿，并且还怎么也弄不掉，让人很别扭。

还有就是时不时就跳出来的对未来发展的迷惘，甚至对整个人生的虚无感也开始越来越频繁地困扰着朱小奇。这种感觉有的时候是由于工作上的不和谐，主要是王力琛引发的。有的时候却是毫无征兆的，不知因为什么就会突然袭上朱小奇的心头，让他感到莫名的恐慌和焦虑。

朱小奇对自己的工作状态认真反思的时候，还是希望最好能有一些变化。他感觉自己目前这种状态有点儿像温水煮青蛙，很可能是生活给自己的最后一次机会，他现在还能有一些挣扎和谋求改变的想法，很可能再过个两三年，他就彻底认命了，他就彻底接受自己这么浑浑噩噩地度过一生了。当然，真要能平平静静地接受，可能也未尝不是一种幸福，但是只要一想起来，朱小奇还是心慌得不行，他很怕那样一种未来。

9月初的一天，朱小奇去北京出差。芪苷 RA 注射剂的大规模循证临床研究项目已进入收尾阶段，朱小奇这次出差就是向丁院士汇报项目的进展情况，并向他请示总结会的安排和时间。

按朱小奇的想法，他希望这次总结会可以与行业的心血管年会结合起来，规模搞得大一些，专家请得多一些，多请一些媒体造势，形式上也搞得隆重一些。最好能借鉴营销重磅品种发布会的模式，而区别于一般的学术会议，搞得生动活泼一些，毕竟这个项目无论规模还是花费，在当前的上市后品种研究中都是名列前茅的，参与各方还是付出了相当多的努力，无论从哪个方面讲，都值得好好宣传一下。

丁院士完全同意朱小奇的意见，嘱咐他只要科研结论上实事求是、严谨客观，其他的，诸如会议形式、规模大小的问题，都以他们企业的意见为主。另外，丁院士对朱小奇把会议时间放在心血管年会的考虑也非常同意，表示这是一个一劳永逸的做法，这样各路专家也好召集，也能节省大家的时间和各方的成本，就把它作为今年心血管年会的一个专题，也让各位同行多多借鉴，多多批评。

丁院士今天心情非常不错，和朱小奇难得地聊了四十多分钟，又邀请他去对面酒店的西餐厅吃了个快餐。吃饭的时候，听朱小奇说起他考上了陈嘉尔院士的在职博士生，也大加赞赏，对他们企业有这种培养人才的意识也表示非常值得学习和表扬。朱小奇听着老院士不住口的夸赞，不禁心想：您还没看见我们公司王力琛对我考上博士是怎么个态度呢，估计要不是这是李总发起的，八成会认为我这是以公谋私，说不定还要处理一下呢！

2

与丁院士分开后，朱小奇又去办理此次北京之行的另一件非常重要的事，去找喻晓翔。

喻晓翔现在是集团的战略运营总监，工作基本上是香港、北京两地跑。朱小奇这次来北京已事先和喻晓翔约好时间，说是向老领导顺便汇报一下现在的工作和个人情况，其实在内心里，朱小奇是期望喻晓翔能帮助他重新安排调整一下工作，最好是调到集团来，这样自己的职业生涯也能有一些转机。

朱小奇来到喻晓翔的办公室，喻晓翔很高兴很热情地接待了他，问朱小奇这次来北京主要是什么事。朱小奇就把芪苷 RA 注射剂的大规模循证临床研究项目的研究进展向喻晓翔汇报了一下，并说现在工作已经基本进入收尾阶段，丁院士及业内专家对这份工作都给予了很高的评价，这还要感谢喻总在当年的大力支持和推进，不然这么前瞻性的工作恐怕很难在那个时点获得公司的立项。

在对这个项目在业内的影响大加宣扬，对喻晓翔当年对这个项目推动大加感谢的同时，朱小奇也适时表达了一些王力琛对这个项目缩减预算、消极对待的一些做法。看到喻晓翔对这一点不置可否，既不评论也不追问的态度，朱小奇也就及时打住，不再提及，而是顺势提及了自己正在攻读陈嘉尔院士的在职博士，并对自己未来的职业发展请领导多多指教。

果然，喻晓翔对朱小奇攻读院士在职博士一事也非常支持，并且表现得很高兴，认为朱小奇在这个时候还能静下心来去念念书，系统地学习一下专业，是一件非常好的事情，对他以后的发展肯定会大有帮助。

对于朱小奇的职业发展，喻晓翔认为朱小奇还是先把手头的工作做完，这对他职业经验的积累还是很有意义的，另外，如果机会合适，还是建议他回到研发部。

喻晓翔说："我现在工作很大一部分内容是去寻找并购企业的标的，现在我们评估一个企业是否有价值，衡量其价值的大小，主要就是看企业的研发实力，未来产品的管线布局和产出。我现在感受越来越深的一点，对于医药企业，除非像同仁堂、云南白药、片仔癀这样的百年老店，具有非常显著的文化属性的企业，其余的要想长远发展，别无他途，研发创新是唯一的选择。"

喻晓翔把茶杯向朱小奇推了推，示意他喝水，然后接着说："你的优势在于你是医药专业的，不像我们是外行，并且在企业一直从事的都是技术，即使是在市场部，所做的工作其实也带有强烈的专业色彩，比如说你现在做的上市后研究和学术推广，很多企业本来就是放在研发的，因此等于基本上一直没有中断。现在又考上了院士的博士，而且是医药界一位非常有影响、非常活跃的院士，更是一件非常加分的事情，所以有机会继续从事研发，那么从大方向上看，就是一个非常重要、非常正确的选择。至于医药行业的营销，我认为，这将是一个以后不断受到政策修正的行业，至于怎么回事，你我都很清楚，我自己就是做销售出身的，如果中国的医药企业还是现在这么一个发展路数，何谈提高人民群众的健康生活水平？"

喻晓翔低头看了看手表，又说道："再说，我觉得性格上，你做研发也可能更合适些。还有，小奇，不好意思啊，我一会儿还有个会，这会儿就不陪你聊啦，咱们晚上一起聚聚，我还约了两个朋友，过一会儿我把吃饭的地方发给你。"

朱小奇一边感谢领导的邀请，一边起身告辞。出得门来，朱小奇不禁略微有些失望，感觉自己恐怕又是自我感觉良好了，喻总并没有像他认为的那么赏识自己，应该就是还算比较对脾气而已。转念又想，自己对喻总现在的具体工作情况一点儿也不了解，现在动这个心思，也是强人所难，过于小家子气，还是别自己非要找不痛快了，学会珍惜和感恩吧。

3

晚上，朱小奇如约来到吃饭的地方。喻晓翔订的是一家日料店，门脸儿比较隐蔽，朱小奇在周围转悠了两三圈才找到。他是第一个到的，过了大概半小时，客人才陆续到齐。

来的另外两个喻晓翔的朋友，一个是朱小奇见过一次的，做金融行业的李立其，另一个是喻晓翔的大学同学，赵玉昆，现在就职于北京的一家科研院所。

这家日料店主打鳗鱼饭，据说是北京做日式鳗鱼饭最好吃的一家，其余主要是刺身、天妇罗之类。喝酒的杯子挺有意思，各式各样，没有雷同，每人根据自己的爱好选择，朱小奇选了一款晶莹碧绿的，一方面是觉得还比较漂亮，另一方面是觉得好像体积小些，感觉能稍微少喝点儿，怕自己在领导面前又喝多失言。

几个人边吃边聊，清酒甜爽，但最易上头，聊天助兴倒真是一个不错的选择，不一会儿，大家的神经就松弛了许多，氛围也亲密了不少。

好像是从喻晓翔和赵玉昆上大学的事情说起，不知如何话题就扯到了空间与时间的问题。赵玉昆说时间很可能只是一种假象，实际上并不存在。这让朱小奇既大惑不解又十分好奇，他似乎从哪儿看到过这个观点，但一直都以为不过是一些好事者故弄玄虚的无稽之谈，现在听到一个中国科学技术大学物理学专业的高才生也这样说，不禁兴致大增。

酒精的作用，让朱小奇说话随意了很多。他抢着问道："赵教授，这个怎么理解呢？时间不是一直在向前流动吗？万事万物，沧海桑田，包括我们人类，不都是在一刻不停地变化着的吗？随着时间的流逝，由小到大，由无到有，由生到死，由有到无，这不是大自然最根本的规律之一吗？"

赵玉昆留着一个最不起眼的寸头，一脸的憨厚相，第一眼看上去很难把他与一个高级学者联系起来。听完朱小奇的提问，赵玉昆礼貌性地点了点头，说："是这样的，朱总，你这样说，主要还是从人类自身的视角观察，从一个三维的空间去想问题，当然是这样了。但如果你从更高的维度想问题，或者我们换一个角度去想吧！打个比方，我们打游戏，游戏中每一个角色的生死存亡似乎也都是随着时间的变化而变化的，但这只是表象，其实你可以更改一些设置条件，让他可以随时重演或重现，你从一个游戏玩家的角度看，时间不就是表象吗？"

"这有点儿偷换概念吧？"朱小奇冲口而出，随即又醒过神来，急忙道歉，说自己鲁钝，又酒精上头，还请各位高智商的领导老师们多多原谅，然后又挨个与各位碰杯敬酒以示歉意。

喻晓翔也笑着说："没关系，不用那么客气，这都是多年的好朋友，小奇也是个性情中人，也很有自己的思想，哦，对了，还是博士呢，是我们这里学历最高的。"

朱小奇一听喻晓翔这样说，更是发自内心的觉得不好意思，一个劲儿地说自己这个博士可没法与在座的领导比，这个自知之明还是有的，说着又灌了自己一杯。

赵玉昆也陪着朱小奇喝了一杯酒，显见也是个简单易处的人，接着说道："朱博士，这个例子确实不太好，那咱们这样想，如果以后所有的变化，比如人类的生老病死、新陈代谢都能从物理学、化学、生物学或者其他学科的进展中找到了对抗解决的办法，你还觉得时间有什么意义吗？或者说它是存在的吗？"

"啊？这样啊！"朱小奇不由一呆，"这我还真没想过，如果真有那么一天，那时间好像真的没什么意义了。不过话又说过来，如果那样的话，人生的意义又是什么呢？哦，这个问题我提得不好，其实就是现在，我也经常不能确定人生的意义到底是什么。"

　　出乎朱小奇的意料，赵玉昆反倒对朱小奇的问题非常感兴趣。朱小奇话音刚落，他就说道："好，好问题。我也经常在想，人生的意义是什么？我认为，作为万物之灵，人生最大的意义就是破解宇宙的奥秘，寻找世界的真相。但是现在看来，当今的社会实在是太浮躁了。就拿我们单位来说吧，本来是个好好搞研究的地方，可是现在的研究都要逼着你快点儿转化为应用，产生所谓的经济效益或者关键的成果，否则就申请不下来课题。申请不下来课题就什么都没有，职称、奖金，甚至岗位都保不住！搞得所有做科研的人每天都像个商人似的，说大话，拉关系，甚至还不如商人呢！自欺欺人，胡编乱造，否则，别人就瞧不起你，最后搞得家里人也瞧不起自己。真是莫名其妙。我呢，最近正在下一个决心，准备去找个寺庙出家，既能安心研究，又不愁经费，正好可以免去红尘的干扰，落个清静。"

　　朱小奇听到赵玉昆这番话，不禁从内心深处真的吃了一惊，酒精点燃的兴奋劲儿也收敛了一些，没有再由着自己的性子抢着说些什么。暗道这些智商高的人的思想确实不是一般人所能理解的，听这口气似乎也不是开玩笑的意思，自己还是老老实实地少说几句吧。

　　首先，朱小奇对赵玉昆和其他两个人从内心深处是非常尊重和钦佩的。其次，负责芪苷 RA 注射剂循证临床研究项目数据管理的何教授曾经有一次在四川开会时和朱小奇说过，对于宗教可以信仰或者不信仰，但最好不要对他人的倾向妄加评论，因为这是有些人一生的信仰和生存的支柱。这句话对朱小奇还是产生了非常深刻的影响，除非是和他很熟的家人或者朋友，他一直谨记恪守。

　　李立其谈到了辟谷，说其中玄妙无穷，自己已经修习了一年多了，确实感觉明心见性，身体轻盈了许多，精力也比之前旺盛了许多。

"小奇总怎么看？你是学医药的，现在又是博士了。"喻晓翔笑嘻嘻地对朱小奇说，估计是看见朱小奇有一段时间没有说话了，担心他被冷落了，把他拉进话题。

"哪里哪里。"朱小奇客气了几句，字斟句酌地说道，"我对这方面涉猎得很少，不敢妄言。不过，从现代医学的认识上看，适当的饥饿和断食有益身体健康和寿命的延长，在实验动物和人体上都是被证实了的。至于其他的嘛——我对轮回的观点还是倾向于赞同的，不然，这个世界也太不公平了，如果有了轮回，每一世都是一种修行，听着确实让人觉得更加圆满一些。"

"这个问题嘛，"喻晓翔说，"关键是个体与整体的问题，是否执着于'我'念的问题。我记得作家史铁生写过这样一段话，原话记不清楚了，大意是作为个体的人与整个人类的关系，就好比浪与水，个体的人是浪，无休止地涌起又落下，而整体的人类，是水，它承载着浪，无休无止，自有规律。"

"所以嘛，"赵玉昆说，"摒除执念，这是看见世界真相的第一步。"赵玉昆于是顺着这个话题，开始了滔滔不绝的阐述，朱小奇并没有往下认真听，而是低头沉思起来。

朱小奇在骨子里是非常崇尚科学的，倒不是说他是一个坚定的唯物主义者，而是科学的精髓或者说本质和方法论让他非常赞同。科学是发展的，是可以不断被证伪的，是讲究实证的，是民主的。而其他的一些学说呢，似乎都是永远正确的，是高高在上的，强调人要去理解，去证悟，而最终可能会归于盲从或者集权。

朱小奇感到非常纳闷，为什么总是有很多人对科学二三百年来的发展取得的伟大成果视而不见，而总是对古人曾经说过的一些话没完没了地用现代科学的研究成果去阐述和论证呢？何况很多还是牵强附会。特别是看到一些非常聪明的或者认真研究学问的人也陷入其中，让朱小奇在内心里对这种现象感到格外的惋惜。而对于那些在其中别有目的，为了一己私欲的人，朱小奇则格外厌恶。至少在人生的这个阶段，他的心门在这方面是关闭的。

四个人边喝边聊，不知不觉，时间已近十点。李立其首先表示明天一大早还要送儿子上学校，因此要先走。其余人也都说明天还有安排，于是喻晓翔买单，众人一一作别，各自打道回府。

4

9月北京的夜晚，天街夜色，已有些许凉意。朱小奇坐在出租车上，望着两边树影婆娑，恢宏的高楼一掠而过，一缕惆怅莫名地涌上心头。

刚才饭局的谈话还是深深地触动了朱小奇。最开始走出日料馆的时候，他的心里本来是有一丝丝安慰的。因为他发现这几个优秀的人，这几个在现实生活中应该都是同龄人中出类拔萃的人，也像他一样，对人生有一种虚无感，也一样在内心进行着挣扎，并且都在用各自的思考和行动寻找着答案。

但是当他再往深一想他们今天谈到的话题时，朱小奇又感觉自己越发找不到对抗这种虚无的办法了。似乎每一条路，都不是他能走得通的。

其实，朱小奇内心里非常希望自己能够全心全意地去相信什么或者追寻什么，但是，现在他们所说的，他确实不认为那是对的，他的内心确实是抗拒的，这又怎么办呢？

朱小奇不禁想起《悟空传》，想起鲁迅，心里暗自神伤。难道自己的宿命真是一个反抗绝望的人吗？真是一个做不了神也做不了妖的石猴吗？要真能成为一个勇敢的战士，虽然内心难以平静，生活难以幸福，但至少是伟大的。

而这些伟大的战士是朱小奇从心底里最为崇敬和热爱的，但那是他精神的彼岸，他既向往，更害怕。因为另一面就是鲁迅笔下的魏连殳，生活中一事无成、孤独的愤青，无趣而悲凉。

朱小奇一路思绪万千，心情仿佛断了线的风筝，东摇西晃，无处可依。一件小时候的旧事突然涌上他的心头。朱小奇上高中前，家一直住在楼房拐角处的一个单元，当地俗称拐把子楼，光线特别不好，无论白天还是黑夜，楼道里都是黑洞洞的。

朱小奇每次上楼下楼都是提心吊胆的，一是因为黑，二是因为当时家家户户都在门口堆满了各种东西，在黑暗里呈现出各种古怪的形状，朱小奇总是觉得那里面隐藏着什么危险的人或事物，那是他小时候，甚至已经不算是小时候了，难以言说的恐惧。

忘了那是上小学还是初中的时候了，朱小奇在家里等了很久，楼道也没有人声，而他又急着下楼，于是只好硬着头皮走出家门。一出门，他就屏住呼吸，半低着头，噔噔噔地快步往下冲，希望快点走出崎岖的黑暗，见到耀眼的阳光。

就在他马上就要下到一楼时，突然间，朱小奇看到一双白色的鞋，再往上一抬眼，白色的裤子，再往上，白色的上衣，朱小奇此时的大脑已然一片空白，似乎周围也一片寂静，整个世界仿佛在这一刹那间停止了运转，定格在了这一永恒的瞬间。

终于，一张熟悉的面孔从朱小奇的身旁掠过，那是二楼他的玩伴小冬的二姨，一个保健站的护士。当朱小奇从恐惧造成的木然中反应过来的那一刻，他的心脏一下子怦怦地狂跳起来，身体的血液似乎喷涌而动。

拐弯迎向出口，阳光直面而来，朱小奇简直觉得，刚才，从黑黢黢的楼梯上，已然度过了整整的一生。

手机"叮咚"响了一声，把朱小奇从万马奔腾的思维潮汐中拽了出来。低头一看，是黄恬恬发来的短信：小奇，我给你的电子邮箱发了一封邮件，有时间尽快看看，黄恬恬。

黄恬恬给我发邮件？朱小奇有些诧异，好像有两个星期没与她联系了。她不是 10 月份就差不多应该回来了吗？朱小奇的心往下一沉，他已经有点儿预感到将要发生的事情了。

于是，所有的纷繁杂乱的思绪一下子都烟消云散，朱小奇迫切地想要知道黄恬恬的邮件里到底都写了什么！

5

快速回到宾馆的房间，打开电脑，朱小奇看到了黄恬恬的邮件。

小奇：

你好！这封邮件是我经过多次提笔，多次犹豫，最终决定还是要用这种方式告诉你的。我已经正式获得了继续留美工作的机会，在以后至少两三年内的时间，我都不会回国工作。并且，经过认真的思考和多次的心理博弈，我决定，我们还是离婚吧。

回想我们在一起的十多年，我自认为还是非常幸福的，也非常珍惜和感激上天给了我们这样一段岁月，两个人在一起有过甜蜜，有过争吵，有过心心相印，也有过咫尺天涯。

你一直都是个孩子，当然，可能这是我自身狭隘地认为，我过去有多么喜欢你这一点，现在也可能依然如此。还记得第一次对你有比较深刻的印象，对你第一次有不一样的好感的情景。

那是一次学校举办校外老师的讲座，你来晚了，这时一间小教室已经被几届的研究生同学坐得满满当当，第一排都加座挤满了人。你站在讲台上，应和着老师"尽快找个座位坐下"的话，伸着脖子到处寻找。

那天你穿了一件深蓝色的衬衣，黑色的牛仔裤，留着几年前郭富城留的发型，像一个正在上高中的男孩子。周围已经有几个女生开始笑着议论，打听这是谁，怎么像一个唱歌的，这是我们学校的研究生吗？

我也觉得好玩儿，看着你，这时你的眼神也扫向我，从你酷酷的、故作平静的神情中，我觉察到你其实有点儿紧张，虽然穿得不像是一个上医学院校读研究生的学生，但你的脸庞是清秀的，气质是文静的，你像一个干净的大男孩儿。从那一刻起，我就想要接近你，了解你。

后来，我知道你课题的实验需要取用大鼠脑部的海马部位，而我的实验课题需要取用大鼠的肝脏，因此就借机与你有了更多的交流的机会。

在我们一起做实验的时候，我经常观察你的一些日常习惯。你做实验笨手笨脚的，一副紧张的模样，经常发生点儿小错误需要返工。你每个星期都去买《足球报》和《南方周末》，那会儿看报纸的学生，可能你是唯一的一个。你喜欢唱歌，经常不自觉地哼唱，而且特别喜欢唱老歌。你最喜欢吃西红柿炒鸡蛋，只要饭堂卖这个菜，你就一定会打，你不爱吃米饭，大部分时候都买四个小馒头，吃的时候经常是把两个放在一起把它们压扁……

后来，我们在一起了。我有一段时间经常想，我们是不是进展得太快了。但我不后悔，我喜欢你，我觉得我们那样的时候很美好，我第一次从心灵深处感受到了小说和电影里描写的那种爱情，那样的感受很可能人生中不会再有第二次。

再往后，我们开始有了争吵，我越来越发现你像个孩子，你是一个一直在寻找什么、不肯长大的孩子，我喜欢那样的你，但是，我也越来越不适应那样的你。我反思过，我探询过，可能是两个人在一起久了，我开始索取了，索取我被关爱的举动和痕迹。但是，真的太少了，少得我经常心痛，心寒，心冷。

当然，客观地说，如果我说清楚，你是会关注我的，是会有所表示的，是会按照我的要求去做的。但是，我就是不想那样做，我就是觉得说出来感觉就不一样了。你知道吗？每次当你听了我的话而勉强照做了的时候，我都恨自己为什么要说，我都后悔自己为什么要去和你要求，我都感到我离我所要的越来越远！

当然，客观地说，小奇，这可能并不是你的错，很可能是我的问题。所以我常常想，你其实更适合去找一个照顾和引导型的伴侣，那样，你一定会更加优秀，更加能挖掘和展露你的才华。

抱歉，可能不小心还是说了你更多的不是，但我还是要再次地说明，与你在一起的这段岁月是我人生中非常幸福的一段时光，很多东西，包括那么单纯美好的爱情，都是你与我一起走过的。不要告诉我，你可能不是，我不想听，也不愿意相信，我付出了那么多，可能比我自己认为的还要多，我不想是你和我，我们中的一个，去毁了这段美好的记忆和人生经历。

至于财产的情况（不想提分割这个词），你看着办吧，我尊重你的意见。

还有，小奇，我们不在一起生活以后，我希望你不要太过由着性子，特别是对自己的身体，毕竟你确实不是一个孩子了，少喝点儿酒，多去运动运动。至于其他，包括你经常的神游，我也不知道是好是坏，还有，以当下中国的情况和你的条件，只要你愿意，你会找到一个新的、更适合你的伴侣的。

最后再说一句，你还没专门为我唱过什么歌呢，如果你愿意，有时间选一首录下来发给我吧！至于什么歌，这次我不想给你任何要求。

黄恬恬于美国的夜晚，中国的清晨

朱小奇看完这封信，心里五味杂陈，不觉之间，泪水已盈满了眼眶。

第二十八章

噩梦　青海湖　阿诗玛　陈圆圆　决定

1

　　朱小奇躺在宾馆的床上，辗转反侧，脑子里万马奔腾，过去、现在与未来交织成了一片，夜晚让他的思维活跃而混乱，敏锐而奇异。

　　他在各种场景、各种判断、各种决定中来回跳跃，心里说不出是一种什么滋味儿，脑子里反倒有一种莫名的亢奋，时而自怨自怜，时而咬牙切齿，时而一片空无。

　　朱小奇仿佛又回到了决定考研前那个暑假的夜晚，沈雨溪和他分手了，父母说他们不愿意他回到内蒙古，那一晚的孤独与绝望又再次席卷而来。但这一次他没有流那么多的眼泪，可能是那一夜他的眼泪真的已经流完了，可能是他长大坚强了，可能是他对生活的真相更加洞明了。

朱小奇不知道自己是晚上几点睡着的，只知道自己进入了一片片支离破碎的梦境。有一个梦，也许是那天晚上最后的一个梦境，他多年以后依然记得。

朱小奇好像回到了少年的时光，他和几个同学，似乎既有大学的，也有高中的，甚至还有小学的，几个人凑在一起自然而和谐。他们在厚厚的黄土里走着，每一步都需要从黄沙里把脚拔出来，这是朱小奇小时候非常熟悉的场景，因此它显得异常的真实，每一个细节的感觉都是活生生的，他能感受到那种步履的沉重、身体的用力和头顶上明晃晃的阳光。

他们应该是要去前方的一片茂密的树林，最开始的时候，那是一片密密匝匝的光秃秃的树木挤站在一起，他们越往前走，它就越浓密，似乎变成了一片深颜色的森林。这时候，日光也暗淡了很多，起风了，卷起一片黄沙，前面树林的颜色越来越深，已经是一种黑黢黢的轮廓。梦中的朱小奇，心头被一种不安和恐惧牢牢地抓住了，他不知道要发生什么。

遽然间，那片暗黑的森林向前猛冲了过来，朱小奇一阵晕眩，心脏的肌肉被抽得紧紧的，眼睁睁地看着冲过来的树林在奔跑中幻化为一群庞大而狰狞的原始动物，在梦里似乎非常清晰，又似乎难以形容，原始的猛犸象，原始的剑齿虎，原始得像是山一样的不知名的生物，身体凹凸不平，面部丑陋而凶恶，像一阵飓风一般直压过来。

朱小奇想跑想喊，但似乎动一下都异常的艰难与缓慢，在极度的恐惧中他已然认识到那是梦境，但就是无法从其中逃离。他用尽了全身的力气，最后把所有的挣扎都集中在一声呐喊和一下手动或者脚动，哪怕是一个指头。

在似乎已经绝望中，或是梦境无法再进一步演化时，朱小奇才从梦魔中抽离出来，此时的他仿佛已经被榨干了最后的一丝力气，而脑袋里的梦境好像一个不肯离去的恶魔，随时随刻准备把他拉回去，梦中的情景历历在目，现实的世界迟缓而混沌。

朱小奇硬挣扎着爬了起来，喝了口床头的矿泉水，心脏似乎稍微得到了一些润泽，心里的恐怖也似乎开始慢慢走远。他一点儿一点儿地，从刚才统治了现实的梦境中又回到当下的现实世界里，只觉得浑身无力，身心俱疲。

从宾馆窗帘的缝隙中，阳光已然照了进来。朱小奇看了看表，时间已经是早上快七点了。虽然他现在浑身酸软无力，精神委顿，似乎比不睡之前更加倦怠，但他也知道，再睡也睡不着了，今天中午还要去赶飞机，还是起床吧。

靠在床头，朱小奇又发了一会儿呆，脑子虽然晕晕沉沉的，但好像并不影响正常的思考。他犹豫了一下，在心里不由自主地掂量了一下措辞，还是拿起了手机，给黄恬恬回了一条短信：尊重你的选择，其余的等我忙完这个星期后，给你回复。几乎是在同时，那边的短信就回复了过来：好的，等你。朱小奇下意识地咧了一下嘴角，又振奋了一下精神，一掀被子，起床下地。

2

朱小奇这次出差确实很忙，行程紧凑。他从北京要直接赶到西宁去参加公司营销中心举办的县级医院院长会议，按照会议议程安排，他要做一个公司核心品种的学术研究汇报，然后又要再直接去昆明，参加他们市场部赞助的一个全国消化疾病的学术会议。

西宁的会议开得热烈而圆满，上百家县级医院的院长欢聚一堂，学术交流轻松愉快，文娱活动其乐融融，笑声不断。

朱小奇参与其中，如同一个按既定程序操作的机器人，表面做得中规中矩，心却仿佛一直飘着，没有任何的参与，他的思想被家庭的变故蒙住了，既看不到外面，也看不清里面，似乎一切脑神经的反射都停止了，只有脊髓神经在发挥着作用，他感觉自己就是一个戴着面具的小丑。

会议的第二天是组织大家去青海湖、塔尔寺一日游，晚上住在青海湖，第三天送大家各奔西东。

青海湖是朱小奇从儿时起就一直魂牵梦绕的地方，它遥远而神秘，温暖而亲切。朱小奇之所以觉得它温暖而亲切，是缘于他小时候看的一本故事书——《白唇鹿青青》。

这本书，朱小奇已经忘记他是在什么时候读过的了，也忘记了它是什么时候从他的身边消失不见的了。但是他却清清楚楚地记得那本书的封面，一个藏族小男孩搂着一只梅花鹿的脖子。在朱小奇的印象里，书的内容都是关于发生在青海的童话和神话故事，鸟岛的故事，白唇鹿青青的故事，扎陵与鄂陵的故事。但是这些故事的具体的情节他却几乎全部忘却了，只是那曾经带给自己的感动和温情却深深地印刻在朱小奇的心里，即使岁月如风，也从来不曾忘记。

没想到，令朱小奇如此神往的地方，他第一次来，却是这样一种状况，这样一种心境。然而，也似乎冥冥之中自有玄机，又似乎是量子力学中观测到的现象，结果影响了开局。

朱小奇一直觉得《白唇鹿青青》中所描写的青海湖虽然对他而言，有一种迷之向往，却一直有一种莫名的忧伤和孤寂，萦绕心头，挥之不去。

按照这次会议的安排，与会人员先去青海湖，再去塔尔寺。朱小奇陪着专家们一路机械地说笑，在人群中亦步亦趋，和大家一起做出眺望与欣赏的表情，发出赞叹与感慨的声音，摆出留恋与回眸的姿势。然而，实际上，这些风景却只是在朱小奇的眼前经过，没有触动他大脑的任何一条神经，没有激起他心里的任何一丝涟漪。

朱小奇借口还有资料需要整理，没有跟团去塔尔寺，而是一个人留在了青海湖。

3

当他一个人驻足或徜徉在青海湖畔的时候，心底惆怅的情绪才如潮水般漫了上来，朱小奇又逐渐做回了自己。

9月的青海湖，湖水没有那么蓝，而是要暗一些，颜色与名字贴合得非常完美，青青如缎，因而越发显得深韵内敛，欲语还休。湖水在日光下闪烁着粼粼的波光，舒展而平静，青海湖似乎是平淡的，好像只是比一般的湖泊要大一些，但又不像东湖那么开阔，没有那种烟波浩渺的气势。比起大海来，它就显得更静了，没有那起伏不断的浪花和亘古不停的涛声。

　　然而就是因为这些，青海湖才给人一种非常从容和宁静的感觉，她是亲切的，温和的，隐忍的。她的美是一种沉静的美，是一种含蓄的美，是一种让人放下的美。

　　朱小奇突然理解了黄恬恬对他们过往岁月的珍视和不愿意去深思、挖掘他们那段感情中可能不稳固和不和谐的因素。她是对的。那样做没有任何好处，带来的只能是互相否认和互相伤害，而其实也是在伤害自己，否定自己，毕竟曾经的岁月是他们共同走过的，是他们共同的选择，无可更改，而即使是能再活一次，又能怎么样呢？每一种美的里面都有缺憾，每一种缺憾里都有美的投影。

　　对了，朱小奇想，他还真的没特意给黄恬恬唱过什么歌呢。唱什么呢？《在那遥远的地方》？这好像是一首青海的民歌，在此时此地，似乎自然而美好。然而，朱小奇又一想，唱这首歌，仿佛自己心里一直有一个无法接近而又一直倾慕的倩影一样，没必要让黄恬恬多想，当然，也可能是他多想了。

　　想到这儿，一首多年前听过的老歌突然浮现在他的脑海里，那是一首蒙古族歌曲——《雕花的马鞍》。朱小奇情不自禁地低低吟唱：

在我很小很小的时候　很小的时候

有一只神奇的摇篮　神奇的摇篮

那是一副雕花的马鞍

啊　嗬嗬

伴我度过金色的童年　金色的童年

当阿爸将我扶上马背

　　　阿妈发出亲切的呼唤

　　　马背给我草原的胸怀

　　　马背给我牧人的勇敢

　　　雕花的马鞍

　　　成长的摇篮

　　　……

　　虽然这是一首蒙古族歌曲，但是朱小奇觉得它与青海湖有着同样的神韵，舒缓而宁静，平淡而美好，并且总有一种难以言说的深深的情愫埋在他的心底，与它们共生，那是他心灵最柔软的一部分。

　　晚上，朱小奇回到住宿宾馆，用电脑录制了一首他唱的《雕花的马鞍》。当他准备用邮件发给黄恬恬的时候，他却又犹豫了，想了一下，他把这段音频暂时存在了文件夹里。

　　离开了青海湖，朱小奇直奔昆明。他一下飞机，到会议宾馆放下行李，简单洗漱，就在协助会议筹备的同事的带领下，与已经到达的关键专家见面寒暄，有认识的，有不认识的，一番客套之后，时间已经到了招待晚宴开始的时候。

　　各种学会举办的学术交流会议，既是全国各地各家医疗机构交流的学术平台，也是各位同行感情交流的平台。由于有着共同的事业和相近的经历，并且同行之间，有着很多互相学习互相帮助共同进步的契机，因此这种会议场面都很热烈，新朋旧友，很容易就搞得亲如一家，推杯换盏，欢声笑语，好不热闹。

　　朱小奇也遇到不少相熟的医生，医生再介绍新的医生，加之心情不畅，不一会儿就喝得昏头昏脑。当天晚上，他印象里的最后一个画面，是和几个来自内蒙古的医生一起合唱了一首《祝酒歌》，只记得周围晃动的都是一张张欢快的面孔，每个人都在哈哈大笑，每个人都在手舞足蹈。

这些模糊的、尽情的、时而分散时而重叠的笑脸似乎一直贯穿在朱小奇支离破碎的神智里。等他再次清醒的时候，已经是第二天早晨，他穿着衣服，蜷缩在宾馆大床的一角，仿佛从来没有真正地睡过，也不知道自己是怎么回到宾馆的。

朱小奇爬起身来，照例检查了一下手机、钱包、眼镜。当发现一样没少时，这才静下心来，仔细感觉着身体上的不舒适。

头痛恶心，身心俱疲，朱小奇懊悔地进到洗手间，弯着身子待了半天，似乎并没有吐出来的意思。朱小奇克制着身体和心理上的难受，摇着头直起身来，直愣愣地看着镜子里的自己。

只见他头发蓬乱，两眼呆滞，面部皮肤干燥，一副傻兮兮的模样，仿佛一个灰头土脸的倒霉蛋，周身都是失败和认尿的气息。一时之间，朱小奇像是一头困兽，想大声嚎叫，想极力发泄自己的愤懑，理智还是约束了他，他只是仰着脖子，高昂着头颅，瞪着一双血红的眼睛，满脸皱成一副狰狞的面孔，无声地呐喊。

朱小奇上午没有去会场听讲座，自己一个人在酒店房间，一会儿无力地埋头瘫软在床上，一会儿又焦躁地在地板上来回踱步。中午，他也没有到酒店二楼去吃会务组织的自助餐，而是一直在房间里休整到十二点多，才下决心起床冲凉，告诫自己别这么放任身心了，该干什么干什么。

去酒店附近的一个小饭馆吃了一碗酸辣米线，胃里稍微熨帖了一些，身上也出了一点儿汗，朱小奇感觉自己又能正常适应当前的一切了。按照计划，他回到酒店直接去了会场，尽量认真聆听事先他已经重点圈出的，比较感兴趣的学术报告。

晚上，会议安排在一个非常有民族特色的饭庄聚餐看表演，想来是昨晚很多人喝多了，精力消耗比较大，这天晚上大家都明显收敛了许多，其乐融融，但礼貌而节制。

4

会议的第二天，按照既定的日程安排，组织大家昆明一日游，根据大部分与会专家的意见，游览的景点安排的是石林和圆通寺。

石林，朱小奇曾经去过一次，它是昆明，乃至整个云南最具代表性的旅游景点之一。由于石林离昆明市比较近，又是城市名片性质的旅游景点，因此基本上任何时候去，都是人潮涌动，人满为患。

这次同样如此，石林景区里人头攒动，摩肩接踵。朱小奇陪着几个还没走的核心专家在人群中挤挤看看，边走边聊，偶尔驻足为他们拍几张照片。当然，他们停留时间最长的还是最著名的阿诗玛石峰景点。从一个特定的角度看过去，石峰就像一个穿着彝族撒尼人服装的青年女子，背着竹筐，凝望远方，守护着这片曾经是一片汪泽的神奇的土地。

几位专家都是20世纪五六十年代生人，因此话题很自然地谈到了电影《阿诗玛》，谈到了阿诗玛的扮演者——杨丽坤。朱小奇并没有对这个话题过多地参与，倒不是他对这部电影及这位早年间的明星不了解，相反，他对杨丽坤的相关撰述看了不少，以他这个年龄段来讲，可以说是了解颇多。他没有参与这个话题，只是因为杨丽坤真实的经历曾经深深触动了朱小奇，天妒红颜，那是一个不折不扣的悲剧。

杨丽坤一生只演了两部电影，《五朵金花》和《阿诗玛》，都是电影主人公的扮演者。《阿诗玛》更是如此，人们都快忘了她只是阿诗玛的扮演者，而是把她当成了阿诗玛的化身。她给了阿诗玛一个璀璨夺目、巧目盼兮的形象，阿诗玛给了她一个无尽的时间和空间，她的美是永生的。

朱小奇其实一直有些诧异，他觉得杨丽坤在演《五朵金花》时，好看是好看，但朴素亲和，还是一个富有生活气息的美女。但是在演《阿诗玛》时，不知是影片色彩的原因，还是化妆的原因，还是彼时的杨丽坤身姿神采正是最夺目的时候，或是电影本身就是一个广为流传的神话传说，也许这些原因都有，总之，《阿诗玛》里的杨丽坤，巧笑倩兮，美目盼兮，一颦一笑，举手投足，浑然天成，清丽脱俗，既亲切又梦幻，既近且远，在水一方，镜花水月，仿佛没有一点人间烟火的气息。

据说，她很早就有精神方面的异常，但是，那次深夜即将黎明的时候，在昆明民族大礼堂里凄厉的歌唱，是她彻底患病的标志性事件。也就是在那天晚上，据周围的老人说，有很多人在不同的地方都看见一个彝族撒尼姑娘在天刚有点儿蒙蒙亮的时候，骑着一匹白马，越奔越快，腾空而起，消失在遥远的夜色里。

这个传说无从追考，也没有人太过当真，它可能只是人们对于她的同情而创造出来的一种善良的谎言，一种美好的愿望，但它大概率陈述了一个事实，可能就是在那个晚上，她灵魂中的阿诗玛离她而去了，人们也不忍心再看着他们心中的阿诗玛的化身再经历这些人间磨难了，她创造了阿诗玛夺目的光辉，彼时的人间，无处安排。

朱小奇看过她的经历后常想：不知那些曾经伤害她的人，内心是否曾经有过自责和忏悔？朱小奇有些疑惑，如果所谓的成熟就是更能接受一些恶欲、欺骗、谎言、无耻，并且学会向这些妥协，那么这种所谓的成熟，对人类的文明的发展又有什么意义呢？那些社会的精英，那些有能力制订社会规则的人，为什么不能给这些行为的产生制订更为严厉的约束法则呢？为什么不能给那些坚持真理、坚持正义、坚持善良的人更多的正面肯定和更多的生活空间呢？

他相信，如果这些社会精英在各方面进行努力，大众是会去跟随和效仿的。当然，放开视野，拉长时间，美就是美，丑就是丑，古今中外，概莫能外。阿诗玛与杨丽坤，在人类的历史长河里，熠熠生辉，美丽长存！

离开了石林，团队急匆匆地坐车赶往圆通禅寺。据导游说，由于各位专家来昆明的次数还是比较多的，有不少景点大家都去过了，而圆通禅寺相对去过的人少一些，因此特意选择了这个景点。但朱小奇心里却认为这恐怕是旅游团主导的结果，因为不一会儿，导游就开始说这个团真是一个贵宾团，大家都是贵人，因为正好赶上了圆通禅寺里的高僧谈经说法，并且就这两天为了感谢各位施主一直以来的支持，为大家免费求签解答，指点迷津。

圆通禅寺就在昆明市内，是昆明市宗教活动最为活跃的场所，始建于唐，面积不小，建筑颇为宏伟，层层叠叠，掩映于郁郁葱葱的古树之中，很有几分历史沧桑的况味。

带领朱小奇他们游览圆通禅寺的导游是一个当地的姑娘，肤色黧黑，想来是小时候没有护肤的概念，而昆明地处高原，阳光虽然感觉上并不是十分的强烈炫目，但紫外线对皮肤的伤害还是非常明显的，当地肤色偏黑的人确实是比较普遍。

然而这个女孩子虽然肤色偏黑，容貌却颇为俏丽，并且声音柔媚清脆，更兼业务熟练，口才甚佳，对每一个景点的来龙去脉、名人逸事都如数家珍，滔滔不绝，专家们一个个听得还是颇有兴味。

朱小奇跟从于其间，虽然也听得很是有趣，但毕竟涉猎过少，再加上这类景点从外行看来又都相差无几，因此各种故事及知识就如同一阵清风掠过，吹拂时也很有舒适之感，但一经吹过之后，基本上没有留下任何痕迹。

只是经过一处，朱小奇后来却怎么也想不起是什么地方了。那个女孩儿说这里曾是陈圆圆年长之后，看破红尘、出家为尼时常前来静修的地方。

陈圆圆后来一直与吴三桂住在云南，昆明有关她的遗迹和传说颇多，加上她身世坎坷，经历传奇，顶着秦淮八艳之一的名头，又有着天下第一美女的称谓，并且还有"冲冠一怒为红颜"的历史故事作为烘托，因此很容易引起大家的兴趣。

那个女孩儿对于陈圆圆会引起游客广泛的兴趣看来是早已习以为常了，顺着大家的问题，其间穿插介绍了一些路过的主要景点，把大家最为关心的陈圆圆最终的归宿绘声绘色地讲述了一番。

据她说，陈圆圆最终的结局主要有三种说法，当然，这些说法可不包括金庸在《鹿鼎记》中的文学创作。她这么带着调侃的意味一说，大家哄然而笑，越发地被吸引住了。

第一种说法流传最为广泛，说陈圆圆晚年时，年老色衰，失宠于吴三桂，于是削发为尼，潜心修道，一代红颜，归于寂寞，郁郁而终。

第二种说法，之前的部分与第一种差不多，只是说后来其并非因病而终，而是在吴三桂降清后，不齿其为人，最终在清兵平滇后，投入了昆明城内的莲花池，自尽而亡。

而第三种说法，是最近才出现的，也最为传奇。据说陈圆圆在清军攻进昆明城之前，已在部将马宝的保护下一路出逃，最后隐居在了贵州省岑巩县的马家寨，一直活到七十三岁，自然而亡。三百年后，她的后人才说出了这个秘密，并列举了不少证据，引起了历史学家和两地民众极大的兴趣。

听黑里俏的导游这么一讲，大家对一代红颜最终的结局的兴趣越发浓厚了，七嘴八舌地议论起来。来自北京的，这次专家中最为大牌的李书桓教授与朱小奇合作过好几个项目，和他很熟，于是打趣道："朱总对历史、文学颇有研究，又经常有些独到的看法，当前流传的陈圆圆最后结局的这几个说法，你觉得哪个最可信？"

朱小奇被李教授突然点将，虽是玩笑，但当着一群很多并不十分相熟的专家面前，仍是略有局促，客气了几句，信口说道："我认为第三种最可信。"众人不觉有些诧异，好几个人都露出了此人就好哗众取宠的表情。这反倒激起了朱小奇的好胜之心，他于是开始相对认真地阐述起他的观点来。

朱小奇认为，陈圆圆经历极其复杂，出身贫寒，少入娼门，在十里秦淮繁华之地，名噪一时，在那么复杂的地方赢来如此的声名，想来绝不是色艺双绝那么简单，性格为人也一定是常人很难企及的。后来按史料记载，又与商贾权贵、翩翩公子、皇帝悍匪、一方霸主等多人有交往，政变，战争，权谋欺诈，残暴荒淫，各种经历，无一幸免，命运坎坷的同时，估计也铸就了她百炼成钢、审时度势的人生智慧和坚忍达观的性格，否则怎么能在这么多的变故中，仍然能保持美丽动人的容貌和勾魂夺魄的魅力呢？这样的一个人，怎么会在相对平稳、有充分打算计划的一段日子里，在众人瞩目中，忍受各种冷眼，默默忍受一代繁华归于寂寞的宿命呢？她一定会在刚刚由盛转衰、别人还难以看清的时候，就做好打算，而隐姓埋名、余生安稳，是美人迟暮最好的选择。因此，除非极为亲近的人，其他的人只能看见她的繁华和美丽，留给江湖的，只有背影和传说，而第三种说法，其实正是这种结局。

朱小奇表述完他的观点，不少专家点头应和，李书桓教授笑着说道："朱总的看法经常出人意料，而又言之成理，确实很有道理啊，不过，很多时候，当断则断并不容易。"朱小奇赶忙点头称是，以自嘲的口吻表示自己也就是按李教授的指示，姑妄言之，权当应景，给大家助助兴。

大家在嬉笑声中，又顺着这个思路议论了一阵儿。这时，团队已然到了求签问卜、法师解惑的地方。

到了这儿，团队自动分成了两拨儿，一部分人兴冲冲地排队等待求签问卜，一部分人问了导游集合的时间后，开始自由活动。

朱小奇陪着李书桓教授和几个专家信步来到一个莲花池旁，倚栏向下望去，但见此时大部分荷花已然凋谢，只有少部分荷花还在展开着，但粉白色的花瓣已开始呈现出一种回收蜷缩的样子，在风中摇曳着，柔软而娇弱，颇有一丝飘零之态。红白色的锦鲤穿行其间，在池塘中游来游去，匆匆忙忙，拥来挤去，似乎永远也不会疲倦，倒是一副生机勃勃的模样。

池塘中间有一个六角形石台，微微浮出水面，上面蹲着一只石头雕刻的蟾蜍，鼓着一双大大的眼睛，咧着一张大大的嘴巴，模样狰狞中又有几分可爱，庄重中又有几分戏谑，蟾蜍的头顶上还趴着一只真的小乌龟，几乎一动不动，仿佛要与这石刻的蟾蜍融为一体，于这佛教圣地，似乎大有禅机。

然而毕竟红尘世人，俗愿难了，这个石雕的蟾蜍也像全国各地寺庙里的灵修圣物一样，被当成了许愿求财的实相，把钱币抛到蟾蜍的嘴里成为许愿成功的标志，因而石头蟾蜍的周身，凡是可以能载住小物件的地方，都布满了钱币，在明晃晃的阳光下，反射着明晃晃的光芒。隔着石栏投掷钱币的人个个兴致勃勃，无论是投中了还是投不中，大家都嘻嘻哈哈，倒是给园子里平添了几分欢快的气息。

朱小奇突然想：这也许倒真是佛家本意，寓意红尘，无论怎样，不过是一场游戏而已。

此时，李书桓教授与其他两个专家聊起了医院内的一些人事变动，朱小奇觉得不便跟着一块儿倾听，于是借口去看看求签的专家们进行得怎么样了，离开了他们，来到了与集合地点相距不远的一处树荫底下，坐在石凳上休息。

身处于本是佛家修行清静之地，望着周围一簇簇三五成群的游客，想着这里曾发生过多少人间故事，然而是非成败，悲欢离合，斗转星移，依然还是同一个满足欲望和安置欲望的灵魂寻找皈依的故事主题，朱小奇不禁心生感慨，真不知道是何缘由产生了这样一个世界，而人类在这个世界到底扮演了一个什么角色，而作为人类的每一个个体就更是莫名其妙了，他的出现，他的喜怒哀乐，他的一生所遇，到底是什么决定的呢？

5

纷乱的思绪中，一个念头仿佛一颗脱离了正常轨道的流星，遽然跳进了朱小奇的脑海里，可能是受到了陈圆圆故事的影响，可能是李书桓教授一句当断则断也不容易的话语点醒了他，可能是杨丽坤的人间悲剧刺激了他，也可能是朱小奇骨子里"不成熟"的性格特征在这个时空场里发挥了作用，或许是所有这些综合作用的结果，朱小奇在这些天不成逻辑、碎片化的思考中突然做了一个决定：既然工作不开心，黄恬恬又要与自己离婚，索性斩断这一切，开始新的生活，何必沉湎于过去这些扯不清的牵绊呢？对，要变就变个彻底，要断就断个干脆，辞职离婚，离开鹍城去上海！

朱小奇一旦做了决定，就一刻也不耽误，马上开始行动。他立刻给李志禹打了个电话，问他如果自己过去，大概是个什么条件。李志禹回答说这个他早就和詹毅宏商量好了，朱小奇来了就按合伙人对待，可以与他们一样的价格购买公司的股份，具体的比例要具体协商，每个月的收入原则上不低于他现在公司薪金收入的月收入，但年终的绩效要根据具体公司的情况和承担业务量来定，届时再商量。

朱小奇又说了他读在职博士的事情，学校上课可能多少会耽误一些工作的时间，李志禹说道："呵，你小子，嘴还真严，就是考上海的学校也不说一声，这个我和詹毅宏说一声，他应该会大力支持，这是好事。你到了公司，你的进步就是公司的进步，你的资源就是公司的资源，不过，我还是问他一声，毕竟他是公司的总裁。"

放下电话，没过两分钟，李志禹就回了电话，说詹总替他高兴，表示公司会承担一切上学的费用，他随时可以去上课，没有任何问题，全力支持。

处理完去处，朱小奇又给田小平打了个电话，问他攻读在职博士期间是否可以换单位，田小平表示手续上学校这边没有问题，主要是那边承担的单位，并诧异地问他是否决定了要换单位，朱小奇回答说基本已经定了，是上海的一家初创公司，一直让他过去，他也想换个地方试试，具体到了上海再详谈。

与田小平一番拜托和感谢之后，朱小奇挂了电话，舒了一口长气，心道：剩下的就是与黄恬恬离婚的事情了，无非就是财产分割的问题，卖了房子，所有资产对半分，毕竟人家是女方，跟了自己这么多年，多一些也应该。

好！就这么办！下定决心的朱小奇噌的一下站起身来，抿着嘴唇，用力捏了捏拳头，心里呼喊道：让暴风雨来得更猛烈些吧，既然无非是一场游戏，那么，这一局结束，下一局开始！